Heike Rommel
Zwischen Schatten und Licht

Von der Autorin bisher bei *KBV* erschienen:

Nacht aus Eis
Das fremde Grab

Heike Rommel, geb. 1962 in Olpe, hat Psychologie und Visuelle Kommunikation studiert und lebt heute in Bielefeld. Sie arbeitet seit über zwanzig Jahren in verschiedenen Einrichtungen für Menschen mit Behinderungen. Ihre ersten Schreiberfahrungen machte sie beim Verfassen von Fantasy-Texten, bevor sie zum Krimi-Genre wechselte, das ihr als leidenschaftlicher Krimileserin und Tochter eines Kriminalbeamten und einer Polizeiangestellten naheliegt. *Zwischen Schatten und Licht* ist bereits der dritte Kriminalroman um die Ermittler der Bielefelder Mordkommission. www.heike-rommel.de

Heike Rommel

Zwischen Schatten und Licht

KBV

Originalausgabe

www.kbv-verlag.de
E-Mail: info@kbv-verlag.de
Telefon: 0 65 93 - 998 96-0
Fax: 0 65 93 - 998 96-20
Umschlaggestaltung: Ralf Kramp
unter Verwendung von: © skyspellic - www.fotolia.de
Lektorat: Volker Maria Neumann, Köln
Druck: CPI books, Ebner & Spiegel GmbH, Ulm
Printed in Germany
ISBN 978-3-95441-389-8

Für Willy, für Malte
Und für meinen Vater

Prolog

Donnerstag, 9. Mai

Ich weiß nicht, was ich im Keller suche, bis ich es in den Händen halte. Das Ding hat den muffigen Geruch des lichtlosen Kellerlochs angenommen. Das Papier ist stockfleckig, einzelne Blätter lösen sich aus der Ringbindung. *The Real Vocal Book, Volume Two.* All die alten Jazzballaden, Swingstücke, Bossa Novas. Unglaublich, dass das Buch Umzüge und Entrümpelungen überlebt hat, hier zwischen Fotos von früheren Auftritten am Boden eines Kartons. Wo *Volume One* geblieben ist – weiß der Himmel. Oder der Teufel, wie man's nimmt.

Als ich darin blättere, segeln zwei wellige Seiten aus dem Buch. *Open your eyes, you can fly* – ausgerechnet dieses Lied. Im düsteren Licht der Glühbirne sind schwache Bleistiftspuren zu erkennen. Es wurde damals eine Terz höher transponiert. Das Ergebnis war klar und strahlend, fast wie von Flora Purim gesungen, luzid, als ob hinter einem Vorhang aus Glas eine hellere Welt existierte. Eine Welt voller Sonnenreflexe, lachender Menschen, exotischer Früchte, sanfter Farben und Musik.

Auf dem Blatt zeichnet sich ein Ring ab, ein Abdruck, den ein Glas hinterlassen hat, genau zwischen den Liedzeilen *Never be afraid to love* und *never be afraid to just be …* Oder ist es eine Tasse gewesen? Nein, kein Kaffee. Niemand hat Kaffee getrunken damals, um irgendeinen grauen Alltag zu überstehen. Vermutlich war es Sekt oder Blue Curaçao mit O-Saft – dieses süße Zeug, das zu meinem Nebel aus Träumen und Illusionen passte. Ein Nebel, der sich dann jäh verflüchtigt hat.

Bei *have the courage to be free* entdecke ich einen Riss. Es ist ein Leichtes, den Riss zu vergrößern, die beiden Blätter in Schnipsel zu zerreißen. Das ganze verdammte Buch … ich rupfe die Seiten einzeln heraus, zerfetze sie Blatt für Blatt, Lied für Lied bis zum Letzten. *You've changed* lautet der Titel, *that sparkle in your eye is gone …* Die Musik in meinen Ohren ist jetzt das Geräusch des reißenden Papiers. Fetzen rieseln zu Boden. Nur noch Papier, nichts weiter als Papiermüll. Ich verspüre eine Art von Befriedigung, bis ich wieder zu mir komme, auf dem Hocker im feuchten Keller, zu meinen Füßen ein Haufen Papier und eine aufgestörte Assel, die zurück in irgendeine dunkle Ecke krabbelt.

So wie ich mich verkrochen habe.

Doch im Laufe dieses Tages ist mir klargeworden, dass ich so nicht weiterleben kann. Ich sitze eine Weile reglos da. Ich kann es immer noch nicht fassen. Wieso macht sie das? Nach all den Jahren. Mich mit der Nase in den Dreck stoßen – ist *das* ihre Absicht? Erst als sich meine Fingernägel in meine Handteller bohren, merke ich, dass ich meine Hände zu Fäusten balle. Sie oder ich … darauf läuft es jetzt hinaus.

Nein, es gibt kein Zurück mehr. Ich muss es tun! Und zwar schon bald …

Freitag, 10. Mai

Benommen stolperte Kommissarin Nina Tschöke vom Bielefelder KK11 über die Schuhe, die ihr Bruder Kai mitten im Flur hatte liegen lassen. Selbst zum Fluchen war sie zu müde. Bis morgens um halb drei hatte sie sich mit Kaffee wachgehalten und an dem Vortrag gearbeitet. Sie kickte die Schuhe beiseite, schlurfte in die Küche, holte die Kaffeedose aus dem Schrank und stöhnte auf: leer! Aus Kais Zimmer drang das Gedudel des Radioweckers. Doch bei WDR 4 schlief er selig weiter. Vielleicht sollte sie ihm einen Heavy-Metal-Sender einstellen, falls es so was gab. Kakao hatte auch Koffein oder nicht? Kais Kakaopulver bestand allerdings hauptsächlich aus Zucker. Egal, auch Zucker machte ein bisschen wacher.

Während die Milch warm wurde, räumte sie das Buch *Grundlagen Personenbeweis* und ihren Vortrag zum Thema *Strukturierte Zeugenbefragung* vom Küchentisch. Um halb neun würde sie den Vortrag vor versammelter Mannschaft halten und damit beweisen, dass der Erste Kriminalhauptkommissar Bent Andersen zu Recht sie gewählt hatte, ihn zur Tagung zu begleiten. Auch wenn die anderen älter waren.

Ein Tropfen fiel aus ihren vom Duschen feuchten Haaren aufs Papier. Sorgfältig tupfte sie das Deckblatt mit dem Küchenhandtuch trocken. »Unsere Vernehmungsspezialistin«, so hatte Bent sie einem Kriminalrat auf der Tagung vorgestellt. Bent. Sie lächelte. War dieser große, attraktive Kerl aus dem Norden wirklich erst seit sechs Monaten in Bielefeld? Ihr kam es viel länger vor. Die überkochende Milch riss sie aus ihren Gedanken.

Der deutsche Country-Hit, der aus Kais Zimmer kam, dröhnte immer lauter. Der Radio-Wecker steigerte seinen Alarm, doch Kai brachte es fertig, bei dem Gedudel weiterzupennen. Sie rannte aus der Küche, riss seine Zimmertür auf und schaltete das Radio ab. Kai schlief auf der Seite. Sein Schlafanzugoberteil war hochgerutscht und enthüllte weiße Speckrollen.

»Kai, wir sind spät dran! Aufstehen!« Sie rüttelte an seiner Schulter. Kai wälzte sich herum und blinzelte. Dann rollte er sich wieder zur Wand. Sie begann, ihn zu kitzeln, bis er kicherte und ihre Hände festhielt.

»Brüderchen, komm, steh jetzt auf, bitte!«

Kai kicherte und zog die Beine an.

»Kai, gleich ist der Fahrdienst da und …« Sie besann sich. »Der Kakao ist schon fertig und das Rosinenbrötchen auch.«

Kai warf sich herum und strahlte sie an. »Eins oder zwei?«

»Nur noch eins da«, log Nina. Kai hatte in letzter Zeit einiges zugenommen.

»Darf ich heute wieder die rote Kappe aufsetzen?«

»Meinetwegen.« Sie hatte einmal versucht, die beste Kappe von allen verschwinden zu lassen, aber er akzeptierte keinen Ersatz für das speckige Teil.

Zwanzig Minuten später schrillte die Türklingel. Ihr Bruder stopfte sich gerade den Rest des Brötchens in den Mund. Nina stellte die Kanne mit dem Kakao oben auf einen Hängeschrank, sprintete zur Tür und öffnete dem jungen Mann, der ihren Bruder zur Werkstatt für Behinderte bringen würde.

»Er kommt sofort.« Ninas Lächeln verrutschte, als sie ein Poltern aus der Küche hörte. »Oh Shit!«

Sie hastete in die Küche. Kai stand erstarrt auf einem Küchenstuhl, dessen Korbgeflecht sich unter seinem Gewicht bog, eine Hand am Hängeschrank, die andere am Henkel der Kanne, die auf der Anrichte in einer Lache Kakao lag. Von der Schranktür rann Kakao herab und tropfte auf den Boden. Auf Kais Hose prangte ein großer, brauner Fleck. Mit aufgerissenen Augen sah er sie an. Erst da bemerkte sie das kakaogetränkte Papier in der Pfütze. Ihr Vortrag!

Sie holte tief Luft. »Kai«, sagte sie leise und beherrscht. »Zieh dir eine andere Hose an, der Fahrdienst wartet!«

Sie nahm ihm die Kanne aus der Hand. Er stieg schwerfällig von dem knarrenden Stuhl und trollte sich.

»Hallo?«, rief der Fahrer in den Flur.

»Er muss sich noch umziehen!«, brüllte Nina. »Nur fünf Minuten!«

»Tut mir leid«, rief der Fahrer. »Wir können nicht länger warten. Wir müssen auch noch andere abholen.«

»Dann eben …«, begann sie. Die Wohnungstür schlug zu. »Zwei Minuten,« beendete Nina den Satz leise und ließ sich auf den Stuhl fallen. Dabei konnte sie es dem Fahrer nicht verdenken. Der wusste schon, dass es bei Kai länger dauerte. Sie fuhr sich durch die kurzen Haare. Nicht mal zum Föhnen würde sie kommen. Sie würde zu gar nichts kommen, weil sie Kai selbst zur Werkstatt bringen musste. Sie gab sich einen Ruck.

»Zieh dich um!« rief sie, als sie an Kais Tür vorbeirannte. Aus seinem Zimmer drang kein Mucks. Er wusste, wann Schluss mit lustig war.

Auf dem Teppich ihres Arbeitszimmers lagen noch Unterlagen von der Tagung und ein paar Notizen verstreut. Sie machte ihren Laptop an und vertippte sich zweimal beim Passwort, bevor das Scheißding endlich hochfuhr. Sie öffnete den Ordner mit der Datei. Wo war sie geblieben? Schließlich fiel ihr ein, dass sie die aktuelle Fassung unter einem anderen Namen abgespeichert hatte. Als sie sie drucken wollte, erschien eine Aufforderung, die Tonerkassette zu wechseln. Oh nein! Einen Augenblick lang überlegte sie, ob sie sich einfach krankmelden sollte. Ein Magen-Darm-Virus, der blitzschnell zugeschlagen hatte. Andererseits sah sie diese Meldung öfter und das Ding druckte trotzdem. Sie klickte auf *O.K.* – und der Drucker spuckte gehorsam Blatt für Blatt aus. Nina schloss die Augen, bis das Geräusch endete.

Als sie sie wieder öffnete, erblickte sie eine andere Meldung: Druckauftrag abgebrochen. Bitte Toner wechseln! Schnell prüfte sie den Stapel im Ausgabefach: Es fehlten vier Seiten! Ob sie noch Zeit hatte, das Skript im Präsidium auszudrucken? Sie warf einen Blick auf die Uhr. Es wurde knapp. Sie würde mindestens zwanzig Minuten brauchen, um Kai in die Werkstatt zu fahren.

»Nina?« Ihr Bruder stand in der Tür. Er hatte sich eine andere Hose angezogen, die an seinem Bauch auseinanderklaffte. »Der Knopf geht nicht zu«, fügte er überflüssigerweise hinzu.

»Ist das die einzige Hose, die noch sauber ist?«

Kai nickte.

* * *

Marleen Seismo wachte mit einem Ruck auf. Ihr Herz pochte bis zum Hals. Durch die Rollläden schimmerte Licht. Hatte ein Geräusch sie geweckt oder … sie schaute unwillkürlich auf das nachlässig gemachte Bett neben ihr. Aber Ronnie schlief seit einiger Zeit auf dem Bettsofa im Gästezimmer. Der Digitalwecker zeigte erst 08:02 Uhr, also noch fast zweieinhalb Stunden, bis ihr Zug vom Kölner Hauptbahnhof nach Bielefeld abfuhr.

Sie ließ sich zurück in die Kissen sinken, gähnte laut, rollte sich in ihre Decke ein und dachte an die Probe gestern Abend. Früher war die Band danach immer noch einen trinken gegangen. Inzwischen hatte niemand mehr Lust dazu. Kein Wunder bei der gereizten Stimmung. Sie seufzte und wälzte sich auf die andere Seite. Auch so war es spät genug geworden. Sie zog sich die Decke über den Kopf. Draußen zwitscherten die Vögel, und eine Straßenbahn ratterte vorbei. Der Briefkastendeckel klapperte: Die Zeitung war wohl gekommen.

Wie sollte man bei diesem Lärm schlafen? Marleen warf die Decke ab, zog den Morgenmantel an und tappte zum Flur. Aus dem Kinderzimmer drang kein

Laut. Jette und Matti übernachteten bei Marleens Eltern, wie immer, wenn sie probten, aber sie konnte es nicht lassen, ging in das Zimmer und drückte ihre Nase tief in die Kopfkissen der Kinder, um ihren Duft zu erhaschen. Sie setzte ein Mobile mit Wichteln in Bewegung, nahm eine von Jettes Puppen aus dem Bett und wanderte in dem Zimmer auf und ab. Es würde nicht mehr lange dauern. Sie holte tief Luft. Alles würde gut werden. Die anderen würden mitziehen. Jedenfalls der größte Teil der Band.

Und Bielefeld war vertraut. Lang ist's her, dachte sie und zog das Foto vom letzten Klassentreffen aus der Tasche ihres Morgenmantels. Als sie Jettes Puppe zurück aufs Bett legen wollte, erschrak sie. Sie hatte ihr geistesabwesend einen Teil der Haare ausgerissen. Sorry, Jette, du kriegst eine Neue. Sie wandte sich dem Foto zu, das Frauke und Wolf-Dieter mit der Einladung geschickt hatten, ließ ihren Blick über die lächelnden Durchschnittsgesichter wandern ... sie konnte sich bei einigen nicht mal mehr an die Namen erinnern. Marleen nahm sich vor, im Zug zu versuchen, den Gesichtern Namen anhand der mitgeschickten Liste zuzuordnen. Frauke hatte geschrieben, dass sich alle unglaublich freuten, dass sie zum fünfzehnjährigen Abi-Jubiläum endlich mal kommen würde. Alle? Da war sie sich allerdings nicht so sicher ...

Egal, es gab immerhin einen in Bielefeld, auf den *sie* sich freute. Sie lächelte ihrem Bild in dem verspiegelten Schrank zu, fuhr sich mit beiden Händen durch die Haare. Sie sah trotz der dunklen Augenringe immer noch gut aus. Ja, sie würde es schaffen! Natürlich, und in ein paar Wochen würde sie über diesen ganzen Ärger lachen!

Sie unterdrückte ein Gähnen und tappte zur Haustür. Die Zeitung steckte so dämlich im Kasten, dass sie sie von außen rausziehen musste. Sie machte die Tür auf, trat in etwas Weiches und stieß einen spitzen Schrei aus, als sie die tote Ratte unter ihrem bloßen Fuß entdeckte. Ein alter Mann mit Häkelmützchen und Bart, der gegenüber an der Straßenbahnhaltestelle wartete, warf ihr einen Blick aus schmalen Augen zu. Marleen sah sich einen Moment lang so, wie er sie sehen musste: Im Morgenmantel, mit zerzauster blonder Mähne. Sie rammte die Tür zu. Oh Gott! Diese Ratte … das konnte nur der Irre gewesen sein! Letzten Samstag hatte sie ihn wieder bei einem ihrer Auftritte gesehen.

Und dann seine letzte Mail … Mist, Mist, Mist! Sie presste die Lippen aufeinander und lehnte sich mit dem Rücken gegen die Tür. Tränen schossen in ihre Augen. Sie hatte immer gedacht, mit diesem Typen würde sie schon fertig werden, aber das ging allmählich zu weit! Sollte sie Ronnie einweihen? Nein, besser nicht, Anteilnahme konnte sie bei ihm kaum erwarten, sie stritten sich nur noch. Außerdem würde er das Ganze sowieso nicht ernst nehmen. Ob der Irre endlich aufgab, wenn sie aus Köln wegzog? Sonst würde sie zur Polizei gehen müssen. Und hoffen, dass Henrike ihr das verzieh.

Sie wischte sich die Tränen ab. Langsam beruhigte sich ihr Atem. »Zeit zu gehen«, flüsterte Marleen. »Zeit zu gehen«, wiederholte sie lauter. Unvermittelt sammelte sich Spucke in ihrem Mund, ihr wurde übel. Sie begann zu würgen, rannte ins Bad und übergab sich mit einem Schwall ins Waschbecken.

* * *

Kommissar Dominik Domeyer lehnte sich auf seinem Stuhl zurück und lockerte die Krawatte. In der Teeküche der Büroetage war es trotz der frühen Stunde stickig, und die Temperaturen sollten laut Vorhersage im Laufe des Tages auf 28 Grad klettern – eindeutig zu warm für einen Mai in Bielefeld. Die Sonne malte einen hellen Streifen auf die blauweiß gemusterte Tischdecke und ließ die blonden Fusselhaare des Kollegen Frank Tillmann Herbst aufleuchten wie einen Heiligenschein. Frank war heute nach Wochen der Krankschreibung zurückgekehrt, saß ihm auf der rustikalen Eckbank gegenüber und tauchte Mund und Nase in den Schaum seines Milchkaffees. Hatte er sich während seiner Auszeit von ihrem letzten Fall erholt? Eigentlich sah Frank aus wie immer. Bis auf ein neues, für seine Verhältnisse dezentes Hemd in dunklem Pink, über dessen rechte Seite ein Schwarm grauer Vögel zog. Die Stickerei ließ keinen Schluss auf die Spezies zu: Wildgänse oder Tauben?

Die Sonne berührte zaghaft das öde Braun der Bundfalten–Hose von Walter Kux, dem dritten Mann in der kleinen Küche. Er stand vor der Kaffeemaschine, verteilte Kekse auf die Untertassen für sich und den Kollegen Ottfried Weber, füllte Becher mit dampfendem Kaffee, gab einen Schuss Milch für sich und zweimal Süßstoff für Weber hinzu und stellte alles auf ein Tablett. Noch während Dominik sich fragte, was zur Hölle er mit Frank reden sollte, drang vom Flur her das Scheppern der Glastür zu ihnen, dann das nachdrückliche Quietschen von Gummisohlen.

Franks Miene hellte sich auf. »Nina kommt!«

»Reichlich spät«, stellte Kux fest und legte noch zwei Servietten mit Rosenmotiv auf das Tablett. »Die versammeln sich schon alle im Besprechungsraum. Ottfried ist auch schon dort.«

Eilige Schritte näherten sich der Teeküche.

Kux nahm das Tablett vorsichtig auf, wog es zärtlich, schwenkte es von der Anrichte und schaffte eine halbe Drehung, bevor der Zusammenprall es aus seinen Händen katapultierte und alles mit einem Klirren auf dem Boden landete.

»Mensch, Walter, pass doch auf!« Nina blickte stirnrunzelnd an ihrer Bluse herab.

Kux starrte auf seine Hände, dahin, wo sich eben noch sein Tablett befunden hatte, dann auf den Kaffee, der das Leder seiner Sommerschuhe dunkel färbte.

»Ach, hallo Frank«, sagte Nina und machte einen langen Schritt über die Bescherung auf dem Boden hinweg. Sie gab ihm die Hand. »Ab heute wieder im Dienst?«

»Eigentlich erst ab Montag, aber …«

»Na dann«, unterbrach sie. »Noch Kaffee da?«

»Leck ihn doch von meinen Schuhen!«

Sprachlos starrten alle Kux an, sogar Nina hielt inne.

»Walter … so kennen wir dich ja gar nicht«, sagte Dominik.

»Oh Mann!« Nina schob sich an Kux vorbei, schnappte sich die Kanne mit dem Rest Kaffee von der Warmhalteplatte, rief: »Muss drucken!«, und verschwand mitsamt Kanne aus der Küche. Mit einem tiefen Seufzer begann Kux, die Scherben aufzusammeln. Eine Wolke schob sich vor die Sonne, und Franks Heiligenschein erlosch. Der passte ohnehin nicht. Posttraumatisches Stresssyndrom hin oder her.

»Was soll das heißen: ›Na dann‹? Ist das etwa alles?«, sagte Frank.

»Soll heißen: Willkommen, lieber Tillmann.« Dominik grinste.

Frank zeigte ihm den Mittelfinger.

Das Eis war gebrochen.

* * *

Der Kurs hatte erst vor zehn Minuten begonnen, und schon wünschte Nina sich, sie hätte ihr Schweißband nicht vergessen. Sie wischte sich über die nasse Stirn und reckte sich, um den Kursleiter besser sehen zu können. Die Choreografie wurde immer komplizierter. Jetzt ein Tritt zur Seite, dann Anlauf, und der Frontkick aus dem Sprung heraus, eine schnelle Folge von Uppercuts … rechts, links, rechts, links … Nina keuchte. Die körperliche Anstrengung half, runterzukommen. Der Vortrag war zwar doch noch gut gelaufen, trotzdem hatte das Ganze sie Nerven gekostet.

»Nina!«, brüllte jemand direkt an ihrem Ohr.

Es war ihre Freundin Hanna, die ein Zeichen gab, ihr aus der Sporthalle zu folgen. Als Hanna die Tür hinter ihnen geschlossen hatte, drang die hämmernde Musik nur noch gedämpft zu ihnen.

»Du hast dein Handy neben dem Spiegel in der Umkleide liegen lassen und es spielt andauernd *La Paloma ohey.* Ich kann schon mitsingen.«

»Hast …«, begann Nina.

Hanna drückte ihr das Handy in die Hand und grinste. »Am besten, du rufst den Kerl schnell zurück. Scheint ja dringend zu sein.« Hanna zwinkerte ihr zu und ging wieder in die Halle.

Kerl? Es gab keinen. Die Arbeit war es auch nicht. Die Nummer sagte ihr nichts. Sie zögerte, dann siegte die Neugierde.

»Stefan hier.«

»*Du?*«, fragte Nina nach einem kürzen Zögern.

Eine gebräunte Blondine, die auf einem Barhocker am Tresen saß, blickte von ihrem Eiweißdrink auf.

»Ja, ich …«

»Hast du dich verwählt?«

»Nein, Nina … es ist nur … ich habe deinen Bruder zu einem Konzert im *Bunker Ulmenwall* eingeladen und ich wollte …«

»Wieso das denn?«

»Kai ist mir im Supermarkt über den Weg gelaufen. Ich hatte gerade die vorbestellten Konzertkarten abgeholt und kurz darauf erfahren, dass die Person, mit der ich am Samstag in den *Bunker* wollte, krank geworden ist …«

Hoffentlich ist es die Krätze, dachte Nina. »Lass mich raten. Deine Tussi versetzt …«

»Nina, bitte. Kai hat die Sängerin in dem *Bunker*-Programm gesehen und wollte gerne mit. Ich dachte, warum eigentlich nicht? Die Band ist jedenfalls …«

»Wenn es schon entschieden ist, wieso rufst du mich dann an?«

»Na ja, ich dachte … ich wollte … Ich komme dann am Samstag so gegen 19 Uhr bei euch vorbei und hole ihn ab. Ich dachte, ich melde mich vorher …«

»Okay.« Nina drückte das Gespräch weg. Dann würde sie am Samstag um 19 Uhr eben nicht zu Hause sein.

Die Blondine am Tresen kratzte mit ihrem falschen Fingernagel an einem Milchshake-Fleck auf ihrem pinkfarbenen Top. Sie ähnelte ein wenig Britta, Stefans Neuer.

Nina steckte das Handy ein und rannte zurück in die Halle. Es roch nach Schweiß. Der Trainer ging gerade mit einem schwarzen Polster herum und ließ die Kursteilnehmer dagegentreten. Ninas Sidekick ließ ihn zurückstolpern.

Eineinhalb Stunden später seifte sie sich zu Hause unter der Dusche ein. Ausgerechnet Stefan Rademacher … aber egal, es würde Kai guttun, mal wieder rauszukommen. Sie war in letzter Zeit nach der Arbeit oft zu müde gewesen, um etwas mit ihm zu unternehmen, selbst am Wochenende. Und natürlich fehlte Kai seine Freundin Amelie. Es war zehn Monate her, dass Amelie gestorben war. Zu dem Down-Syndrom war bei ihr eine schnell fortschreitende Demenz gekommen.

Nach dem Duschen deckte sie für Kai und sich den Tisch. Beim Abendessen zeigte Kai ihr mit stolzem Grinsen ein *Bunker-Ulmenwall*-Programm.

Nina schaute sich das Programm an. »*Marleen Seismo & Band*«, las sie laut. »*Groove-betonte Mischung aus Soul, Jazz und Funk … mit ihrer charismatisch-erdigen Stimme er-*

innert sie an … kenne ich nicht. Aber dieses Foto, Kai …« Sie schürzte die Lippen, während sie das Bild betrachtete. »Ich ahne schon, wieso du dahin musst.«

»Die sieht toll aus, Nina! Das wird schön. So schön wie bei den Seemannsliedern!«

Sie legte den Kopf schief. »Die Musik im *Bunker* ist aber nicht zum Schunkeln.«

Für ihren Bruder gehörte das Shanty-Chor-Konzert zu den Höhepunkten des Jahres. Da Ottfried Weber tödlich beleidigt war, wenn nicht alle Kollegen des Büroflurs zu seinen Auftritten gingen, verpassten sie die Premiere so gut wie nie. Selbst Bent war mitgegangen. Kai hatte den reservierten Leiter der Mordkommission einfach untergehakt und ekstatisch geschunkelt.

Sie gab ihm das Programm zurück. »Im *Bunker Ulmenwall* gibt's kein Tageslicht, Kai«, hörte sie sich sagen. »Und das wird eng werden da mit den vielen Leuten. Und …« Sie brach ab. Kai hörte ohnehin nicht zu, er starrte das Foto von Marleen Seismo an. Nina bemühte sich um ein Lächeln. Sie wusste selbst nicht, wieso sie ihn davon abbringen wollte, dorthin zu gehen.

Samstag, 11. Mai

Stefan richtete seinen Hemdkragen. Er war einen Moment lang versucht, durch den Garten zu gehen, um Nina hinten auf ihrer Terrasse zu überraschen, so wie er es früher getan hatte. Aber darüber wäre sie nicht mehr erfreut. Ein seltsames Gefühl, wieder vor ihrer Tür zu stehen, so als wären sie noch zusammen. Er hatte nie begriffen, was schiefgelaufen war in ihrer kurzen Beziehung. Sie war ohne ihn mit einer Reisegruppe durch Nepal getourt. Dass sie die schon länger geplante, teure Reise nicht verfallen lassen wollte, nur weil sie frisch verliebt war, hatte er verstanden. Was er nicht verstand: Warum sie nicht auf seine Mails geantwortet hatte, sich einfach nicht mehr gemeldet hatte. Vielleicht hätte er später nachhaken sollen, aber er war zu verletzt gewesen.

Er klingelte und hörte es hinter der Tür rumpeln. Im nächsten Moment wurde sie geöffnet.

Kai war atemlos. »Hi, Stefan. Nina ist nicht da.«

»Schade, ich meine …« Nina ließ Kai, den sie ihren kleinen, großen Bruder nannte, ungern allein, wenn er sich recht erinnerte. Aber noch weniger gern schien sie ihm begegnen zu wollen. »Na, macht nichts. Übrigens tolle Frisur, Kai!«

Kai grinste. Vorsichtig fuhr Stefan über sein in die Höhe geföntes Haar. Es war so viel Gel darin, dass sich die Spitzen ganz hart anfühlten. Kais Haar war schütter geworden. Der kleine Mann war sechs Jahre älter als seine Schwester, also musste er jetzt 41 sein.

»Und du hast ja einen Bart, Stefan. Wie Knecht Ruprecht.«

»Knecht Ruprecht, oh je. Das hat mir noch niemand gesagt.« Stefan strich über seinen kurzen Vollbart. Es hatte damit angefangen, dass er im Urlaub zu faul zum Rasieren gewesen war. Inzwischen fand er, dass der Bart sein etwas rundes Gesicht markanter wirken ließ.

»Ich mag Knecht Ruprecht.«

»Puh, Glück gehabt!« Stefan lachte. »Können wir los?«

»Oh … meine Kappe. Ich hab die Kappe vergessen.«

»Kai, es ist warm draußen, du …« Stefan brach ab.

Kai war bereits in den Tiefen der Wohnung verschwunden und kam kurz darauf mit seiner roten Schirmkappe wieder. Ohne die war er schon früher nie aus dem Haus gegangen.

»Warte mal.« Stefan setzte ihm die Kappe andersherum auf, dass der Schirm seinen Nacken bedeckte, und hob den Daumen.

»Danke Kumpel.« Kai strahlte.

Stefan fand einen Parkplatz in der Nähe des Landgerichts. Vor und auf der Treppe, die zum *Bunker Ulmenwall* hinabführte, drängelten sich bereits die Fans von Marleen Seismo. Kein Wunder. Stefan hatte die Band mal in einem Club in Amsterdam gesehen und war restlos begeistert gewesen. Er zeigte ihre Karten vor und lotste Kai an der Schlange vorbei. Er war froh, dass sie schnell durchgewunken wurden, denn so hatten sie noch eine Chance auf einen Sitzplatz. Und sie hatten Glück. Gleich in der ersten Reihe fanden sie noch zwei Plätze. Die Reihe war so nah an der Bühne, dass Kai fast den Ständer mit der Bassgitarre umgerissen hätte, als er sich setzte.

Auch der Zuschauerraum auf der gegenüberliegenden Seite füllte sich. Einige Leute kannte er vom Sehen. Nicht wenige waren selbst Musiker. Zum Beispiel dieser Typ mit Brille, wo hatte er den schon mal gesehen? Ach ja, der hatte letztes Jahr bei den *Bielefelder Nachtansichten* im *Bunker* gespielt. Und zwar Piano, genau, und sein Quartett hieß *Laksa,* wenn er sich recht erinnerte. Inzwischen gab es nur noch Stehplätze. Bei internationalen oder bekannten Jazzgrößen wie Marleen Seismo & Band herrschte Gedränge rings um die Bühne des ehemaligen Luftschutzbunkers.

An der Theke besorgte sich Stefan ein Bier und eine Cola für Kai. Der bedankte sich kurz, schien vollauf damit beschäftigt zu sein, das Publikum und die aufgebauten Instrumente zu bestaunen. Er beugte sich vor und berührte das riesige Blasinstrument auf einem Ständer vor ihm.

»Das ist ein Baritonsaxophon«, erklärte Stefan.

»Ba…?«

»Bariton. Ein großes Saxophon. Es klingt sehr tief. Ungefähr so: Möööö.«

Kai verschluckte sich vor Lachen an seiner Cola.

»Es klingt besser als ich, versprochen.«

Als Kai sich wieder beruhigt hatte, lehnte er sich herüber und flüsterte etwas in Stefans Ohr. Hatte er das richtig verstanden? »Mit deiner neuen Freundin? Wirklich?«

Kai nickte. »Du … Stefan, kannst du darüber mit Nina reden?«

»Ich bezweifele, dass ich der Richtige dafür bin …«

»Bitte, Stefan, bitte! Ich trau mich nicht.«

»Na gut, ich versuch's.« Seit ihre zweimonatige Beziehung vor einem Jahr auseinandergegangen war, herrschte Funkstille zwischen Nina und ihm. Die Zweitschlüssel für seine Wohnung hatte er in seinem Briefkasten gefunden. In dem Umschlag war nicht einmal ein Zettel mit einer Nachricht gewesen.

Applaus erklang. Kai klatschte eifrig mit.

Die Musiker betraten die Bühne.

»Guck mal, die Zöpfe.« Kai deutete auf den Schlagzeuger.

Der erstaunlich junge, dunkelhäutige Mann war schon in Amsterdam ein Virtuose am Schlagzeug gewesen. Die zahlreichen Zöpfchen bildeten ein Muster auf seiner Kopfhaut.

»Möchtest du auch Zöpfchen?«

Kai kicherte.

Das Altsaxophon neben dem Baritonsax wurde von einem großen, rotblonden Kerl aufgenommen, der Kai den Blick versperrte. Der Niederländer hieß Willem Keuper, erinnerte sich Stefan. Daneben bezog die zierliche Bassistin Stellung. Auf der anderen Seite der Bühne trat ein Mann ans Keybord, Dreitagebart, dunkle Haare und Hipster-Hornbrille – Ronnie Seismo, der Gatte der Sängerin. Er trug diese modischen Schuhe, die zur langen, leicht nach oben gebogenen Spitze ausliefen. Das Licht der Scheinwerfer glänzte matt auf der Glatze des Trompeters, der den Kreis neben Keuper vervollständigte.

Der Applaus brandete wieder auf, als die Sängerin die Bühne betrat. Kai lehnte sich zu Stefan, um trotz des langen Kerls vor ihm einen Blick auf Marleen Seismo zu erhaschen, die in der Mitte der Bühne stehen blieb und mit breitem Lächeln ihre Zähne aufblitzen ließ. Sie drehte sich einmal um sich selbst, deutete dabei mit dem Nicken ihres Kopfes Verbeugungen an und ließ ihren Blick aus sehr blauen Augen über das Publikum wandern, das die Bühne umringte. Das enganliegende Kleid aus glänzendem, schwarzem Stoff betonte ihren schlanken Körper, ihre langen Ohrringe funkelten, als sie sich die schimmernden, honigblonden Haare hinters Ohr strich. Aber diese Frau hätte noch im ausgebeulten Jogginganzug umwerfend gut ausgesehen.

Sie lächelte, während der Applaus allmählich leiser wurde, und nahm das Mikro vom Ständer. Der Schlagzeuger begann, mit dem Besen auf der Snare zu rühren – es sah aus, als streichelte er die Trommel, Bass und Keybord setzten ein, Marleen leckte sich einmal über die Lippen und begann zu singen. Ihre Stimme war wie Samt, dunkel und schmeichelnd, rauchig, zuweilen volltönend und kraftvoll, wie eine Welle, die mit einem Mal ihre Gewalt offenbart, dann umschlägt und bricht, eine Art Kratzen hörbar werden lässt, Verruchtheit, Wildheit, die mitreißt, was sich ihr in den Weg stellt, schließlich ausläuft wie Wasser an einem flachen Strand, sanft und melancholisch. Stefan kam wieder zu sich, als der Applaus nach der alten Jazzballade *Round Midnight* einsetzte. Kai starrte Marleen Seismo mit offenem Mund an und vergaß, zu klatschen.

»Du, Stefan ...«, rief Kai in sein Ohr, wurde dann aber durch Marleen Seismos Ausführungen unterbrochen, die erklärte, wie glücklich sie sei, zum Auftakt ihrer Tournee das erste Mal seit Langem wieder in ihrer Heimatstadt Bielefeld zu singen. Das Klatschen hörte erst auf, als die ersten Takte des zweiten Stücks einsetzten. Stefan kam nicht auf den Titel, aber es war ein Stück von *Jamiroquai,* eine sehr jazzige Fassung, bei der der satte Klang des Baritonsax' ziemlich gut kam und der Schlagzeuger ein grandioses Solo hinlegte. Nach einiger Zeit rutschte Kai unruhig auf seinem Stuhl herum.

»Musst du zur Toilette?«, flüsterte Stefan.

Kai nickte.

»Dort hinten.« Stefan zeigte in die Richtung. »Du musst durch die Menge durch, dann geradeaus, also nicht nach links zur Theke, sondern geradeaus. Okay?«

Kai runzelte die Stirn.

»Wenn du nicht weiterweißt, fragst du die Leute, die da stehen. Okay?«, flüsterte er.

»Okay.« Kai stand auf, wobei das leere Cola-Glas, das zwischen seinen Beinen stand, klirrend umfiel. Stefan schnappte es sich, bevor mehr passieren konnte, und beobachtete, wie Kai sich unbeholfen seinen engen Weg zwischen erster Reihe und Musikern suchte.

Er nahm sich vor, nach Kai zu sehen, wenn das Stück, das gerade gespielt wurde, zu Ende war, doch er lauschte noch den nächsten beiden Titeln, von denen ein Stück, das der Ansage nach Ronnie Seismo komponiert hatte, ihm besonders gut gefiel: ein eingängiges Thema, ein toller Funk-Bass, ein großartiges Trompetensolo und ein furioses Ende. Damit war die Pause eingeläutet.

Bis alle sich von ihren Plätzen erhoben hatten, die Raucher zum Ausgang und der Rest zur Theke geströmt waren, dauerte es eine Weile. Ein tolles Konzert! Stefan lächelte vor sich hin. Die Seismo und ihre Band waren in Höchstform. Er holte die Zigaretten aus seiner Jackentasche und drapierte die Jacke so, dass sie Kais und seinen eigenen Stuhl bedeckte. Mit der Menge schob er sich Richtung Ausgang und atmete auf, als er den frischen Luftzug spürte. Ninas Bruder schien sich in Luft aufgelöst zu haben, aber verlaufen konnte man sich hier nicht.

Draußen war es noch hell. Er stieg die Treppe hoch, lehnte sich oben an den Teil des Geländers, an dem noch keine Fahrräder standen, und zündete sich eine an.

»Hey, Stefan, super Konzert, was? Ist deine Herzallerliebste schon eifersüchtig auf die Sängerin?«

Stefan wandte sich um. »Schau an, der Achim. Britta ist heute Abend mal nicht dabei. Das Ganze ist als Männerabend deklariert und genehmigt worden. Passiert selten genug. Du kennst sie ja.«

Achim lachte. »Vertrauen ist gut, Kontrolle ist besser, stimmt's?«

»Tja, was soll ich sagen?« Stefan grinste. »Ich wollte ursprünglich mit Ulf hin, aber der hat kurzfristig abgesagt.«

Achim sah ihn fragend an. »Ist das der Webdesigner, der auf deiner letzten Party …«

»Genau der. Stattdessen bin ich mit dem Bruder meiner Ex hier.«

»Der Bruder *deiner Ex*! Uiuiui.« Achim zog grinsend an seiner Zigarette. »Ganz schön mutig. Aber keine Sorge: Von mir erfährt Britta kein Sterbenswörtchen.«

Sie unterhielten sich eine Weile, bis Stefan unruhig wurde. Vielleicht suchte Kai schon nach ihm. Er ging wieder runter und entdeckte Ninas Bruder zu seiner Erleichterung an einem Tisch. An dem auch Marleen Seismo saß! Kai himmelte die Sängerin an, schenkte den beiden anderen Frauen am Tisch, von denen eine gerade ging, keine Beachtung. Lächelnd schüttelte Stefan den Kopf. Kai war beneidenswert hemmungslos in Sachen Kontaktaufnahme. Er überlegte, ob er sich lieber in die Schlange an der Theke einreihen oder auch an den Tisch der Sängerin begeben sollte. Die Frau, die den Tisch verlassen hatte, drängte sich an Stefan vorbei Richtung Ausgang. Doch kurz darauf steuerte ein Mann auf den freigewordenen Platz an Marleen Seismos Seite zu. Er war mit weißem Hemd, Weste und Fliege etwas overdressed für ein *Bunker*-Konzert, die Farbe seiner Haare lag irgendwo zwischen Weiß und Blond. Aber der Typ musste in den Dreißigern sein, soweit er das erkennen konnte. Stefan holte sich noch ein Bier und setzte sich wieder auf seinen Stuhl im Zuschauerraum.

Kurz darauf drängelte sich Kai zu ihm durch und wedelte freudestrahlend mit dem *Bunker*-Programm. »Hier, Stefan, hier, guck mal, ein Autogramm!«

Marleen Seismo hatte quer über das Programm unterschrieben: *Mit allerbesten Grüßen für Kai.*

»Das gibt's doch nicht! Da werde ich ja ganz neidisch!« Stefan tat so, als wollte er ihm das Autogramm entreißen.

Kai zog es weg und lachte.

Die Stuhlreihen füllten sich. Die Leute klatschten, als die Musiker wieder die Bühne betraten. Marleen Seismo ließ sich Zeit, als wollte sie die Begeisterung des Publikums auf die Probe stellen. Als sie schließlich kam, wurde der Beifall noch lauter. In der Mitte der Bühne stolperte sie über ein Kabel und hielt sich einen Moment lang am Mikroständer fest. Dann lächelte sie ins Publikum und nahm das Mikro. Schweiß glänzte auf ihrer Stirn. Sie holte tief Luft, als wollte sie mit dem Singen beginnen, doch dann riss sie die Augen auf, krallte eine Hand in ihren Halsausschnitt, und rang mit rotem Gesicht nach Atem, japste, als hätte sie gerade einen Sprint hingelegt.

»Marleen!«, rief die Bassistin. »Ist dir nicht …« Sie brach ab, als der immer schneller atmenden Sängerin das Mikrofon zu Boden fiel. Aus den Boxen donnerte der Knall des Aufschlags. Marleen presste sich mit verzerrter Miene beide Fäuste auf die Brust, krümmte sich und sackte zusammen.

Ein Tumult brach los. Leute aus dem Publikum stürmten die Bühne, schrien durcheinander. Jemand rief, er sei Arzt, und die Leute machten ihm Platz. Stefans Sicht auf die Sängerin war von all den Menschen verdeckt. Kai saß starr neben ihm, Tränen rollten über seine Wangen. Stefan legte ihm den Arm um die Schultern.

»Hier drinnen ist es ganz schön heiß, Kai, vielleicht hat sie zu wenig Wasser getrunken.« Stefan stand auf, um etwas zu sehen.

»Defibrillator! Gibt es einen Defi?«, rief jemand, und der Ruf wurde weitergeleitet.

Halb verdeckt durch den Saxophonisten sah er den Arzt rhythmisch auf Marleens Brustkorb drücken. Ein Herzstillstand? Die Sängerin war doch noch jung!

Kai war ebenfalls aufgestanden. Er schlug die Hände vor das Gesicht.

»Kai … wir sollten … wir können hier nichts tun.«

Kai zog die Nase hoch. »Wird Marleen wieder gesund?«

Stefan zögerte, entdeckte dann Sanitäter mit einer Trage, die sich ihren Weg durch die aufgeregte Menge bahnten. »Sie wird jetzt ins Krankenhaus gebracht.«

»Die im Krankenhaus machen sie wieder gesund?«

»Kai, ich …« In diesem Moment fiel sein Blick auf das Gesicht des Mannes, der Erste Hilfe geleistet hatte. Der Arzt war aufgestanden, nahm seine beschlagene Brille ab, schaute den Keyborder an und schüttelte den Kopf.

»Stefan!« Kai zog an seinem Arm. »Wird sie wieder gesund?«

»Bestimmt wird sie das«, log Stefan.

* * *

Nina öffnete das Fenster ihres Büros. Straßenlärm und warme Luft drangen herein. Vermutlich würde es sich erst nach Sonnenuntergang richtig abkühlen. Sie machte weiter mit dem Stapel auf ihrem Schreibtisch und hatte schon einiges abgearbeitet, als jemand gegen die halb offene Tür klopfte.

Nina fuhr zusammen. »Dodo, hast du mich erschreckt!«

»Es ist halb acht. Und Samstagabend. In deinem Alter …«

»Hast du bis zum Sonntagmorgen durchgefeiert, schon klar.« Sie hämmerte auf der Tastatur des Computers herum.

»Na ja … ich hab wohl eher Lissas Windeln gewechselt. Und was ist der Dank? Sie findet es uncool, mit ihrem alten Herrn am Samstagabend ins Kino zu gehen.«

Nina lächelte.

Er schob zwei Aktenordner beiseite und setzte sich auf den Rand ihres überfüllten Schreibtischs. »Gehen wir was trinken. Ins *Rempetiko*?«

Nina zog an einem Blatt Papier, auf dem er saß.

Er blieb sitzen. »Komm schon, Nina. Zu viel Ehrgeiz schadet nur.«

»Bent …«

»Meine Güte! Bent, Bent, Bent – ich kann's schon nicht mehr hören.«

Ninas Augen wurden schmal.

»Was?«, fragte er.

Sie nahm ihre neue, weiße Hornbrille ab und begann, sie umständlich zu putzen.

»Nina?«

Sie setzte die Brille wieder auf und sah ihn an. »Du bist aber nicht … eifersüchtig, oder?«

Er grinste. »Nun ja … die Art, wie du ihn anlächelst …«

Sie lachte. »Das habe ich nicht gemeint.«

»Dann verstehe ich die Frage nicht.«

»Du bist auch ein Vernehmungsspezialist«, sagte sie leise. »Ich begreife nicht, wieso Bent die Vernehmungen immer nur mit mir durchführt.«

»Ach Gottchen, Nina, ich werde fünfzig. Mir muss niemand mehr erzählen, was ich kann. Und wir sind ein Team. Das waren wir schon lange, bevor dieser blonde Krieger aus Flensburg hier auftauchte. Keine Ahnung, welches Problem der mit mir hat. Interessiert mich auch nicht.«

Erst im *Rempetiko* merkte Nina, wie hungrig sie war. Vom Nebentisch zogen Düfte von Knoblauch und gebackenen Kartoffeln herüber.

Dominik rückte ein Stück näher mit seinem Stuhl, um mit ihr zusammen die Speisekarte zu studieren. Sie roch sein Aftershave. »Bestell, so viel du schaffst. Ich lade dich ein.«

»Beamtenbestechung?« Sie lachte verlegen.

Schon merkwürdig, es fühlte sich fast an, als hätten sie ein Date, was sie natürlich nicht hatten. Lag es daran, dass Dominik, den sie seit Ewigkeiten nur als verheirateten Mann kannte, mit einem Mal Single geworden war? Mit den feinen Gesichtszügen und den großen, braunen Augen war er mit Abstand der hübscheste Mann aus der Abteilung, aber nicht der attraktivste.

Ihr letztes, echtes Date lag Jahre zurück und war mit diesem Idioten gewesen, der sich nicht mehr meldete, nachdem er ihren Bruder kennengelernt hatte. Und dann natürlich Stefan. Kein Idiot, jedenfalls war sie sich zu Beginn sicher gewesen, aber dann ... nein, sie wollte nicht über Stefan nachdenken.

»... einen Bürotausch vorgeschlagen«, sagte Dominik gerade mit spöttischem Grinsen und blickte sie erwartungsvoll an. »Das findest du doch auch gut, oder?«

»Sorry, Dodo, ich habe den Anfang nicht mitbekommen.«

Er richtete sich auf. »*Schön.*« Er imitierte die tiefe Stimme des Ersten Kriminalhauptkommissars Bent Andersen. »Ich denke, es wäre angesichts der ...«, er räusperte sich demonstrativ, »des ... äh ... der Vorkommnisse ...« Er fing an, zu lachen.

Nina musste grinsen. »Was hat Bent vorgeschlagen?«

»Dass Frank wieder zu dir ins Büro zieht.«

Sie straffte sich. »Wieso denn das? Etwa wegen ...« Sie brach ab. Franks kurzes Verhältnis mit Dominiks Frau lag erst ein paar Monate zurück. »Dodo, wenn du ein Problem ...«

»Ich habe gesagt, super Idee, Nina liebt unseren Messie von ganzem Herzen und kann es kaum erwarten, dass ihr Büro wieder zugequalmt wird.«

Sie boxte ihn in die Seite. *La Paloma* ertönte, und sie zog ihr Handy aus der Tasche. Der Kollege Weber hatte allen auf seiner Büroetage *La Paloma* – den diesjährigen Hit seines Shanty-Chors – als Klingelton aufgenötigt, nur dass Nina den Ton als Einzige aus Faulheit behalten hatte. »Stefan, was gibt's«, sagte sie kühl.

»Das Konzert ist abgebrochen worden, weil ... die Sängerin ist auf der Bühne umgekippt und ins Krankenhaus gebracht worden. Ich fürchte sogar ...« Er senkte die Stimme. »Es kann sein, dass sie das nicht überlebt hat.«

Vor Ninas innerem Auge tauchte das Foto der strahlenden, jungen Frau aus dem *Bunker*-Programm auf. »Wie …«

»Das kam ganz plötzlich. Die kriegte keine Luft mehr und … ein Herzfehler vielleicht? Kai ist durcheinander. Ich bringe ihn jetzt nach Hause.«

»Ja, mach das.« Sie beendete das Gespräch. »Tut mir leid, ich muss los, Dodo.« Mit knappen Worten erzählte sie von dem Vorfall im *Bunker*.

»Wer ist Stefan?«

»Niemand.« Sie sprang auf, schnappte sich ihre Jacke und machte mit Daumen und kleinem Finger die Wir-telefonieren-Geste, bevor sie aus dem Lokal eilte.

* * *

Als Nina in der Nacht in Kais Zimmer schlich, war er endlich eingeschlafen. Sein Radiowecker zeigte Viertel vor drei. Im Licht der Lavalampe sah sie ihn in Unterhemd, Hose und Socken im Bett liegen, er lag auf der Seite und umklammerte im Schlaf die Bettdecke, die zu einer festen Wurst gedreht war. Im Zimmer war es zu warm. Leise öffnete sie ein Fenster. Sie wollte gerade Kais Hemd aufheben, das auf dem Teppich lag, als *La Paloma* aus dem Flur erklang. Schnell verließ sie den Raum und schloss behutsam die Tür hinter sich.

»Hallo Nina«, meldete sich Dominik. »Diese Sängerin namens Marleen Seismo ist tot. Die Ärzte aus dem Städtischen bezweifeln, dass es sich um einen natürlichen Tod handelt. Könnte ein Fall für uns sein.«

Sie ging in die Küche und fischte eine Wasserflasche aus dem Kasten.

»Der Rechtsmediziner kommt morgen früh aus Münster«, machte er weiter.

Sie klemmte die Flasche unter den Arm und drehte den Verschluss auf. »Wann ist sie denn ...?«

»Sie war offenbar schon im *Bunker* mausetot. Herzstillstand. Sie haben es nicht geschafft, sie wiederzubeleben. Die Obduktion ist für 8.30 Uhr im Städtischen angesetzt. *Du* sollst hinfahren, sagt der Chef. Ah, dieser Ronnie Seismo kommt gerade in die Notaufnahme. Der ist Keyborder, wenn man dem *Bunker*-Programm glauben darf, und wohl auch Marleen Seismos Gatte.«

»Du bist im Krankenhaus?« Die Kohlensäure sprudelte ihr entgegen, als sie einen kurzen Schluck nahm.

»Aber sicher.«

»Dodo, und mir erzählst du, ich wäre zu ehrgeizig!«

»Dass ihr Mann erst jetzt hier auftaucht, ist doch sehr interessant. Hier sind bisher nur ein David James, der Schlagzeuger von Seismos Band, und eine heulende Henrike Elges, ihres Zeichens Bassistin.«

»Ronnie Seismo ... ihr Mann war also vorher nicht dort?«

»Ganz recht. Ich werde den Herrn mal in Augenschein nehmen. *Wer* war noch mal dieser Stefan?«

»Gute Nacht, Dodo.«

Sonntag, der 12. Mai

Der Kellner des Kunsthallencafés bot ihnen an, einen Tisch nach draußen zu stellen, was im Mai nicht üblich sei, aber bei diesem Bombenwetter ... Bent Andersen fand die Idee gut, und auch seine Freunde Henning und Ralf stimmten zu. Bent half dem Mann, den Tisch rauszutragen, während die anderen Plastikstühle schleppten. Der Kellner zündete ihnen eine Kerze an, deren Licht von der Morgensonne verschluckt wurde. Die Terrasse des Cafés war in dem gleichen mattroten Sandstein gehalten wie der kubische Kunsthallenbau und grenzte an einen Skulpturenpark. In der Nähe kreischten Kinder, die kleine Schiffchen auf das Wasser eines rechteckigen Bassins gesetzt hatten. Am Rande der Anlage, die durch eine Sandsteinmauer von der Hauptverkehrsstraße abgeschirmt wurde, blühten Tulpen.

Bent verstaute seine langen Beine unter dem Tisch. Sein Blick wurde von einem begehbaren Holzklotz in der Mitte des Parks angezogen, an dessen Glastürklinke jetzt eines der Kinder rappelte. »Was ist das?« Er zeigte auf den Klotz.

»Kunst«, erwiderte Henning. »Kunst vor dir, Kunst hinter dir. Kennt ihr so was nicht in Flensburg?«

»Wir doch nicht«, sagte Bent. »Definier mal Kunst für ein tumbes Nordlicht.«

»Und das am frühen Sonntagmorgen«, beschwerte sich Henning.

Ralf, der die Speisekarte studierte, hob den Kopf. »Kunst kommt von Können.«

Henning rollte die Augen. »Ist mein Herzblatt nicht ein schlaues Kerlchen?«

»Schlauer als du. Ich warte immer noch auf die Erklärung«, gab Bent zurück.

»Wollen wir nicht bald Frühstück bestellen? Ich habe Hunger«, sagte Henning.

Bent zwinkerte Ralf zu.

Henning verzog das Gesicht. »Ja, was? Kunst ... ich ... also denkt ihr etwa, dass all diese Kunstkritiker das so genau wüssten?«

»Tja Bent, wenn es aber darum geht, was auf keinen Fall Kunst ist, das kann er dir haargenau sagen«, spottete Ralf.

Die beiden stritten sich noch während des Essens darüber, was Kunst sei, während Bent die Sonne auf seinem Gesicht genoss und beim Frühstück ordentlich zulangte.

Ein herrlicher Morgen also, bis Henning sich über Bents Ex-Freund Andy Ciccione ereiferte. Der notorisch untreue Charmeur Andy, der Bent das Herz gebrochen habe, sodass er sogar seine Heimatstadt verlassen habe, um den Kerl endlich zu vergessen. Andy, der versucht habe, ihn mit dreisten Lügengeschichten wieder an sich zu binden. Andy, der ihm unverschämterweise noch immer Mails schicke. Andy, der lange Zeit viel zu viel Macht über ihn gehabt habe …

Bent holte tief Luft. »Henning, wenn du noch einmal den Namen Andy erwähnst, dann …«

»Ja, was dann? Alles, was ich gesagt habe, stimmt!«

»Ja, es stimmt«, sagte Bent. »Aber ich kann dich beruhigen: Ich lösche seine Mails so ungelesen wie die *Amazon*-Werbung.«

»Okay, okay.« Henning hob die Hände.

»Sag mal«, begann Ralf und leckte Milchschaum von seinem Löffel. »Als dein Kollege Dominik im Januar in deinen Geburtstagsbrunch geplatzt ist, dachte ich zuerst, ich hätte Andy vor mir. Die sehen sich ja total ähnlich. Ist das nicht manchmal komisch für dich?«

Bent verschluckte sich an seinem Orangensaft. Er hustete, räusperte sich. »Unser Verhältnis ist rein dienstlich«, sagte er steif.

»Ja klar, aber …« Ralf brach ab, als Henning ihm die Hand auf den Arm legte.

»Was meinst du, Ralf, so muskulös, wie Bent gebaut ist, braucht er für die Party aber ein XL-Outfit, was? Ist ja nur noch eine Woche hin.«

»Wovon redest du?«, fragte Bent.

»Mein Geburtstag.« Henning lächelte verbindlich. »Ich feiere rein und zwar mit einer Grand-Prix-Party. Nächsten Samstag. Die Gäste sollen natürlich im entsprechenden Outfit kommen.«

»Ihr interessiert euch für Autorennen?«

»*Autorennen*. Ist das zu glauben?« Henning schnalzte mit der Zunge. »Grand Prix Eurovision de la Chanson. Heute heißt das: Eurovision Song Contest!«

Bent richtete sich auf. »*Oooh* nein!«

»Ach komm, Bent, das wird sicher lustig«, sagte Ralf.

»Ich war neulich bei einem Shanty-Chor«, erwiderte Bent. »Das reicht doch wohl!«

»Dafür können wir nichts. Wieso überhaupt?«, fragte Henning.

»In unserem Team ist ein spezieller Kollege, der im Shanty-Chor …«

»Ein spezieller Kollege?« Henning grinste.

Bent seufzte. »Nicht Dom… Ist auch egal. Jedenfalls ist mein Bedarf an schlechter …«

»Joe kommt auch«, warf Ralf ein.

Sie gaben es wohl nie auf, ihn verkuppeln zu wollen. »Nee, wirklich nicht, Leute, ich …«, begann Bent.

»War dieser Shanty-Chor-Abend nicht der Abend, an dem wir ihn zum Essen eingeladen hatten?«, wandte Henning sich an Ralf.

»Genau der. Bent hat uns kurzfristig abgesagt, weißt du noch? Wir waren ganz traurig, zumal wir schon alles eingekauft hatten. Joe war auch traurig.« Ralf kniff ein Auge zusammen. »Muss schon ein *sehr* spezieller Kollege gewesen sein. Ich nehme an, gut gebaut und höllisch attraktiv. Singen die da in Marineuniform?«

Vor Bents innerem Auge tauchte Ottfried Weber auf, wie er sich über die Halbglatze strich, um die paar Haare zu richten, die der Wind hochgeklappt hatte, und sein Lodenmantel dabei über dem Kugelbauch spannte.

»Zu unserer Party kommen auch lauter höllisch …«, begann Henning.

»Ist ja gut, ich komme! Aber ohne Dings, ich meine, besonderes Outfit.«

Plötzlich klingelte Bents Handy. Henning und Ralf tauschten grinsend Blicke. Er nahm das Handy vom Tisch. Es war Nina.

»Hallo Bent. Hat der Chef dich schon erreicht?«

»Der hat sich noch nicht bei mir gemeldet. Ist denn inzwischen klar, woran die Frau gestorben ist?« Er stand auf und schlenderte Richtung Park.

»Die Obduktion ist noch nicht abgeschlossen, das Ergebnis zeichnet sich aber ab. Unfassbar, Bent. Wie bei Agatha Christie.«

Bei einem Kübel mit einem Trompetenbaum blieb er stehen. »Nämlich?«

»Der Klassiker unter den Giften.«

Er hob die Brauen. »Nämlich?«

»Der Marzipangeruch und die hellroten Leichenflecken sind typisch für eine Blausäurevergiftung, sagt der Doc. Die Frau sieht in der Tat aus, als hätte sie zu lange auf der Sonnenbank gelegen. Der Mageninhalt soll noch vom Toxikologen auf Rückstände untersucht werden.«

»Blausäure, also …«

»Zyankali, ja.«

»Sehr ungewöhnlich«, sagte Bent. »Mitten im Konzert ist es passiert?«

»Direkt nach der Pause. Wir haben also jede Menge möglicher Zeugen. Ich werde einen Aufruf starten: auf unserer Webseite, in der *Neuen Westfälischen,* im *Westfalenblatt,* bei *Radio Bielefeld* … die Konzertbesucher sollen sich melden.«

»Radio … schön, ja … gute Idee.«

»Danke.«

Er konnte hören, dass sie lächelte. »Dann sehen wir uns nachher im Präsidium, Nina.« Er drückte das Gespräch weg und ging zurück zu Henning und Ralf, die ihm fragend entgegenblickten. »Tut mir leid, Jungs, die Kunst muss warten.«

* * *

Auf dem Parkplatz des Präsidiums wurde Bent von Dominiks weißem Citroën geblendet, der das Sonnenlicht reflektierte. Er parkte seinen Volvo am anderen Ende des Parkplatzes und folgte dem Kollegen mit etwas Abstand ins Hauptgebäude. Er ging in sein Büro, um sich kurz am PC über Kaliumcyanid schlau zu machen, bevor er sich in den Besprechungsraum nebenan begab. Dort saßen bereits alle außer Nina an den hufeisenförmig gruppierten Tischen. Weber schnippte Dominik ein Bonbon über den Tisch zu, Kux wickelte eine Stulle aus dem Papier, ließ sie dann aber schnell verschwinden, als er Bents Anwesenheit bemerkte. Frank Herbst lutschte eins von Webers Bonbons und starrte vor sich hin. Mit den wirren, blonden Haaren sah er aus, als hätte er sich eben erst aus dem Bett gequält.

Bent nahm am Tisch neben dem Flipchart Platz, der vor dem offenen Ende des Hufeisens stand.

»Schön.« Er räusperte sich. »Ihr habt die Nachricht von Nina erhalten. Wir müssen leider von Mord ausgehen. Und zwar mit einem Gift, an das Otto Normalverbraucher nicht so einfach herankommt. Es hat vor ein paar Jahren einen Fall in Minden gegeben: Durch Natriumcyanid in der Limonade ist ein Chemie-Facharbeiter vergiftet worden. Dieser Stoff ist ein wasserlösliches Pulver, das sich genau wie auch Kaliumcyanid in Verbindung mit Säure, z.B. Kohlensäure oder Magensäure, in die giftige Blausäure verwandelt. Bella Schnathorst und ihre Leute vom Erkennungsdienst sind bereits unterwegs zu diesem *Bunker Ulmenwall*.«

»Heutzutage kann man sich doch alles Mögliche im Internet besorgen.« Frank gähnte unterdrückt.

Die Tür wurde leise geöffnet. Nina kam herein, winkte in die Runde und setzte sich auf einen Stuhl.

»Moin, Nina. Schön … ja … aus der Apotheke bekommen Kaliumcyanid nur Leute, die ein Dispensierrecht haben, etwa Tierärzte. Allerdings ist es möglich, giftiges Cyanid aus frei zugänglichen Chemikalien selbst herzustellen«, erwiderte Bent.

»Dann suchen wir also nach einem Privatlabor?« Frank runzelte die Stirn.

»Die Frage des Zugangs ist jedenfalls ein Punkt, den wir im Hinterkopf behalten müssen.« Bent fuhr sich über den verschwitzten Nacken.

»Wie schnell wirkt Kaliumcyanid eigentlich?«, fragte Dominik.

»Der Rechtsmediziner meinte, das könnte bei einer ausreichend hohen Dosis ziemlich schnell gehen. Eine Frage von Minuten oder sogar Sekunden«, sagte Nina. »Sie muss das Gift kurz vor ihrem Zusammenbruch im *Bunker* aufgenommen haben. Vermutlich oral.«

Bent nickte. »Warten wir ab, was der Toxikologe zu berichten hat. Dank Ninas Aufruf werden sich hoffentlich bald Zeugen bei uns melden. Die Mitglieder der

Band halten sich noch im Hotel auf. Das Konzert war gut besucht, oder?«

»Was ich so gehört habe, ja«, sagte Nina.

»Schön ... ich denke, wir brauchen Verstärkung, z.B. für die Aktenführung.«

»Fritz«, sagte Weber.

»Fritz«, rief Kux.

Die drei gluckten öfter zusammen, in der Kantine, auf den Fluren, in der Teeküche, obwohl Fritz Redekop – ein gemütlicher Beamter kurz vor der Pensionierung – auf einem anderen Flur des KK11 beheimatet war.

Bent griff nach dem dicken Filzstift, der auf dem Tisch lag, und begann, damit zu spielen. »Ist das euer Skatkumpel?«, rutschte es ihm heraus.

»Woher weißt du das?«, fragte Kux.

»Also Fritz Redekop als Aktenführer?«, wandte Bent sich an die anderen.

»Wieso nicht?«, sagte Frank. »Der ist schon lange dabei.«

Bent nickte. »Dann machen wir das so. Der Kommissariatsleiter hat mir fast freie Hand gegeben."

»Scheidet Suizid als Möglichkeit aus?«, fragte Frank.

Dominik runzelte die Stirn. »Mit Blausäure?«

»Hatten die Nazis nicht auch immer so eine Kapsel für alle Fälle bei sich?«, gab Frank zurück.

Weber lutschte schmatzend. »Großes Bühnendrama?«

»Ich habe nachgelesen, was bei einer Blausäurevergiftung passiert«, sagte Dominik leise. »Es ist ein innerliches Ersticken.«

Bent griff sich unwillkürlich an den Hals. »Noch scheidet keine Möglichkeit aus, nicht einmal die, dass

Marleen Seismo ein Zufallsopfer war.« Er warf einen Blick auf den Zettel, den Nina ihm auf den Schreibtisch gelegt hatte. »Kux und … ähm … Walter und Ottfried beginnen mit der Befragung eines Zeugen namens …« Er setzte sich die Lesebrille auf. »Stefan Rademacher.« Er gab Weber den Zettel mit der Telefonnummer. »Frank fährt in dieses Hotel, um die Bandmitglieder unter die Lupe zu nehmen. Und Nina …«, er lächelte, »es wäre schön, wenn du Fritz briefen könntest und dann später nachkommst ins Hotel der Band. Ja … dann …«

»Was ist mit mir?« Dominik fixierte ihn mit diesen braunen Andy-Augen.

»Ja …« Bent drehte an der Kappe des Filzstifts. Er hatte sich noch immer nicht an die Zusammenarbeit mit Dominik gewöhnt. Er räusperte sich. »Ich war noch nicht fertig. Du unterstützt Frank bei der Befragung der Band. Ich fahre auch ins Hotel und werde mir unter anderem Frau Seismos Gepäck ansehen. Na schön, ihr wisst, was ihr zu tun habt.«

Dominik und Frank sahen sich an, als realisierten sie erst jetzt, dass sie wieder miteinander arbeiten mussten. Hoffentlich ging das gut.

* * *

Auf dem Parkplatz hielt Dominik Frank am Ärmel fest, als der auf einen Dienstwagen zusteuern wollte, und machte eine Kopfbewegung in die andere Richtung.

»Du bist noch nie mit meinem neuen Citroën gefahren«, erklärte er. »Du musst dir mal die Boxen anhören.«

Im Auto drehte er die Anlage auf. »Na?« Dominik fuhr vom Parkplatz.

»Nicht übel«, gab Frank zu. »Wenn nur die Musik nicht so scheiße wäre. Was ist das überhaupt?«

»Hattler.«

»Wer?«

»Von *Kraan*.«

»Darf ich's einen Hauch leiser stellen?«, fragte Frank.

»Nö.«

Frank stellte die Musik so leise, dass sie kaum noch zu hören war. Dominik stellte sie wieder etwas lauter.

»All die *Bunker*-Gäste!« Frank seufzte. »Nicht mitgerechnet die Band. Aber das ist keine Bigband, oder?«

Auf der Stapenhorststraße reihten sie sich in einen Stau ein. Zwei junge Männer mit blau-weiß-schwarzen Trikot-Shirts, die die Arme einander über die Schultern gelegt hatten, wankten mit erhobenen Bierdosen zwischen den Autos über die Straße. An der Ampel zwei Wagen vor ihnen entdeckte Dominik Bents Dienstwagen.

»Spielt *Arminia* heute?«, fragte Dominik. »Droht wieder der Abstieg?«

»*Abstieg*? Sag mal, wo lebst du eigentlich?« Frank tippte sich gegen die Stirn. »Mensch, Dodo, die haben gestern gegen den VfL Osnabrück gewonnen und sind in die zweite Liga aufgestiegen! Die Fans haben die Nacht durchgefeiert!«

»Aufsteigen, absteigen, das geht doch andauernd so. Ich komme da nicht mehr mit.«

Frank seufzte. »Was soll man auch von einem Typen erwarten, der sich Marathonläufe im Fernsehen anguckt? Warum nicht gleich Synchronschwimmen?«

Schweigend beobachteten sie die beiden Jungs, die von der großen Party übriggeblieben waren und Richtung Straßenbahneingang an der Oetkerhalle torkelten.

»Dodo, sag mal ... siehst du eigentlich Betty noch?«, fragte Frank unvermittelt.

Dominik drehte die Musik wieder leiser. »Wir telefonieren gelegentlich. Es gibt noch einiges zu regeln wegen der Scheidung. Und dann müssen wir uns überlegen, was mit dem Haus passieren soll, wenn die Kinder ausziehen. Für mich allein ist es zu groß.«

»Dein Ältester ist noch immer in Österreich?«

Dominik nickte. Nach seinem letzten Telefonat mit Nils, bei dem sein älterer Sohn eine neue Freundin erwähnt hatte, war ihm der Verdacht gekommen, dass er womöglich gar nicht vorhatte, zurückzukehren. Dominik zögerte. »Und du? Hast du Kontakt zu Betty?«

»Nein!«, sagte Frank schnell. »Ich werde mir nicht noch einmal die Finger verbrennen!«

»Wann hast du dir jemals die Finger verbrannt?«

Meter für Meter schoben sie sich vorwärts. Hinter der Fußgängerampel ging es nicht weiter. Ein Mercedesfahrer, der seinen Wagen in eine Mini-Parklücke quetschen wollte, blockierte die Straße.

»Mir reicht's mit den Frauen«, sagte Frank.

»Nicht wieder ins Internet?«

»Um Gottes willen!«, gab Frank zurück.

»Seit wann hast du Gott im Angebot? Oder willst du jetzt ins Kloster?«

»Gute Idee ... da biete ich dann spirituelle Wellness-Kurse für gestresste Großstädterinnen an. So, meine Damen, jetzt entspannen Sie sich, ich helfe gerne.«

Frank lachte. »Oder ich schreibe ein Buch: Wie lasse ich's mir gut gehen in dieser irrsinnig beschleunigten Welt.«

Der Mercedesfahrer kam weder vor noch zurück. Hinter ihnen ging ein Hupkonzert los.

»Darin bist du ja Experte«, sagte Dominik.

»Was soll das denn heißen?«

»Nina sagt, du machst eine Therapie?« Dominik streifte ihn mit einem Seitenblick.

»Das sollte sie doch nicht ...« Frank rutschte ein Stück tiefer in den Sitz und stöhnte. »Bent ist mir so lange auf den Zeiger gegangen damit, dass ich ... dass ...«

»Alles klar.« Dominik grinste. »Wenn's hilft.«

Der Mercedesfahrer gab auf, und der Verkehr floss wieder. Als er endlich in der Nähe des Hotels in der Altstadt einen Parkplatz fand, dachte Dominik, dass sie zu Fuß wohl genauso schnell gewesen wären.

Ronnie Seismo empfing sie in einem Einzelzimmer. Er räumte rasch ein Keybord von dem Tisch am Fenster, schob die handgeschriebenen Notenblätter, die das schmale Bett bedeckten, in einen Ordner und warf Stifte in die Nachttischschublade. Er bot ihnen die beiden Stühle am Tisch an und setzte sich aufs Bett. Dem Anlass entsprechend, trug er ein schwarzes Hemd zu seiner schwarzen Jeans. Aber so war er auch auf dem Band-Foto im *Bunker*-Programm gekleidet, fiel Dominik ein. Seismo schob sich seine Tolle aus der Stirn, die sofort wieder zurückfiel. In den Gläsern seiner Hornbrille spiegelten sich Dominik und Frank wie Schattenrisse vor dem Fenster, an dem sie saßen. Dann bewegte Seismo den Kopf, und das Spiegelbild verschwand. Er blickte sie mit hochgezogenen Brauen an.

Dominik konnte es sich nicht verkneifen: »Sie hatten ein Einzelzimmer gebucht?«

Seismo verschränkte die Arme. »Ist das polizeilich verboten?«

Frank holte Luft, als wollte er etwas sagen, doch Seismo kam ihm zuvor. »Marleen hat schon am Freitag ein Zimmer genommen. Sie war Freitagabend auf einem Klassentreffen.«

»Hier in Bielefeld?«, fragte Frank.

Seismo grinste abfällig. »Hätte sie sonst ein Zimmer hier in Bielefeld gebucht?«

»Beantworten Sie bitte die Frage!«

»Ja, sie hat *hier in Bielefeld* ein Klassentreffen besucht.«

Frank beugte sich vor. »Es scheint Ihnen ja ganz gut …«

»Oh ja, es geht mir phantastisch! Marleen ist tot, heute Morgen hatte ich stundenlang meine Schwiegereltern an der Strippe, obwohl ich ihnen nicht mehr sagen konnte, als dass Marleens Leiche in einem Krankenhaus obduziert wird. Die ganze Zeit über denke ich nach, wie ich es unseren Kindern beibringen soll! Und jetzt kommen *Sie*!«

»Wie schön, dass Sie trotzdem noch Zeit zum Komponieren fin…«, begann Frank.

»Es tut uns leid, Herr Seismo« unterbrach Dominik. »Sie haben gerade Ihre Frau verloren. Leider müssen wir Ihnen Fragen stellen und zwar möglichst früh, denn umso größer ist die Chance, dass wir das Ganze aufklären. Hat Ihnen Kommissar Andersen mitgeteilt, dass Ihre Frau keines natürlichen Todes gestorben ist?«

»Ja, und er wollte ihr Zimmer sehen. Aber er hat mir nicht gesagt, was Sache ist. Also frage ich Sie: Woran ist sie gestorben?«

Dominik tauschte einen Blick mit Frank. »Das darf ich Ihnen aus ermittlungstechnischen Gründen nicht sagen.«

»Hallo?! Ich bin ihr Ehemann!«

Eben, hätte Dominik fast gesagt. Ehemänner waren häufig die Hauptverdächtigen, und die Details der Tat waren Täterwissen, anhand dessen man den Täter überführen konnte.

Frank lächelte süffisant. »Und wir sind die Kripo. Deswegen haben wir eine Reihe von Fragen an Sie.«

»Bitte. Ich habe mir bereits ohne Ende das Hirn zermartert. Aber nein, ich kann mir nicht denken, wer es gewesen sein könnte, nein, sie hat sich in letzter Zeit nicht anders als sonst verhalten, nein, wir hatten nur die üblichen Probleme: Wer fährt wann die Kinder wohin und so weiter. Sonst noch was?«

»War Ihre Frau depressiv oder hat sie Selbstmordabsichten geäußert?«, fragte Dominik.

Seismo blickte kurz an die Decke, als wäre diese Frage eine Zumutung. »Das wäre mir aufgefallen.«

Frank setzte an, dieses Mal kam Dominik ihm zuvor. »Also nein?«

Seismo seufzte leise. »Korrekt.«

»Gab es Probleme innerhalb der Band?«, fragte Dominik.

»Es gibt immer irgendwelche Probleme in Bands. Wer hat wann seine Impro, welche Stücke sollen in Angriff genommen werden und so weiter.« Er knabberte an seiner Lippe. »Bei uns war das nicht anders. Nichts Wildes.«

»Dieses Klassentreffen … hat Ihnen Ihre Frau etwas darüber erzählt? Oder kennen Sie Leute, die dort waren?«, fragte Dominik.

»Sie hat ihre alte Musik-Clique vom Helmholtz-Gymnasium da wiedergetroffen. Mehr hat sie nicht gesagt.«

»Kennen Sie jemanden aus dieser Clique?«

»Kennen ist zu viel gesagt. Ich war auch auf dem Helmholtz, aber zwei Jahrgangsstufen drüber. Das Treffen hat so ein Langweiler-Pärchen organisiert. Die haben Marleen hinterhertelefoniert, um sicherzugehen, dass sie auch ja dort aufschlägt.«

»Namen?«, fragte Frank.

»Frauke und Wolf-Dieter sowieso. Kriege ich nicht mehr zusammen. Müsste aber auf der Einladung stehen. Ansonsten in den Mails auf ihrem Rechner, zu Hause in Köln.«

»Köln …« Frank schürzte die Lippen. »Dann bitten wir Sie, noch ein paar Tage in Bielefeld zu bleiben. Erfahrungsgemäß tauchen gerade in der ersten Phase der Ermittlung viele Fragen auf und …«

»Das kläre ich dann mit Ihrem Vorgesetzten, diesem Erster Haupt-was-weiß-ich …«

»Der Erste Kriminalhauptkommissar Andersen ist der Leiter der Mordkommission«, sagte Frank freundlich. »Falls Sie ein Riesending daraus machen wollen, müssen Sie sich an unseren Dienstvorgesetzten, den Leiter des KK11, wenden. Der hat bestimmt nichts Besseres zu tun, als mit Ihnen zu plaudern. Es ist ohnehin nur eine Bitte. Sie dürfen natürlich auch gerne zu jeder Vorladung anreisen.«

Seismo presste die Lippen zusammen. »Okay, ich bleibe noch.«

»Sie leben in Köln? Aber kommen aus Bielefeld?«, fragte Dominik.

»Ganz recht. Wir haben nach dem Abi hier beide an der Hochschule für Musik in Hilversum Jazz studiert und sind später mit einigen Mitgliedern der Band nach Köln gezogen. In Köln ist dann David James, unser neuer Schlagzeuger, hinzugekommen. Die Szene dort ist interessant. Ein Grund war auch, dass Marleens Eltern in Köln leben und uns die Kinder abnehmen können. Manchmal auch meine Mutter, die mittlerweile in Bonn wohnt. Als Musiker hat man oft Abendtermine.«

»War Marleen manchmal in Bielefeld?«, fragte Dominik weiter.

Seismo krauste die Nase. Er stützte die Unterarme auf den Knien ab und legte den Kopf schräg. »Wieso sollte sie?«

Dominik lächelte. »Das wissen wir nicht.«

»Sie hatte bis vor Kurzem hier noch einen Großvater, so ein autoritärer Knochen, ein Ewiggestriger, den sie nicht ausstehen konnte. Wir sind in all den Jahren nur ein einziges Mal vorher im *Bunker Ulmenwall* aufgetreten – und das ist über zehn Jahre her. Sie hat diverse Klassentreffen verpasst, aber dieses war das fünfzehnjährige, und, wie gesagt, diese Frauke hat nicht lockergelassen.«

»Ihre Frau hat also Freitagabend das Klassentreffen besucht und den Samstag in Bielefeld verbracht?«, hakte Dominik nach.

»So war es geplant.«

»Hat sie Ihnen erzählt, was sie den Tag über gemacht hat? Oder etwas über das Klassentreffen?«

»Nein.«

Frank schürzte die Lippen. »Sie haben also gar nicht mit Ihrer Frau gesprochen?«

»Habe ich das gesagt?!« Ronnie Seismo schloss kurz die Augen. »Ich hab sie nun mal erst zum Soundcheck gesehen, und vor dem Auftritt haben wir mit der Band im Hotel zu Abend gegessen. Ich weiß nicht, ob Sie sich das vorstellen können, aber für mich gibt es Spannenderes als Bieledorf, Frauke und Wolf-Dieter!«

Dominik tauschte einen Blick mit Frank. »Erinnern Sie sich, was Ihre Frau an dem Abend vor dem Auftritt oder auch in der Pause zu sich genommen hat?«

»Sie hat sich das gleiche Fischgericht im Hotelrestaurant bestellt, das ich auch hatte.«

»Und in der Pause?«, fragte Dominik.

»Marleen war zu Anfang mit uns in diesem Raum für die Musiker ...« Er beulte seine Wange mit der Zunge aus. »Sie hat Bionade getrunken. Da stand eine Kiste Bionade für uns.«

»Hat ihr jemand die Flasche gereicht?«, fragte Frank.

»Nein ... sie ... Marleen hat sie selbst aus der Kiste genommen.«

Dominik registrierte Seismos kurzes Zögern bei dieser Aussage.

»Ist Ihnen irgendetwas Ungewöhnliches oder Verdächtiges aufgefallen an diesem Abend?«, fragte Frank weiter.

»Wenn Sie mich so fragen ...« Seismo schob seine Brille auf dem Nasenrücken höher. »Meine Frau ist auf der

Bühne zusammengebrochen und gestorben. Sonst noch was?«

»Ihre Frau hat doch sicher ein Adressbuch, einen Kalender oder …«, begann Dominik.

»Smartphone und Laptop.«

»Oder so. Ihre Frau wohnte mit Ihnen zusammen?«

»Sicher. Mit mir und den Kindern. Sie hat ein eigenes Arbeitszimmer.«

»Wir würden uns dort gerne mal umschauen.«

»Tun Sie das. Ich würde Sie ja gerne selbst hereinbitten, aber ich habe keinen Schimmer, wie lange ich hier noch ausharren muss! Die Nachbarin hat einen Schlüssel. Fragen Sie die.« Er kritzelte Namen und Adresse auf einen Zettel und reichte ihn Dominik.

»Der PC Ihrer Frau ist sicher mit einem Passwort geschützt. Dürfen wir den mitnehmen? Dann kann unser IT-Exper…«

»Das Passwort lautet *JetteMatti,* zusammengeschrieben, nur die Anfangsbuchstaben groß. Die Namen unserer Kinder.«

»Danke, Herr Seismo. Rufen Sie uns bitte an, wenn Ihnen doch noch etwas einfällt.« Dominik nickte ihm zu.

Sie hatten die Tür von Seismos Hotelzimmers noch nicht ganz hinter sich geschlossen, als Frank herausplatzte: »Was für ein aufgeblasener …«

»Schweig still, Bieledorfer!«, unterbrach Dominik, der gerade Bent Andersen aus einem Fahrstuhl am Ende des dezent ausgeleuchteten Flurs treten sah. »Wir sind objektiv und neutral und keine Möglichkeit scheidet aus«, flüsterte er Frank zu.

»Wenn schon, dann Lipper«, murmelte Frank.

»Na, du kannst ja nichts dafür, dass du aus Lage kommst.«

Frank boxte ihm gegen den Arm.

Andersens Schritte wurden von dem dicken Teppichboden verschluckt und stockten, als sein Handy klingelte.

»Ja? Bella?«, sprach Andersen ins Handy und begutachtete den *Böckstiegel*-Kunstdruck an der Wand, der mit seinen kräftigen Farben nicht zu der cremefarbenen Tapete mit den goldenen Zierleisten passte. »Ein Zufallsopfer? … ausschließen? Nein … ich fürchte ja, das volle Programm.« Er schaltete das Handy aus und ging auf sie zu.

»Dabei ahne ich doch schon, wer es war«, flüsterte Frank.

»Wenn wir dich nicht hätten«, gab Dominik zurück.

»Schön«, dröhnte Andersen. »Ich habe gerade mit Bella Schnathorst gesprochen. Die Spurensicherung im *Bunker* wird noch dauern. Und dann nimmt sie sich Marleen Seismos Hotelzimmer vor, das ist jetzt abgesperrt. Man kann nicht ganz ausschließen, dass dort die Quelle des Giftes lagert. Diese Zimmer haben Minibars, und Frau Seismo könnte ein Getränk von dort in den *Bunker* mitgenommen haben.«

»Du hast das Zimmer bereits durchsucht?«, fragte Dominik.

»Oberflächlich.« Andersen hielt eine Tüte hoch, aus der ein weißer Overall und Plastikhandschuhe lugten. »Ich habe ihr Smartphone gefunden. Auf dem Schreibtisch lag eine ausgedruckte Mail mit einer Einladung zu einem Klassentreffen am Tag vor ihrem Tod.«

»Frauke und Wolf-Dieter«, sagte Frank.

»Ihr wisst Bescheid«, stellte Andersen fest.

»Bent … glaubst du wirklich an Zufall bei diesem Giftmord?«, fragte Dominik.

»Wir werden auf Bellas Ergebnisse warten müssen. Und wer weiß, ob nicht noch andere Personen zumindest Beschwerden hatten. Schön, dann … « Er warf einen Blick auf seine Armbanduhr. »Dann teilen wir uns weiter auf bei der Befragung der Bandmitglieder. Nina wird auch gleich kommen. Es gibt nur ein Problem.« Er sah Dominik an.

Und das bin ich, stimmt's, Bent?, dachte Dominik.

Andersen strich sich über das vernarbte Gesicht. »Der Trompeter der Band, ein gewisser Guido Bartsch, ist heute Morgen bereits nach Köln abgereist.«

»Schau an«, sagte Dominik. »Bartsch ist neben Willem Keuper der Einzige aus der Band, der nicht mit ins Krankenhaus gekommen ist, um zu sehen, wie es der Sängerin geht.«

»Tja.« Frank grinste. »Dann dürfen die Kölner Kollegen mal ran. Wir haben hier ja wohl mehr als genug zu tun!«

»Die Band gehört zum engeren Umfeld des Opfers. Das machen wir selbst. Und zwar möglichst schnell«, sagte Andersen, ohne den Blick von Dominik zu wenden. »Köln ist nicht aus der Welt. Ich möchte, dass du hinfährst.«

»Wann?«, fragte Dominik.

»Jetzt gleich.«

Frank klopfte Dominik auf die Schulter. Da Andersen mit seiner massigen Gestalt den engen Flur versperrte, wandte Dominik sich in die andere Richtung und ging zum Treppenhaus.

»Hast du die Adresse?«, rief Andersen.

Dominik hob die Hand, ohne sich umzudrehen. »Jep.«

Samstagnacht hatte er sich im Städtischen die Adressen der Bandmitglieder von dem Schlagzeuger geben lassen. David James hatte gefasster gewirkt als die in Tränen aufgelöste Bassistin. Als er die Treppe hinunterstieg, entdeckte er sie mit einer Zigarette auf einem kleinen Balkon, der auf halber Höhe vom Treppenhaus abging.

»Henrike Elges?«, fragte er leise.

Die schmale Frau nickte, und blies weiter Rauchringe in die Luft.

»Marleen hat Ihnen etwas bedeutet, nicht wahr?«

Sie wandte sich um, sah ihn aus großen, aber verquollenen Augen an. Dann nahm sie die Zigarette aus dem Mund und betrachtete sie. Am vorderen Ende hatte ihr dunkelroter Lippenstift Spuren hinterlassen. »Sie war meine beste Freundin.«

»Wer kann das getan haben?«

Sie blickte zu Boden und schüttelte den Kopf. Aus dem Knoten, zu dem sie ihre dunklen Haare gebunden hatte, löste sich eine Strähne.

»Frau Elges?«

»Marleen war etwas Besonderes«, sagte sie nach einer Weile. »Sie war geradeheraus, wissen Sie. Weil sie stark war. Manchmal dachte ich …«

»Ja?«

»Sie ging unbedarft durch die Welt. Ich glaube, sie konnte sich nicht vorstellen, dass es Menschen gibt, die freundlich tun, aber ihr nicht wohlgesonnen sind. Menschen, die ihre wahren Absichten verbergen. Neid zum Beispiel …« Sie fegte ein Ascheblättchen vom Ärmel ihrer schwarzen Bluse.

»Und wer beneidete sie?«

Henrike Elges seufzte. »Ganz ehrlich?« Sie zog an der Zigarette und steckte die Kippe in den Sand eines Standaschenbechers. »Marleen war schön und eine gefeierte Sängerin. Wer beneidete sie nicht?«

Der Blick vom Balkon ging auf einen Hinterhof, der mit Olivenbäumchen in Kübeln geschmückt war. Ein gelbes Kinderfahrrad lag verlassen auf den Steinfliesen. Das Hinterrad drehte sich noch.

Montag, der 13. Mai

Dominik wurde von einem Quietschen geweckt, dann folgte ein dumpfer Knall, und das Licht ging an. Etwas Hartes drückte gegen seine Wange, eine Strebe des Treppengeländers, gegen das er schwer lehnte. Ein Treppenhaus also, in einem Altbau in Köln, erinnerte er sich. Gähnend drückte er sich vom Geländer weg, blieb aber noch sitzen und lauschte dem Knarren der Stufen. Die Schritte näherten sich. Seine rechte Hand fühlte sich an wie Gummi und kribbelte, als er sie bewegte. Die Uhr am Gummihandgelenk zeigte 1:32 Uhr. Er musste mindestens eine Stunde auf dieser Treppe geschlafen haben – nachdem er sich damit beschäftigt hatte, die Formen der abgeblätterten Stellen im Putz mit Tierarten zu assoziieren und seine Sammlung der von Weber übereigneten Bonbons zu lutschen, die seinen knurrenden Magen nur vorübergehend beruhigt hatten.

Er tastete nach dem Stick in seiner Jackentasche, auf den er eine Reihe von Dateien von Marleen Seismos Rechner gezogen hatte, und streckte probehalber ein

Bein aus, bewegte es, dann das andere. Schwerfällig stand er auf. Keinen Moment zu früh, denn gerade bog ein Glatzkopf um die Ecke und stierte ihn an. In seiner Hand baumelte ein Trompetenköfferchen. Auch ein schönes Mordinstrument, wenn man es auf einen Glatzkopf niedersausen ließ.

Einen Moment lang herrschte Stille.

»Sind Sie mein neuer Nachbar?«, fragte Guido Bartsch. »Soll ich den Schlüsseldienst für Sie anrufen?«

»Mir würde schon es reichen, wenn Sie mir Fragen zum Tod von Marleen Seismo beantworten würden. Ich bin nämlich extra aus Bielefeld angereist, da Sie es nicht für nötig hielten …«

»Sieh an, ein Bulle.«

»Ich warte hier seit Stunden!«

Bartsch grinste und zuckte mit den Schultern. »Da haben Sie wohl einen echten Scheißjob erwischt.«

»Ich habe Sie telefonisch nicht mal unter Ihrer Handynummer erreicht.«

Bartsch stieg ein paar Stufen höher. »Ich leiste mir den Luxus, nicht immer erreichbar zu sein.«

»Wahrhaftig ein Luxus, wenn es um eine laufende Ermittlung in einem Mordfall geht.«

»Also doch! Henrike rief mich an und …« Der Trompeter legte sich kurz die Hand an den Hals. Es war eine ähnliche Geste wie die von Andersen, als Dominik von innerem Ersticken gesprochen hatte. Bartsch holte tief Luft. »Kommen Sie mit rein, ich mache uns erst mal Kaffee.«

Dominik folgte ihm in die Wohnung. Der Trompeter warf seinen Schlüsselbund in einen Korb auf einer Kommode im Flur und streifte ihn mit einem Seitenblick. »Extra aus Bielefeld nachgereist?« Es klang schuldbewusst. Dann ging Bartsch voran in eine Wohnküche, machte eine Geste zu einer roten Chaiselongue, und begann, eine Espresso-Kanne zu befüllen. Dominik ließ sich auf der Chaiselongue nieder und betrachtete die Plakate von Jazzfestivals, die in der Küche hingen.

»Es ging nicht anders«, sagte Bartsch, während er die Gasflamme anzündete. »Ich bin am Sonntagvormittag mit einer anderen Band bei einer Matinee aufgetreten. Das mit Marleen …« Er drehte sich um und breitete die Arme aus. »Zuerst habe ich vermutet, das wäre ein geplatztes Aneurysma oder so. Es ging alles so schnell und … was war denn nun die Ursache?«

»Das darf ich Ihnen nicht sagen.«

»Da bleibt ja nur Gift. Ich hab jedenfalls niemanden mit einem Messer gesehen.«

»Herr Bartsch …«

»Wollen Sie auch was essen? Entschuldigung, aber ich habe einen Mordshunger!« Er schlug sich die Hand vor den Mund. »Gott, was rede ich da. Makaber. Aber Marleen …« Er schüttelte den Kopf und starrte den Holzdielen-Fußboden an. Als hinter ihm der Espresso-Kocher brodelte, blickte er wieder auf. »Ich begreife das nicht! Zu Beginn der Pause war Marleen noch total fit.«

Kaffeeduft erfüllte die Küche. Dominik zögerte. »Um ehrlich zu sein, ich könnte etwas essen.«

»Bratkartoffeln und Spiegelei? Ich bin zwar nicht gerade ein Gourmet-Koch, aber das kriege ich hin.« Bartsch sah ihn fragend an.

»Ich kann auch nicht kochen. Bratkartoffeln klingt gut.«

»Fein.« Mit routinierten Griffen klappte der Trompeter Schranktüren auf und zu, holte eine Schüssel mit gekochten Kartoffeln aus dem Kühlschrank und fing an, zu schnibbeln. Bald mischte sich der Geruch von gebratenen Zwiebeln in den Kaffeeduft.

Dominik erinnerte sich selbst daran, warum er hier war. »Marleen Seismo …«

»Kocht Ihre Frau für Sie?«, fragte Bartsch.

»Nicht mehr.«

Bartsch nickte kauend, während er ein Schälchen mit grünen Oliven auf den Tisch stellte. »Probieren Sie mal, die sind lecker, mit Knoblauch.«

Dominik probierte.

»Sie hat Sie verlassen«, sagte Bartsch.

»Woher kennen Sie meine Ex?«

Bartsch lachte. Er wischte sich die Hände an seiner Küchenschürze ab und hielt inne. »Doch nicht, weil Sie zu viel Energie in Ihren Scheißjob gesteckt haben?«

»Es ist nur ein Scheißjob, wenn Zeugen nicht kooperieren.«

»Botschaft angekommen. Ich kooperiere. Nach dem Essen, in Ordnung? Aber einen triftigen Grund dafür, dass sie ermordet worden ist, kann ich Ihnen nicht liefern.«

»So ist es immer. Die Gründe scheinen nie triftig zu sein oder jedenfalls«, Dominik senkte den Blick, »selten.«

»Selten, aha. Und das sagt ein Bulle!«

Die Bratkartoffeln waren gut. Zu der Bauernpfanne reichte Bartsch einen tiefroten Rioja.

»Ich bin im Dienst«, wehrte Dominik ab.

»Um drei Uhr nachts? Ich bleibe dabei, Ihr Job ist ein Scheißjob!« Bartsch füllte zwei Weingläser und hielt ihm eins unter die Nase. »Ich schwöre, dieser Wein ist vorzüglich.«

Das stimmte.

Der Trompeter fuhr mit einem Finger über den Rand seines Glases und starrte ins Leere. »Meine Frau hat mich auch verlassen. Vor einem dreiviertel Jahr. Knochenkrebs. Sie war 32, als sie starb. Wenn ich nicht die Musik gehabt hätte …«

Ein hoher Ton schwebte im Raum. Bartsch nahm den Finger vom Glas und trank es aus. Er verzog den Mund. »Wie machen das eigentlich Leute, die kein kreatives Projekt haben? Skulpturen formen, Filme drehen, Comics zeichnen … egal, was. Wie kann man ohne so was überleben? Seelisch … ja, letzten Endes auch physisch?«

Dominik wusste nicht, was er darauf antworten sollte.

»Ein Schulfreund von mir wollte immer Maler werden. Jetzt malocht er in einer Werbeagentur. Die fressen ihn mit Haut und Haar. Er ist kreuzunglücklich. Aber was soll er machen mit drei Kindern? Haben Sie ein kreatives Projekt?«, fragte Bartsch.

»Ich jogge, besitze ein Teleskop und … bei der Arbeit muss ich kombinieren. Ich schätzte, das erfordert auch Kreativität.«

»Erschaffen Sie etwas Neues?«

Dominik lächelte. »Eher nicht.«

»Ich halte mich auch fit, aber das ist weit entfernt davon, mich auszufüllen. Verstehen Sie mich nicht falsch, aber Ihre Frau ist weg – und Sie joggen?«

»Warum nicht? Wir sind alle verschieden. Manche schwören auf Religion. Andere ...«

»Beten das Geld an oder ihren neuen BMW. Muss wohl so sein.« Bartsch goss ihm den Rest aus der Weinflasche ins Glas.

»Und Marleen ...?«

»Marleen war Vollblutmusikerin. Da gibt's kein Vertun. Oder gab es, muss man jetzt wohl sagen. Sie hat immer gewusst, was sie wollte. Prost – wie heißt du noch mal?«

»Dominik.«

»Guido.« Der Trompeter hob sein Glas, und sie stießen an.

»Zu Beginn der Pause war sie noch fit, Guido?«

»Ja, wir waren zusammen im Backstage-Raum. Aber nach ein paar Minuten ist sie raus. Ich blieb mit Ronnie und Willem hinten, wir hatten keine Lust, uns unter die Leute zu mischen. Ich habe Marleen erst nach der Pause auf der Bühne wiedergesehen.«

»Hattest du ein gutes Verhältnis zu ihr?«, fragte Dominik.

»Geht so. Nachher war es nicht mehr so gut.«

»Nachher?«

»Moment«. Guido hob den Zeigefinger, stand auf, holte eine zweite Flasche Rotwein aus einer Vitrine und entkorkte sie. »Muss erst mal atmen, der Wein. Du kennst das.«

Dominik nickte. Er war versucht, sich einfach auf der Chaiselongue auszustrecken.

»So.« Guido legte die Unterarme auf den Tisch. »Ich fange mal von vorne an. Ich habe Ronnie und Marleen während des Studiums kennengelernt. In Hilversum vor zwölf Jahren oder so. Ronnie fragte mich, ob ich in ihre Band einsteigen will. Das war klassischer Swing, aber gut gemacht. Meine Hauptband war damals eine andere, bei der viel experimentiert wurde auch in verschiedenen Formationen, mehr projektmäßig. Das ging in Richtung Funk und Fusion. Kennst du *Snarky Puppy?*«

»Oh ja.« Dominik war beeindruckt. »Waren vor nicht allzu langer Zeit im *Bunker.* Großartiges Konzert. Du hast aber nicht mit *Snarky Puppy* gespielt, oder?«

»Schau an, der *Bunker.* Nein, habe ich nicht, ich wollte nur sagen, es ging so in diese Richtung. Hat Spaß gemacht, aber mit der Mucke von Ronnies Band war deutlich mehr Geld zu verdienen. Ich habe auch nichts gegen gut gemachten Swing, und als Ronnie anfing, Soul reinzubringen und es funkig wurde, fand ich's noch besser. Und eine feste Formation hat Vorteile. Als Ronnie mich fragte, ob ich mitkomme nach Köln, habe ich ja gesagt.«

Guido wartete, bis Dominik den letzten Schluck aus seinem Glas getrunken hatte, und goss ihm aus der neuen Flasche nach.

»In Köln konnten wir David James anwerben«, fuhr er fort. »Sehr talentierter Drummer. Die ersten Jahre lief es super. Wir entwickelten uns weiter, ich probte auch noch regelmäßig mit der anderen Band in Holland, aber Marleen Seismo & Band hatte für mich Vorrang. Tja und dann …« Er ließ den Wein im Glas kreisen, hielt ihn gegen das Licht und trank einen Schluck. »Ronnie und Marleen bekamen Stress miteinander. Okay, sie waren schon länger zusammen und mussten den Alltag mit den beiden Kids hinkriegen. Auch wenn Marleens Eltern oft einsprangen, war es schwierig, alles unter einen Hut zu bekommen. Und dann fing Marleen an, mit anderen Männern zu flirten. Dadurch wurde es nicht einfacher zwischen den beiden, und auch nicht in der Band.«

»Glaub ich gern. Dass es zwischen ihnen nicht mehr so gut lief, habe ich mir schon gedacht«, sagte Dominik. »Dieser Wein ist auch lecker. Fruchtig.« Er begutachtete das Etikett. »Australischer Wein. Habe ich noch nie getrunken.«

»Ein vollmundiges Tröpfchen, nicht? Prost!«

Sie stießen wieder an. Eine Weile herrschte Schweigen. Dominik genoss den Wein und dachte an die Geschichte zwischen Betty und Frank. Woran lag es, dass eine Frau den Mann wechselte? Am alten Mann oder am neuen Mann? Oder an der Frau? Auch das nächste Glas Wein brachte diesbezüglich keine neuen Erkenntnisse. Was auch an der Chaiselongue lag. Es kam ihm vor, als sänke er immer tiefer hinein. Bald würde die Tischkante auf Kinnhöhe sein, und dann würde er endgültig abtauchen. Er legte seine Arme um den Tisch, um das Schlimmste zu verhindern.

»Dieser Ronnie«, begann Dominik. »Ich finde, der …«

»Ja?«

»Der ist ganz schön arrogant!«

Guido lachte. »Ronnie kann ein Arsch sein, aber Marleen …«

»Ja?«

»Egoman ist gar kein Ausdruck. Die Band ist Ronnies Baby, er arrangiert die Stücke, zum Teil schreibt er sie auch, aber Marleen muss immer im Mittelpunkt stehen! Das ist normal, sie ist die Sängerin und sie singt pfant... fantastisch. Aber deshalb muss sie sich ja nicht aufführ'n wie 'ne Diva und die Band praktisch ... explodieren lassen. Nee, nich explodieren, ich meine Auflösung, ich meine ... jetzt hab ich's, Spaltung! Wir waren kurz davor, auseinanderzubrechen.« Guido hob die Flasche. »Noch Wein?« Ohne die Antwort abzuwarten, goss er Dominik nach, wobei ein bisschen danebenging.

Dominik hielt sich am Tisch fest. Die Chaiselongue zerrte an ihm, aber er musste noch dieses Gespräch zu Ende bringen. »Ronnie war gar nicht so traurig, als sie gestorben ist.«

»Ronnie war fertig mit ihr.« Guido machte eine Art Handkantenschlag in der Luft. »Tutti kompletti! Weil nämlich Marleen alle bis auf mich auf ihre Seite gezogen hat. Unsere Bassistin sowieso und David und Willem nachher auch.«

»Willem?«

»Willem Keuper, das Gebläse, unser Satz... Saxophonist. Willem, dieser Große, weißt du, der Lange ...«

»Ja ja.«

»Und weißt du was?« Guido stach mit dem Zeigefinger in seine Richtung.

»Ja?« Die Sogwirkung des Sofas wurde stärker, aber er klammerte sich fest, denn jetzt würde er kommen, das spürte er, der entscheidende Satz.

»Weißt du, was sie Ronnie gesagt hat auf der letzten Probe? Wir komm ... wir kommen zur Not auch ohne dich klar, Ronnie, wir woll'n eine neue Aus...«

»Aus?«

»Ausrichtung der Band. Frischen Wind. Musikalisch, weißt du. Alles ganz anners.« Guido machte eine ausladende Geste und stieß dabei eine der beiden leeren Weinflaschen um, die wie in Zeitlupe über den Tisch rollte und dann zu Boden fiel.

»Upps«, sagte Guido und verschwand unter den Tisch.

Dominik wunderte sich, wie lange er unten blieb, hatte aber genug damit zu tun, sich am Tisch festzuhalten und den Rülpser niederzuzwingen, der gerade in ihm anschwoll.

Endlich tauchte Guido mit rotem Kopf wieder auf. Er starrte die Flasche an wie ein Weltwunder. »Iss nich mal kaputt.«

»Nö«, meldete sich der halb unterdrückte Rülpser.

»Sie hat ihn also betrogen?«, machte Dominik weiter.

»Praktisch doppelt. Rumgeflirtet und wegen der neuen Aus... Ausrichtung.«

»So war das.« Guido nickte mit leeren Augen vor sich hin.

»Verstehe.« Dominik gab auf und versank im weichen Polster. Er schloss die Augen, und die Welt drehte sich. Er spürte eine kratzige Wolldecke an der Wange. Guido hatte sie ihm übergeworfen.

»Schieh die Zuhe ...«

Er öffnete ein Auge.

Guido zerrte an seinen Schuhen, und er ließ es geschehen.

* * *

Als sie den Flur ihrer Büroetage betrat, hörte Nina die Kollegen in der Teeküche lachen. Es roch verführerisch nach Kaffee, aber sie war wieder spät dran und wandte sich gleich nach links in den noch leeren Besprechungsraum. Die Luft war drückend, obgleich die Fenster sperrangelweit offen standen. Die Wärme kam eher herein, als dass sie entwich. Nina schloss die Fenster und ließ sich auf einen Stuhl fallen. Da, wo sonst der Flipchart stand, befand sich nun eine fahrbare Pinnwand, gespickt mit Listen und Karteikarten. Auf einem Tisch in der Nähe war der Rechner für den Aktenführer aufgebaut. Die Tulpen, mit denen sie Bents Tisch vor ein paar Tagen dekoriert hatte, ließen die Köpfe bis zur Platte hängen. Sie warf die Blumen in den Papierkorb und setzte sich an einen der vorderen Tische. Heute Morgen, als sie Kais Sporttasche neu gepackt hatte, war auch allerhand zu entsorgen gewesen: Eine schwarze Banane, ein angebissener Apfel und Schokoladenpapiere.

Nina schrak zusammen, als plötzlich Fritz Redekop mit einem Packen Karteikarten hinter der Pinnwand hervortrat. Er musste durch die Tür zwischen dem Besprechungsraum und Bents Büro gekommen sein.

»Morgen, Nina.« Fritz pinnte weitere Karteikarten an die Wand.

»Hallo Fritz«, sagte Nina. »Weißt du schon das Neueste: Wir leben im digitalen Zeitalter.«

Fritz fuhr sich durch die grauen Haare. »Der Überblick, junge Frau, das ist es, was wir brauchen. Und dieser Überblick …« Er stemmte die Hände in die Hüften und betrachtete sein Werk. »Also, es haben sich schon etliche *Bunker*-Gäste bei uns gemeldet, die stehen auf blauen Karteikarten. Die Teilnehmer des Klassentreffens haben grüne Karteikarten, die Bandmitglieder rosafarbene. Direkt auf den Karten können wir abhaken, wen wir schon befragt haben …« Er kratzte sich am Nacken.

»Nehmen wir uns Ronnie Seismo ordentlich zur Brust, dann können wir den ganzen Fall abhaken.« Frank, der gerade hereingekommen war, zwinkerte Nina zu und setzte sich neben sie.

Nacheinander betraten Bent Andersen, Walter Kux und Ottfried Weber den Raum.

Bent nahm seine Lesebrille ab, schnippte mit abwesendem Gesichtsausdruck ein Tulpenblütenblatt vom Tisch, räusperte sich und ließ den Blick über die Anwesenden wandern, als wollte er seine Schäfchen zählen. »Moin zusammen. Hat Dominik sich schon gemeldet?«

Ablehnendes Gemurmel war die Antwort.

Bent setzte sich an seinen Tisch neben der Pinnwand. »Dann ist er noch in Köln. Fritz hat es nicht mehr ganz geschafft, alles in den PC einzugeben, was gestern an Befragungsergebnissen zusammengekommen ist. Zum Glück haben schon sechsundzwanzig *Bunker*-Besucher auf unseren Aufruf reagiert.« Er lächelte.

Die Tonfolge des hochfahrenden PCs kam aus Fritz' Ecke, in der auch Kux und Weber sich niedergelassen hatten.

»Frau Seismo hat am Freitagnachmittag ihr Hotelzimmer bezogen«, fuhr Bent fort. »Am frühen Abend ließ sie den Rezeptionisten ein Taxi rufen, wohl um sich zu diesem Klassentreffen bringen zu lassen, das laut Einladung in einem Restaurant in Großdornberg stattfand.

Über ihre Aktivitäten bis zum späten Samstagnachmittag ist noch nichts bekannt. Danach schon. Fritz?«

Fritz rückte seine Gleitsichtbrille gerade und starrte mit gerunzelter Stirn auf seinen Monitor. »Der Rest der Band ist am Samstagnachmittag gemeinsam nach Bielefeld gefahren. Die Bassistin Henrike Elges hat Frau Seismo gegen 17.30 Uhr in ihrem Hotelzimmer abgeholt, dann sind alle gemeinsam zu … zum Soundcheck, steht hier«. Er sah auf. »Das ist wohl so was wie eine Instrumenten … so als ob die Instrumente gestimmt …«

»Schon klar«, warf Bent ein.

»Ja, jedenfalls waren sie in diesem *Bunker Ulmenwall*, um das zu tun, und anschließend sind sie im Hotelrestaurant in der Altstadt essen gegangen. Nach dem Essen hat sich Frau Seismo in ihrem Hotelzimmer umgezogen und ist später in Begleitung der Bassistin zum *Bunker* gegangen, wo sie die anderen Musiker traf. Die Band hielt sich dort bis zum Auftritt in dem Raum auf, der für sie reserviert war.«

»Der Backstage-Bereich«, sagte Frank.

»Das ist im *Bunker* ein Nebenraum. Die Bühne ist nämlich von Zuschauerraum umgeben«, merkte Nina an.

»Wir konnten den Ablauf des Auftritt-Abends rekonstruieren. Fritz?« Bent nickte dem Aktenführer zu.

»Und dann begann das Konzert …«, machte Fritz weiter, schob sich die Brille in die Stirn und beugte sich vor.

»Die Pause ist wichtig«, sagte Bent. »Uns liegt nämlich inzwischen das Ergebnis der Analyse von Marleen Seismos Körperflüssigkeiten vor. O-Ton des forensischen Toxikologen: Die hohe Konzentration von Cyanid im

Mageninhalt spricht für eine orale Aufnahme, die Cyanid-Konzentration im Blut ist ohne Zweifel todesursächlich gewesen, und es ist davon auszugehen, dass Frau Seismo das Gift nicht sehr lange vor ihrem Tod eingenommen hat. Sie muss es folglich während der Pause zu sich genommen haben. Die dauerte laut Aussagen verschiedener Gäste etwa 35 Minuten, nicht wahr, Fritz?«

Fritz' Brille fiel plötzlich wieder auf seine Nase, wo sie etwas schief gelandet war. Er starrte unverwandt auf seinen Monitor. Weber beugte sich zu ihm, warf einen Blick auf den Bildschirm und drückte ein paar Tasten, woraufhin Fritz' Miene sich aufhellte.

»Ja! Der Saxophonist Willem Keuper, der Keyborder Ronnie Seismo und der Trompeter Guido Bartsch hielten sich die gesamte Pause über im Musikeraufenthaltsraum auf. Marleen Seismo, der Schlagzeuger David James und die Bassistin Henrike Elges waren nur in den ersten fünf Minuten dort. Das ergaben übereinstimmend die Aussagen von …«

»Schon gut, Fritz«.

»David James und Henrike Elges verbrachten den Rest der Pause mit Rauchen außerhalb des *Bunkers*«, sagte Fritz. »Was ebenfalls bestätigt wurde und zwar …«

»Fritz, bitte nur das, was nicht von allen bestätigt wurde oder wo sich Widersprüche ergeben haben«, sagte Bent.

»Gleich zu Beginn der Pause soll die Sängerin laut Ronnie Seismo im Backstage-Raum Bionade getrunken haben. Die Flasche gehörte zu einer Kiste Bionade für die Musiker«, sagte Frank. »Hat das irgendwer sonst bestätigt?«

Weber flüsterte Fritz etwas ins Ohr. Beide starrten den Bildschirm an. Fritz schob seine Brille höher.

»Die Band«, sagte Ottfried Weber.

»Alle bis auf Bartsch, den wir noch nicht fragen konnten, haben das bestätigt«, ergänzte Fritz. »Ronnie Seismo, Guido Bartsch und Willem Keuper haben sich übrigens auch aus der Kiste bedient.«

»Und: Hat ihr jemand diese Flasche gereicht?«, fragte Nina geduldig.

Fritz starrte mit gerunzelter Stirn auf den Monitor. »Die haben fast wortwörtlich das Gleiche ausgesagt: Sie hat sie selbst aus der Kiste genommen.«

»Aber den größten Teil der Pause hielt sich Marleen Seismo an einem Tisch in Thekennähe auf, nicht wahr?«, fragte Nina.

Fritz Redekop und Ottfried Weber nickten.

»Korrekt. Sie war nur ein paar Minuten Backstage, ging dann mit James und Elges raus. Die Sängerin ist an dem Tisch gesehen worden und zwar mit einem kleinen, dicken Mann mit roter Schirmmütze und Down-Syndrom und mit zwei Frauen«, sagte Frank. »Eine der beiden Frauen habe rote Haare gehabt, die gefärbt wirkten, dazu eine giftgrüne, Verzeihung, eine sehr grüne Bluse getragen. Sie wurde als älter bezeichnet, so in den Fünfzigern. Die Beschreibung der anderen lautet: Dunkle, lange Haare, eher zierlich und mit Brille. Das ist nicht viel.«

»Kleiner, dicker Mann wird oft genannt, also zeitlich gesehen auf die Gesamtlänge der Pause«, sagte Weber. »Betrachten wir jedoch die zweite Pausenhälfte an jenem Schicksalstisch«, er machte eine Kunstpause und schaute triumphierend in die Runde, »haben wir da einen Herrn mit sehr hellen Haaren und dunklen Augen, also nicht klein und dick, sondern dadurch ausgezeichnet, dass sein Haupthaar eben …«

»Danke, Ottfried.« Bent warf Nina einen hilfesuchenden Blick zu.

Nina kannte Bents Probleme mit Webers umständlicher Ausdrucksweise. »Der Mann mit Down-Syndrom war mein Bruder«, sagte sie. »Die rote Schirmmütze würde Kai am liebsten auch noch unter der Dusche tragen. Er hat das Konzert mit einem … Bekannten von mir besucht. Mit Stefan Rademacher.«

»Sieh an. Na, jedenfalls verlässt die Dunkelhaarige mit der Brille den Tisch in der zweiten Pausenhälfte, und kurz darauf kommt der Mann mit den hellen Haaren an den Tisch. Er wird beschrieben als ›auffällig elegant gekleidet‹«, ergänzte Frank. »Die gesamte Pause über halten sich an dem Tisch die Sängerin, die ältere Rothaarige und Kai Tschöke auf. Gibt es etwas hinzuzufügen, Fritz? Ottfried?«

Fritz Redekop schüttelte den Kopf, und Ottfried Weber konzentrierte sich auf das Auswickeln eines Bonbons.

»Aber Nina, wenn das dein Bruder war …«, begann Bent.

»Ich habe ihn gestern nach der Situation im *Bunker* gefragt, aber nichts Brauchbares erfahren. Ich probiere es in ein oder zwei Tagen noch mal, wenn Kai nicht mehr so … er wirkt etwas verstört, seitdem er das mitansehen musste.«

»Tu das.« Bent nickte. »Mal was anderes: Wo ist eigentlich mein Flipchart?«

Fritz Redekop schaute Weber an. »Der … den haben wir in Ottfrieds und Walters Büro geräumt.«

Bent schnalzte mit der Zunge und notierte etwas in seiner Mappe. »Gibt es einen Hinweis darauf, was Marleen während der Pause zu sich genommen hat?«

Fritz und Ottfried Weber stießen fast mit den Köpfen zusammen, als sie gemeinsam den Bildschirm absuchten.

»Ein Getränk, mindestens«, sagte Weber. »Ja, hier ist die Rede von einer Sektflöte. Zwei *Bunker*-Gäste haben ausgesagt, dass sie Sekt trank. Ich erinnere mich, denn ich habe eine dieser Aussagen zu Protokoll gegeben. Und ich habe natürlich gefragt, woran der Betreffende erkannt hat, dass es Sekt war. Ich wies darauf hin, dass allein der Umstand, dass es sich um ein Getränk handelte, das aus einer Sektflöte getrunken wurde, noch nicht zweifelsfrei beweist, dass es auch Sekt war. Daraufhin sprach der *Bunker*-Gast davon, dass es sich um ein leicht gelbliches, sprudelndes Getränk gehandelt habe, woraufhin er davon ausgegangen sei …«

»Also Sekt«, sagte Bent.

Weber nickte. »Mit einer gewissen Wahrschein…«

»Schön.« Bent beugte sich vor, stützte die Ellbogen auf den Tisch. »Kaliumcyanid bildet farblose Kristalle, die sich gut in Wasser lösen, aber nur schlecht in Alkohol.«

»Alkoholfreier Sekt?«, schlug Nina vor.

»Möglich«, erwiderte Bent. »Wir haben eine Menge Zeugen. Ich bin zuversichtlich, dass wir bald mehr erfahren, auch zu den fraglichen Personen an Marleen Seismos Tisch. Eine davon könnte ihr Mörder sein.«

Einen Moment lang war es so still, dass man das Rauschen der Lüftung des Rechners hörte.

»Ich hasse diesen Fall schon jetzt«, flüsterte Frank Nina ins Ohr.

Nina beachtete ihn nicht. »Was ist mit der Spurensicherung?«

»Bella Schnathorst hat das Landeskriminalamt eingeschaltet, das die kriminaltechnische Untersuchung der Bionade für die Musiker übernimmt. Sie werden alle Flaschen der Kiste auf Rückstände des Gifts überprüfen. Bislang haben wir noch nichts vom LKA gehört«, sagte Bent.

»Und ihre Eltern … hast du das übernommen?«, fragte Nina vorsichtig. Sie riss sich nicht gerade darum, den Angehörigen von Mordopfern gegenüberzutreten.

»Habe ich. Herr und Frau Roth sind gestern Abend nach Bielefeld gekommen.« Bent fuhr sich über das Gesicht. »Nette Leute. Er ist emeritierter Professor für Kunstgeschichte und sie ist Restauratorin. Marleen war ihr einziges Kind«, fügte er leise hinzu.

Eine Pause entstand. Fritz ließ die Fingerknochen knacken. Frank hüstelte.

»Wegen einer Erbschaftsangelegenheit haben sie ohnehin einen Termin in Bielefeld«, fuhr Bent fort. »Ihr Schwiegersohn hatte sie bereits am Telefon über Marleens Tod informiert. Sie wollten wissen, woran ihre Tochter gestorben ist. Ich habe mich hinter den Vorschriften versteckt.« Er stieß einen Schwall Luft aus und rieb sich den Nacken.

»Haben sie sonst noch etwas zu dem Mord gesagt? Ich meine, zu Marleens Umfeld … zu einem potenziellen Motiv?«, fragte Nina.

»Lass mich raten«, sagte Frank. »Ihr Sonnenschein hatte keine Feinde, und allein die Frage nach einem möglichen Suizid ist eine Zumutung.«

Bent dehnte seine Halsmuskeln, bog den Kopf nach rechts und nach links. »Ungefähr so, ja.«

»Suizid können Eltern sich wohl nie vorstellen.« Walter Kux bekam rote Ohren, als alle ihn anschauten.

»Wohl nicht«, sagte Bent. »Ich habe den Krisendienst angerufen und … ja … gut, zu wissen, dass sie jetzt betreut werden. Jedenfalls gibt es keinen Anhaltspunkt für Suizid. Zumal …« Er holte tief Luft. »Der Rechtsmediziner teilte mir mit, dass die Sängerin schwanger war. Noch nicht sehr lange, mag sein, dass Marleen Seismo selbst noch nichts davon wusste, aber … ja.«

»Schwanger?«, entfuhr es Nina. Also waren zwei Leben ausgelöscht worden! Alle schwiegen, aber sie erwartete auch keine Antwort. Weiße Blütenblätter wirbelten am Fenster vorbei. Der Wind hatte aufgefrischt, der Himmel war dunkler geworden. Das Wetter schien umzuschlagen. Ihr stand mit einem Mal das Foto von Marleen Seismo vor Augen, das sie im *Bunker*-Programm gesehen hatte. »Sie war eine außergewöhnlich attraktive Frau«, sagte sie.

Der Wind rappelte an einem Fenster, das nicht richtig geschlossen war.

»Cherchez la femme«, sagte Frank.

»Umgekehrt. Such den Mann. Von wem war sie schwanger, und wer war enttäuscht?«, gab Nina zurück. »Dieses Gift tötet grausam. Hinter dieser Tat steckt eine Menge Hass, oder täusche ich mich?«

Das Fenster machte Geräusche wie ein Dschinn, der aus der Flasche will.

Weber ließ plötzlich seine Arme kreisen. »Und dann so theatralisch spektakulär – Tata! – Peng! – auf einer großen Bühne! So groß war die Bühne auch wieder nicht, aber diese Lokalität muss man im Lichte dessen …«

»Du meinst«, unterbrach Nina, »der Mörder will eine Botschaft weitergeben? Indem er sie mitten aus dem Leben, mitten von ihrer Bühne holt? Auf dem Gipfel ihres Erfolgs?«

Weber nahm die Arme herunter. »Eine Botschaft …«

Der Wind heulte, und der Flaschengeist rappelte heftiger. Weber hievte seine Körpermasse vom Stuhl, stapfte zum Fenster und rammte es zu, woraufhin Ruhe eintrat.

Er schaute Nina an. »Ich triumphiere.«

»Egal, wer du bist, egal, was du erreicht hast, egal, wo du stehst, ich triumphiere am Ende«, sagte Nina und spürte ihren Worten nach.

Ferner Donner durchdrang die Stille. Ein Wärmegewitter schon im Mai?

Frank rutschte auf dem Stuhl herum, schabte mit seinen Schlangenlederstiefeln über den grauen Filzteppich. »Also, wenn ich auch mal was … dieser Ronnie Seismo macht nicht gerade den Eindruck eines trauernden Witwers!«

Bent lutschte am Bügel seiner Lesebrille und starrte auf einen Punkt neben seiner Mappe. Es war nicht klar, ob er Franks Bemerkung gehört hatte. Sein Gesicht sah kränklich aus, was an den veränderten Lichtverhältnissen im Raum lag, da der Himmel eine schwefelgelbe Farbe angenommen hatte.

Er schaute auf. »Das Thema Beziehung? Oder das Thema Erfolg?«

Mit einem Mal war der Besprechungsraum in grelles Licht getaucht und kurz darauf donnerte es laut.

* * *

Wasserfontänen spritzten zu beiden Seiten der Straße hoch, als Frank mit seinem Honda auf die Auffahrt zum Ostwestfalendamm fuhr. Die Scheibenwischer wurden der Wassermassen kaum Herr, und er saß vorgebeugt am Steuer.

»Wärmegewitter im Mai! Das ist doch nicht normal! In der Arktis schmelzen die Eisberge, und wir kriegen demnächst Malaria!«

»Die Antwort eines heidnischen Gottes«, sagte Nina.

»Was für ein kryptisches Zeug du immer faselst. Du kannst dich mit Weber zusammentun. Tata Peng!«

»Ich meinte den Donner, der auf Bents Frage folgte. Die nach dem Motiv.«

»Ist doch klar, dass es eine Beziehungstat ist!« Frank setzte den Blinker und fädelte sich in den Verkehr auf dem »Ossi« ein. »Achtzig Prozent aller Morde sind Beziehungstaten.«

Sie tauschten einen Blick. Frank schien genauso verblüfft zu sein wie sie selbst.

»Warum ist mir das nicht während der Besprechung eingefallen?«, murmelte er. »Achtzig Prozent …«

»Du kannst es bestimmt noch unterbringen, Geistestitan.«

»Spotte nur, La Niña. Bei dir muss es ja immer kompliziert sein, sonst bist du nicht ausgelastet. Du hättest Ronnie-Boy erleben sollen. Ich finde, wir sollten ihn mal ordentlich rannehmen, statt alles abzuklappern, was auch nur im Entferntesten mit der Dame zu tun hat. Ich wette mit dir, dass wir uns diese Fahrt auch sparen können.«

»Bist du gar nicht neugierig auf Frauke und Wolf-Dieter?«

»Du etwa?«

»Nun ja ... Marleen Seismo ist in Bielefeld aufgewachsen und kommt nach langer Zeit wieder für einen Auftritt her. Ausgerechnet hier, in ihrer alten Heimat, wird sie ermordet. Der Mord könnte mit etwas aus ihrer Vergangenheit zu tun haben, meinst du nicht, Frank?«

Frank wischte mit einem Tuch über die beschlagene Windschutzscheibe und schaltete die Lüftung ein. »Nö. Ihr Gatte erzählte, dass sie irgendwann schon mal in Bielefeld aufgetreten seien. Wenn es um ihre Vergangenheit geht, wieso wird sie dann erst jetzt kaltgemacht?«

»Stimmt auch wieder. Aber wir brauchen ein Opferbild. Die Seismo als Mensch ... wie sie so war – abseits des Rampenlichts.«

Er warf ihr einen schrägen Blick zu. »Das verkaufen wir dann als Exklusivbericht an ein Käseblatt. Der Blick hinter die schöne Fassade. Marleen Seismos geheimes Doppelleben. Frauke und Wolf-Dieter packen aus!«

Nina lachte auf.

Als sie im Zentrum von Borgholzhausen ankamen, hatte das Gewitter aufgehört. Nebel stieg aus dem Teutoburger Wald auf. Sie war in der Nähe mal mit Stefan gewandert, zum Luisenturm auf der bewaldeten Anhöhe und weiter auf dem Hermannsweg durch den Teuto. Damals hatten sie auch auf diesem Parkplatz geparkt. Zu blöd, seitdem Stefan sich gemeldet hatte, musste sie wieder an ihre kurze Beziehung denken. Ein Jahr sollte doch eigentlich reichen, darüber hinwegzukommen! Aber jetzt kannte sie seine neue Nummer, hatte sich die letzten vier Ziffern gemerkt. Sie würde nicht mehr ans Telefon gehen, wenn die auf dem Display auftauchte. Und warum sollte er sie auch noch mal anrufen?

»Willst du Wurzeln schlagen, La Niña?«

Die Hillenkötter-Langenfelds wohnten in einem Fachwerkhäuschen nicht weit vom Zentrum. Es gab keinen Vorgarten, aber der Eingang war mit Zierweiden geschmückt. Hölzerne Windräder drehten sich in den Terrakotta-Kübeln, die mit gelben Jute-Schleifenbändern versehen waren. Frauke Hillenkötter-Langenfeld öffnete ihnen. Im Flur roch es nach frischem Apfelkuchen. Frank schien wieder etwas mit seinem Schicksal versöhnt zu sein, als sie an einen gedeckten Kaffeetisch in einem Wohn-Esszimmer komplimentiert wurden. Die Dame des Hauses verschwand gleich wieder, um ihren Wolf-Dieter zu holen.

Nina schaute sich um. »Ist das da eine Laute?«, fragte sie und zeigte auf ein bauchiges Zupfinstrument mit kunstvollen Schnitzereien im Korpus und abgewinkeltem Hals, das auf einem Ständer vor einer weißgetünchten Wand im angrenzenden Raum stand.

»Woher soll ich das wissen?« Frank hob die Tulpen-Serviette von seinem Tulpen-Service-Teller und breitete sie auf seinem Schoß aus. »Frag bloß nicht, sonst müssen wir uns nachher einen Vortrag anhören.«

Neben der mutmaßlichen Laute waren mehrere Gitarren, zwei Geigen – oder Gamben? – und ein Cello aufgebaut. Eine Sammlung von Flöten lag auf einer dunkelblauen Samtdecke, die über einen Tisch aus altem Eichenholz ausgebreitet war. Dekorativ war auch der Notenständer aus Buchenholz, der mit seinen geschwungenen Beinchen deutlich robuster als seine Metallverwandten aussah und ein aufgeschlagenes Notenbuch hielt. In jedem Fall dekorativer als der Hausherr, der gerade mit seiner Frau eintrat und allen artig die Hand gab.

Wolf-Dieters Bart würde einem Taliban zur Ehre gereichen, dachte Nina. Obwohl er höchstens Mitte dreißig sein konnte, verlieh ihm der Bart etwas Großväterliches. Auch Frauke mit ihrer weiten Leinentunika und dem langen Zopf schien etwas aus der Zeit gefallen zu sein.

Es war ein seltsamer Moment. Alle saßen stumm am Tisch, der wie für eine Geburtstagsfeier gedeckt war, und starrten den Apfelkuchen an.

Nina holte das Aufnahmegerät aus ihrer Tasche. »Haben Sie etwas dagegen, dass wir Ihre Zeugenaussage aufnehmen? Das erleichtert uns die Arbeit.«

»Natürlich nicht. Wenn es hilft … wir helfen gern.« Frauke spielte mit ihrer Holzkette. »Wir haben das mit Marleen heute Morgen aus der Zeitung erfahren. Dann kam der Anruf von der Kripo. Schrecklich! Denken Sie denn wirklich, dass es … dass jemand … dass Marleen …« Sie blickte zu ihrem Mann.

»Opfer eines Verbrechens wurde, ja. Immerhin das wissen wir«, sagte Nina.

Frauke senkte den Kopf und nickte vor sich hin. Dann schaute sie wieder auf. »Ach, bitte, darf ich Ihnen Apfelkuchen … Wir haben auch Sahne …«

»Da sag ich nicht nein.« Frank grinste.

»Sie kennen Marleen also noch aus Ihrer Schulzeit?«, begann Nina, nachdem Kaffee und Kuchen verteilt waren.

»Richtig, aus dem Musik-Leistungskurs. Das war ein netter Kreis, obwohl wir … ja …« Sie schaute wieder zu ihrem Mann.

»Wir interessieren uns mehr für Renaissancemusik«, sagte er. »Aber das war nie ein Problem, nicht, Frauke?«

»Nie! Die Liebe zur Musik war uns allen gemein. Das war das Schöne. Deswegen haben wir uns ja auch so gefreut, als Marleen ihr Kommen ankündigte!« Sie lächelte Wolf-Dieter an.

»Allerdings! Und wir haben ihr auch gesagt, dass sie bei uns übernachten kann, aber sie hatte schon dieses Hotel gebucht.«

Frauke nickte. »Noch ein Stück Kuchen?«, fragte sie Frank, der bereits mit seinem ersten Stück fertig war.

»Gern«, antwortete er mit vollem Mund. »Ach, übrigens, Ronnie Seismo hat erzählt, dass Sie beide sich besonders darum bemüht hätten, dass Marleen am Klassentreffen teilnimmt. Gab es einen besonderen Grund dafür?«

»Wir …«, Frauke legte ihre Hand auf die ihres Mannes. »Wir waren uns einig, dass sie wenigstens zum Fünfzehnten mal kommen müsste. Sie war ja eine Berühmtheit mit wenig Zeit. Aber trotzdem … wir stellten uns vor, wie schön es wäre, wenn unser alter Kreis mal wieder zusammenkäme.«

»Wie ist das Klassentreffen verlaufen? Hat Marleen sich verändert im Vergleich zu früher?«, fragte Nina.

»Oh nein, nein, sie war immer noch die Gleiche.« Fraukes Wangen bekamen Farbe. »Trotz des Erfolgs. Sie war sehr nett. Zu allen. Findest du nicht auch?«, wandte sie sich an ihren Mann.

»Aber ja. Wir hatten so viel Spaß an diesem Abend, haben über alte Geschichten aus der Schulzeit gelacht, Wein getrunken ... tja ... Kein Mensch konnte ahnen, dass so etwas passieren würde.«

»Mit welchen ehemaligen Mitschülern hatte Frau Seismo früher näher zu tun und wen hat sie davon wiedergetroffen?«, fragte Nina.

Frank schien vollauf von seinem Kuchen in Anspruch genommen zu sein.

»Ja ...«, sagte Frauke. »Wie gesagt, der alte Kreis. An unserem Tisch saßen noch Annette und ihr Mann, den wir noch nicht kannten, dann Leonie und Katia ...«

»Uno Momento.« Frank wischte sich die Sahne vom Mund und zog ein Notizbuch hervor. »Leonie und Katia wer?«

Frauke nannte ihm die Nachnamen. »Leonie Olsen wohnt seit Jahren auf Baltrum, wo sie mit ihrem Mann eine Pension betreibt. Sie ist extra angereist. Ich kann Ihnen ihre Hausnummer geben. Die haben da nur Hausnummern, keine Straßennamen. Und Katia Moenke wohnt noch in Bielefeld, soweit ich weiß. Wir haben ihre E-Mail-Adresse. Sie hat mehr zugehört an dem Abend, hat nicht viel von sich erzählt.«

Der Himmel hatte sich wieder verdunkelt, Regen pladderte gegen die Fensterscheiben. Frauke zündete zwei Kerzen an.

»Sie sprachen noch von einer Annette?«, fragte Nina.

»Genau. Annette Kreimer. Ihr Mann hat sie begleitet. Sie ist auch in Bielefeld geblieben.«

»Und das waren jetzt alle, die beim Klassentreffen mit Ihnen an Marleens Tisch saßen?«, fragte Frank.

Wolf-Dieter nickte.

»Ich kann mir vorstellen, dass Marleen der Star des Abends war«, sagte Nina.

Frauke lächelte. »Auf jeden Fall. Unser Tisch war zeitweilig umlagert von anderen aus der alten Jahrgangsstufe, und das lag natürlich an ihr. Wir haben sie ausgequetscht. Wir wussten nicht einmal, dass sie Kinder hat. Sie war … sie war so strahlend an dem Abend, nicht wahr, Wolf-Dieter?«

Der strich sich durch seinen Bart. »Das war sie. Sie hat von ihren Zukunftsplänen erzählt und … wir dachten, es wird nicht wieder so viel Zeit vergehen, bis wir sie wiedersehen. Wir konnten nicht glauben, was wir heute Morgen lasen.«

»Kannten sich alle, die an Ihrem Tisch saßen, aus dem Musik-Leistungskurs?«, fragte Nina.

»Alle bis auf Annettes Mann, ja«, sagte Frauke. »Und aus dieser A-Capella-Gruppe. Das heißt, es war ja kein echtes A-Capella, Sebastian hat euch ja am Klavier begleitet. Weißt du noch, Schatz, als ihr bei diesem Schulfest aufgetreten seid?«

»Sicher. Wir hießen *›Swinging Manhattan‹*. Katia hatte die Sopranstimme, Marleen hat die Altstimme gesungen und Leonie Tenor. Leonie konnte wirklich tief singen. Die ist aber früh nach Baltrum gegangen und wurde danach von Annette ersetzt.«

Frauke nickte. »Annette Kreimer, genau. Obwohl Annette mir mal im Vertrauen verraten hat, dass die Tenorstimme ihr zu tief sei. Sie hätte keine Lust, auf Dauer im Keller rumzubrummen. Und ganz im Keller warst du.« Sie streichelte die Hand ihres Mannes. »Das ist nicht so ganz unsere Musik, aber die haben Wolf-Dieter ziemlich bekniet, weil sie partout keinen Bass fanden. Sie haben viele Stücke von Manhattan-Transfer gesungen, zum Beispiel *Route 66*. Und das mehrstimmig mit Klavierbegleitung. Klang gar nicht schlecht.«

»Am Piano saß Sebastian«, sagte Wolf-Dieter. »Das war eine feste Formation.«

»Sebastian – auch ein ehemaliger Mitschüler?«, fragte Frank.

»Nein, der ist, glaube ich, zu der Zeit aufs Ratsgymnasium gegangen«, erwiderte Wolf-Dieter.

Frauke warf ihren Zopf zurück. »War Marleen nicht mit Sebastian zusammen, bevor sie Ronnie kennenlernte?«

»Das war sie. In der Anfangszeit von *Swinging Manhattan* war Leonie mit Sebastian zusammen, bevor sie nach Baltrum ging. Und später dann Marleen. Man müsste Klavier spielen können ...« Wolf-Dieter gestattete sich ein Lächeln.

»Wer Klavier spielt, hat Glück bei den Frauen«, sang Nina den alten Schlager weiter.

»Seinen Nachnamen weiß ich nicht mehr«, sagte Wolf-Dieter.

»Schade«, sagte Frank. »Und es gab keinerlei Missstimmung an dem Abend?«

»Ganz im Gegenteil. Wir waren alle aus dem Häuschen, als Marleen erzählte, dass sie vorhat, nach Bielefeld zurückzukehren! Nicht, Wolf-Dieter?«

»Sie hatte vor …«, begann Nina.

»Aber ja. Das schlug ein wie eine Bombe! Das hätte wirklich niemand von uns gedacht, dass sie noch mal in die Provinz ziehen will.« Frauke lächelte. »Sie sprach davon, mitsamt ihren Eltern, ihren Kindern und dem größten Teil der Band in das alte Anwesen ihres gerade verstorbenen Großvaters zu ziehen. Da könnten sie in Ruhe proben. Unglaublich, nicht?« Ihr Lächeln verblasste. »Aber daraus wird ja nun nichts mehr.«

Wolf-Dieter fuhr sich durch den Bart und starrte auf seinen Teller mit dem halb gegessenen Apfelkuchen. »Marleen wirkte glücklich. Sie hatte sogar schon die Fühler nach früheren Musikerfreunden in Bielefeld ausgestreckt.«

»Ja, jetzt, wo du es sagst, sie erwähnte Sebastian. Er hat wohl einen guten Namen in der Jazzszene.« Frauke faltete die Hände auf ihrem Schoß. »Es fiel schwer, sich an jenem Abend von ihrem Glück nicht anstecken zu lassen.«

»Gab es jemanden am Tisch, der sich nicht anstecken ließ?«, fragte Nina.

»Niemand!«, sagte Wolf-Dieter mit grimmiger Miene zu seinem Kuchenteller.

»Oder jemand außerhalb des Tisches, der sich nicht zu freuen schien?«

»Nein. Warum hätten wir uns nicht mit ihr freuen sollen?« Frauke presste die Lippen zusammen und senkte den Blick auf ihre Hände.

Nina kam sich vor, als hätte sie soeben Marleen Seismos Andenken beschmutzt. »Worüber wurde sonst noch an dem Abend gesprochen?«

Beide hoben die Köpfe. Wolf-Dieter schaute an die Decke, Frauke aus dem Fenster.

Dann zuckte sie mit den Achseln. »Wir haben ein bisschen über alte Zeiten geplaudert natürlich. Leonie hat über Baltrum erzählt, was für eine schöne Ferieninsel das sei, und dass wir unbedingt mal kommen müssten.«

»Annette hat erwähnt, dass sie noch Kontakt zu Sebastian hat. Der arbeitet wohl als Klavierlehrer an der Kunst- und Musikschule an der Sparrenburg. Aber sonst ...« Wolf-Dieter blies die Backen auf.

Frank kritzelte etwas in sein Büchlein.

»Und diese Katia?«, fragte Nina. »Sie sagten vorhin, die habe nicht viel von sich erzählt.«

»Wie gesagt, Marleen stand im Mittelpunkt. Katia hat nur davon gesprochen, dass sie in der Bäckerei ihrer Eltern arbeitet. Ich glaube, sie erledigt das Kaufmännische. Musik macht sie wohl nicht mehr«, sagte Frauke.

»Verstehe. Leben Sie eigentlich von der Musik?«, fragte Nina.

»Von Auftritten und Privatunterricht? Schwierig ...« Frauke griff wieder nach der Hand ihres Mannes und drückte sie. »Uns fehlte wohl der Mut. Nachgedacht haben wir schon oft darüber ... Wolf-Dieter ist gleich nach dem Referendariat in den Schuldienst eingetreten und hat mich zuerst beneidet, weil ich noch eine Weile Geigenunterricht auf privater Basis gab. Viel verdient man nicht dabei. Heute unterrichten wir beide Musik am

Gymnasium. Musik und Religion in meinem Fall. Sonst könnten wir uns dieses Haus nicht leisten.« Sie ließ seine Hand los. »Möchten Sie eine Liste der Teilnehmer des Klassentreffens? Wir haben das Teffen organisiert. Wir haben auch Fotos gemacht. Mit einer nicht digitalen Kamera allerdings. Die müssen wir erst mal entwickeln lassen.«

»Das wäre sehr hilfreich«, sagte Nina. »Wissen Sie, ob jemand, der auf dem Klassentreffen war, zu Marleens *Bunker*-Auftritt gegangen ist?«

»Wir wären sehr gerne hingegangen, aber ausgerechnet für diesen Abend hatten wir schon Karten für eine Veranstaltung in der Konzerthalle in Bad Salzuflen gekauft. Wir sind mit einem befreundeten Ehepaar hingefahren«, sagte Frauke.

»Und die Namen dieses Paars?« Frank zückte seinen Stift.

Sie blinzelte. »Äh … ja … natürlich, das müssen Sie überprüfen, ist doch klar.« Sie ließ sich von Frank Notizbuch und Stift reichen und notierte zwei Namen samt einer Telefonnummer.

»Wollte Leonie nicht zu Marleens Auftritt?«, fragte Wolf-Dieter.

»Nein, Leonie und Katia hatten sich für den Samstag verabredet, aber nicht im *Bunker*. Wenn ich das richtig verstanden habe, wollten sie nur zu zweit irgendwo ein Bier trinken«, sagte Frauke.

»Und diese Annette Kreimer?«

»Annette wollte schon am Samstagmorgen mit ihrer Familie ins Allgäu fahren, zur goldenen Hochzeit ihrer Tante«, sagte Frauke.

»Ach ja. Und eine Woche Urlaub dort machen«, fügte Wolf-Dieter hinzu.

Frauke spielte mit ihrer Halskette, hielt sie jetzt straff gespannt. »Wolfi, die wissen womöglich noch gar nichts von Marleens Tod! Das bedeutet ...« Plötzlich kullerten die bunten Perlen der Kette über den Tisch.

»Dass wir es ihnen sagen müssen«, sagte Wolf-Dieter düster.

* * *

Nina öffnete die Tür zum Besprechungsraum und ging hinein. Frank folgte ihr. »Schau mal, Nina, Fritz hat eine Punkfrisur.«

Fritz saß mit dem Rücken zu ihnen vor seinem Monitor und schien ihr Eintreten nicht zu bemerken. Tatsächlich sahen seine grauen Haare zerrauft aus. Der nüchterne Raum war in das Licht der Neonröhren getaucht. Es flackerte auf einer Seite. Fritz schien auch das nicht zu bemerken. Laut Hausmeister war die Röhre bereits ausgetauscht worden. Doch es flackerte immer noch oder wieder. Morsezeichen vom Dschinn. Sie hatten es inzwischen aufgegeben, sich zu beschweren, und das Licht auf der Seite nicht mehr eingeschaltet.

»Der alte Knabe ist immer nur einen Mausklick vom Chaos entfernt«, flüsterte Frank. »Hallo Fritz!«, sagte er laut.

Fritz schrie auf. »*Ihr* seid das! Habt ihr mich erschreckt!«

»Wen hast du denn erwartet? Mackie Messer?«, fragte Frank. »Wir hätten hier eine neue Liste für dich.« Er legte die beiden Blätter über die Tastatur. »Klassentreffenteilnehmer. Die rosa Karteikarten können jetzt beschriftet werden.«

»Ist aber nicht so eilig«, versicherte Nina. Fritz tat ihr leid.

»Doch, ist es.« Frank grinste. »Wir brauchen einen Vergleich der Namen der Teilnehmer des Klassentreffens mit denen der bisher erfassten *Bunker*-Besucher. Kriegst du das hin?«

Fritz putzte seine Gleitsichtbrille und nahm die Liste in Augenschein.

Nina hörte Bents Räuspern, bevor sie ihn sah. Er kam hinter der Pinnwand hervor, die die Verbindungstür zu seinem Büro verdeckte, und lächelte sie an. »Ich hatte noch keine Pause. Wie steht's mit euch? Ich lade euch ein zu Kaffee und Brötchen.«

Sie erwiderte das Lächeln und hatte den Eindruck, dass er eigentlich nur sie meinte. »Also, gegen einen Kaffee hätte ich nichts einzuwenden.«

»Wir haben doch grade erst …« Frank brach ab, als die Tür zum Flur geöffnet wurde und Dominik eintrat, mit dunklem Bartschatten und schief gebundener Krawatte auf dem knittrigen Hemd. »Schau an, unser Kölntourist ist auch wieder da«, machte er weiter. »Hast du noch schön den Kölner Dom besichtigt? Ich meine natürlich, nachdem du heute Morgen aus der Disko gestolpert bist?«

Dominik rieb sich die Augen. »Ich habe Guido Bartsch überhaupt erst heute Morgen erwischt. Ist zufällig ein Kaffee fertig?«

Es wurde eng in der kleinen Teeküche, obwohl Fritz im Besprechungsraum geblieben war, um weiterzuarbeiten. Bent hatte schon vor dem Dienst belegte Brötchen gekauft, und Nina nahm dankend ein Schinkenbrötchen an, obwohl sie noch vom Kuchen satt war. Sie bemerkte, wie Dominik verstohlen eine *Aspirin*-Tablette aus der Blisterverpackung drückte und sie mit Kaffee runterspülte. Dann berichtete er über die Aussage des Trompeters: Über Marleen, die mit anderen Männern geflirtet und die Band gespalten habe, um eine andere musikalische Ausrichtung durchzusetzen.

Frank straffte sich. »Habe ich es nicht gesagt? Wenn jemand ein Motiv hat, dann Ronnie! Und wisst ihr was, ich habe nachgedacht …«

Bitte nicht, dachte Nina müde.

»Das mit dem Mord in aller Öffentlichkeit …«, fuhr Frank fort. »Hat Ronnie-Boy das deshalb so eingefädelt, weil es dann jeder gewesen sein könnte? Bent, du hast doch erzählt, dass Kaliumcyanid wasserlösliche Kristalle bildet. Die, mit denen sie dort am Tisch saß, aber auch jeder der *Bunker*-Gäste hätte die Möglichkeit gehabt, ihr so ein Pulver ins Getränk zu schütten.«

»Gut, gehen wir mal davon aus, dass das Gift tatsächlich oral aufgenommen wurde. Hätte sie es eingeatmet, wären wohl auch noch andere im *Bunker* betroffen gewesen. Und bisher gibt es keinen Hinweis darauf, dass das der Fall war.« Bent biss in sein Käsebrötchen. »Tja, Bellas Truppe hat Ronnie Seismos Sachen und sein Hotelzimmer bereits ohne Ergebnis auf Spuren untersucht«, sagte er kauend. »Jedenfalls werde ich Seismo heute ins Präsidium bitten. Mal sehen, was Nina und ich bei ihm in Erfahrung bringen können.« Bent wischte sich Krümel vom Hemd und nickte ihr zu.

Frank und Dominik starrten ihn an, dann Nina.

»Ja … ich … sicher … natürlich.« Sie konnte sich vorstellen, was die Kollegen dachten. Bent zog sie ganz offensichtlich vor. Dominik wäre in diesem Fall eigentlich dran mit der Vernehmung, da er die Einzelheiten von Bartschs Aussage im Kopf hatte. »Hat dieser Trompeter auch erzählt, mit wem Marleen Seismo geflirtet hat?«, fragte sie, um ihre Verlegenheit zu überspielen.

»Hat er nicht, aber …« Dominik zog einen schwarzen Stick aus seiner Jackentasche. »Mal sehen, was dieses kleine Ding mit Marleens Mails uns dazu sagen kann. Ronnie hatte recht: Die Nachbarin hat einen Schlüssel für ihre Wohnung. Sie ist mit mir zusammen reingegangen.«

Nina beugte sich vor. »Und – wie ist ihre gemeinsame Wohnung so?«

Dominik schürzte die Lippen. »Hm. Ich würde sagen, die eines vielbeschäftigten Paars. Bisschen chaotisch. Nur das Musikzimmer war tipptopp aufgeräumt.«

Fritz steckte den Kopf durch die Tür. »Es finden sich keine Übereinstimmungen in den beiden Listen. Niemand, der auf dem Klassentreffen war, scheint das Konzert besucht zu haben.«

»Seltsam.« Frank griff nach einer Brötchenhälfte mit Schinken. »Wenn man bedenkt, wie geil doch alle darauf waren, ihre berühmte, frühere Mitschülerin wieder in die Arme zu schließen. Angeblich der Star des Abends.«

Fritz hielt wie zum Beweis die Listen hoch.

»Fritz, wir haben einen Stick mit Dateien von Marleen Seismos Rechner«, sagte Bent. »Ich möchte, dass du das auswertest.«

Dominik gab den Stick an Fritz weiter, der die Brauen hochzog und ihn zögernd annahm.

»Der beißt nicht.« Dominik nickte ihm aufmunternd zu.

Fritz verschwand mit dem Stick.

»Wie gesagt, es ist doch seltsam …«, wiederholte Frank.

»Die *Bunker*-Liste ist unvollständig«, unterbrach Dominik ihn. »Da stehen nur die drauf, die sich bis jetzt bei uns gemeldet haben. Laut Veranstalter waren mindestens dreimal so viele Leute dort.«

»Aber Marleens alte Musikclique hatte laut Frauke und Wolf-Dieter nicht vor, beim Konzert aufzuschlagen. Hatten alle was Besseres zu tun«, gab Frank zurück.

»Habt ihr Anlass zu der Annahme, dass einer ihrer früheren Mitschüler in das Ganze verwickelt ist?«, fragte Bent.

Nina und Frank erzählten von ›*Swinging Manhattan*‹. »Ich kann kein Motiv erkennen«, schloss Nina ihren Bericht, und Frank stimmte zu.

Bent holte sich die letzte Gurkenscheibe von der Brötchenplatte. »Wir müssen mehr über ihr Umfeld herausfinden. Wie wollt ihr euch aufteilen?«

Frank zögerte. »Ich kann mir nicht vorstellen, dass das … ich mach weiter mit den *Bunker*-Besuchern. Ein genaueres Bild von dem Abend kann nicht schaden.«

»Gut, dann melde dich bei Kux und Weber. Dominik?«

»Marleens alte Clique.«

»Diese Leonie lebt auf Baltrum«, sagte Frank.

Dominik grinste. »Ob die einen Dorfpolizisten haben?«

»Ach Quatsch, die holen die Kripo vom Festland«, entfuhr es Nina.

Frank lachte auf.

Dominik grinste immer noch. War wohl ein Insider-Scherz, dachte Nina.

»Schön …«, sagte Bent und lehnte sich zurück.

Dominik und Frank tauschten einen Blick, rutschten von der Eckbank und verließen die Küche.

Auf dem Flur sprachen sie miteinander und lachten, Nina konnte das Wort »Wette« verstehen, dann entfernten sich ihre Schritte.

Nina pickte ein paar Krümel von ihrem Teller. »Bent … warum vernimmst du Seismo nicht zusammen mit Dominik? Er hat mit diesem Trompeter gesprochen und … nicht, dass ich das nicht gerne mit dir übernehmen will …«

»Du hast es drauf, und wir beide sind gut eingespielt. Deshalb.« Bent lächelte.

Gut eingespielt. Nina spürte ihr Herz klopfen. Was meinte er damit? Sie hatte bestimmt nicht mehr drauf als Dodo. Ging es wirklich nur um ihre Fähigkeiten?

* * *

Das alte Haus stand am Berg, sodass eine Seite im Schatten lag. Es war dunkelgrün gestrichen, als wollte es mit dem Teutoburger Wald verschmelzen. Dominik kannte die Gegend. Er parkte manchmal in einer der Seitenstraßen des Johannistals, wenn er durch

den Wald joggen wollte. Wie stumme Wächter verengten zwei ausladende Kirschlorbeerbüsche den Weg zur Haustür. Eine der gerüschten Gardinen bewegte sich, während er sich der Eingangstür näherte. Die Namensschilder neben den beiden Messingklingeln zeigten denselben Nachnamen. *B. und R. Moenke,* darüber *K. Moenke.* Er klingelte bei K. Moenke und hörte die Klingel durchs Haus schrillen.

Eine ältere Frau mit Kittelschürze öffnete ihm.

»Was wollen Sie?« Aus tiefliegenden Augen musterte sie ihn von oben bis unten.

Sah er so schlimm aus? Vor seinem Aufbruch hatte er sich noch schnell rasiert. »Frau Moenke?«

»Ja. Wer sind Sie?«

Er zeigte ihr seinen Polizeiausweis. »Es geht um …«

Plötzlich summte der Türöffner. Summte und summte.

»Mutter?«, rief eine Stimme von oben. »Hast du schon wieder für mich aufgemacht?«

»Katia, da ist einer von der Polizei!«, schrie Frau Moenke. Sie wandte sich an ihn. »Hat meine Tochter beim Einparken wieder ein Auto beschädigt?«

»Nein, es geht um eine Schulfreundin Ihrer Tochter, die …«

Ihre Augen leuchteten auf, sie machte einen Schritt auf ihn zu, und er verlor alle Lust, es ihr zu verraten. In diesem Augenblick kam eine große, kräftig gebaute Frau in Jogginghose die Treppe herunter. Ihr glattes, sommersprossiges Gesicht war von einer konventionellen Hübschheit.

»Ja?« Sie hob fragend die Brauen.

»Domeyer, Kripo Bielefeld …«, begann er.

»Sie wollen zu mir?« Sie nestelte an dem Gummiband, das ihre dunkelblonden Haare im Nacken zusammenhielt.

Er nickte.

»Katia Moenke.« Sie reichte ihm die Hand.

»Katia, ich habe nur aufgemacht, weil du gerade erst aus dem Laden zurück bist! Außerdem dauert es immer so lange, bis du endlich …«

»Schon gut.« Sie schaute ihre Mutter nicht an. »Kommen Sie.«

Frau Moenke Senior machte ihm zögernd Platz, sodass er den engen Flur betreten konnte.

»Hier entlang«, sagte Katia Moenke und stieg die Treppe hoch.

Er folgte ihr, verlor den Anschluss, weil er sich auf dem Weg die silbergerahmten Schwarz-Weiß-Fotos an der Wand anschaute, eine gut gemachte Portraitaufnahme von Katia Moenke und karge, weite Landschaften. Auf einer weißen Wand wären sie besser zur Geltung gekommen als auf der beigefarbenen Textiltapete, aber auch so hatten sie eine bemerkenswerte Intensität. Lag es an der Verteilung der Kontraste? Die Bilder wirkten durchkomponiert wie Gemälde.

Katia Moenke, die schon vorgegangen war, tauchte wieder oben auf der Treppe auf. »Was …?«

»Ihre Fotos … wirklich schöne Aufnahmen.« Das Portraitfoto von ihr erschien ihm fast wirklicher als die Frau, die vor ihm stand. Lag es daran, dass sie auf dem Foto geschminkt war und jetzt nicht? Vielleicht hatte sie sich nach der Arbeit abgeschminkt und in bequeme

Klamotten geworfen, um auszuruhen. Und er störte sie beim Entspannen.

Sie lächelte spöttisch. »Fertig mit Ihren Betrachtungen?«

»Haben Sie die Fotos gemacht?«, fragte er verlegen.

»Ein befreundeter Fotograf.«.

Er stieg die Treppe hoch, bis er unter einem Dachfenster den Kopf einziehen musste.

»Meine Tochter Lissa hat bald Geburtstag und …«

»Hier geht es rein«, unterbrach Katia.

Er folgte ihr in einen Raum mit Dachschrägen, der mit Sofaecke und Kochnische ausgestattet war. Die Decke war niedrig, aber in der Mitte konnte er aufrecht stehen.

»Ich suche noch ein persönliches Geschenk für sie«, sagte er. »Hat der Mann ein Fotostudio?«

»Hat er«, sagte sie und wies auf ein Sofa, das von einem gelbrot gemusterten Überwurf bedeckt war. Der Raum war liebevoll eingerichtet und in dem gleichen warmen Gelb gestrichen.

Dominik rückte einen Plüschhasen zur Seite und setzte sich aufs Sofa. Er deutete auf den Hasen. »Haben Sie auch Kinder?«

Katia Moenke nickte. Ein Lächeln ließ ihr Gesicht kurz aufleuchten. Sie stellte ein Tablett mit einer Flasche Wasser und zwei Gläsern auf den Couchtisch und setzte sich auf die vordere Kante eines Stuhls. Sie goss Wasser in die Gläser und bot ihm eins an. Mehr aus Vernunft trank er. Womöglich ließ sich der Kater fortschwemmen.

»Möchten Sie gar nicht wissen, warum die Kripo bei Ihnen ist?«, fragte er.

»Doch«, sagte Katia und warf einen Blick zur Tür. »Jetzt schon.«

Er verstand, was sie meinte. Ihre Mutter schien äußerst neugierig zu sein. »Ich möchte vorab fragen, ob Sie am letzten Samstag ein Konzert im *Bunker Ulmenwall* besucht haben, Marleen …«

»Seismo & Band«, ergänzte Katia. »Nein, ich hab den Abend mit Leonie Olsen verbracht, einer alten Schulfreundin. Wir sind in der Nähe vom Bauerhausmuseum spazieren gegangen, da bei der Ochsenwiese …« Sie sah ihn fragend an.

»Ich kenne die Ochsenwiese.«

»Ja, und später, so gegen halb elf haben wir dann am Siegfriedplatz ein Bierchen getrunken. Wir haben gequatscht, bis die uns um Mitternacht rausgeworfen haben, weil sie schließen wollten. Vorher hab ich's noch geschafft, mir mit einem umgeworfenen Bierglas die Hose zu ruinieren. Abgesehen davon war es ein netter Abend. Jedenfalls für uns.« Sie verzog das Gesicht. »Währenddessen ist die arme Marleen … ich weiß es von Frauke, auch eine alte Schulfreundin.« Sie senkte den Blick auf ihre verschränkten Finger, begann, mit dem Daumen die Handinnenfläche zu massieren. »Ich kann es immer noch nicht glauben. Mitten auf der Bühne … wie furchtbar!« Sie hob den Blick. »Sie … die Kripo untersucht das jetzt? Heißt das …« Sie brach ab und sah ihn mit hochgezogenen Brauen an.

»Wir ermitteln, ja. Sie waren mit Frau Seismo befreundet?«

»Das ist lange her. Ich hatte sie seit dem Abi nicht mehr getroffen. Erst wieder auf dem Klassentreffen.«

»Und wie wirkte sie da?«

»Bestens gelaunt. Sie hat von allen am meisten erzählt. Ist auch viel gefragt worden. Sie war ja eine Berühmtheit.«

»Zumindest in Jazzkreisen«, bestätigte er. »Hatte Marleen Probleme mit jemandem? Hat sie irgendetwas angedeutet, was in diese Richtung ging?«

Sie nippte an ihrem Glas, schüttelte langsam den Kopf. »Nein, aber … nein.«

»Aber?«

Katia tastete nach einem Silberstecker in ihrem Ohr. »Na ja, sie … sie wurde nicht von Ronnie begleitet. In der Einladung stand ausdrücklich, dass Partner erwünscht sind.«

»Vielleicht musste er sich um die Kinder kümmern.«

Sie ließ den Ohrstecker los. »Das kann sein.«

»Sonst noch etwas?«

»Leider nein. Warum sollte sie auch Probleme gehabt haben? Sie besaß viel Charme, gab jedem das Gefühl, wichtig zu sein. Die Leute liebten Marleen, bewunderten sie sogar.«

»Offenbar nicht alle.« Dominik trank sein Glas leer. Er spürte immer noch eine leichte Übelkeit. »Sie haben früher mit ihr zusammen Musik gemacht? Gesungen?«

»Wir hatten so eine kleine … das war mehrstimmiger Gesang mit Klavierbegleitung. Nichts Aufregendes. Aber es hat Spaß gemacht.«

»Klavier hat ein gewisser Sebastian gespielt, mit dem Marleen eine Weile liiert war?«

»Sebastian Siekmann, ja. Er war ziemlich geplättet damals, als sie ihm den Laufpass gab, um mit Ronnie zusammen zu sein.«

»Kennen Sie seine Adresse?«

»Wir haben keine Verbindung mehr, aber ich glaube, er wohnt noch in Bielefeld. Ich habe ihn neulich von Weitem auf dem Flohmarkt am Klosterplatz gesehen, davor mal im Jahnplatztunnel.«

»Als Marleen ihn verließ, hat sich ihre Gruppe aufgelöst?«

»Bald danach, ja. Sebastian hatte keine Lust mehr.«

»Und?« Er lächelte. »Singen Sie noch?«

»Seitdem nicht mehr. Keine Zeit.« Katia schlang die Arme um den Oberkörper und blickte zu einem offenen Dachfenster, von dessen Rand es tropfte. »Ich habe vorhin alles aufgerissen, als ich von der Arbeit kam, es war so stickig hier, aber jetzt …«

»Es hat sich abgekühlt«, bestätigte Dominik. »Ihre Mutter sprach von einem Laden?«

»Mein Vater betreibt eine Bäckerei, und ich mache die Buchhaltung, stehe aushilfsweise auch an der Theke.«

Dominik nickte. Er ließ seinen Blick durch den Raum wandern. Neben einem Regal mit Büchern und Schachteln mit Puzzeln und Spielen entdeckte er noch einige Fotos an der Wand. Ein einsamer Strand mit langen Wolken, die sich über einen hohen Himmel zogen. Katia mit langen, verwehten Haaren am Wasser. Auf dem Foto sah sie attraktiv aus. Lag es am Fotografen oder daran, dass es eine jüngere Ausgabe von ihr zeigte? Alt konnte man Katia, die in den Dreißigern sein musste, allerdings noch nicht nennen.

»Sie müssen mir unbedingt den Namen des Fotografen geben! Ich wette, meine Tochter mag solche kontrastreichen Schwarz-Weiß-Aufnahmen. Sie trägt selbst nur noch Schwarz seit einiger Zeit.« Das sei *gothic style*, hatte ihm Lissa mal erklärt.

»Er hat ein Fotostudio in der Nähe der Pauluskirche. Augenblick mal.« Sie holte einen Zettel aus der Schublade eines Küchenschranks und notierte ihm den Namen.

»Katia?«, ertönte die quäkende Stimme ihrer Mutter von der Treppe.

»Ich bin jetzt auch fertig«, sagte er und steckte den Zettel ein. »Vielen Dank. Falls Ihnen noch etwas einfällt ...«

»Melde ich mich bei Ihnen. Aber sicher.« Katia lächelte. Ihre grünen Augen funkelten, und sie wirkte für einen Moment so lebendig wie auf dem Schwarz-Weiß-Portrait.

Er gab ihr zum Abschied die Hand, dachte darüber nach, die Familie noch einmal für ein Foto zusammenzubringen. Die Gelegenheit war günstig, denn sein Sohn Nils würde bald für ein paar Tage nach Bielefeld kommen. Nur Betty musste mitspielen. Aber wenn es um ein Geschenk für ihre Tochter ging, würde sie das bestimmt tun.

Beim Hinausgehen stieß er sich den Kopf an einer Dachschräge, bevor er mit der Tür gegen Katias Mutter prallte.

* * *

Kai blieb stehen, als er das Trommeln hörte, und blickte hoch zur Decke. Es war der Regen, der auf das Turnhallendach fiel. Es klang wie das Trappeln von vielen kleinen Füßen. Igelfüße zum Beispiel. Eine Armee von

Igeln, die über das Dach schwärmte … Er spürte den Ball im Rücken, bevor er ihn davonkullern sah. Rosa schüttete sich aus vor Lachen, weil sie ihn abgeworfen hatte. Sie war eigentlich viel zu langsam für ihn. Sie war klein wie eine Elfe. Obwohl Rosa schon sechzehn war. Jetzt hielt sie sich den Bauch vor Lachen. Er musste unwillkürlich grinsen.

»Kai, träumst du?«, rief Harald. »Du bist raus! Und Rosa – he, wir machen jetzt weiter, pass auf, sonst bist du auch gleich raus. Der Ball gehört Rosa, alle aufpassen, Rosa hat den Ball! Rosa, nimm den Ball! Komm, es geht weiter!« Der Übungsleiter klatschte in die Hände.

Es dauerte eine Weile, bis Rosa sich beruhigt hatte, und endlich den Ball aufhob. Sie gluckste noch, als er schon längst auf der Bank saß. Es war noch nie vorgekommen, dass er beim Abwurfspiel vor Rosa auf die Bank musste.

Später holten alle sich Turnmatten vom Wagen aus dem Mattenraum. Er half Rosa, die ihre Matte kaum tragen konnte. Die Matten wurden wie immer im Kreis ausgelegt. Harald machte das Licht auf einer Seite der Turnhalle aus und verteilte Decken. Kai bekam eine karierte und Rosa bekam eine rosa Decke, weil sie die am liebsten mochte. Sie legten sich auf den Rücken und hüllten sich ein. Zwischen den Balken der Turnhallendecke entdeckte er zwei gelbgrüne und einen weißen Ball. Leise Flötenmusik ertönte. Kai hob den Kopf. Haralds Hand lag auf dem Abspielgerät. Er lächelte Kai zu und legte einen Finger über die Lippen, dann setzte er sich auf eine Matte und schlug ein Buch auf. Kai entdeckte zwei weitere festgeklemmte Bälle, die dunkelblau waren und kleiner als die drei anderen. Harald las etwas über ein Traumland vor. Und dass sie die Augen schließen, sich das wunderschöne Land vorstellen sollten. In dem Land war Frühling. Ein warmer Wind wehte, und es blühten Blumen in allerlei Farben …

Rosa gluckste leise. Das tat sie oft. Manchmal summte sie auch. Sie hatte die Augen nicht geschlossen, sondern winkte ihm zu und kuschelte sich tiefer unter die Decke. Sie schien gar nicht zuzuhören. Vielleicht verstand sie auch nicht richtig, was Harald vorlas. Bine dagegen verstand alles. Sie war sehr hübsch mit ihren langen, braunen Haaren und supernett. Er dachte daran, wie er sie vor ein paar Wochen in der Werkstatt kennengelernt hatte. Sie hatten sich über die Tische in der Montage hinweg angegrinst, während der Abteilungsleiter die Neue herumgeführt hatte. In der Pause erklärte Kai ihr, was sie alles zusammenschraubten. Sie schenkte ihm Kekse und erzählte ihm, dass sie mit ihren Eltern aus Lüdenscheid hergezogen sei, und am liebsten strickte. Sie versprach, einen Schal für ihn zu stricken, und er drückte ihr einen Kuss auf die Wange.

Wieder ein Mongölchen, hatte der Abteilungsleiter zu einem Mitarbeiter gesagt, als es um Bine ging. Kai hatte vergessen, Bine zu fragen, was ein Mongölchen ist. Aber am Montag würde sie wieder in der Werkstatt sein. Bine war seine neue Freundin. Ihm wurde warm, als er daran dachte.

Dann runzelte er die Stirn. Da war noch diese schwierige Sache. Nina musste das erfahren. Hoffentlich machte Stefan, was er versprochen hatte und erzählte es Nina! Ein Kitzeln riss ihn aus seinen Gedanken. Das war Rosa. Er hielt ihre kleine Hand fest. Rosa kicherte und zog ihre Hand zurück. Schade, dass nicht Bine neben ihm lag. Rosa konnte nicht mal seinen Namen richtig aussprechen, die sagte immer »Dai« zu ihm! Harald sah kurz von seinem Buch auf, las dann weiter über die Tiere auf der Blumenwiese. Kai versuchte, sich Tiere vorzustellen, und dachte an die Igelarmee. Lauter »Latte Igels«, wie der Igel aus dem Buch, das ihm Nina vorgelesen hatte. Er schloss die Augen wieder, hörte einen Gong, dann Flöte und Gong, konnte aber der Melodie nicht folgen und bald auch nicht mehr der Geschichte, die der Übungsleiter mit seiner tiefen Stimme vortrug.

Bilder kamen und gingen, er sah etwas funkeln, wie Sonnenlicht auf einem Teich. Dann wurde der Untergrund immer dunkler, tiefschwarz, obwohl es immer noch funkelte wie ein schönes Kleid und sich geschmeidig bewegte. Als er genauer hinschaute, sah er, was es wirklich war: Ein glitzerndes Gewimmel von Fliegen, schillernden Fliegen, Tausende von Fliegen, die übereinander krabbelten. Kai stöhnte und kämpfte mit der Decke, die über seinem Gesicht lag, er bekam nicht mehr richtig Luft, bis er sie abgeworfen hatte. Er lag neben seiner Matte. Rosa starrte ihn mit offenem Mund an, aus dem Spucke floss.

»Alles in Ordnung, Kai?«, fragte Harald leise.

Das Umziehen dauerte länger heute. Zuerst hatte er seinen Kapuzenpulli verkehrt herum angezogen, dann musste er die Schnürsenkel zweimal binden, bis sie endlich hielten. In der Halle neben der Umkleide unterhielten sich Rosas Mutter und der Übungsleiter. Es war ein komisches Gefühl, der Letzte in der Kabine zu sein.

Außerdem musste er sich beeilen, um den Bus noch zu kriegen. Kai schnappte sich die Tasche und rannte aus dem Gebäude. Draußen nieselte es. Als er zur Bushaltestelle kam, sah er gerade noch die roten Rücklichter des Bethelbusses. Er fluchte und trat gegen einen Abfalleimer, dass es nur so schepperte. Dann ließ er sich auf die Bank plumpsen und spürte, wie die Nässe durch seine Hose kroch. Er zog sich seine rote Kappe tiefer in die Stirn, bettete die Arme auf die Tasche auf seinem Schoß und legte den Kopf darauf. Warten, warten, warten … langweilig … warten … warten …

»Hey, Kai!«

Er sah auf.

Rosas Mutter hatte die Scheibe von ihrem blauen Opel heruntergekurbelt.

»Willst du mitfahren? Ich kann dich zum Betheleck mitnehmen oder … ich könnte dich auch nach Hause bringen, wenn du mir sagst, wo du wohnst.«

Rosa, die hinten saß, rutschte dicht an das nasse Seitenfenster heran, über das Tropfen liefen. Es sah aus, als liefe der Regen ihr über das Gesicht.

Kai knabberte an seiner Lippe. Dann schüttelte er den Kopf. Rosas Mutter hatte ihm heute, als sie Rosa zur Turnhalle brachte, so blöde Fragen gestellt. Über das, was sie in der Zeitung gelesen hatte. Hätte er doch bloß nicht erzählt, dass seine Schwester *Keminalpolizistin* ist. Und dann musste ihm auch noch herausrutschen, dass er bei dem Konzert gewesen war! Aber er wollte nicht über das reden, was da in dem *Bunker* passiert war. Er wollte gar nicht mehr daran denken!

»Willst du wirklich nicht mitfahren? Bei dem Wetter?«

Eine Oma mit einem Kinderwagen, der mit einer durchsichtigen Hülle geschützt war, kam vorbei und studierte den Fahrplan.

»Der Bus kommt«, rief Kai.

»Ich kann es dir nur anbieten.«

»Ich fahr Bus.«

»Na gut. Bis bald, Kai.« Rosas Mutter lächelte und kurbelte die Scheibe wieder hoch. Dann fuhr sie weiter.

Kai rieb sich die Arme.

»Mit dem Regen hat es sich ganz schön abgekühlt, was?«, sagte die Oma und stellte ihren Kragen auf.

Er nickte und begann, abwechselnd mit den Schuhspitzen auf den Boden zu tippen. Dann beobachtete er das Kind, das an einem Schnuller nuckelte, den es immer wieder verlor, woraufhin die Oma ihm den Schnuller jedes Mal wieder in den Mund steckte. Als der Bus endlich kam, war er schon ganz steif vom vielen Sitzen. Er suchte sich einen Platz ganz hinten im Bus und dachte an Amelie, die früher oft mit ihm zurückgefahren war. Es war so lustig gewesen mit ihr, egal ob es regnete oder die Sonne schien. Dann war Amelie nicht mehr zum Turnen mitgekommen, und nach einer Weile war sie auch nicht mehr in die Werkstatt gebracht worden. Er hatte sie manchmal noch besucht, aber dann … er wischte ein Stück der beschlagenen Scheibe des Busses frei.

Die anderen Autos hatten schon ihre Scheinwerfer angemacht, das lag an dem dunklen Himmel voller Wolken. Und er musste auch noch vom Betheleck zu Fuß nach Hause! Er schimpfte, als ein Rollstuhlfahrer ihm den Ausgang versperrte und er Angst bekam, dass der

Busfahrer einfach weiterfahren würde. Er schimpfte weiter, auch, als er schon ausgestiegen war und an der Fußgängerampel der Arthur-Ladebeck-Straße warten musste. Er hörte erst auf zu schimpfen, als er den Botanischen Garten betrat, die Abkürzung nach Hause.

Obwohl es aufgehört hatte zu regnen, war niemand mehr auf dem Spielplatz. Es roch nach nassem Gras. Kai lief den Hügel hoch, auf das kleine Fachwerkhaus zu, das als hellerer Fleck vor dem düsteren Grau des Teutoburger Waldes zu sehen war. Linker Hand kam der vertraute Anblick des offenen Unterstandes mit der Erdzeituhr in Sicht, der Kai wegen des runden, schilfgedeckten Dachs an die Hütten aus seinem Afrika-Buch erinnerte. Wenn er mit Nina spazieren ging, machten sie oft Halt an dem flachen, runden Stein mit den eingezeichneten Erdzeitaltern. Nina erzählte ihm dann jedes Mal, wie alt die Erde sei und über die Urzeit und die Frühzeit und noch andere Zeiten, die er sich nie merken konnte. Jetzt lauerten Schatten unter dem Dach, der Stein war im Dämmerlicht nur noch schemenhaft zu erkennen.

Er hörte ein Rascheln, sah aber niemanden. Ihm fiel die Igelarmee ein. Er mochte Igel. Einer wohnte in ihrem Garten, wo er ihn heimlich mit Sahne gefüttert hatte. Kai stellte sich vor, dass die Igelarmee ihn in der Dunkelheit beschützte, und eilte weiter am Bienenhaus und an dem großen Baum vorbei, von dem Nina ihm gesagt hatte, dass er aus Kalifornien stamme. Er würde gerne nach Kalifornien reisen, blitzte es in ihm auf, wie immer, wenn er hier vorbeikam. Das Rascheln lenkte ihn ab. Er blieb stehen und spürte, wie er schwitzte.

Dann drehte er sich um. Da war niemand, oder? In dem schwindenden Licht konnte er nicht mehr viel erkennen. Er hörte sich selbst schnaufen und das leise Rauschen des Verkehrs vom Ostwestfalendamm.

Mit steifen Schritten ging er weiter. Es gab verschiedene Abzweigungen hier, und eigentlich kannte er den Weg, aber jetzt war er sich nicht mehr so sicher. Er ging schneller und hörte es wieder rascheln, dann blieb er stehen, und es raschelte nicht mehr. Das waren keine Igel! Kai rannte los. Als er die teilweise überwucherten Mauern ausmachen konnte, wusste er, dass er sich unterhalb des Seerosenteichs befand. Er warf einen ängstlichen Blick auf die Anlage mit den Bänken. Sie waren leer, ebenso wie die beiden hölzernen Liegestühle, aber wer sollte sich in der Dämmerung schon sonnen?

Er hastete die kurvigen Wege entlang und merkte mit einem Mal, dass seine Tasche offen stand. Sie fühlte sich auch nicht mehr so prall an wie vorher. Etwas musste herausgefallen sein. Er lief noch ein paar Schritte weiter, hielt inne, wischte sich den Schweiß von der Stirn. Nina würde sauer sein. Sollte er umkehren und suchen? Da war es wieder, das Rascheln! Doch er konnte schon die großen, immergrünen Büsche mit dem schwierigen Namen erkennen und die gestreiften Barrieren am Ende des Weges. Am liebsten hätte er die ganze Tasche weggeworfen, um schneller laufen zu können. Er wollte rasch den Reißverschluss der Tasche zuziehen, aber er fand das blöde Ende nicht in der Dunkelheit. Kurzerhand klemmte er sich das Ding unter den Arm und stolperte weiter. Die Barrieren kamen nur ganz langsam näher. Endlich war die Straße in Sicht, schwach beleuchtet von Laternen. Keuchend bog er nach links ab und wäre fast gegen einen parkenden Wagen geprallt. Als er das Licht im Küchenfenster sah, stöhnte er leise vor Erleichterung.

Kai klingelte Sturm. Er schaute über seine Schulter. An der gegenüberliegenden Straßenseite flammten die Schweinwerfer eines Autos auf. War das ein Opel? Das Licht blendete ihn.

Er hörte Nina bereits schimpfen, bevor sie die Haustür öffnete »Kai, kannst du nicht eine Sekunde warten? Ich bin ja nicht taub!«

Kai drängelte sich an ihr vorbei in den Flur. Es war warm und duftete nach Pfannkuchen.

Sie schloss die Tür. »Du bist ja ganz nass!«

Tatsächlich klebte ihm der Pulli am Rücken. Er begann, zu zittern.

»Ich hab auf den Bus gewartet.«

»Mensch, Kai!« Sie schaute ihn prüfend an und legte ihm die Hand auf die Schulter. »Du holst dir ja noch den Tod!«

Dienstag, der 14. Mai

Nina hupte. In dem Audi, der vor ihr herzuckelte, saß ein Herr mit Hut. Mal blinkte er rechts, mal blinkte er links und fuhr dann im Schneckentempo geradeaus weiter. Überhaupt, dachte sie, sollte man Rentner morgens zur Hauptverkehrszeit von der Straße verbannen! Als sie erkannte, dass sie sich längst in der Tempo-30-Zone der Wertherstraße befand, zog sie sich ihre Schirmkappe tiefer ins Gesicht und mahnte sich selbst zur Geduld. Nur: Was sollte Bent von ihr denken, wenn sie dauernd zu spät kam? Er hatte sie gestern nach der Vernehmung noch auf ihren Bruder angesprochen, und sie hatte erzählt, dass es besser gehe mit Kai. Zu früh gefreut! Nicht genug damit, dass sie nach dem Frühstück nur zufällig herausgefunden hatte, dass ihm ein Turnschuh fehlte. Er weigerte sich sogar rundweg, im Botanischen Garten danach zu suchen! Er hatte angstvoll reagiert, abwehrend. War das die Art, in der er das Erlebnis im *Bunker* verarbeitete? Was ging bloß in ihm vor? Diese irrationalen Ängste … sie schüttelte den Kopf. Jetzt also neue Turnschuhe. Als ob das Geld auf Bäumen wüchse!

Als sie den Flur ihrer Büroetage im Präsidium entlangstürmte und sich mit Schwung gegen die Glastür warf, hätte sie sie fast Bella Schnathorst ins breite Kreuz gerammt. Die Leiterin des Erkennungsdienstes war heute ganz in Pink gewandet, angefangen von ihren Pumps, über den Hosenanzug bis zu dem Schal, der ihr kurzes Haar einfasste. Sie kräuselte ihre pink geschminkten Lippen zu einem Lächeln.

»Frau Tschöke, ich verstehe natürlich, dass du auf unsere Ergebnisse gespannt bist, aber lass mich noch ein paar Minuten leben, in Ordnung, Schätzeken?«

Nina tippte grüßend an den Schirm ihrer Kappe, nahm sie ab und fuhr sich durchs Haar.

»Hat's heute nicht für ein Styling gereicht?« Bella machte ein mitfühlendes Gesicht.

Nina wusste nicht immer, wie sie Bella verstehen sollte. In der Regel meinte sie alles ernst. Manchmal aber nicht. »Du weißt ja, wie das ist.« Nina setzte sich die Kappe wieder auf.

»Wem sagst du das.« Bella schritt in den Besprechungsraum, aus dem Stimmengewirr drang.

Erst jetzt entdeckte Nina den schmalen Theo Hagedorn auf dem Flur. Sie ließ »Bellas Schatten«, wie er auf ihrer Etage genannt wurde, den Vortritt, zog die Tür hinter sich zu und huschte auf den nächstgelegenen freien Platz. Bent begrüßte die Mitglieder der Mordkommission, während Bella Dominik zuwinkte, indem sie mit ihren üppig beringten Fingern wackelte. Bent erteilte ihr das Wort. Bella trat neben ihn, sodass offenbar wurde, dass sie fast so groß war wie er. Mindestens 1,90 Meter, schätzte Nina. Bent setzte sich, Bella verschränkte die Arme und blickte mit geschürzten Lippen auf die Anwesenden nieder.

»Tja«, begann sie. »Ich will euch nicht mit Einzelheiten langweilen. Wir haben zunächst den Inhalt des Bionade-Kastens für die Musiker vom LKA über …«

»Und Sekt?«, warf Frank ein.

»Überprüfen lassen«, machte Bella weiter. »Die haben volle Flaschen und Leergut unter die Lupe genommen. Das Labor teilte uns mit, dass sie keine Spur von Zyankali finden konnten. Dieselbe Prozedur ist bei *sämtlichen* Getränkevorräten des *Bunker*s wiederholt worden. Kaliumcyanid ist nur schlecht alkohollöslich, dennoch sind auch die alkoholischen Getränke untersucht worden und dann noch …«

»Sie will uns *doch* langweilen«, flüsterte Weber Nina ins Ohr. »Zur Strafe. Weil ihre Arbeit so langweilig ist.« Er drückte ihr ein Zitronenbonbon in die Hand.

Bella war mittlerweile bei den Trinkgläsern angekommen. »Das Personal im *Bunker Ulmenwall* war gründlich: Falls es Spuren an und in Gläsern gab, sind die im 70-Grad-Spülgang vernichtet worden.«

Theo Hagedorn zog die Mundwinkel herab und nickte. Bella begutachtete einen ihrer pinkfarbenen Fingernägel, als wartete sie auf eine Entschuldigung.

»Wenn ich jemanden mit gelöstem Zyankali vergiften wollte, dann würde ich die Flasche samt Glas hinterher entsorgen«, bemerkte Frank.

»Bella, was ist mit dem Gepäck und der Kleidung des Opfers? Und dem Hotelzimmer?«, machte Bent weiter.

»Wir haben die Hotelzimmer sämtlicher Bandmitglieder untersucht: Nichts!«

»Auch nicht bei Ronnie Seismo?«, fragte Frank.

»Ronnie Seismo ist ein Mitglied der Band, oder habe ich da etwas verpasst?«, gab Bella zurück.

Theo Hagedorn nahm seine Glasbausteine ab und begann, sie umständlich zu putzen. Er saß auf der hellen Seite des Raumes, wo die intakte Neonröhre eingeschaltet war, und zog mit einem Mal alle Blicke auf sich, was wohl am Mangel an anderen Attraktionen lag. Nina hatte munkeln hören, dass Hagedorn in seiner Freizeit Käfer sammeln würde, die bei ihm zu Hause aufgespießt unter Glas zu besichtigen wären. Aber vielleicht war das nur ein Gerücht. Zu allem Überfluss pladderte wieder Regen gegen die Fenster. Der Himmel zeigte ein einheitliches Weißgrau.

Dominik räusperte sich, womit er die Blicke von Hagedorn abzog. Er sah frischer aus als am Tag davor. Man konnte sein gestärktes Hemd rascheln hören, als er sich mit einem Lächeln vorbeugte. »Spuck's aus, Bella. Du hast doch noch etwas in der Hinterhand.«

Bella Schnathorst brach unvermittelt in dröhnendes Gelächter aus. »Ach was, Dodo-Schatz, und das soll ich ausgerechnet dir verraten? Ich hab noch was gut bei dir! Da ist mindestens eine Einladung zum Essen fällig!«

Dominik grinste. »Mindestens! Aber das klären wir besser nachher, okay?«

Bent zog die Brauen hoch und drehte an der Kappe eines dicken Filzers. Kannte er das Geplänkel zwischen Dominik und Bella noch nicht? Auch dabei war Nina nie klargeworden, wie ernst Bella das meinte. Vielleicht meinte sie es ernster, seitdem ihr Lieblingskollege solo war.

Mit einer Handbewegung forderte Bella den Filzstift und zeichnete mit quietschenden Strichen eine Art Grundriss auf das Flipchartpapier. »Genau hier.« Sie zeichnete einen Pfeil, der auf eine Stelle eines halbrunden Gebildes deutete. »In dieser Toilette, genauer gesagt, auf der Oberseite des Toilettendeckels haben wir etwas gefunden.«

»Wieso denn auf der Toilette?«, fragte Frank.

Hagedorn setzte seine Brille wieder auf, um den Störer wie das Exemplar einer seltenen Käferart in Augenschein zu nehmen.

»In der Damentoilette«, erklärte Bella. »Es handelte sich um eine winzige Spur weißlichen Pulvers: Die Kristalle des Kaliumcyanids, wie uns das Labor bestätigte. Mit bloßem Auge auf dem Toilettendeckel kaum zu erkennen.«

Nina runzelte die Stirn. »Damentoilette – geht es hier um eine Täter*in*?«

»Euer Part.« Bella legte den Stift auf den Tisch. »Es war wie immer nett mit euch, aber wir müssen jetzt.« Sie lächelte verbindlich.

Bent bedankte sich. An der Tür drehte sich Bella kurz um und zwinkerte Dominik zu, bevor sie mit Hagedorn im Gefolge aus dem Raum rauschte.

Mit einem Mal begann die Neonröhre zu flackern. Hieß das, sie hatten die Röhre auf der falschen Seite eingeschaltet oder war die zweite Röhre jetzt auch defekt?

Dominik faltete die Hände hinter dem Kopf. »Der Täter könnte im *Bunker* ein Getränk in einem Glas erstanden und es auf die Toilette mitgenommen haben, um sich in der Kabine einzuschließen und es mit Kaliumcyanid zu präparieren. Dabei stellte er das Glas auf dem Deckel ab und voilà – etwas ging daneben.«

»Wenn ich jemandem mit dem Zeug umbringen wollte, würde ich die Flasche doch zu Hause präparieren!«, sagte Frank.

»Gibt es im *Bunker* überhaupt alkoholfreien Sekt?«, fragte Nina. »Und …« Sie brach ab. Das Geflacker machte aus Frank und Dodo Figuren aus der Geisterbahn. Sie stand auf und schaltete das Licht aus.

Bent beugte sich vor und sah sie aufmerksam an. »Weiter, Nina.«

Warum zum Teufel musste sie jetzt vor versammelter Mannschaft rot werden? »Ich stelle mir das so ähnlich vor wie Dodo. Der Sekt wird vor der Pause auf der Toilette präpariert. Relativ risikolos. Das Publikum ist noch damit beschäftigt, der Band zu lauschen.«

»Ein möglicher Hergang, jedenfalls nachvollziehbar«, sagte Bent.

Nina unterdrückte ein Lächeln.

»Risikolos? Nicht ganz.« Dominik nahm die Arme herunter. »Gerade weil alle der Band lauschen, fällt eine Person auf, die sich ein Getränk an der Theke kauft, während noch Musik gemacht wird.«

Bent nickte. »Wir werden natürlich auch die Thekenmannschaft befragen.«

»Mag sein, dass er auf dem Klo präpariert wurde, aber ich wette, der Sekt ist nicht im *Bunker* gekauft worden. Und was ist mit Fingerabdrücken? Wieso nicht die Sektflöte gleich mit einschmuggeln? Natürlich nicht die von Erbtante Walburga mit Gravur und Monogramm, sondern irgendein Null-acht-fünfzehn-Glas, das nicht weiter auffällt.« Frank verschränkte die Arme vor der Brust und lehnte sich zurück. »Und dann sacke ich das benutzte Glas ein und mache mich aus dem Staub.«

Dominik grinste. »Also, Frank, langsam kriege ich Angst vor dir.«

»Denkst du, das bemerkt niemand, wenn jemand in der Pause ein Glas in seiner Tasche verschwinden lässt?«, wandte Nina ein.

»Ach was«, gab Frank zurück. »Wie wär's mit kurz nach der Pause. Alle glotzen Richtung Bühne, und dann schwupps …«

»Gehen wir von einer Täter*in* aus, weil die Spuren in der Damentoilette entdeckt wurden?«, fragte Bent wie ein Lehrer, der seiner Klasse eine Frage stellt und die Antwort schon kennt.

»Allerdings. Es wäre zu auffällig, wenn ein Mann in die Damentoilette geht«, sagte Nina.

»Vielleicht wollte er ja eine falsche Fährte legen«, sagte Frank.

Nina verdrehte die Augen. »Und verschüttet dann extra etwas von seiner Giftmischung auf dem Klodeckel?«

»Lassen wir das mal offen«, sagte Bent schnell. »In jedem Fall sollten wir überprüfen, wer welche Getränke vor der Pause bestellt hat. Schön. Was gibt es Neues bei den Befragungen?«

Fritz' zerfurchtes Gesicht wurde vom Licht des Monitors beleuchtet. »Es wurde von weiteren Zeugen bestätigt, dass der Mann mit den weißblonden Haaren in der zweiten Pausenhälfte am Tisch von Marleen …«

»Nur Neues«, unterbrach Bent.

»Ähm …« Fritz' Furchen vertieften sich, während er scrollte. »Sonst nichts.«

Nina räusperte sich. »Tja, ich habe meinen Bruder Kai befragt. Ihr erinnert euch, er verbrachte die gesamte Pause am Tisch der Sängerin. Er hatte sich von ihr ein Autogramm geholt, bei so was kann er sehr penetrant sein. Außer dem tollen Kleid, dem netten Lächeln und den schönen Augen von Marleen fiel ihm leider nichts ein.« Sie hatten am Frühstückstisch darüber geredet, kurz bevor der Streit über den Turnschuh losgebrochen war.

»Hast du ihm auch klargemacht, dass Einzelheiten wichtig sein können?« Frank runzelte die Stirn. »Ich meine, bei seiner Behinderung kapiert er womöglich gar nicht, was er …«

»Hältst du mich für einen Anfänger?« Nina wurde rot vor Ärger.

»Schon gut, Nina«, sagte Bent sanft und lächelte ihr zu. »Ich denke, es ist nicht so einfach, jemanden mit Down-Syndrom zu befragen. Noch dazu, wenn es der eigene Bruder ist.«

»Du zweifelst an meiner Kompetenz?« Nina wurde noch eine Spur röter.

»Ganz sicher nicht! Nina, du weißt, ich schätze deine Arbeit sehr, aber er ist nun mal dein Bruder. Das macht alles komplizierter.«

»Ja, aber er will eben nicht darüber reden! Nicht, weil ich seine Schwester bin, sondern weil ihn die Sache ziemlich mitgenommen hat!«

Bent nickte. »Ich schlage vor, dass wir es noch mal bei ihm versuchen, wenn die Befragungen der anderen

Gäste abgeschlossen sind. Mit etwas Abstand geht es sicher besser.«

Nina atmete einmal tief ein und aus. Sie geriet in letzter Zeit öfter mit Kai aneinander. Vielleicht war es wirklich besser, jemand anderes befragte ihn.

Bent räusperte sich. »Ich habe übrigens die Handyverbindungen des Mordopfers überprüft. Sie hatte Kontakt zu ihrem Mann, ihren Eltern, zur Bassistin ihrer Band und zur Leiterin der Kindertagesstätte, in die ihr Sohn geht. Und dann ist da noch ein gewisser Sebastian Siekmann, den sie in den letzten Wochen recht häufig angerufen hat.«

»Mit Siekmann soll die Seismo früher Musik gemacht haben. Die beiden seien ein Paar gewesen, bevor Marleen Ronnie kennenlernte«, sagte Nina. »Sie hat wohl während des Klassentreffens erwähnt, dass sie wieder Kontakt zu ihm aufgenommen habe.«

»Aus welchem Grund?«, fragte Bent.

»Angeblich wegen der Mucke. Sie hatte offenbar vor, zurück nach Bielefeld ziehen«, sagte Frank.

»Siekmann ist Pianist und Ronnie Seismo Keyborder. Laut Guido Bartsch hat Marleen gesagt, die Band komme zur Not auch ohne Ronnie klar«, sagte Dominik. »Ob sie Ronnie durch Sebastian ersetzen wollte?«

»Wer weiß …« Frank lächelte süffisant. »Ich frage mich, ob Ronnie wusste, was sie vorhatte. Wenn ja, dann muss er stinksauer auf sie gewesen sein. Nicht schlecht: aus der eigenen Band geworfen!«

Bent zeigte mit seinem Filzer auf Fritz. »Ist Siekmann auf der Gästeliste des *Bunkers*?«

Fritz tippte etwas ein und reckte dann den Kopf vor wie ein Huhn, das einen besonderen Leckerbissen auf dem Hof entdeckt. »Nein, tut mir leid.«

»Na schön«, sagte Bent. »Frank und Dominik nehmen sich diesen Sebastian Siekmann vor. Später werden wir Ronnie Seismo mit dem konfrontieren, was wir bisher erfahren haben.«

»Was ist mit dieser Leonie Olsen auf Baltrum?«, fragte Frank. »Als alte Schulfreundin der Seismo könnte sie bestimmt aus dem Nähkästchen plaudern.«

»Richtig.« Bent studierte seine Mappe. »Leonie Olsen … wir haben natürlich ein hohes Spurenaufkommen.« Über den Rand seiner Lesebrille warf er Dominik einen Blick zu. »Die Verabredung mit Olsen ist auch das Alibi von Katia Moenke … Ich würde sagen, Dominik fährt am Donnerstag nach Baltrum. In dreieinhalb Stunden ist man an der Küste.«

Frank hob bedeutungsvoll die Brauen und nickte Dominik zu. Der hatte den Mund aufgemacht, um etwas zu sagen, unterließ es dann.

Nachdem die Besprechung beendet war, hörte Nina Frank beim Hinausgehen sagen: »Tja, Dodo-Schatz, dann lass die Kiste *Detmolder* mal rüberwachsen!«

Hatten sie wegen Baltrum gewettet? Allmählich fiel es auf: Bent schien keinen Wert auf eine allzu enge Zusammenarbeit mit Dominik zu legen.

* * *

Am Sparrenberg erwischten sie wider Erwarten einen Parkplatz gleich unterhalb der Kunst- und Musikschule. Sie gingen hinein. Hinter einer der Türen auf dem Flur war ein holpriges *Pour Elise* zu hören. Dominik warf einen Blick auf seine Uhr. Die Stunde würde in ein paar Minuten zu Ende sein.

»Das Geklimper macht mich kirre!« Frank entfernte sich.

Dominik folgte ihm um die Ecke, wo sich der Flur zu einem Raum öffnete, in dem es heller war und sich an den Wänden Bild an Bild reihte. Zu sehen war die Mona Lisa in zahlreichen Ausführungen, mal dezent in Pastellfarben, dann wieder expressionistisch mit tiefrotem Hautton, jedoch verunglückt: Statt geheimnisvoll zu lächeln, verspottete die Mona Lisa den Betrachter mit einem hämischen Grinsen.

»Wusstest du, dass Nina einen Freund namens Stefan hat?«, fragte Dominik.

»Aha? Deswegen kommt die also ständig zu spät. Heiße Nächte, ich verstehe … Oh Mann, müssen wir uns hier die Beine in den Bauch stehen, bis der seine Stunde beendet hat?«

»Was willst du eigentlich? Du hast einen Kasten Bier gewonnen!«

»Mir schwirrt der Kopf, Dodo, von all den Zeugen. Wer wo wann war und was gesehen hat! Ich träume nachts von der Frau mit den roten Haaren und der grünen Bluse, dem Mann mit den sehr hellen Haaren, sogar von Wolf-Dieters langem Bart …«

»Entspann dich. Wir machen uns Samstagabend bei mir über die Kiste Bier her. Sturmfreie Bude. Lissa geht mit ihrem Freund in irgendeinem obskuren Gothic-Schuppen tanzen, und Robin bereitet eine Aktion vor. Sie wollen vor der Europäischen Zentralbank demonstrieren, wenn ich das richtig verstanden habe. Was hältst du davon?«

»Von der EZB?«

»Nein.«

»Wirklich? Bei dir?«, fragte Frank vorsichtig.

»Ich könnte etwas kochen. Oder etwas kommen lassen. Oder hast du schon was vor?«

»N-nein, ich … ähm … klar, das machen wir!« Franks Lächeln wurde breit. »Wie früher. Finde ich gut!«

In diesem Moment bog ein Mädchen um die Ecke mit schief geknöpfter Strickjacke und einer offenen Umhängetasche, aus der Notenblätter fielen. Sie bückte sich, um die Blätter aufzuheben, und der übrige Inhalt rutschte auch noch aus der Tasche. Sie stopfte alles wieder hinein, als ein mittelgroßer, schlanker Mann im karierten Hemd hinter ihr auftauchte, der inne hielt, um die beiden Beamten durch seine Nickelbrille zu mustern. Das Licht der Deckenlampe spiegelte sich matt auf seiner Halbglatze. Den Rest seiner Haare trug er kurz rasiert. Dominik schätzte ihn auf Anfang vierzig.

»Du hast etwas vergessen«, sagte er und reichte der Kleinen ein schmales Buch.

Sie steckte es ein und hüpfte davon.

»Ja bitte?«, fragte er.

»Sebastian Siekmann?«

»Der hat sich krank gemeldet. Ich bin nur seine Vertretung.«

* * *

Zwanzig Minuten später standen sie vor einem Drei-Familien-Haus in der Große-Kurfürsten-Straße. Siekmann wohnte im Dachgeschoss, dem Klingelschild nach zu urteilen. Dominik klingelte lange und ohne Erfolg. Dann trat er einen Schritt zurück, blickte hoch zu den Dachgaubenfenstern und schüttelte den Kopf.

»Falls er schläft, müsste er schon aufgewacht sein. Oder er ist gerade beim Arzt wegen der Krankschreibung.«

Frank, der auf dem Weg durch den Vorgarten in einen Hundehaufen getreten war und auf einem Bein stehend versuchte, das Malheur mit Hilfe eines Papiertaschentuchs zu beseitigen, sah auf. »Oder er macht blau. Lass mich mal.«

Frank klingelte Sturm. Plötzlich summte der Türöffner. Frank hob den Daumen und drückte die Tür auf. Im Treppenhaus war es so düster, dass Dominik das Licht anmachte. Sie stiefelten drei Treppen hoch. Im Türrahmen lehnte ein Mann im seidenen Morgenmantel mit Paisley-Muster und sah sie aus geröteten Augen an. Auch die Nase in dem hellen Gesicht glänzte rot. Seine verstrubbelten Haare waren weißblond, die Bartstoppeln etwas dunkler. Siekmann erinnerte Dominik an Julian Assange. Obwohl er nicht auf der Höhe zu sein schien, war er ein gutaussehender Mann.

Frank hielt Dominik zurück. »Der Mann mit den sehr hellen Haaren«, flüsterte er.

Dominik nickte.

Der Assange-Klon schob die Ärmel seines Morgenmantels zurück und entblößte kräftige Unterarme, bevor er sie vor der Brust verschränkte. Dominik konnte sich ihn gut am Piano in irgendeiner Bar vorstellen. Eine Bar, die erst spät schloss und ihrem Pianisten vorher noch ein paar Absacker spendierte. Siekmann schaute so trübe, als hätten sie ihn tatsächlich gerade erst geweckt.

»Guten Morgen, Herr Siekmann«, sagte Frank. »Na ja, sollte wohl sagen, guten Mittag.«

»Mit wem habe ich die Ehre?« Siekmann massierte sich die Schläfen.

»Kripo Bielefeld, Domeyer und Herbst«, sagte Dominik.

Etwas flackerte in Siekmanns dunklen Augen auf. »Kripo«, wiederholte er gedehnt, machte einen tiefen Atemzug und trat von der Wohnungstür zurück.

Es wirkte wie eine Einladung. Sie folgten ihm in den Flur.

»Haben Sie uns bereits erwartet?«, fragte Frank.

»Ich habe niemanden erwartet«, sagte Siekmann. »Wollen Sie …« Er öffnete kurz eine Tür, die einen Ausblick gab auf ein zerwühltes, französisches Bett. »Ach nein, wir gehen besser in die Küche. Ich habe nicht aufgeräumt.«

»Das macht nichts«, sagte Dominik, doch Siekmann bedeutete ihnen, ihm in die Küche zu folgen.

Sie betraten einen Raum mit einem großen Dachfenster und setzten sich an einen schönen, alten Holztisch, der zu dem Küchenschrank mit Kacheln über der Anrichte passte. In der Ecke summte leise ein silberner Kühlschrank im Retro-Stil neben einer Designer-Stehlampe. Dominik stutzte: Der rote Glasschirm über dem Eichenholz-Fuß war zerbrochen. Vor einem

Kaffeevollautomaten auf einem Bord lag eine Tablettenschachtel. Er beugte sich vor, um die Aufschrift zu lesen: *Ibuprofen*.

Siekmann starrte auf seine Hände, die er auf der Tischplatte abgelegt hatte.

Frank setzte an, um etwas zu sagen. Im selben Moment ging ein Ruck durch Siekmann, als erwachte er gerade aus einem Traum. »Kripo? Was wollen Sie denn von mir?« Seine Stimme klang monoton.

»Marleen Seismo …«, begann Dominik.

»Ist tot, ich weiß.« Siekmanns Blick glitt kurz zu einer aufgeschlagenen Zeitung, die auf einem Stuhl lag. »Ich wollte eigentlich nur die Kritik zu ihrem Konzert lesen.« Er fuhr sich langsam durch seinen dichten Haarschopf. Seine Bewegungen wirkten, als hätte er nicht *Ibuprofen*, sondern *Valium* genommen.

»Sie sind krank, Herr Siekmann?«, fragte Dominik. »Erkältung?«

»Nein, aber es geht mir nicht gut. Marleen … dass sie jetzt nicht mehr da sein soll …« Er räusperte sich. »Die Zeitungen schreiben, sie sei auf der Bühne kollabiert. Und wieso ermittelt die Kripo?« Siekmann blinzelte.

»Sie starb keines natürlichen Todes«, sagte Dominik.

»*Was?* Sie …« Siekmann schaute von einem zum anderen. »Das bedeutet, jemand hat sie … sie wurde *ermordet?*«

»Davon gehen wir aus«, sagte Frank.

Siekmann weitete den Kragen seines Pyjamas, der unter dem Morgenmantel hervorsah. »Das ist doch nicht … Wir waren noch am Samstagnachmittag zusammen und jetzt ...« Sein Gesicht wurde noch eine Spur bleicher.

»Ist Ihnen nicht gut?«, fragte Dominik.

»Ich ... entschuldigen Sie!« Siekmann stand abrupt auf und verließ die Küche. Kurze Zeit später hörten sie Wasser rauschen. Er war offenbar ins Bad gegangen.

Dominik und Frank sahen sich an.

»Ist er so entsetzt, weil die Seismo ermordet wurde, oder weil die Kripo bei ihm ist?«, fragte Frank.

»Durchsuch doch schnell mal den Küchenschrank nach Zyankali«, witzelte Dominik.

»Wenn ich wüsste, wie das aussieht ...«

»So ein giftgrünes Pulver.«

»Du mich auch.« Frank schnitt eine Grimasse.

Dominiks Blick wanderte wieder zu dem zerbrochenen Glasschirm der Stehlampe. Das passte so gar nicht zu dem stilvollen Ambiente der Küche.

Siekmann kam wieder. Sein Gesicht glänzte feucht, aber er hatte etwas Farbe bekommen. Er setzte sich und folgte Dominiks Blick.

»Schade, das mit der Lampe«, sagte Dominik. »Sieht teuer aus. Kann man für so ein Designermodell überhaupt einen neuen Schirm kaufen?«

Siekmann zuckte mit den Achseln.

»Gerade erst passiert?«, fragte er weiter.

Siekmann nickte. »Ein Streit. Es sind zwar keine Teller geflogen, aber, na ja, die Lampe musste dran glauben. Nicht wichtig, ich ...« Er runzelte die Stirn. »Ich wüsste gern ... Wie ist sie denn ...?« Seine Stimme klang zittrig, und er räusperte sich. »Wie kann sie denn auf offener Bühne ermordet worden sein?«

»Dazu dürfen wir nichts sagen, Herr Siekmann.“

»Warum sind Sie dann überhaupt hier? Und wer hat Ihnen meinen Namen genannt? Ronnie Seismo?«

»Marleen hat beim Klassentreffen erzählt, dass sie Kontakt zu Ihnen aufgenommen habe. Und wir ermitteln im Umfeld des Opfers, um Hinweise auf ein mögliches Motiv zu bekommen, Abläufe zu rekonstruieren und so weiter. Sie haben Marleen Seismo also am Samstagnachmittag getroffen?« Dominik legte die Unterarme auf den Tisch und beugte sich vor.

»Sie hat mich vor einer Woche angerufen. Sie käme zu einem Auftritt nach Bielefeld und ob wir uns sehen könnten.«

»Warum wollte Marleen sich mit Ihnen treffen? Hatten Sie häufiger Kontakt?«, fragte Dominik.

»Lange Zeit hatten wir gar keinen Kontakt. Aber seit ein paar Wochen sehen … sahen wir uns oft. Sie wollte zurück nach Bielefeld ziehen. Ihr Großvater ist gestorben und hat ihren Eltern seinen Hof vererbt. Sie wollte mit ihrer Band aufs Land ziehen, um da an den Stücken zu arbeiten. Eine Musiker-WG am Rande Bielefelds sozusagen. Ihre Eltern würden sich dann um die Enkelkinder kümmern und sie und ihre Band würden Ruhe haben, um intensiv zu arbeiten.«

»War Ronnie Seismo damit einverstanden?«, fragte Dominik.

»Natürlich nicht!« Er schnaubte. Sein blasses Gesicht rötete sich. »Sie hat ihm erst Anfang letzter Woche reinen Wein eingeschenkt. Der muss einen Riesenaufstand gemacht haben. Sie war froh, als sie am Freitag zum Klassentreffen nach Bielefeld fahren konnte und ihn wenigstens einen Tag lang nicht mehr sehen musste.«

»Er war dagegen? Warum?«, fragte Frank.

»Weil Ronnie die Band für sein persönliches Eigentum hält. Dass der Erfolg der Band zu großen Teilen Marleen zu verdanken ist, sieht er nicht. Der Typ ist egozentrisch ohne Ende. Er warf ihr vor, hinter seinem Rücken gegen ihn zu intrigieren, weil sie die meisten Bandmitglieder überzeugt hatte, mitzukommen. Und natürlich wollte sie auch die Kinder mitnehmen. Im Grunde war ihr klar, dass er Nein sagen würde. Sie hatten sich längst auseinandergelebt.«

»Sieh an.« Frank verschränkte die Arme und lehnte sich auf seinem Stuhl zurück. »Haben Sie sich nie gefragt, was wohl aus Ihnen geworden wäre, wenn Marleen damals bei Ihnen geblieben wäre? Statt sich als Provinzpianist mit Klavierschülern über Wasser halten zu mü…«

»Sie wissen gar nichts!« Siekmann atmete hörbar aus und bearbeitete seine Oberschenkel. Mit leisem Schaben fuhren seine Hände über den Stoff der Pyjamahose. Sie waren nicht schmal und feingliedrig, wie Dominik sich Pianistenhände vorstellte, sondern kräftig wie der ganze Kerl.

»Wir sind ganz Ohr«, säuselte Frank.

Siekmanns Kiefer mahlten. »Mit dieser Art von Musik wird man nicht reich und berühmt, Herr Polizist! Egal wie virtuos man ist, man wird nie ein Riesenpublikum erreichen. Ja, man kann sich in der Szene einen Namen machen und Marleen Seismo & Band haben einen. Genau wie ich mit meinem Trio. Deshalb hat sie mich gefragt, ob ich bei ihnen einsteigen will. An Ronnies Stelle, wenn Sie es genau wissen wollen!«

»Und wie fanden Sie das, dass Marleen plante, nach Bielefeld zurückzukommen?«, fragte Dominik.

»Was denken Sie denn?« Siekmanns Gesicht verzog sich, als würde er gleich anfangen, zu weinen. »Die Frage erübrigt sich inzwischen doch wohl!«

»Herr Siekmann, welche Fragen sich erübrigen und welche nicht, das lassen Sie mal unsere Sorge sein«, gab Frank zurück.

Siekmanns Brauen zogen sich zusammen.

»Wie standen Sie zu Marleen?«, fragte Dominik.

Siekmann presste die Hand auf den Mund, schloss kurz die Augen und schüttelte dann den Kopf. »Ich hab mich gefreut, dass sie … wenn sie …« Er schluckte und wandte den Blick ab.

»Es hat Sie getroffen, als Marleen Sie damals wegen Ronnie verlassen hat?«, fragte Dominik nach einer Weile.

Siekmann starrte durch ihn hindurch.

»Herr Siekmann?«

Siekmann fokussierte ihn wieder. »Sicher hat es das«, sagte er leise.

»Haben Sie ihr das je verziehen?«

»Das ist ewig her. Damals ist damals und heute ist heute. Jetzt ist sie tot. Was wollen Sie denn noch von mir?«

»Sie sind Single?« Frank deutete mit dem Kopf auf Siekmanns einzigen Ring, der mit seinem dunkelroten Stein nicht aussah wie ein Ehe- oder Verlobungsring.

»Danke der Nachfrage, ich kann mich über einen Mangel an weiblichem Zuspruch nicht beklagen.«

Dominik dachte, dass Siekmann spätestens mit dieser Bemerkung bei Frank verschissen hatte.

»Da gratuliere ich schön, Herr Siekmann«, gab Frank zurück. »Hat Ihnen Marleen Seismos Konzert übrigens gefallen?«

Siekmanns Augen wurden schmal. »Was soll das? Meinen Sie den Anblick von Marleens Zusammenbruch?«

»Ich habe Konzert gesagt«, sagte Frank. »Wie Auftritt. Gig.«

»Sie haben gesehen, wie sie zusammengebrochen ist?«, fragte Dominik.

»Zum Glück nicht. Das wäre …« Er holte tief Luft. »Ich habe an dem Abend eine Lesung am Klavier begleitet. Im Kunsthallencafé.«

»In *Schäfers Café*? Nun, Sie verstehen sicher, dass wir das überprüfen müssen. Wessen Lesung haben Sie da begleitet?« Frank zog ein Notizbuch aus seiner Hosentasche.

»Eine Autorin aus Bielefeld.« Siekmann nannte den Namen der Frau, den Frank notierte. Dann hob er den Kopf. »Herr Siekmann, haben Sie uns noch etwas zu sagen? Wir machen so ungern überflüssige Wege.«

»Überprüfen Sie, was Sie wollen.«

»Noch eine Frage, Herr Siekmann. Wenn Sie an Ihre letzten Treffen mit Marleen denken … gab es da irgendetwas, das Marleen beunruhigte?«, fragte Dominik.

»Die weitere Auseinandersetzung mit Ronnie«, sagte Siekmann, ohne zu zögern. »Das Gezerre um die Kinder. Er hat ihr klargemacht, dass er keinesfalls mit ihr zurück nach Bielefeld gehen wird. Damit hat sie zwar gerechnet, aber … er hat auch gedroht, dass er nicht gedenkt, sie ohne Weiteres mit den Kindern ziehen zu lassen.«

Frank runzelte die Stirn. »Gedroht?«

»So hat sie sich ausgedrückt. Keine Ahnung, ob er was in der Hand hatte.«

»Und wie ging es ihr sonst?«, fragte Dominik.

»Gut. Sie plante zusammen mit ihren Eltern den Umbau des Hofs, richtete in Gedanken schon die Proberäume ein …« An Siekmanns Hals trat eine Sehne hervor. »Das war vielleicht zu viel für Ronnie.«

»Sie denken, er war es?«, fragte Dominik.

»Ich denke nur … wer hätte sonst einen Grund dafür gehabt?«

»Wie können wir Sie am besten erreichen?«, fragte Dominik.

Siekmann nannte seine Handynummer.

»Melden Sie sich jederzeit bei uns, wenn Ihnen noch etwas einfällt.«

»Schon klar.« Siekmann blickte Dominik an. »Kommissar …?«

»Domeyer.« Dominik reichte ihm seine Karte.

* * *

»Kann ich die Schuhe gleich anziehen? Dann tun wir die alten in den Karton, und ich ziehe die neuen an!« Kai schien wieder obenauf zu sein.

Der *Karstadt*-Verkäufer schaute fragend zu Nina.

»Nein, besser nicht, Kai!«, sagte sie. »Hallenturnschuhe soll man nicht draußen tragen. Die werden sonst dreckig.«

»Dann trage ich die Tüte!«

Der Verkäufer packte den Schuhkarton in die Tüte und reichte sie ihm mit einem Lächeln. »Bitte, junger Mann.«

Sollte Nina ihm erklären, dass ihr Bruder deutlich älter war als er? Auch, wenn Kai sich manchmal wie zehn benahm …

Kai schwenkte die Tüte und summte, während sie sich zwischen den Kleiderständern der Sportabteilung hindurch Richtung Rolltreppe schlängelten. Abrupt drehte er sich um. »Können wir eine Bratwurst essen? Bitte, Nina! Ich habe Hunger. Bratwurst mit Pommes!«

Nina überlegte. Sie hatte ebenfalls Hunger, wenn auch nicht auf Bratwurst. Gab es hier nicht ein Restaurant? Suchend schaute sie sich um und entdeckte mit einem Mal Bent in der angrenzenden Herrenabteilung. Nina lächelte. Vielleicht brauchte er eine Beratung. Die Männer, die sie kannte, gingen nicht gerne Shoppen.

»Bitte, Nina!«, bettelte Kai. »Eine …«

»Na gut. Nachher, aber zuerst … sieh mal, dahinten ist Bent.«

»Wo? Ach ja!« Kai strahlte und nahm ihre Hand. »Komm!« Er zog sie hinter sich her.

Bent hielt ein quietsch-buntes Hawaii-Hemd in die Höhe und betrachtete es mit gerunzelter Stirn.

»Hallo Beeent!«, sang Kai.

»Kai!«, stellte Bent fest. »Hallo, ihr beiden! So trifft man sich wieder.«

»Tja, Kai hat dich gesehen und wollte dich unbedingt begrüßen. Ich natürlich auch«, fügte sie hinzu und wurde zu ihrem Ärger rot wie eine Brautjungfer, die gerade den Strauß gefangen hat.

»Kommst du mit, eine Wurst essen?«, fragte Kai.

»Vor der Wurst muss ich leider noch was erledigen.« Bent seufzte. »Klamotten kaufen.«

»Ein schönes Hemd«, sagte Kai. »Fährst du in Urlaub mit dem Hemd?«

»Nein, ich muss zu einer Motto-Party. Das ist eine Party, wo man sich speziell … also ganz besonders anziehen muss. Ganz besonders bescheuert, um genau zu sein.« Er verzog das Gesicht.

Nina lachte. »Ich habe mich schon gewundert. Das ist doch nicht dein Stil. Wie lautet das Motto?«

»Die Party steigt zum Eurovision Song Contest. Alle hocken in schriller Aufmachung vor dem Fernseher und freuen sich über noch schrillere Auftritte. Aber wo kriegt man bloß so ein Hemd?«

»Frag Frank«, sagte Nina. Der Kollege trug gerne bunte Hemden, vorzugsweise mit Tiermotiven.

Kai lachte mit ihnen, obwohl er sicher nicht begriff, was gerade so lustig war.

Bent hängte das Hawaii-Hemd zurück an den Ständer. »Ich schätze, ich brauche so eine Art Glitzerhemd und eine blöde Perücke.«

»Das hab ich doch!«, rief Kai.

»Das stimmt«, sagte Nina. »Er hat das an Karneval in seiner Werkstatt angezogen. Das Hemd war ihm viel zu lang, er hat es einfach in die Hose gestopft. Und er besitzt eine schwarze Pagenkopfperücke.«

»Kai, darf ich mir das mal ausleihen?«, fragte Bent.

»Klar. Dann kannst du jetzt mit uns Bratwurst essen.« Kai schlang die Arme um seine Plastiktüte. »Da am Jahnplatz an der Bude …«

»Nun warte doch mal! Bent möchte vielleicht gar keine Bratwurst essen!«

Bent grinste. »Oh doch, ich brauche dringend eine Wurst. Ihr wisst gar nicht, wie lange ich mich schon in Geschäften herumtreibe. Hier im Restaurant? Ich lade euch ein.«

Das Restaurant befand sich auf derselben Etage. Es stand auch Bratwurst auf der Speisekarte, und das Gewünschte wurde schnell gebracht. Kai hatte seine Wurst bereits vertilgt, als die anderen noch aßen. Er stand auf, um sich eine weitere Cola light zu bestellen.

»Kai hat seine Turnschuhe verloren und brauchte neue«, erklärte Nina. »Er nimmt an zwei Sportgruppen teil. Montags sind es so genannte Kleine Spiele und mittwochs ist es eine Tanzgruppe. Hip-Hop, solche Sachen. Er liebt es, und er braucht Bewegung. Sie sind damit sogar aufgetreten auf Festen in Bethel und auf dem Leinewebermarkt. Deswegen habe ich heute pünktlich Schluss gemacht. Wenn ich nicht die Turnschuhe mit ihm gekauft hätte …«

»Du musst dich nicht rechtfertigen. Ich bin auch früher gegangen – und das nur wegen dieser blöden Party.«

»Danke für dein Verständnis.«

Er tunkte sein letztes Stück Wurst in den Senf und lächelte. »Ronnie Seismos Vernehmung war anstrengend. Es ist niemandem damit gedient, wenn du nur noch gestresst bist, Nina.«

Nina wurde warm, was nicht nur an der heißen Tomatensuppe lag. Bent hatte eine subtile Art, sie zu unterstützen. Das tat er nicht erst, seitdem er erfahren hatte, dass sie sich um ihren Bruder kümmerte. Anders als mit Dodo hatte sie mit ihm selten über Kai gesprochen.

Kai kam mit seiner Cola wieder. Er holte sein Mandala-Malbuch und Stifte aus seinem Rucksack und fing an, auszumalen.

Nina nahm einen Schluck von ihrem Bier. Außer ihnen saß nur noch ein älteres Ehepaar im Restaurant.

»Glaubst du Seismo eigentlich?«, fragte sie. »Dass es ihn kalt ließ, dass Marleen vorhatte, mit den Kindern und der Band nach Bielefeld zurückzugehen?«

Bent betrachtete die auf seiner Gabel aufgespießten Pommes frites, als könnten sie ihm Aufschluss geben. Der Ketchup darauf tropfte langsam auf den Teller. »Nein.« Er steckte sich die Pommes frites in den Mund.

Nina dachte daran, wie Seismos Miene sich verfinstert hatte, als sie ihm während der letzten Vernehmung die Frage gestellt hatten, wie er zu Marleens Plänen stehe. Aber dann lehnte Seismo sich zurück und erzählte mit unbewegtem Gesicht, dass er bereits einen Anwalt kontaktiert habe. Zur Not hätte er die Sache vors Familiengericht gebracht.

»Das mit dem Anwalt lässt sich überprüfen«, sagte Nina. »Er gibt ohnehin nur das zu, was wir mit Hilfe von Zeugen nachweisen können. Dass sie kein Paar mehr waren. Dass es Probleme innerhalb der Band gab. Dass Marleen mit den Kindern zurück nach Bielefeld wollte, und er dagegen war. Und wer weiß, was noch alles kommt!«

»Aus Liebe kann Hass werden.« Bents Nasenflügel blähten sich. Er schob seinen Teller mit dem Rest der Pommes frites weg.

Es klang, als wüsste Bent, wovon er sprach. War er deswegen allein? Weil aus Liebe Hass geworden war? Sie nahm an, dass er Single war. Bent redete nie über diese Dinge. Aber er strahlte das aus, auch wenn er versuchte, es zu verbergen. Diese Verletzlichkeit nach einer schlechten Erfahrung. Sie verspürte den Impuls, ihn zu trösten, ihm Mut zu machen. Ihm mit einer unverfänglichen Bemerkung zu vermitteln, dass sie ihn attraktiv fand. Sollte sie ihn nach seiner Vergangenheit fragen? Jetzt?

Das Geschirr auf dem Tablett der Kellnerin klapperte leise. Sie huschte auf knarzenden Gesundheitssandalen Richtung Küche.

»Bent …«

»Dieser Mord wirkt kaltblütig, sorgfältig geplant, grausam. Wer bringt so viel Hass auf, Nina?«

Das ältere Ehepaar erhob sich gerade, um sich umständlich die Mäntel anzuziehen. Die Bedienung räumte die letzten Tische ab. Es kam Nina vor, als wäre das Licht der Hängelampen gedimmt worden. Leute, beeilt euch, wir schließen gleich.

»Vermutlich nur Ronnie Seismo.« Nina wollte nicht mehr über den Fall reden. Sie zerpflückte einen Bierdeckel. Sollte sie ihn fragen? Bent, eben, als du gesagt hast, aus Liebe kann Hass werden …

»Kai«, sagte Bent. »Du hast dir doch ein Autogramm geholt von Marleen Seismo. Du hast mit ihr an einem Tisch gesessen, erinnerst du dich?«

Kai blickte von seinem Sonnen-Mandala auf. »Klar.«

»Ist dir da irgendetwas aufgefallen?«, machte Bent weiter.

Kai schüttelte den Kopf.

»Da saßen doch noch Leute, oder? Was haben die so erzählt?«

Die Mine des Buntstifts, den Kai auf das Mandala gedrückt hielt, brach ab. Kai runzelte die Stirn. »Weiß nicht. Ich hab Marleen gesagt, dass sie super singen kann und ob sie Heino gut findet und wie viel die CD von ihrer Band kostet.«

»Und die anderen Leute? Was hat Marleen mit denen gesprochen?«

»Da war eine Frau mit roten Haaren und Federn an den Ohren.«

Kai kaute auf dem Ende seines Buntstifts. »Die hat Marleen ganz viel gefragt und was auf einen Block geschrieben und so laut gelacht.«

»Was hat sie gefragt?«

»Weiß nicht mehr.«

»Und die anderen Leute? Was haben die gesagt?«

Kai zuckte mit den Achseln.

»Das habe ich alles schon versucht«, sagte Nina. »Ich bin alle Personen an dem Tisch einzeln mit ihm durchgegangen.«

Kai warf ihnen einen fragenden Blick zu, zog dann den Buntstift aus dem Mund und malte weiter sein Mandala aus.

Bent seufzte und schwieg.

»Bent …«, begann Nina nach einer Weile.

»Darf ich auch bei Ihnen kassieren?«

Sie zuckte zusammen. Hinter ihr stand die Kellnerin und legte die Quittung auf den Tisch. Bent reichte ihr einen Schein. »Stimmt so.«

»Das ist total nett, dass du uns einlädst. Da muss ich mich natürlich revanchieren«, sprudelte es aus Nina heraus. »Wir könnten … was meinst du, wir könnten vielleicht noch einen Wein zusammen trinken. Kai mag keinen Wein und fährt mit dem Taxi nach Hause. Wo … mal überlegen, in der Altstadt kann man doch sicher …« Sie verstummte.

Bent starrte sie an.

»Ich dachte, um mich zu revanchieren …« Ihr Gesicht wurde heiß.

Er fuhr mit dem Finger eine der Narben in seinem Gesicht nach. »Ein anderes Mal, Nina. Ich möchte noch ins Präsidium, Fritz Redekop über die Schulter schauen. Ich habe das Gefühl, er ist etwas überfordert mit der Arbeit am Rechner.«

Bestand dieser Mann nur aus Beruf? Oder war das die Mauer, die er errichtet hatte zwischen sich und …

»Warum kommt ihr nicht mit zu dieser Motto-Party?«, sagte er plötzlich. »Ich kenne da auch nur zwei, drei Leute und …« Er lächelte. »Und Kai mag Schlager, oder? Jedenfalls mochtest du den Shanty-Chor, stimmt's Kai?«

Nina löste die Finger, die sie in ihr Halstuch gekrallt hatte.

Kai sah von seinem Malbuch auf. »Schlager? Meinst du Heino?«

»Nah dran jedenfalls«, sagte Bent. »Wir teilen uns einfach das Kostüm: Ich nehme das Glitzerhemd und du die Perücke und Nina …« Er furchte die Stirn.

»Ich finde schon was«, sagte Nina schnell.

* * *

Die Nacht war klar und kühlte ihre heißen Wangen. Es kam ihr vor, als könnte sie mehr Sterne am Himmel sehen als sonst.

»Nina, kommst du?«, rief Kai, der vor der Haustür wartete.

Sie schloss das Auto ab.

»Schau mal, dahinten steht ein blauer Opel. Rosas Mutter fährt Opel.« Er deutete auf das Ende der Reihe der auf ihrer Straßenseite geparkten Wagen.

»Rosa ist das Mädchen, das in deiner Turngruppe ist?«

»Und beim Tanzen.«

»Und ihre Mutter holt sie mit dem Auto ab?«

»Mit einem blauen Opel. Ich mag Opel.«

Nina suchte nach ihrem Schlüssel. Während sie sich über ihre Tasche beugte, umarmte Kai sie plötzlich von der Seite und drückte ihr einen Kuss auf die Wange.

»Danke, Schwesterchen. Für die Schuhe und so.«

Sie lächelte. »Bitte, Brüderchen. Versprichst du mir was? Frag doch morgen nach dem Tanzen Rosas Mutter, ob sie dich mitnehmen kann. Dann verlierst du unterwegs auch nichts. Falls sie hier in der Nähe wohnt, ist das doch kein Akt.«

»Na gut.«

Sobald sie aufgeschlossen hatte, stürmte Kai in die Wohnung. Er zog sich als Erstes die neuen Schuhe an und stolzierte damit auf und ab. Es dauerte eine Weile, bis er zur Ruhe kam, die Zähne putzte, ins Bett ging. Als Nina auch in ihrem Schlafzimmer das Licht ausmachte, konnte sie nicht einschlafen. Nachdem sie sich eine Stunde hin und her gewälzt hatte, stand sie wieder auf. Mit einem Glas Rotwein und ihrer Decke setzte sie sich ins Wohnzimmer, ohne die Lampe anzuschalten. Das Licht der Straßenlaterne fiel ins Zimmer. Ein Baum warf seinen Schatten, die Äste bewegten sich im Wind, schienen die Wand über dem Sofa zu streicheln. Nina nippte an ihrem Wein und zog die Beine auf dem Sofa an. Bent. Sie lächelte. Täuschte sie sich, oder näherte er sich vorsichtig an? Eine Party. Warum nicht?

Aber was sollte sie anziehen? Etwa … Stefan hatte es sexy gefunden, das einzige enge Kleid, das sie besaß. Sie hatte es nur auf Partys getragen. Ein dunkles Pink, das einer Bella Schnathorst würdig wäre. Ihr Lächeln wurde breiter. Sie würde eine Federboa dazu kaufen und fertig. Sie trank ihr Glas leer, streckte sich auf dem Sofa aus, deckte sich mit einer Wolldecke zu und verschränkte die Arme hinter dem Kopf. Langsam wurden ihre Lider schwer.

Irgendwann fuhr sie hoch und begriff, dass sie geschlafen hatte. Sie fror, die Decke lag neben dem Sofa. Hatte ein Schrei sie geweckt? Oder hatte sie das nur geträumt? Die Schatten der Äste und Zweige fuhren hektisch an der Wand hin und her, als wollten sie ihr winken, sie auf etwas aufmerksam machen. Nina warf sich die Decke über wie ein Cape und wanderte durch die dunkle Wohnung. Durch die halboffene Tür lugte sie in Kais Zimmer. Er saß aufrecht im Bett und schien sie nicht zu bemerken. Die Scheinwerfer eines Autos, das vorbei fuhr, erhellten sein Gesicht für einen Moment. Träumte er mit offenen Augen? Mit einem Mal ließ er sich zurück aufs Bett fallen, drehte sich zur Seite und zog sich die Bettdecke über den Kopf.

Es war auch Mai gewesen, erinnerte sie sich, als ihre Mutter sie gebeten hatte, Kai zu sich zu nehmen. »Nina, ich kann nicht mehr.« Ein schöner, warmer Mai vor sieben Jahren, der Apfelbaum blühte vor dem Küchenfenster, Rosa vor einem tiefblauen Himmel, Postkartenkitsch. »Wenn dein Vater noch leben würde, ja ...« Ihre Mutter hatte mit vorgebeugten Schultern dagesessen, das Gesicht so grau wie ihr Pullover, ihre Hände zitterten. Schließlich faltete sie sie, vielleicht um das Zittern zu unterdrücken. »Ich werde nicht mehr fertig mit ihm, ich weiß nicht, was ich tun soll ... ich will nicht, dass er von Fremden versorgt wird ...« Nina hatte keinen Augenblick lang mit der Antwort gezögert. Für sie war es einfach, mit Kai umzugehen. Anders als für ihre Mutter, die unter Multipler Sklerose litt. Daher kämen auch die Depressionen, erklärte ihr der Arzt, nachdem er ihrer Mutter ein anderes Antidepressivum verschrieben hatte. »Kein Problem, Mama, mach dir keine Sorgen.«

Kein Problem, nie war irgendetwas ein Problem gewesen. Auch die Überstunden nicht, die häufiger wurden, seitdem sie beim KK11 arbeitete. Doch sie war jung – oder nicht? Zur Not taten es Tabletten und eine Menge Kaffee. Und Treten und Schlagen beim Tae Bo.

Warum stand sie noch in Kais Zimmer? Worauf wartete sie? Als ihr Bruder sich herumwarf auf die andere Seite und sich die Decke wieder über das Gesicht zerrte, wusste sie es. Sie wartete auf seine regelmäßigen Atemzüge. Aber auch Kai konnte nicht einschlafen. Schließlich ging sie zurück ins Wohnzimmer. Die Schatten wischten über die Wand. Nina zog die Vorhänge zu und schaltete den Deckenfluter ein. Manchmal schlief sie besser auf dem Sofa als in ihrem Bett. Ortswechsel war der Trick. Und Hörbücher. Am besten funktionierte dieser Schafskrimi, vielleicht war er nah genug am Schafezählen. Sie holte ihren MP3-Player vom Nachttisch und ließ sich wieder auf dem Sofa nieder, hatte dann aber doch keine Lust auf ein Hörbuch, überließ sich ihren Gedanken.

Jung … War sie das wirklich noch? Sicher, sie war die Jüngste im Team. Aber was hieß das? Frank war mit vierzig der Nächstältere, Dodo wurde fünfzig, Bent war Anfang fünfzig und die anderen noch ein paar Jahre älter. Die Zeit raste dahin und wenn sie … Plötzlich bekam sie Herzklopfen.

Nina sprang auf und tappte auf bloßen Füßen in die Küche. Sie öffnete die Kühlschranktür, ohne zu wissen, was sie wollte. Sie schlug sie wieder zu und griff nach der halbvollen Flasche Rotwein, die oben draufstand neben der Küchenuhr, deren Anblick sie mied. Morgen, das hieß wohl eher heute früh, musste sie um 6.15 Uhr aufstehen, um pünktlich ins Büro zu kommen. Arbeiten, essen, schlafen, möglichst pünktlich, während das Leben an ihr vorbeirauschte. Würde sie eines Tages pünktlich sterben?

Zurück auf ihrem Sofa löste sie den Verschluss der Flasche und hielt inne. *Kinder.* Wieder bekam sie Herzklopfen. Die Hand, mit der sie den Wein eingoss, zitterte wie die eines Alkoholikers. Vielleicht ein Kind, bevor es zu spät war. Sie trank einen Schluck. Oder zwei. Eine Familie. Dodo hatte das schon hinter sich, aber sie … Das Licht wurde plötzlich schwächer, als wäre der

Dschinn ihr vom Präsidium aus gefolgt. Aber sie war nur aus Versehen auf den Regler zum Dimmen getreten. Stefan hatte Kinder gewollt. Und sie hatte ihm von Anfang an klargemacht, dass das nicht ging. Da war Kai, da war die Arbeit.

Manchmal dachte sie, dass Stefan den Kontakt deshalb hatte versanden lassen. Ganze zwei Monate hatte ihre Beziehung gedauert, bevor sie nach Nepal gereist war. Und ihre Reise war offenbar die Gelegenheit gewesen, ihr zu zeigen, dass er kein Interesse mehr hatte. Zwei Mails hatte sie zu Beginn der Tour bekommen, danach antwortete er nicht mehr. Und während sie sich im Annapurna Base Camp die Augen deswegen ausheulte, flirtete er wohl schon mit seiner neuen Kollegin rum. Nach ihrer Rückkehr hörte sie etwas in der Art von Bekannten. Vom Wahrheitsgehalt dieses Gerüchts konnte sie sich ein paar Wochen später auf dem Sparrenburgfest überzeugen, wo sie ihn mit diesem Modepüppchen sah.

Bent dagegen wirkte nicht nur zuverlässig und vertrauenswürdig, er war es auch, das spürte sie. Eine Spur zu korrekt, aber damit ließ sich leben. Und er hatte nie eine Frau erwähnt. Würde er Nina einladen, ihn auf die Party zu begleiten, wenn er eine Freundin hätte?

Nina hörte die ersten Vogelrufe, bevor sie endlich einschlief.

* * *

Bent wanderte die Gänge des Präsidiums entlang, die zu dieser Zeit im Halbdunkel lagen. Er mochte die

Abendstimmung hier. Abgesehen von dem Geräusch herunterfahrender PCs, dem Gemurmel der verbliebenen Kollegen und Kolleginnen, und dem leisen Knarren seiner Lederschuhe herrschte Stille. Wie das Licht wirkte alles gedämpft. Zumal auch die Wahrscheinlichkeit, dem Kollegen Domeyer zu begegnen, der ihn optisch so fatal an seinen Ex erinnerte, abends abnahm. Was wiederum die Aussicht erhöhte, konzentriert arbeiten zu können und die leisen Zwischentöne im Chor der zahlreichen Zeugenbefragungen zu erhaschen.

Als er die Glastür öffnete, die »seinen« Flur von den anderen Bereichen des Präsidiums trennte, roch er frisch gebrühten Kaffee. Es hätte ihn auch gewundert, wenn Fritz schon gegangen wäre. Um den Kollegen nicht zu erschrecken, klopfte er an, bevor er den Besprechungsraum betrat. Die einzige Lichtquelle im Raum war der PC-Monitor, vor dem Fritz saß.

»Warum machst du nicht das Licht an, Fritz?«

»Das Geflacker stört mich.«

»Schon weitergekommen?«

Fritz lächelte gequält. »Es geht langsam voran.«

Was immer das heißen sollte. »Was ist mit dem Stick?«

Fritz' Brauen ruckten hoch. »Stick?«

»Der Speicherstick, auf den Dominik die Maildateien vom PC des Opfers gezogen hat.«

»Tut mir leid, Bent, aber ich bin noch nicht dazu gekommen, das … ähm … den Stick …«

»Schön, dann … ich erledige das schon.«

»Ja gut.« Fritz wirkte erleichtert. Er wühlte in dem Durcheinander auf seinem Tisch, bis er den Stick gefunden hatte. »Ist er das?« Er betrachtete den Stick in seiner Hand, als hätte er so ein Ding noch nie gesehen.

Bent nickte lächelnd, obwohl ihm allmählich Zweifel an seiner Entscheidung kamen, Fritz mit der Aktenführung zu betrauen. Er brachte dem gestressten Kollegen eine Stehlampe, holte sich Kaffee aus der Küche und zog sich nach nebenan in sein Büro zurück. Bevor er sich dem Stick zuwandte, überprüfte er Marleens Internetauftritt.

Marleen Seismo & Band besaßen eine Homepage mit der Ankündigung der nächsten Auftritte, Informationen über Auszeichnungen, die die Band bekommen hatte, Presseberichte und Ähnliches. Die kommenden Auftritte waren wohl bereits abgesagt, aber die Homepage noch nicht aktualisiert worden. Die Sängerin hatte darüber hinaus ein Facebookprofil, auf dem hauptsächlich Bilder von früheren Auftritten zu sehen waren, etwa Aufnahmen vom Publikum oder Begegnungen mit anderen Jazzgrößen bei Festivals. Marleen postete so gut wie nichts Persönliches, wenn man von launigen Bemerkungen über Probleme mit Hotels, Anreise und Bühnenequipment absah.

Bent schüttete sich Kaffee nach, öffnete das Fenster und schob den Stick in den PC. Mails, Mails, Mails. Hier konzentrierte sich Marleens gesammelte Fanpost, die sie über die Kontakt-E-Mail-Adresse auf der Homepage bekam. Es würde ewig dauern, bis er das gesichtet hatte. Dominik hatte darüber hinaus auch die Datenbank mit den gelöschten Maildateien auf dem Stick gespeichert. Bent seufzte. Es klopfte, und im nächsten Moment ging die Tür auf, und ein Windstoß fegte Papiere vom Schreibtisch.

»Verzeihung.« Fritz räusperte sich. »Bent, ich … fürchte, ich habe eine Datei gelöscht und ich dachte, du … du … könntest vielleicht …«

»Die Datei wiederherstellen«, sagte Bent müde. »Ja, schon möglich. Ich komme gleich.«

Fritz schloss behutsam die Tür hinter sich. Bent ging zum Fenster. Der Wind frischte auf. Durch das kränkliche Gelb der Straßenlaternen an der Kreuzung Stapenhorst- und Kurt-Schumacher-Straße trudelten weiße Blütenblätter. Er machte das Fenster zu und setzte sich wieder an den PC, um die Dateien zu schließen, als er stutzte: *terminator@…* Die Mail dieses Absenders war vor vier Wochen an Marleen gesendet worden. Bent öffnete sie. »Was haben wir denn hier? Das ist ja … meine Güte …« Während er las, wurden seine Augen größer. »Fritz? Fritz!«

»Ja?« Fritz steckte seinen Kopf durch die Tür.

»Hier ist etwas, das du bitte zu den Akten nimmst. Aber auf gar keinen Fall löschen! Ach was, ich drucke das sofort aus!«

Mittwoch, der 15. Mai

Auf der Büroetage entdeckte Frank schon Licht, aber es war niemand zu sehen. Die Teeküche war verwaist, kein Mensch hatte Kaffee gekocht! Alles musste man selber machen. Die Tür zu seinem und Dominiks Büro stand offen, doch von Dodo keine Spur bis auf das Jackett, das über der Stuhllehne hing. Frank warf seine Jacke mit geübtem Schwung über den Garderobenständer. Die dritte, nein, die vierte Zigarette des Tages rauchte er am offenen Fenster.

Heute Nacht war er wieder aufgewacht, hatte das Klebeband auf seinem Mund gespürt und geglaubt, er müsste ersticken. Solche Flashbacks seien normal, nach dem, was er erlebt hatte, gab der Psychoheini in jeder zweiten Sitzung von sich. Er könne ihn nur begleiten auf einem Weg, den er selbst gehen müsse. Ja, super! Ein diplomierter Schwafelwissenschaftler! Jedenfalls hatte er eine rauchen müssen. Und eine vor und eine nach dem Frühstück natürlich. Sein Blick fiel auf die gelbliche Efeupflanze, die er vor zwei Tagen hergebracht hatte, weil Dominik den grünen Daumen besaß. Als er genauer hinsah, entdeckte er lauter kleine ... was immer es war. Das würde Dodo wieder ärgern. Mit einer Hand versenkte er den Efeu im Papierkorb und schob ein paar Papiere zurück, die sich von seinem auf Dodos Schreibtisch verirrt hatten, während er die Zigarette brav Richtung Fenster hielt. Zur Belohnung für sein Wohlverhalten nahm er einen tiefen Zug.

Es war klar, dass er kleine Brötchen backen musste, winzige Dinger. Unfassbar, dass Dodo ihn wieder aufnahm, aber genau genommen ... Er dachte an sein letztes Telefonat mit Betty. Dominiks Ex hatte ihn noch einmal angerufen, nachdem sie ihn im Krankenhaus besucht hatte, und das war auch schon wieder Wochen her. Eine Liste mit einer Art Bilanzaufstellung hätte sie in Dominiks Schreibtisch gefunden: Zum Für und Wider ihrer Ehe, was anscheinend für Betty nicht schmeichelhaft ausgefallen war. Und dann die Sache mit dem Dalai Lama, den Dodo neuerdings verehrte. Reichlich schräg, das Ganze. Frank entließ Rauchringe in die Mailuft. Trotzdem war Dodo okay, verdammt okay. Und sie saßen im selben Boot. Denn genau genommen hatte Betty ihn ja doch nur benutzt, um von ihrem schönen Dominik loszukommen! So war das nämlich, und er sollte auch nicht *einen* Gedanken mehr an diese Frau verschwenden! Er drückte den Stummel auf der Fensterbank aus, schnippte ihn aus dem Fenster und rammte es mit Wucht zu.

»Das hält«, hörte er Bents tiefe Stimme und fuhr herum. »Ich meine das Fenster«, fügte Bent hinzu.

Hoffentlich roch er den Rauch nicht. Der MK-Leiter hatte Ringe unter den Augen. An seiner Wange klebte ein weißer Tupfer mit einem Blutfleck.

»Beim Rasieren geschnitten?«, fragte Frank.

Bent fasste an seine Wange, und der Tupfer fiel herunter. Er hob ihn auf und warf ihn in den Papierkorb.

»Fritz Redekop hat versehentlich eine Datei gelöscht. Wir haben die halbe Nacht gebraucht, um wieder auf den alten Stand zu kommen. Worauf ich hinaus will … ich möchte, dass du die Aktenführung übernimmst.«

Frank schnappte nach Luft. »*Ich*? Kux hat sonst immer …«

»Das ist ein komplexer Fall mit hohem Spurenaufkommen. Walter Kux arbeitet ordentlich, aber … ich brauche jemanden, der auch Querverbindungen ziehen kann. Kux' Stärke ist nicht das Kombinieren, wenn ich das richtig sehe.«

Frank musste wider Willen grinsen.

Der Chef zwinkerte ihm zu. »Das mit Kux bleibt unter uns.«

Und schon war er zur Tür hinaus.

Gelinkt! Na toll, Bent hatte ihn gerade über den Tisch gezogen! Wenn es eines gab, das er verabscheute, war das Aktenführung.

Dominiks Telefon klingelte. Frank riss es von der Ladestation, raunzte: »KK 11, Herbst!«

Stille. Ein Atemzug am anderen Ende. »Ist da … das ist doch die Nummer von Kommissar Domeyer?«

»Taub oder was? Hier ist Kommissar Herbst! Was … hallo?«

Aufgelegt! Er schüttelte den Kopf. Wenn es wichtig war, würde der sich wieder melden. Er stellte das

Ding zurück und schlenderte zum Besprechungsraum, um sich der neuen Aufgabe zu stellen.

Eine halbe Stunde später wurde er gestört: »Und aus den Akten steiget …«

Frank drückte seine halb gerauchte Zigarette auf der Untertasse aus.

»… der weiße Nebel wunderbar.« Dominik schüttelte den Kopf. »Du hast echt Nerven, hier zu rauchen, während der Chef nebenan sitzt.«

»Ist er …? Ich dachte, der wäre noch in der Cafeteria.« Frank seufzte, stemmte sich vom Stuhl hoch, lief zum Fenster und riss es auf. In diesem Moment sah er Nina am Rondell vorbei zum Eingang eilen. »Mannomann, muss ja 'ne heiße Nacht gewesen sein mit ihrem Stefano! So hieß er doch, der neue Freund, oder?«

»Stefan, ja.«

»Oder hat die jetzt Gleitzeit? Ich meine, sie kommt doch praktisch jeden Morgen zu spät.«

»Wo ist Fritz?« Dominik setzte sich auf Bents Pult und ließ die Beine baumeln.

»Ja, rate mal! Fritz hat es verbockt und jetzt darf ich hier versauern. Hohes Spurenaufkommen, und Kux könnte nicht kombinieren. Hohes Spurenaufkommen, aber du fährst morgen schön nach Baltrum. Dabei bin *ich* langsam reif für die Insel!«

»Ich hätte kein Problem damit, die Aktenführung zu machen. Soll ich Bent mal fragen?«

»Dodo, du bist ein echter Freund!«

Dominik ging zur Verbindungstür zu Bents Büro und klopfte leise. Ein gedämpftes »Herein« ertönte.

Frank huschte zu dem Tisch mit dem PC, nahm die Untertasse mit der Kippe und huschte damit zum Abfalleimer neben der Verbindungstür, um das Beweismaterial zu entsorgen. Dominik hatte die Tür einen Spaltbreit offen gelassen. Frank näherte sich vorsichtig dem Spalt.

»... nicht glücklich. Wenn du nichts dagegen hast, könnte ich die Aktenführung übernehmen«, hörte er Dominik sagen.

»Nenn mir *einen* sachlichen Grund, warum Frank die Aktenführung nicht machen soll.« Das war Bent.

»Frank kann natürlich kombinieren, klar, nur ... er legt sich zu früh fest, schießt sich ein und dann ...«

»Weil er Ronnie Seismo verdächtigt?«, unterbrach Bent. »Der Verdacht liegt nahe, und das weißt du. Im Prinzip halte ich zu frühe Festlegungen für fatal, aber in diesem Fall sieht es ganz ...«

»Bent, es geht nicht nur um Ronnie Seismo. Wir haben gestern diesen Pianisten Sebastian Siekmann befragt, und Frank ... er hasste ihn vom ersten Moment an. Und wenn du dich an unseren ersten gemeinsamen Fall erinnerst, da war es genauso.«

»Wie denn?«

Franks Ohr tat weh, weil er es gegen die Zarge gepresst hielt, was an sich sinnlos war. Er lockerte den Druck.

»Frank ist voreingenommen. Gegen attraktive Männer.«

Watt? Frank beugte sich vor.

»Hat er deswegen ein Problem mit dir?« Das war Bents Stimme.

»Wieso mit mir? Er hat kein ...«

Schweigen. Hüsteln. Ein schabendes Geräusch, als ob Stuhlbeine über den Teppich schrappten. War aber auch eine komische Frage von Bent. Peinlich, irgendwie. Er linste durch den Spalt, konnte aber nur einen Teil von Dominiks Rücken sehen.

»Frank und ich kommen klar. Aber grundsätzlich geht es bei ihm um Konkurrenz«, machte Dominik weiter. »Wenn …«

»Das überzeugt mich nicht!« Bents Stimme klang jetzt schroff. »Die Besprechung fängt gleich an.«

Eine Stuhlfederung quietschte. Der MK-Leiter stand auf, soweit Frank das erkennen konnte. Er huschte zu dem Tisch mit dem PC zurück und legte die Hand geschäftig auf die Maus, als Dominik hereinkam. Als er Franks Blick begegnete, senkte er den Daumen. Hinter ihm tauchte Bent auf, die Augen starr auf die Mappe geheftet, die er in den Händen hielt, gleich würde er gegen den Flipchart knallen, den Kux und Weber wieder herbeigeschafft hatten, aber er wich ihm aus ohne hinzusehen und nahm an seinem Pult Platz. Dominik schloss das Fenster, setzte sich an einen Tisch auf der anderen Seite des Hufeisens, grinste Frank schief an und zuckte mit den Achseln. Er hatte sein Bestes getan. Obwohl das mit der Voreingenommenheit … Frank kratzte sich im Nacken. Wenn er nicht die blöden Akten führen müsste, würde er schon herausfinden, welche Leichen dieser Siekmann so im Keller hatte. Das wäre mal eine interessante Aufgabe. Gehörte das nicht zu guter Mitarbeiterführung, seinen Mitarbeitern Aufgaben zuzuteilen, die motivieren?

Kux und Weber betraten den Raum, dahinter Fritz Redekop demütig mit gesenktem Blick, was sich auch so gehörte. Vielleicht sollte er auch Murks bauen, dann war er die Aktenführung los. Aber so lief das nicht, denn Fritz stand kurz vor der Pensionierung, und er selbst durfte nicht mal an das P-Wort denken. Nina kam herein mit kleinen Augen hinter der modischen Brille. Die sah ja völlig fertig aus! Hatte sie Bent nächtens geholfen, Fritz' Fehler zu beseitigen? Zuzutrauen war ihr das.

Bent wartete, bis Fritz die Tür hinter sich geschlossen hatte, und erklärte die neue Sachlage bezüglich der Aktenführung, ohne näher auf Gründe einzugehen. Ronnie Seismos Umfeld müsse weiter untersucht werden.

»Das heißt, ihr habt nichts gegen Seismo in der Hand?«, fragte Dominik.

Nina und Bent sahen sich an.

»Das heißt es«, bestätigte Bent. »Bisher nichts außer einem starken Motiv.«

»Soll ich wieder nach Köln reisen, ich meine, wenn ich aus Baltrum zurück bin?« In Dominiks Augen lag das gewisse Glitzern.

Frank überlegte, ob sie noch mal um einen Kasten *Detmolder* wetten sollten oder lieber etwas anderes. Karten für ein Arminia-Heimspiel vielleicht?

»Kommt darauf an ...« Bent runzelte die Stirn. »Ich werde die Kölner vielleicht um Amtshilfe bitten.«

»Ich habe einen guten Draht zu Guido Bartsch, dem Trompeter. Wer weiß, was der noch zu erzählen hat.« Um Dominiks Mundwinkel zuckte es.

Bents Augen wurden schmal. Er nahm die Lesebrille ab, die auf seiner Nasenspitze hing. Dann verlor seine Miene jeden Ausdruck. »Schön ... aber es gibt einiges, um das wir uns kümmern müssen. Ich habe etwas in Marleens E-Mails entdeckt. Dazu komme ich gleich noch. Ich habe mir die Aktenlage heute Nacht zusammen mit Fritz angesehen. Wir konnten das Ganze anhand der neuen Zeugenaussagen etwas präzisieren. Fritz wird uns eine Zusammenfassung geben.«

Redekop wühlte in seinen Papieren, dann in seinen Haaren, bis sie eine Art Hahnenkamm bildeten, und räusperte sich. »Die beiden Frauen an Marleen Seismos Tisch sind auch von anderen beschrieben worden. Da ist die Frau mit den roten Haaren und grüner Bluse, die außerdem als groß und hager beschrieben wurde und auffallende Ohrhänger trug.« Fritz zog ein anderes Papier hervor. »Und die mit den langen, braunen Haaren trug einen dunkelblauen Pullover zu Jeans, laut einer Besucherin. Außerdem hatte sie eine Brille und wurde als ›zierlich‹ bezeichnet.«

»Die kenn ich. Das ist Ute Vienenkötter-Lange!«, rief Frank.

Kux meckerndes Lachen brandete auf, Weber hielt sich den Bauch.

Sogar Fritz freute sich. »Stimmt, ihre Brille ist noch scheußlicher als die von Hagedorn.«

Die graue Maus von der Wirtschaftskriminalität schien allseits bekannt zu sein.

»Hey, Ute ist in Ordnung!«, rief Dominik und warf eine Papierkugel nach Frank. »Ohne Ute wäre ich aufgeschmissen gewesen bei dieser Anlagebetrugsgeschichte.«

Frank warf die Kugel zurück. »Hört, hört. Vielleicht solltest du Ute zum Essen ausführen und nicht Bella Schnathorst.«

Bent schien nicht zu wissen, ob er mitlachen sollte.

»Wie wäre es, wenn die Herren der Schöpfung selbst mal in den Spiegel schauten«, sagte Nina. »Warum werden eigentlich immer nur Frauen an ihrem Äußeren ...«

»War nicht eben von Hagedorn ...«, begann Frank.

»Schön«, unterbrach Bent. »Ich verstehe ja, dass dieser Fall anstrengend ist, auch ich habe nicht viel Schlaf bekommen, aber ich würde sagen, wir machen jetzt weiter.«

Weber wischte sich eine Träne aus dem Auge und hob die Hand wie ein Schüler.

»Ja, Ottfried?«, sagte Bent.

»Rote, ja feuerrote Haare, dazu mehr als nur schlank, anorektisch beinahe ...« Weber machte eine Kunstpause, fuhr sich prüfend über die Haare, die er sich quer über den halbkahlen Schädel geklebt hatte.

»Würdest du bitte zum Punkt kommen!« Bent wirkte genervt.

»Sie ist es.« Weber schnappte sichtbar ein.

»Ottfried, willst du etwa damit sagen, dass du eine *Bunker*-Besucherin befragt hast, auf die die Beschreibung der Rothaarigen am Tisch passt?« Nina lächelte Weber an.

»Yes.« Weber verschränkte die Arme über dem Bauch.

Frank grinste in sich hinein. Die einfühlsame Nummer verfing heute nicht. Weber würde sich jetzt die Würmer aus der Nase ziehen lassen.

»Die Journalistin, nicht wahr?«, sagte Dominik, der Spaßverderber.

Weber nahm die Arme auseinander und schaute verblüfft.

»Ich habe heute Morgen dein Befragungsprotokoll gelesen«, machte Dominik weiter. »Das war eine Frau von der *Neuen Westfälischen,* die Marleen Seismo Fragen für ihren Artikel gestellt hat, eine Sabine Telgenbrink. Sie hat Kai Tschöke am Tisch gesehen und diese andere Frau, von der sie aber auch keine bessere Beschreibung liefern konnte. Unauffällig, mit Brille ... so in etwa, stimmt das, Ottfried?«

Weber nickte huldvoll.

»Und wieso erfahren wir das erst jetzt?« Auf Bents Stirn war eine Ader angeschwollen.

Weber lehnte sich rüber zu Kux. »Walter, wann haben wir gestern Abend die letzten Befragungsprotokolle fertig gestellt?«

»Ende war gegen halb acht«, sekundierte Kux. »Dann hat Fritz die Protokolle gekriegt.«

Hatte Bent das Ganze nicht zusammen mit Redekop gesichtet?

Der MK-Leiter quetschte seine zusammengerollte Mappe. »Dann ist mir das gestern Nacht durchgegangen. Wir haben bis gegen vier über den Dateien gesessen. Ein kurzer Hinweis vorab wäre hilfreich gewesen, Ottfried.« Er atmete einmal schwer ein und aus.

Frank unterdrückte ein Grinsen.

»Um bei den Personen am Tisch zu bleiben«, machte Bent weiter. »Für den Mann mit den sehr hellen Haaren, der in der zweiten Pausenhälfte dort gesehen wurde, haben wir eine genauere Beschreibung bekommen. Es sei ein Mann in den Dreißigern gewesen mit weißblonden Haaren und dunklen Augen, offenbar ...«

»Bingo!«, rief Frank. »Ich wette, das war Sebastian Siekmann! Und Leute – erzählt mir nicht, dass der nicht verdächtig wäre! Ich lasse mich nämlich nicht blenden durch attraktive Männer!«

»Blenden … Hä?«, machte Kux.

Dominik biss sich auf die Lippe. Frank hob die Brauen: Was gab's denn da zu grinsen?

Bent lief rosafarben an. Er räusperte sich. »Gibt es …«

»Die Beschreibung passt in der Tat«, sagte Dominik. »Aber Siekmann hat zu der Zeit bei einer Lesung im Café in der Kunsthalle Klavier gespielt.«

»Angeblich!« Frank breitete die Arme aus. »Er hat ein Motiv: Marleen hat ihn vor Jahren für Ronnie verlassen. Ob er ihr das je verziehen hat?«

»Aber warum jetzt?«, warf Nina ein.

»Marleen hat erst vor Kurzem wieder Kontakt zu ihm aufgenommen. Also erst, als es mit Ronnie nicht mehr gut lief. Wer käme sich nicht vor wie ein Lückenbüßer?«, gab Frank zurück.

»Das mit der Lesung lässt sich leicht überprüfen. Ich fand, er wirkte ziemlich fertig, als wir ihn befragt haben.«

»Dodo, wenn du krank bist, wirkst du auch fertig."

»Aber er sagte, es sei keine Erkältung, also …«

»Vielleicht ein Magen-Darm-Virus. Er hat sich übergeben müssen, erinnerst du dich? Jedenfalls hat er sich in der Musikschule krankgemeldet. Und noch was: Die Lesung war im Kunsthallencafé. Das sind maximal zehn Minuten zu Fuß zum *Bunker,* fünf mit dem Fahrrad, wenn überhaupt. Der wird kaum die ganze Zeit durchgeklimpert haben. Gibt's bei einer Lesung nicht eine Pause?« Frank lehnte sich mit einem Lächeln zurück und wartete auf die Wirkung seiner Worte. *Wer* konnte hier gut kombinieren?!

Die Reaktion fiel lauwärmer aus als erhofft.

»Das ist ein guter Punkt, Frank«, sagte Bent. »Wir werden dem nachgehen. Und da ist noch etwas: Marleen hat vor ein paar Wochen eine Mail von einem Absender namens *terminator* bekommen, der sich *dein größter Fan* nennt. Aber lest selbst.« Bent ließ Ausdrucke herumgehen.

Frank beugte sich wie die anderen über das Papier.

Hallo Marleen,
ich bin tief enttäuscht von Dir. Nach all dem, was wir geteilt haben, kann ich nicht fassen, was ich gesehen habe! Ich habe Dich mit diesem KERL gesehen. NEIN NICHT MIT DEINEM MANN, mit dem Du kaum noch ein Wort sprichst, wie wir beide wissen. Aber tief im Innern kann ich kaum glauben, dass die allerschönste Frau, die ich kenne, ein VERDAMMTES FLITTCHEN ist! Das ist jetzt wirklich die letzte, die allerletzte Gelegenheit, mich zu überzeugen, dass DAS EIN EINMALIGER FEHLTRITT war. Ich will nur das Allerbeste für Dich, aber Du weißt, dass ich dieses Verhalten NICHT HINNEHMEN KANN! Ich sehe Dich, Marleen! Du kannst dich nicht verstecken! Gib mir ein Zeichen und ANTWORTE ENDLICH!!!
DEIN GRÖSSTER FAN

Für einen Moment war nur das Geraschel des Papiers zu hören. Dann sprachen Nina und Dominik gleichzeitig.

»Ein Ex-Freund vielleicht?«, schlug Nina vor.

»Klingt mehr wie ein Stalker«, meinte Dominik.

»Aber er weiß, dass sie kaum noch ein Wort mit ihrem Mann spricht. Woher?«, wandte Nina ein.

»Es gibt noch weitere Mails von *dein größter Fan*. Nur die beiden letzten Mails sind unter der Mail-Adresse *terminator* gesendet worden, sonst schreibt er unter *DeinGrößterFan@...* In den Mails brüstet er sich damit, wie viel er über sie weiß, ohne allzu konkret zu werden.« Bent runzelte die Stirn. »In den beiden *terminator*-Mails ändert sich dann die Anrede. Statt ›meine allerschönste, talentierte Marleen‹ kommt nur noch ein kühles ›Hallo Marleen‹. Aber der Schreibstil ist gleich, ebenso wie die Unterschrift: *dein größter Fan*. Und inhaltlich baut das Ganze aufeinander auf.«

»Eine Eskalation?« Nina zurrte an ihrem Halstuch, als wollte sie sich damit strangulieren.

Frank schnalzte mit der Zunge. »*Terminator* sagt doch alles. Antwortet sie eigentlich?«

Bent schüttelte den Kopf. »Sie hat keine der Mails beantwortet. Die meisten der Mails von *dein größter Fan* fand ich im Ordner für gelöschte Mails.« Er holte tief Luft. »Und es spitzt sich zu. Die zweite Mail unter *terminator@...* ist letzten Donnerstag gekommen, nur zwei Tage vor dem Giftmord! Sie ist kurz: *Ich kriege dich, du Flittchen!* Ich denke auch, wir haben es hier mit einem Stalker zu tun!«

Dominik fuhr sich mit beiden Händen durch die beneidenswert dichten, dunklen Locken und ließ die Hände kurz auf dem Kopf liegen. »Einer, der glaubt, mit ihr zusammen zu sein. Manchmal reicht schon ein Lächeln, mit dem ein Autogramm gegeben wird, und so ein schräger Typ reimt sich Gott-weiß-was zusammen.«

»Okay, aber er weiß, dass die Beziehung zwischen Ronnie und Marleen abgekühlt ist. Er muss auf irgendeine Weise nah dran sein«, sagte Nina. »Ich frage mich immer noch, ob wir es nicht mit einer Täter*in* zu tun haben. Ihr erinnert euch an den Fund auf der Damentoilette. Aber womöglich kann uns der Stalker einen Hinweis auf eine Affäre von Marleen geben, und wir finden heraus, wem sie damit auf die Zehen getreten ist.«

Frank lächelte. Das war wieder eine typische La-Niña-Theorie. »*Dein größter Fan* sitzt immer im Publikum, Nina, und beobachtet dich.« Er deutete mit zwei Fingern auf seine Augen, dann auf Nina. »Aber zieht unser Psycho auch die richtigen Schlüsse aus dem, was er sieht?«

»Marleen war immerhin schwanger, als sie starb!«, gab Nina zurück.

Frank beugte sich vor. »Kann doch sein, dass sie noch mit Ronnie gepoppt hat. Hassliebe oder so. Wirkt doch angeblich erotisierend. Statt hier wild rumzuspekulieren, setzen wir besser Sven Pickelgesicht drauf an.«

»Pickelge…?« Bent hob die Brauen. »Du meinst Sven Lohmann, den IT-Experten? Fragt sich, ob der Absender die E-Mail-Adressen unter seinem richtigen Namen angemeldet hat.«

* * *

Er stellte sich vor, die Klavierbank zu packen und durchs Fenster zu schleudern, sah die Bank wie in Zeitlupe die Scheibe durchbrechen, die in tausende Splitter explodierte, Splitter, die sich funkelnd um sich selbst drehten, während sie auseinanderflogen …

»Herr Siekmann?« Der blasse Klavierschüler mit den Sommersprossen und der Zahnlücke rückte auf der

Klavierbank nach hinten, so als wollte er deutlich machen, dass er sein Werk getan habe.

Sebastian wurde bewusst, dass er die Bank unter sich mit beiden Händen umklammert hielt, und ließ sie los. Er holte tief Luft. Es kostete ihn Selbstbeherrschung, an diesem Nachmittag nicht einfach auszurasten! Er hätte sich weiter krankmelden sollen, aber er hatte am Morgen die grandiose Idee gehabt, dass die Arbeit ihn ablenken würde.

Der Junge blickte ihn fragend an. »Soll ich das noch mal spielen?«

Sebastian warf einen Blick zur Uhr. Die letzte Stunde für heute war zum Glück fast um. »Nein … ähm …« Gott, nicht einmal der Name des Schülers fiel ihm noch ein. »Wir machen Schluss. Bis zum nächsten Mal musst du das Stück noch üben.«

»Nicht das neue?«

»Du hörst ja selbst, wie das klingt … Paul.« Der Name war ihm gerade wieder eingefallen. Er hatte keinen Ton bewusst gehört, aber er fühlte sich verpflichtet, ins Detail zu gehen. »Du hast wie immer Probleme, das Tempo zu halten. Hast wieder verschleppt. Tut mir leid, Paul.« Passt schon, dachte Sebastian. Sie machen immer dieselben Fehler. Mit erdrückender Monotonie. Mit einem Mal kam ihm das alles sinnlos vor. Unvorstellbar, dass er in der letzten Woche noch mit Spaß bei der Sache gewesen war. Paul strich sich die rotblonden Haare aus der Stirn und nickte ergeben.

Eine dreiviertel Stunde später fand Sebastian einen Parkplatz in einer Nebenstraße der Große-Kurfürsten-Straße, in der er wohnte. Eine Weile lang konnte er sich nicht entschließen, auszusteigen. Er legte Arme und Kopf aufs Lenkrad. Das gestrige Telefonat war wie ein Gift, das mit Verzögerung wirkt. Der Anruf hatte den Verdacht nicht ausgeräumt, sondern im Gegenteil: Er verstärkte ihn, je länger er darüber nachdachte! Nach einer dank Schlaftabletten bleiernen Nacht hatte er vergeblich versucht, diesen Kommissar zu erreichen. Aber es war nur eine Frage der Zeit, bis er Domeyer erwischte. Das war er Marleen schuldig! Dieser Domeyer würde seinen Verdacht ernst nehmen, wenn ihn sein erster Eindruck nicht täuschte. Bei seinem unangenehmen Kollegen, der ihn wie einen Verdächtigen behandelt hatte, war er da nicht so sicher.

Mit den Bewegungen eines Achtzigjährigen stieg er aus. Die letzten Tage, ja sogar die letzten Wochen, die er wie im Rausch verbracht hatte, kamen ihm unwirklich vor. Fast so, als wäre er nur eine Marionette in einem Stück, dessen Plot er nicht kannte. Ein tragisches Stück und zugleich absurd. Er war in den Himmel katapultiert worden, nur um so tief zu fallen wie damals. Nein, tiefer, denn Marleen kam nie mehr zurück!

Er schloss die Haustür auf, betrat das vertraute Halbdunkel, das heute nach Pickert roch. Der alte Denkhaus aß die Pfannkuchen aus Mehl und Kartoffeln am liebsten mit Leberwurst. Tatsächlich verstärkte sich der Geruch, als Sebastian zum ersten Stock hochstieg, in dem Denkhaus' Wohnung lag. Sein Magen knurrte mit einem Mal. Ihm fiel ein, dass er seit dem Morgen nichts mehr gegessen hatte. Mit schweren Schritten stieg er die Treppe hoch. Auf seiner Fußmatte entdeckte er eine

Plastikdose. Der alte Knabe brachte die Ergebnisse seiner Kochkunst sonst immer auf abgestoßenen Tellern mit Goldrand hoch. Hatte seine Nichte ihn schließlich von *Tupperware* überzeugen können?

Egal, der Pickert kam wie gerufen, auch wenn er noch nicht wusste, ob er viel herunterbrachte. Manchmal hatte er an den letzten Tagen Hunger verspürt und dann kaum was essen können. Auf der Plastikdose lag eine Klappkarte mit einer Sonnenblumenwiese darauf. Sebastian lächelte schwach, als er den kurzen Text überflog. Die Dose stammte nicht von Denkhaus. Dann also kein Pickert heute, sondern Kuchen.

Die Luft in seiner Wohnung roch abgestanden. Er hatte an den letzten Tagen weder aufgeräumt noch saubergemacht, nicht einmal gelüftet. Er stellte die Dose auf den Küchentisch, stützte sich darauf und starrte aus dem Fenster. Dieser Verdacht … Seine Kiefer mahlten. *Verdammt*! Er schlug auf den Tisch, dass die Dose hüpfte, hämmerte auf das blank gescheuerte Holz, bis seine Fäuste brannten. Der Schmerz tat gut. Er fegte die Töpfe mit den Küchenkräutern von der Fensterbank, stieß das Fenster auf und holte tief Luft. Ich hasse dich, dachte er. *Ich hasse dich!* Wenn du das wirklich getan hast … leider gab es gute Gründe, das anzunehmen.

Mit drei langen Schritten war er im Flur, schnappte sich das Telefon, holte die Visitenkarte aus dem Portemonnaie und tippte die Nummer ein. Das Freizeichen tutete, dann landete er auf der blöden Mobilbox! Egal, der Kommissar würde zurückrufen. Er stammelte sich etwas zurecht, legte dann auf. Er lehnte sich kurz gegen die Flurgarderobe, spürte die Jacken in seinem Rücken. Bis der Magen sich wieder meldete.

Er ging in die Küche, ließ sich auf einen Stuhl fallen und öffnete die Dose. Philadelphia-Torte. Torte hatte er noch nie bekommen, meistens gab es Apfelkuchen. In der Tischschublade fand er eine Kuchengabel, tauchte sie in den sahnigen Belag und hielt inne. Wie konnte die Torte überhaupt … Jemand musste beauftragt worden sein, ihm die Torte vorbeizubringen. Und Denkhaus hatte aufgemacht. Der war so gut wie immer zu Hause.

Unentschlossen betrachtete er das Stück Torte auf seiner Gabel. Er hatte wenig Appetit, aber er musste etwas essen, wenn er weiter funktionieren wollte. Bis der Schmerz nachließ, hoffentlich.

* * *

Der Tag zog sich wie der Plastik-Pfannenwender, der ihm neulich auf die heiße Herdplatte geraten war. Frank hatte rauchen und unzählige Tassen Kaffee kippen müssen, um sich wach zu halten. Was nicht daran lag, dass er nichts zu tun hatte. Gefühlte tausend Einzelheiten der Ermittlung mussten zusammengeführt werden. Langweilige Informationen wie die Aussagen dieses Paares, das Frauke und Wolf-Dieter Hillenkötter-Dingsbums' Alibi bestätigt hatte. Als ob je einer dran gezweifelt hätte. Als Dominik, Nina und Fritz mit neuen Infos eintrudelten, dämmerte es bereits – und ein Ende war nicht in Sicht. Frank schaltete die Deckenbeleuchtung ein, die sogleich flackerte. Dabei war es die richtige Seite, die mit der intakten Röhre. Oder irrte er sich? Diese Protokolle machten ihn ganz kirre. Er schaltete die Leuchte wieder aus und machte die andere an. FLACKERN.

Redekop schüttelte sich. »Kühl hier. Arbeitest du immer bei offenem Fenster?«

»Frank ist Angehöriger einer diskriminierten Minderheit.«

»Was du nicht sagst, Dodo.« Schnell ließ Frank das Schraub-Glas mit den Kippen in seiner Aktentasche verschwinden. »Hat der Hausmeister die Röhren denn nicht ausgetauscht?«

»Doch, aber hier spukt es.« Nina gähnte laut.

»Wie in deinem Kopf, La Niña. Gebt mir eine Leiter und Ersatzröhren, und das Geflacker hat ein Ende!«

»Frank war als Zivi Hilfshausmeister«, erklärte Dodo.

»Daher«, sagte Fritz und schloss das Fenster.

»Im Herzen ist er es immer noch«, sagte Nina.

»Im Herzen Hausmeister?« Fritz gackerte am lautesten.

»Echt witzig, Redekop, während ich mir hier den Arsch platt gesessen ...«

»Frank!« Fritz hob beschwichtigend die Hände. »Es wird dich freuen zu hören, was wir herausgefunden haben. Außerdem habe ich Berliner Ballen mitgebracht. Lasst uns zwei Tische zusammenschieben, dann essen wir gleich hier.«

Frank verließ seinen Platz am Rechner und half Fritz, Tische zusammenzuschieben.

Nina und Dominik gruppierten Stühle um die beiden Tische. »Sollten wir nicht Bent dazu holen?«, fragte Nina.

Frank deutete mit dem Daumen auf die Verbindungstür zum Büro des MK-Leiters. »Der ist vorhin zu einem Termin mit der Ränsch gegangen.«

Nina klopfte an die Tür. Wie sich herausstellte, war Bent schon wieder vom Gespräch mit der Staatsanwältin zurück. Er setzte sich zu den Kollegen im Besprechungsraum und aß mit ihnen Fritz' Berliner.

»Habt ihr etwas erreicht?«, fragte Bent.

»Kann man sagen.« Fritz wischte sich Zuckerkrümel vom Hemd. »Niemand von der Thekenmannschaft des *Bunker Ulmenwalls* hat eine Sektbestellung aufgenommen.«

»Wusste ich's doch: Der Täter hat alles mitgebracht und wieder eingesteckt. Geringstes Risiko«, sagte Frank.

»Aber das ist noch nicht alles.« Fritz lächelte. »Ich habe mit der Autorin geredet, die die Lesung im *Schäfers* hatte.«

Bent hob fragend die Brauen.

»Das Café in der Kunsthalle«, warf Dominik ein.

»Ja genau«, fuhr Fritz fort. »Es gab eine Pause, in der sie mit Signieren beschäftigt war und nicht auf Siekmann geachtet hat, aber nach ungefähr zwanzig Minuten wunderte sie sich, wo er denn sei. Kurz darauf sei er von draußen gekommen und habe sich schnell ans Klavier gesetzt. Sie dachte, er wäre draußen gewesen zum Rauchen.«

Der Anblick des Chefs im Geflacker der defekten Lampe erinnerte Frank an den schlechten Horrorfilm, den er neulich mit seinen Freunden gesehen hatte. Er spielte in einem Schlachthaus, in dem ein Kurzschluss aufgetreten war. Mit seiner kräftigen Statur und dem

Narbengesicht hatte Bent Ähnlichkeit mit dem Bösewicht. Fehlte nur noch das Hackebeil in seinen Pranken.

»Ein Kellner sagte aus, dass Siekmann das Café zu Beginn der Pause der Lesung verlassen habe, und zwar mit dem Rad«, sagte Dominik. »Zeitlich fällt das so zusammen, dass Siekmann den *Bunker* nicht lange vor Ende der Konzertpause von Marleen Seismo & Band erreicht haben könnte. Er müsste den *Bunker* nach spätestens zehn Minuten wieder verlassen haben.«

»Das stimmt mit den Aussagen der *Bunker*-Gäste überein. Zweite Pausenhälfte«, bestätigte Bent.

»Seht ihr!«, rief Frank mit vollem Mund. »Er war gerade lang genug im *Bunker*, um ihr ein vergiftetes Getränk unterzujubeln! Von wegen ›im Herzen Hausmeister‹!«

»Hausmeister?« Bent hob die Brauen. »Den muss ich noch anrufen.« Er strich sich über das Kinn. »Aber das Motiv, Frank … Gut, die Seismo hat ihn damals für Ronnie verlassen, eines der häufigsten Mordmotive, aber das ist immerhin fünfzehn Jahre her!«

»Der Auslöser könnte die Nachricht sein, dass sie wieder nach Bielefeld zieht. Die alte Geschichte, die Siekmann mühsam verdrängt hat, kommt wieder hoch … die Kränkung, die Demütigung … Er kann ihr nicht mehr aus dem Weg gehen. Er tut so, als ob er auf ihr Angebot eingeht, in die Band einzusteigen, und dann …«

Frank lief ein Schauer über den Rücken. »Leute, das ist es! Marleen hat schlafende Hunde geweckt mit der Ankündigung, wieder herzukommen!«

»Ihre Beziehung mit Ronnie ist am Ende, und sie möchte, dass Siekmann an Ronnies Stelle in die Band eintritt«, wandte Dominik ein. »Meinem Eindruck nach hat Sebastian Siekmann noch Gefühle für sie. Vielleicht wollte er sie im *Bunker* zumindest in der Pause besuchen, wenn er schon ihren Auftritt verpasste. Er könnte ein wichtiger Zeuge sein.« Dominik drehte an seinem Ehering, als wollte er ihn losmachen, aber es schien nur eine unbewusste Geste zu sein. Frank fand es seltsam, dass er ihn immer noch trug. Allerdings stand Dominiks und Bettys Scheidung noch bevor.

Bent faltete die Pappe, auf der die Berliner gelegen hatten, zu einem kleinen Paket. »Wie auch immer, wir müssen Sebastian Siekmann noch mal befragen. Übrigens habe ich endlich Sven Pick… ich meine Sven Lohmann erreicht. Mit etwas Glück kriegen wir bald den Absender der E-Mails, der sich hinter *dein größter Fan* und *terminator* verbirgt.«

»Es flackert nicht mehr«, sagte Fritz. Wie auf Kommando schauten alle zur Decke, wo es außer tadellos leuchtender Neonröhren nichts zu sehen gab.

»Sind eigentlich schon alle Leute, die auf dem Klassentreffen waren, befragt worden?«, fragte Nina in die Stille.

»Die meisten«, erwiderte Frank. »Marleen soll den größten Teil der Zeit an diesem Tisch mit ihrer alten Clique geplaudert haben. Später lockerte sich die Sitzordnung auf. Wie das eben so ist. Nichts Weltbewegendes.«

»Und was ist mit denen, die an ihrem Tisch saßen? Hatten die nichts zu berichten?«

»Dodo hat diese Katia Moenke befragt. Leonie Olsen und Annette Kreimer fehlen noch in unserer Sammlung«, sagte Frank. »Kreimers Annette ist laut ihrem Gatten am letzten Samstagmorgen mit der ganzen Mischpoke zur Tante ins Allgäu gefahren. Weber hat den Kreimer interviewt, weil der beim Klassentreffen auch an Seismos Tisch gesessen hat. Der ist schon Sonntag aus dem Allgäu zurückgekommen, weil er Montag wieder malochen musste. Frau Kreimer kehrt mit den Kindern erst kommenden Sonntag zurück. Und die Olsen hockt auf Baltrum und süppelt *Küstennebel* oder was.«

Baltrum … Franks Augen wurden schmal. Dodo freute sich vermutlich schon auf einen Kurzurlaub am Meer!

»Bent, wie ist das, soll ich denn nun morgen früh wegen Leonie Olsen nach Baltrum fahren?«, fragte Dominik, als könnte er Gedanken lesen.

Es begann wieder zu flackern.

Frank rieb sich die Augen. »Wieso flackert das jetzt wieder?«

»Es hört erst auf zu flackern, wenn der Fall gelöst ist«, sagte Fritz Redekop.

* * *

Das blöde Spiel war schuld! Beim Tanzen hatte er noch keine Kopfschmerzen gehabt, aber jetzt drückte es. Kai hätte sich gerne die Fäuste gegen die Augen gepresst, aber er musste mit jeder Hand den Zipfel eines Tuches festhalten, dessen anderes Ende jeweils von jemand anderem aus der Gruppe gehalten wurde.

»Kai, du musst dich bewegen, wenn wir die Tücher entwirren wollen.« Ines lächelte. »Steig doch mal über meine Hände.«

Kai hob ein Bein und schwankte. Die junge Übungsleiterin ging in die Knie, und er schaffte es über ihre Hände, aber auch das half nicht, er war sogar noch eingewickelter als vorher, musste die Arme vor der Brust kreuzen und von beiden Seiten zog jemand. Die schöne Kreisform, die sie anfangs hatten, bekamen sie nicht mehr hin. Und einfach loslassen durfte man die Zipfel nicht.

»Eigentlich geht das immer auf. Aber es ist schon spät, und wir müssen Schluss machen«, sagte Ines. »Ich wünsche euch noch einen schönen Abend.«

»Aber der Knoten muss aufgehen!«, beharrte Kai.

»Es ist viertel vor Sieben«, mahnte Ines.

Kai schob die Unterlippe vor. Die anderen warfen ihre Tücher in den Korb, und er stand mit zwei schlaffen Tüchern in den Händen da.

»Kai?«

»Wieso geht der nicht auf?«

»Wir hätten mehr Zeit gebraucht.« Auffordernd hielt sie ihm den Korb hin. »Beim nächsten Mal wird es aufgehen, okay?«

»Der Knoten geht nicht auf!«

»Du wirst sehen.«

Kai schüttelte den Kopf. Ines runzelte die Stirn. Er mochte es nicht, wenn sie ärgerlich wurde. Nur deshalb warf er die Tücher in den Korb. Er drückte sich die Handballen in die Augenhöhlen, dahin, wo es wehtat.

»Komm, Kai, wir müssen um sieben hier raus sein, und du musst dich noch umziehen!«

Tatsächlich war er wieder der Letzte in der Umkleide.

Ines wartete schon an der Außentür zum Turnhallentrakt der Schule auf ihn, damit sie hinter ihm abschließen konnte. Auf dem Parkplatz stand der blaue Opel. Rosa stieg gerade hinten ein. Ihre blonden Haare waren ein heller Fleck im Abendlicht. Rosas Mutter half ihr und schaute dann zu ihm herüber, winkte ihm. Oje. Er hatte Nina versprochen, Rosas Mama zu fragen, ob er mitfahren dürfe. Hoffentlich stellte die nicht wieder so viele Fragen! Jetzt wurde ihm auch noch schlecht. Das blöde Tücherspiel! Mit weichen Knien ging er zum Parkplatz.

»Kann … kann ich mitfahren?«, fragte er.

Rosas Mutter lächelte. »Kein Problem, Kai. Wo wohnst du denn?«

Er deutete in die ungefähre Richtung.

Sie lachte. »Das kriegen wir schon hin. Möchtest du vorne oder hinten sitzen?«

»Bei Rosa.«

Rosa umklammerte einen Plüschteddy und strahlte ihn an, als er sich neben sie setzte. Ihm wurde etwas wohler zumute. Rosas Mutter fuhr vom Parkplatz. Um sich abzulenken, dachte er an Bine. Es war schön, an sie zu denken. Heute bei dem Spaziergang um den Ententeich, den sie in der Pause gemacht hatten, hatte er ihre Hand gehalten, ganz lange. »Ist doch einfacher mit dem Auto«, sagte Rosas Mutter plötzlich, und er begegnete ihrem Blick im Rückspiegel. »Du musst mir nur gleich sagen, wo ich lang fahren muss.«

Rosas Pferdeschwanz löste sich auf. Er zog das gerüschte, rote Samtband mit den goldenen Perlen aus ihren Haaren und zeigte es ihr.

»Soll ich dir wieder einen Pferdeschwanz machen?«, fragte er sie.

Rosa kuschelte ihr Gesicht in das Fell des Teddys und grinste ihn an. Sie schien nichts dagegen zu haben. Vorsichtig, um ihr nicht wehzutun, umfasste er ihre Haare, die aussahen wie Gold. Er musste das Haarband zweimal wickeln, damit es hielt.

»Über die Kreuzung?«, fragte Rosas Mutter.

»Ja, genau.«

»Sag mal, Kai … dieser Abend, an dem du zu dem Konzert im *Bunker* warst … was hast du da eigentlich gesehen?«

»Nichts.«

»Aber du hast mit der Polizei darüber gesprochen, oder? Und wenn nicht mit denen, dann doch sicher mit deiner Schwester.«

»Ja.«

»Und – was hast du ihr erzählt?«

Rosa drückte ihr Gesicht tiefer in den Teddy und begann, Hänschenklein zu summen. Während Rosas Mutter die Brücke über Bahngleise und Ostwestfalendamm hochfuhr, wurde ihm noch schlechter.

Rosas Mutter schaute ihn im Rückspiegel an. »Bin ich zu neugierig? Heute stand wieder etwas in der Zeitung darüber, deswegen …«

»Du musst abbiegen.«

»Rechts?«

»Ja.«

»Kai, das war sicher kein schönes Erlebnis, aber …«

Er hielt sich die Ohren zu.

Kurz nachdem sie abgebogen war, versperrte ein großer, weißer Bulli die Straße. Der fuhr langsam rückwärts. Jemand winkte dem Fahrer, damit der nicht gegen die parkenden Autos stieß. Kai löste den Gurt.

»Muss raus«, brachte er hervor und machte die Autotür auf.

»Kai!« rief Rosas Mutter. »Warte! Ich bringe dich doch nach Hause. Was …?«

Er schob sich vom Rücksitz, zerrte seine Tasche hinter sich her und wankte auf die Straße.

»Stopp!«, brüllte der, der den Bullifahrer einwies, als Kai auf der Straße dicht hinter dem Bulli vorbeilief. Auf dem Bürgersteig versperrten Möbel den Weg.

»Hey, bist du blind?!«, rief ihm ein junger Mann zu, der mit zwei Mädchen neben den Möbeln am Zaun lehnte.

»Das ist doch ein Downie«, sagte die eine.

Die meinte ihn damit. Aber was war denn ein Dauni? Die andere nahm einen Zug von ihrer Zigarette und grinste ihn an. Sie stieß Rauch durch ihre Nasenlöcher aus wie der Drache Smaug.

Kai keuchte mit seiner Tasche den Berg hoch. Seine Beine fühlten sich an, als würden sie gleich wegknicken. Dann bog er rechts ab und wieder links, entschied sich gegen die Abkürzung durch den Botanischen Garten. Gedankenfetzen trieben durch seinen Kopf, im Takt seiner Schuhe, die auf den Bürgersteig trommelten. *Was hast du gesehen, gesehen, gesehen, der Knoten geht nicht auf, ein Dauni, ein Dauni, ein Dauni.* Seine Lunge brannte, als endlich ihr Haus in Sicht kam. Mit bebenden Händen schloss er auf und verriegelte die Haustür hinter sich. Dann rutschte er an der Tür herunter, bis er auf dem Boden saß und verschnaufte.

Die Übelkeit verschwand, aber er war müde und hatte keine Lust aufzustehen. Aus seiner Sporttasche ragte die Plastikflasche, in der er immer Apfelschorle mitnahm. Die war leer, aber er wusste, er hatte noch eine Banane. Er grub in der Tasche, bis er die Bananendose hervorzog, die Nina ihm gekauft hatte, damit die Banane nicht braun wurde. Während er aß, überlegte er, was wohl ein Dauni war. Dann fiel ihm die schwierige Sache ein … Ob Stefan schon mit Nina gesprochen hatte?

Plötzlich schrillte die Türklingel. Er schrak zusammen, stand schwerfällig auf und schaute durch das kleine Fenster in der Haustür. Seine Augen wurden groß. Rosas Mutter stand vor der Tür und hielt seine Jacke in der Hand! Kai tauchte wieder ab, kniete sich so leise wie möglich auf den Boden und hielt den Atem an. Die Kälte der Steinfliesen drang durch seine Hose, doch er rührte sich nicht. Geh weg, dachte er. Geh doch endlich weg, Rosas Mutter.

Donnerstag, der 16. Mai

Bevor Nina die Glastür ihrer Büroetage erreicht hatte, kam der IT-Mensch ihr von der anderen Seite entgegen, stieß die Tür mit der Schulter auf, ohne seine Hände aus den Taschen seines Kapuzenpullis zu nehmen. Auf seiner Stirn prangte ein leuchtend roter Pickel wie ein drittes Auge.

»Hey Sven, hast du den Terminator entlarvt?«

»Jep.« Lohmann drängte sich an ihr vorbei.

»Und wie …«, begann Nina.

»Auskunftsersuchen an den Anbieter. Dann über die IP-Adresse.« Er klang gelangweilt.

»So leicht?«, rief Nina ihm nach. Vermutlich ärgerte er sich, dass sie ihn wegen so was behelligt hatten. Er war schon fast am Ende des Flurs. »Und wer … Sven?!«

Einen Augenblick später war er um die Ecke verschwunden, das Quietschen seiner Turnschuhe auf der Treppe entfernte sich.

Der Besprechungsraum war verwaist, Franks Platz am Rechner leer, aber seine Tasche lag unter dem Stuhl. Es roch nach Kaffee und Wurstbrötchen. Aus Bents angrenzendem Büro drangen gedämpft Stimmen. Durch die halb geöffnete Tür sah sie Bent am Schreibtisch sitzen. Neben ihm stand Frank, der sich gemeinsam mit ihm etwas ansah, das auf dem Tisch lag. Bent schaute auf, als er ihren Blick bemerkte, und winkte sie heran. Über den Schreibtisch waren Fotos verteilt, die jeweils ein Publikum zeigten.

»Moin Nina, schau dir das mal an.«

»Morgen. Sind das Fotos von Auftritten von Marleens Band?«, fragte Nina.

»Ist sie nicht ein schlaues Köpfchen? Und heute ausnahmsweise pünktlich.« Frank grinste.

Nina warf ihm einen finsteren Blick zu und beugte sich über die Fotos.

»Die zwölf Aufnahmen sind alle an verschiedenen Auftrittsorten gemacht worden«, erklärte Bent. »Ich habe sie im Internet gefunden, zum Teil auf der Homepage der Band oder in Presseartikeln.«

Ein Kopf war auf allen Fotos umkringelt. Der eines schmalen, fast kahl rasierten Mannes mit Brille, der häufig in der ersten Reihe saß. Am Haarschatten erkannte Nina, dass er sich die Haare nicht abrasiert hatte, um eine Halbglatze zu kaschieren. Auf manchen Fotos reflektierten seine Brillengläser das Licht, so dass die Augen nicht zu sehen waren. Unauffälliger Typ.

»Interessant.« Nina legte eines der Fotos, das sie begutachtet hatte, wieder auf den Tisch. »Das ist unser Stalker?«

Bent nickte. »Der Absender der Mails heißt Kevin Trockel. Und Trockel ist es auch, der auf diesen Fotos zu sehen ist. Ich habe heute Morgen deswegen mit Ronnie Seismo telefoniert. Trockel ist ein Cousin der Bassistin Henrike Elges. Seismo sagt, der würde schon lange für Marleen schwärmen. Ein Sonderling, aber angeblich völlig harmlos. Trockel wohnt mit seinem betagten Vater, Henrike Elges' Onkel, in einem Ort zusammen, der nicht weit von Köln entfernt liegt. Ein Ort namens Hackenbroich.«

Frank grinste. »Die in der Band nennen den ›Mister Charisma‹, wenn die Bassistin nicht dabei ist. Wegen der Roboterstimme, mit der er Marleen bei jedem Auftritt um ein Autogramm angeht.«

»Tja ...«, begann Bent. »Ich hatte den Eindruck, Seismo hält Trockel für ... naja ...«

»Grenzdebil? Minderbemittelt?«, schlug Frank vor.

»Ich zitiere: ›Sozialer IQ nahe dem absoluten Nullpunkt‹«, sagte Bent.

»Na, das muss der gerade sagen.« Frank verzog den Mund. »Ganz so blöd kann Trockel junior nicht sein, der Typ ist Ingenieur. In seiner Freizeit schraubt er an alten Autos herum, dabei hätte er noch lieber an Marleen herumgeschraubt.« Er lachte.

Nina hob die Hände. »Marleen hat eine Affäre und will zurück nach Bielefeld ziehen. Zu viel für unseren Stalker? Der sich, wie unrealistisch auch immer, Chancen ausgerechnet hatte für den Fall der Trennung von Ronnie?«

»Durchaus möglich.« Bent nickte.

»Vielleicht *glaubt* Trockel ja nur, dass Marleen eine Affäre hat«, sagte Frank. »Mit dem sozialen IQ gegen Null kann er die Lage schlecht einschätzen.«

»Schön ... dass er es annimmt, reicht ja schon.« Bent knabberte am Bügel seiner Lesebrille. »Er weiß jedenfalls, dass es zwischen Ronnie und Marleen Probleme gab. Durch seine Cousine Henrike Elges?«

»Wieso nicht?« Frank zog sich einen Stuhl heran und setzte sich. »Die Sängerin und Henrike Elges waren gut befreundet, hat Dodo mir erzählt.«

Bent deutete mit seiner Lesebrille auf ein Foto, auf dem Trockel deutlich sichtbar war. »Seismo sagt, er hätte Trockel am fraglichen Abend nicht im *Bunker* entdeckt. Aber Seismo hat sich in der Pause nur im Backstage-Raum aufgehalten. Die Kollegen sind schon mit diesem Foto unterwegs.«

Frank schürzte die Lippen. »Oh Mann, die dürfen jetzt sämtliche *Bunker*-Besucher noch mal abklappern.«

»Könnte interessant werden. Wir haben uns vielleicht zu sehr auf Ronnie Seismo konzentriert.« Bent schaute Nina an und lächelte. »Ich mache mich nachher auf den Weg in dieses Hackenbroich, wo unser Stalker wohnt. Kommst du mit?«

»Klar komme ich mit.« Nina wurde rot. Nicht schon wieder! Das passierte ihr in letzter Zeit ständig. Sie griff nach einem der Fotos, um ihre Verlegenheit zu überspielen. Nein, das war kein Zufall mehr: Bent wollte vor allem mit *ihr* arbeiten. Und vielleicht nicht nur das …

Um Franks Lippen zuckte ein spöttisches Lächeln. Sie wusste, dass er sie für übertrieben ehrgeizig hielt. Aber das, Frankie-Boy, geht mir gerade so was von am Arsch vorbei, dachte Nina, und verbarg ihr Lächeln hinter dem Foto.

* * *

Der Stau auf der A1 hatte Dominik zeitlich zurückgeworfen. Als er seinen Wagen auf den Parkplatz in Neßmersiel fuhr, betraten die ersten Passagiere bereits den Laufsteg zur Fähre. Er sprintete zum Parkplatzhäuschen, um sein Auto anzumelden, und schaffte es als Letzter an Bord. Nachdem er sich eine Karte gekauft hatte, suchte er sich einen Platz auf dem hinteren Teil des leeren Oberdecks. Die meist älteren Passagiere schienen lieber drinnen zu sitzen. Ein paar junge Familien streiften mit ihren Kindern umher, die die Fähre erkunden wollten. In der Ferienzeit war es sicher voller. Er zog den Reißverschluss seiner Jacke zu, genoss den Wind und die Sonne auf seinem Gesicht.

Als er ein Papiertaschentuch aus seiner Jacke holen wollte, zog er mit dem Päckchen auch sein Handy hervor. Stimmt ja, er musste Siekmann erreichen. Die Nachricht von Siekmann, die er morgens abgehört hatte, war bereits am Mittwochabend auf seiner Mobilbox eingegangen. Er hörte sie ein weiteres Mal ab. »Herr Domeyer … hier Sebastian Siekmann … ich … ich möchte Ihnen etwas mitteilen, also …«, ein schwerer Atemzug war zu hören, »natürlich weiß ich nicht hundertprozentig, ob es … aber es lässt mir keine Ruhe, und das bin ich Marleen schuldig und … egal, bitte rufen Sie mich zurück.«

Um 7 Uhr am heutigen Morgen hatte Siekmann wohl noch im Tiefschlaf gelegen, jedenfalls war »der Teilnehmer nicht erreichbar« gewesen. Auch jetzt ging Siekmann nicht ans Telefon. In das Läuten mischten sich die Schreie der Möwen. Siekmanns Mobilbox schaltete sich ein. Womöglich gab Siekmann gerade eine Klavierstunde und hatte sein Handy ausgeschaltet, um nicht gestört zu werden. Oder er hatte sich bereits bei Frank gemeldet und die Sache mit ihm geklärt. Obwohl Frank ihm während der Befragung zugesetzt hatte. Wie auch immer, Dominik würde es am späten Nachmittag noch einmal probieren.

Er lehnte sich zurück. Eine Zeitlang lauschte er nur dem Tuckern des Motors und den Möwen, beobachtete das Funkeln des Sonnenlichts auf dem Meer, das bei diesem Licht aussah wie flüssiges Silber. Er spielte mit dem Handy in seiner Jackentasche. »Es lässt mir keine Ruhe« – Siekmann klang aufgewühlt. Anscheinend hatte sich der Pianist während der Konzertpause im *Bunker* aufgehalten. Hatte er dort etwas beobachtet, das ihm zu denken gab?

Auf dem Unterdeck kaufte er sich eine Bockwurst und teilte sich den Platz an der Scheibe mit den Touristen, um einen Blick auf die Robbenbänke von Norderney zu werfen. Träge wälzten sich die Robben im Sand oder sonnten sich reglos, nur eines der graubraunen Tiere robbte Richtung Wasser. Er zwinkerte einem Mädchen mit schokoladenverschmiertem Mund zu, das von seiner Mutter hochgehalten wurde. Ihre Hände hinterließen schmierige Abdrücke an der Scheibe. Seine Kinder waren im Grundschulalter gewesen, als sie hier Urlaub gemacht hatten.

Nach dem Anlegen ging er an den Leuten vorbei, die auf das Entladen der Container warteten, packte seine Reisetasche in den Handkarren des Hauses *Störtebeker* und machte sich auf den Weg zur Pension. Eine Pferdekutsche überholte ihn, während er an dem kleinen

Flugplatz vorbeiwanderte. Von hier aus erschien die Küste mit den Windrädern ganz nah. Bei Ebbe hatten sie damals an einer Wattwanderung zum Festland teilgenommen. Nils hatte eine Unmenge Fotos geschossen, auf denen nur das Watt zu sehen war und abgeschnittene Füße. Komisch, dass ihm ausgerechnet das im Gedächtnis geblieben war.

Frank beneidete ihn, dass er nach Baltrum fahren durfte. Er würde die Urlaubsinsel wegen des Fährplans erst am nächsten Tag wieder verlassen. Vielleicht sollte er es von dieser Seite sehen. Andersen war ihn am liebsten los. Das merkten inzwischen auch die anderen. Wieso der MK-Leiter ihn nicht mochte, war ihm nie klargeworden. Manchmal war er sich nicht einmal sicher, dass das zutraf. Aber irgendetwas war merkwürdig. Er kam einfach nicht dahinter.

Die Leute, die die Pension führten, hatten nichts vom finsteren Seeräuber Störtebeker. Er bekam ein gemütliches Zimmer im ersten Stock, von dem aus er die Windräder auf dem Festland sehen konnte, wie sie sich Runde um Runde drehten. Geradezu meditativ. Waren die Nordlichter entspannter? Bent Andersen machte nicht den Eindruck. Dominik holte das gerahmte Foto des Dalai Lama aus seiner Tasche. Er hatte es im Internet aufgetrieben. Sein Reise-Dalai-Lama war das getreue Abbild des großen Bildes vom Dalai Lama. Das große Bild hatte mittlerweile den Aufstieg vom Hobbykeller ins Schlafzimmer geschafft. Betty war weg, es gab niemanden mehr, der dagegen protestieren würde. Der Dalai Lama lächelte heiter. Er hatte auch keine Antwort darauf, was Siekmann ihm mitteilen wollte. Ob es wichtig war? Das Lächeln des Dalai Lama bekam eine hintergründige Note. Dominik deutete das als ein Ja und stellte das Bild auf den Nachttisch.

Er verabredete sich mit Leonie Olsen in einem Café im Ostdorf. Auf dem Weg dorthin geriet er in einen kurzen, aber heftigen Schauer. Zum Glück verbreitete in dem verwinkelten *Café Kluntje* ein Feuer in einem gusseisernen Ofen Wärme. Er zog sich die nasse Jacke aus und setzte sich an einen Tisch im ersten Gastraum. An der Wand hing eine dieser typischen, alten Fotografien: Ein steifes Paar, sie stehend in einem dunklen, langen Kleid mit Puffärmeln, er sitzend, weißbärtig mit Kapitänsmütze. Das alte Kapitänshaus werde ihm gefallen, hatte Leonie Olsen am Telefon gesagt, als ob er hier Urlaub machen würde.

Durch ein Fenster in der Innenwand konnte er in einen der Nebenräume sehen, in dem zwei ältere Damen Tee tranken. Er überlegte, einen Rundgang zu machen, um nachzusehen, ob Frau Olsen bereits in einem der anderen Gasträume auf ihn wartete, als die Tür aufging, und eine schmale Frau mit leuchtend blauem Halstuch eintrat, die ihren Schirm schüttelte. Das Halstuch war als Erkennungszeichen vereinbart.

»Frau Olsen?«

Sie wandte ihm ihr hübsches, kleines Gesicht zu. »Leonie, ja.« Sie gab ihm die Hand. »Sie haben sich ein Schietwetter ausgesucht, Herr Domeyer«, sagte sie lispelnd. Der Sprachfehler minderte den Eindruck von Attraktivität. Ein Tropfen rollte aus ihren kurzen, blond gesträhnten Haaren die Stirn hinunter. Sie wischte sich mit dem Daumenballen über ihre Nase, hängte ihre Softshelljacke über eine Stuhllehne und blinzelte, obwohl die einzigen Lichtquellen an diesem regnerischen Spätnachmittag die Kerzen auf den Tischen waren.

»Haben Sie was ins Auge …?«

»Kontaktlinsen.« Sie lächelte. »Die Eitelkeit.«

»Ach so.« Er schlug die Karte auf.

»Nehmen Sie Ostfriesentorte und Tee«, lispelte Leonie Olsen. »Der Tee kommt mit Rahm und Kluntjes.«

»Dann mache ich das doch.«

»Kennen Sie die Insel schon?«

»Frau Olsen, es wäre mir lieber, ich könnte hier als Tourist mit Ihnen über die Attraktionen der Insel plaudern. Aber Sie wissen ja, weshalb ich gekommen bin.«

Ihr Lächeln erlosch. Eine junge Frau kam an ihren Tisch, um die Bestellung entgegenzunehmen.

»Frauke hat mich über Marleens Tod benachrichtigt«, sagte Leonie leise, nachdem die Kellnerin gegangen war. »Ich kann es gar nicht fassen. Und dass sogar die Polizei …«

»Sie waren nicht bei Marleens Konzert im *Bunker*?«

»Ich war an dem Samstag mit einer alten Schulfreundin verabredet. Mit Katia Moenke.«

»Wann haben Sie sich getroffen?«

»So gegen sieben. Wir sind am frühen Abend im Teuto spazieren gegangen und haben anschließend noch in einer Kneipe am Siggi zusammengesessen und Bier getrunken. Ich glaube, ich war so gegen halb eins wieder bei meinen Eltern.«

»Das war Ihnen wichtiger, als das Konzert zu besuchen?«

»Ach, wissen Sie …« Sie unterbrach sich und lächelte, als die Kellnerin das Tablett mit Tee und Kuchen neben ihr abstellte und das Geschirr auf dem Tisch verteilte. »Man kann sich ja doch nicht groß bei einem Konzert unterhalten«, fuhr sie fort, nachdem die junge Frau gegangen war. »Und ich hatte Katia schon lange nicht mehr getroffen.«

Dominik holte ein Notizbuch heraus. »Bis wann genau waren Sie in der Kneipe?«

»Hm. Warten Sie mal … die stellten schon die Stühle hoch, als wir gingen. So gegen kurz nach 24 Uhr. Die Kneipe heißt *Der Koch*, falls Sie das überprüfen möchten.«

»Und ab wann waren Sie in dieser Kneipe?«

»Das muss … ich glaube, es war so gegen halb elf.«

»Danke.« Dominik notierte ihre Angaben. Sie deckten sich mit denen von Katia Moenke. Er nahm eine Gabel Ostfriesentorte. »Katia ist also eine alte Freundin. Marleen ebenfalls?«

»Freundin ist zu viel gesagt. Unsere Verbindung war die Musik, das heißt unsere Gruppe. Wir nannten uns *Swinging Manhattan*. Ich war aber nur ein paar Monate lang dabei. Ich habe einen anderen Weg eingeschlagen, habe früh geheiratet, dann kamen die Kinder. Ich habe meinen Mann mit sechzehn kennengelernt, als ich hier in den Ferien kellnerte, als Saisonaushilfe. Ich bin nach der zwölften Klasse wieder nach Baltrum gegangen, dieses Mal für immer.«

»Also war ihr Verhältnis nicht so eng? Oder haben Sie noch Kontakt gehalten?«

»Wir hatten keinen Kontakt mehr, nachdem ich aus Bielefeld weg bin. Unsere Welten waren verschieden.«

»Inwiefern?«

»Das mit der Musik ... ich spiele zwar noch Gitarre und singe dazu, aber nur als Hobby im Winter, wenn es hier weniger zu tun gibt.« Leonie goss sich Tee ein. Der Kandiszucker knackte. »Ich schätze, ich war die am wenigsten Ehrgeizige aus unserer Gruppe. Ich singe gerne, aber all diese abstrusen Übungen, die wir damals machten ... Zwerchfellübungen, man hechelt dabei wie ein Hund, kennen Sie so was?«

»Nein.«

»Marleen wollte es wissen, wie man so schön sagt. Ihre Eltern waren mächtig stolz auf sie. Einzelkind, Sie verstehen. Bei denen hieß es nie: Mach doch lieber was Vernünftiges, mach eine Banklehre oder so was. Die haben Marleen auch nach dem Studium finanziell unterstützt, hat sie erzählt. Mögen Sie keine Kluntjes?«

»Ich trinke Tee lieber ungesüßt.«

»Der ist stark. Wie wär's mit Sahne?«

»Die Torte ist süß genug.«

»Die Geschmäcker sind verschieden.« Leonie pulte am Wachs einer Kerze.

Draußen wurde es düster. Ein neuer Schauer kündigte sich an.

»Mir war die Familie immer wichtiger als eine Karriere«, fuhr sie fort. »Aber dann sprach Marleen auf dem Klassentreffen über ihre beiden Kinder, die sie mit Ronnie hätte.«

»Sie hat also alles unter einen Hut gekriegt?«

»Ohne ihre Eltern und Ronnies Mutter wäre es schwierig geworden, erzählte sie uns. Das glaube ich gern.«

Die Kerzenflamme duckte sich, schwang leicht hin und her.

»Sie hatte wohl auch den richtigen Riecher mit Ronnie«, fügte Leonie hinzu.

»Wie meinen Sie das? Kennen Sie ihn?«

»Nur oberflächlich. Als ich noch in Bielefeld lebte, habe ich ihn mal auf einem Konzert erlebt. Ich fand ihn schon damals beeindruckend am Keybord. Das war noch bevor Marleen in seine Band eintrat. Ich schätze, Ronnie war ein Glücksfall für sie, musikalisch gesehen. Ansonsten kann ich das nicht beurteilen.«

Eine alte Dame mit einem kleinen Mädchen betrat die Gaststube. Der Luftzug bewegte die Spitzengardinen vor den Fenstern. Ihre Gummistiefel hinterließen feuchte Spuren auf den Holzdielen, als sie in einen Nebenraum gingen.

»Frau Olsen, ist Ihnen irgendetwas bei dem Klassentreffen aufgefallen, was in Zusammenhang mit Marleen Seismos Tod stehen könnte? Ein Konflikt, der sich anbahnte, ein Streit, eine Ungereimtheit ...«

Leonie Olsen sah mit gerunzelter Stirn aus dem Fenster. Sie fuhr mit dem Finger unter ihr Halstuch und strich sich über den ausrasierten Nacken, der im Gegensatz zu ihrer gebräunten Haut hell war. Offenbar trug sie häufig ein Halstuch. Bei dem Wetter kein Wunder.

»Nein ... nichts dergleichen«, sagte sie schließlich. »Das war das erste Klassentreffen, zu dem Marleen kam. Sie war die Attraktion des Abends. Und sonst ... man schaut sich halt um, wer sich wie verändert hat ...«

»Hat Marleen sich verändert?«

»Ich fand, sie sah genau aus wie früher, ein paar Fältchen mehr um die Augenwinkel, das war's auch schon.« Mit abwesender Miene betastete sie wieder ihren Nacken.

»Wurde Marleen beneidet um ihr Aussehen oder ihren Erfolg?«

»Beneidet ...« Leonie senkte den Blick auf die Wachskugel, die sie aus dem Rand der Kerze geformt hatte. »Marleen hat immer gewusst, was sie wollte.« Ihr Sprachfehler war stärker geworden. »Und sie war gewohnt, es zu bekommen. Vielleicht ist das beneidenswert, aber ...« Sie schaute wieder aus dem Fenster. Zwei mümmelnde Karnickel und eine Möwe hockten einträchtig nebeneinander auf der Wiese, die durch das Fenster zu sehen war. Der Wind zerrte an den Federn der Möwe.

»Aber?«

Sie zuckte mit den Achseln. »Ach wissen Sie ... ich freue mich, dass meine Kinder und mein Mann gesund sind, dass wir ein Auskommen haben. Was wollen Sie denn von mir hören?«

»Die Wahrheit.«

»Die Wahrheit ist, anders als Marleen mache ich mir nichts aus großen Auftritten. Mein Leben ist hier, auf dieser wunderschönen Insel, und das ist auch gut so«, lispelte sie.

»Sie haben eben gesagt, Sie seien die am wenigsten Ehrgeizige bei *Swinging Manhattan* gewesen. Was war mit Katia?«

»Sie hat das Ganze ernster genommen als ich, aber sie war wohl nicht so ehrgeizig wie Marleen. Sie hat sich nach dem Abi für den kaufmännischen Bereich entschieden, um ihre Eltern in der Bäckerei zu unterstützen. Es ist nicht einfach, von der Musik zu leben. Für die meisten bleibt es ein Hobby. Zumal, wenn man Verpflichtungen hat.« Sie goss sich den Rest Tee aus der Kanne ein, nahm die Kanne vom Stövchen und setzte an, das Teelicht auszupusten, besann sich und stellte die Kanne daneben. »Ist dunkel genug, oder?«

Er nickte. Ein weiterer Schauer ging draußen nieder. Die Tiere waren von der Wiese verschwunden.

»Vor Kurzem war das Wetter noch so schön hier. Aber es wechselt schnell«, sagte sie. »Ist die Torte gut?«

»Ja, danke.« Dominik spießte die letzte Rosine mit der Gabel auf. »Fanden Sie es ungewöhnlich, dass Ronnie Marleen nicht zu dem Klassentreffen begleitet hat?«

»Mein Mann ist ja auch nicht mitgekommen. Er hat hier genug anderes zu tun.«

»Und das heißt?«

»Dass es nichts heißen *muss*.« Ein süffisantes Lächeln huschte über ihr Gesicht. »Sie hat nicht viel über ihre Ehe erzählt.«

»Aber Sie denken, es stand nicht zum Besten?«

»An ihrem Ring erkenne ich, dass Sie auch verheiratet sind.«

»Ich … ja.« Formal war er es noch.

»Dann wissen Sie, dass man Kompromisse eingehen muss.«

»Und?«

»Mit Männern hat Marleen es schon immer leicht gehabt. Und sie war nicht der Typ für Kompromisse. Mehr kann ich Ihnen dazu nicht sagen.« Sie warf einen Blick auf die Uhr. »Ich muss jetzt auch los, Herr Domeyer. Wenn Sie keine Fragen mehr haben, schlage ich vor, wir nutzen die Regenpause und machen uns auf den Heimweg.«

Der Himmel hatte sich aufgeklart. Ihre Wege trennten sich gleich hinter dem Café. Leonie Olsen ging in Richtung Westdorf, und Dominik beschloss, zur Ostspitze der Insel zu wandern. Wenn man den Leuten glauben konnte, schien Marleen Seismo ein wahres Glückskind gewesen zu sein. Ein Glückskind, das ganz plötzlich großes Pech hatte. Wie zum Ausgleich …

Die einsamen, sandigen Pfade waren von Vogelbeer- und Sanddornsträuchern gesäumt, Kiefern und Birken duckten sich vor dem Wind. Eine Erinnerung blitzte auf: Seine siebenjährige Tochter Lissa, die mit einem Schwimmreifen um die Hüften und Flipflops auf einem solchen Pfad vor ihm hergewackelt war. Für das Foto, das er seiner Tochter zum 17. Geburtstag schenken wollte, würde er die Familie zusammentrommeln müssen, ein letztes Mal vielleicht. Und dann? Der Nächste, der das Haus verlassen würde, war Robin, sein Zweitältester. Er hatte schon angekündigt, dass er Politik studieren wolle, am liebsten in Berlin. Auf dem Weg zur Düne lagen Pferdeäpfel, aber es war weit und breit kein Reiter zu sehen. Er blieb einen Moment auf dem höchsten Punkt stehen. Hier schien wieder die Sonne, während sich über der Küste von Langeoog eine Regenwolke entlud. Er ging zum Strand hinunter, setzte sich seine Mütze auf, als eine kalte Böe ihn traf.

Es war vorbei. Betty hatte nur den Anfang gemacht. Am Strand reihten sich Schilder, die vor Treibsand warnten. Er ließ den Abschnitt hinter sich, zog sich die Schuhe aus, krempelte sich die Hosenbeine ein Stück hoch und ging barfuß weiter. Nachdem er den piekenden Saum von Muschelscherben hinter sich gelassen hatte, spürte er wellenförmige Erhebungen im nassen Sand unter seinen Fußsohlen. Sie waren erstaunlich hart, obwohl das Meer sie bei der nächsten Flut wegwischen und neu formen würde. Das Wasser leckte an seinen Füßen. Als er stehen blieb, um das Spiel von Wolken und Sonne am weiten Himmel zu betrachten, sackte er sogleich im Schlick ein. Er stellte sich vor, wie es wäre, die Sinnlosigkeit des Immer-weiter-Müssens anzuerkennen, hier auszuharren und allmählich zu versinken. Er sank noch ein Stück tiefer. Das Geschrei der Möwen klang wie Gelächter.

Seine Hosenbeine wurden nass. Er zog die Füße aus dem Sand, und stapfte weiter. Erst in der Nähe des bewachten Strands kamen ihm einzelne Spaziergänger entgegen. Die meisten Strandkörbe waren unbenutzt, mit Holzgittern verriegelt. Er hob eine längliche Muschel auf, eine Schwertmuschel, wenn er nicht irrte, und warf sie wieder fort. Seine Kinder hatten damals eimerweise Muschelschalen gesammelt, hübsche Steine, Federn. Es würde nie wieder so sein.

Nie wieder.

Trotz der Sonne fror er.

In der Pension nahm er eine lange, heiße Dusche. Er erwog kurz, sich den Sonnenuntergang am Seezeichen an der Westspitze anzusehen und Frank mit einem Handy-Foto davon zu ärgern. Stattdessen versuchte er noch einmal, Sebastian Siekmann zu erreichen, und erwischte wieder nur die Mobilbox. Dominik bat seinerseits erneut um Rückruf. Hatte Siekmann heute vergessen, sein Handy einzuschalten?

Er trat ans Fenster seines Zimmers, das auf das Wattenmeer hinausging, und blickte auf die Wiese mit den Hagebuttensträuchern und den Karnickeln. Ein älterer Herr mit Ostfriesennerz und Schirmmütze spazierte vorbei, ein großer, schwarzer Hund folgte ihm, brach beiläufig zur Seite aus, schnappte sich eins der Kaninchen und biss es tot. Der Ostfriesennerz kehrte um und tätschelte ihm den Kopf, leinte ihn an, ließ das Kaninchen liegen und ging weiter. Die Schatten der wenigen Spaziergänger wurden länger. Bald würde sich Dunkelheit über die Insel senken.

Mit Männern hat Marleen es schon immer leicht gehabt.

Der Dalai Lama lächelte und schwieg.

* * *

Bent bot an, den Wagen zu fahren, und Nina nahm dankend an. Die A2 war stark befahren, und später, wenn es Richtung Köln und dann nach Hackenbroich ging, würde es nicht besser werden. Bis Hamm beleuchteten sie den Fall noch einmal von allen Seiten, danach versiegte der Gesprächsstoff. Nina überlegte, wie sie Bent etwas über sein Privatleben entlocken konnte. Beiläufig erwähnte sie ihren Ex-Freund Stefan, der – was für ein Zufall – ja auch ein Zeuge in ihrem Fall war. »Ehrlich gesagt, Bent, ich bin froh, dass nicht ich diejenige war, die ihn befragen musste. Wie das damals gelaufen ist mit uns … na, besser ein Ende mit Schrecken als ein

Schrecken ohne Ende.« Davon, dass Stefan in den letzten Tagen mehrfach versucht hatte, sie telefonisch zu erreichen, sagte sie nichts. Sie hatte die Anrufe weggedrückt. Falls es etwas Wichtiges gab, konnte Stefan das genauso gut Redekop oder Weber mitteilen.

»Tja, besser ist das. Ex-Freunde können einem das Leben schon schwermachen.« Bent beschleunigte den Wagen, nachdem sie eine lange Baustelle passiert hatten.

»Hast du schon mal Probleme mit einer Ex gehabt?«, fragte Nina.

»Ein entschiedener Cut erleichtert die Sache.« Bent blickte über seine Schulter, setzte den Blinker und überholte einen Tanklaster.

»Wie wahr«, murmelte Nina. Sie überlegte, ob sie noch mal nachhaken sollte, aber das kam ihr distanzlos vor. Bent wirkte sensibel, auch wenn er äußerlich groß und kräftig war. Er trug sein Herz wie ein echtes Nordlicht eben nicht auf der Zunge. Sie musste Geduld haben.

»Vermisst du deine alte Heimat?«, fragte Nina stattdessen.

»Flensburg … ja, ich vermisse manchmal das Meer.« Bent lächelte. »Anfangs war es nicht einfach für mich in Bielefeld, das lag auch an meiner privaten Situation …«

Nina hielt die Luft an.

»Aber inzwischen fühle ich mich ganz wohl. Ich wandere sogar etappenweise den Hermannsweg entlang«, sagte Bent.

Nina seufzte innerlich. Ein Gespräch über verschiedene Wanderregionen Deutschlands schloss sich an, doch sie schaffte es nicht mehr, einen Bogen zur »privaten Situation« zu schlagen.

Sie brauchten fast vier Stunden, bis sie Hackenbroich erreichten. Henrike Elges' Onkel und sein Sohn wohnten in einem kleinen, grauen Einfamilienhaus. Nina und Bent gingen durch den Vorgarten, dessen gepflegte Rasenfläche von einer Buchsbaumhecke eingefasst war. Auf ihr mehrmaliges Klingeln hin tat sich nichts. Dabei hatte Nina vor der Abfahrt angerufen und Trockel senior erreicht, der mit zittriger Altmännerstimme versicherte, dass er zu Hause sei.

Schließlich drehte sich ein Schlüssel im Schloss, und im nächsten Moment blinzelte ein krummer, kleiner Mann mit dicker Brille ins Licht, das in den dunklen Flur fiel. Er nahm den Polizeiausweis, den Bent ihm zeigte, und hielt ihn sich dicht vor die Augen.

»Wir würden gerne mit ihrem Sohn Kevin sprechen«, sagte Nina freundlich. »Das hatte ich ja schon am Tele…«

»Mit wem?«

»Mit *Kevin*!«

»Ach, Kevin. Aber der ist ja gar nicht zu Hause.« Er fuhr sich über die altersfleckige Halbglatze, von der dünne Büschel weißen Haares nach allen Seiten abstanden, tastete dann nach den Hornknöpfen der dicken Wollweste, in der er fast versank.

»Und wo …«

»Der ist doch wieder zum Schrauben in seine Halle gefahren. Na, eine Weile komme ich auch alleine zurecht. Bis zum Abend ist er wieder da.«

Wie sich herausstellte, hatte Kevin Trockel eine Lagerhalle gemietet, die zu einer stillgelegten Fabrik gehörte. Trockel senior konnte ihnen nicht die Adresse, wohl aber den Namen der alten Fabrik nennen. Sie lag außerhalb des Orts in einem Industriegebiet.

»Trockel ist offenbar auf seinen Sohn angewiesen«, sagte Nina, während sie durch einen Kiefernwald fuhren. Der einsetzende Regen steigerte sich schnell zu einem Schauer, der rauschend niederging.

»Sieht so aus.« Bent bog an dem Schild *Gewerbegebiet Ost* ab. Google zufolge lag die alte Fabrik an der Industriestraße 4. Ein verwittertes Schild führte sie eine Zufahrt entlang und weiter auf einen Hof, der von zwei Fabrikhallen umgeben war. Als sie ausstiegen, nieselte es nur noch. Aus dem rissigen Asphalt wuchs ein gelb blühendes Gestrüpp. Die Größere der Hallen sei von Künstlern gemietet, hatte Trockel senior erzählt. Das war wohl die mit der rostenden Metallskulptur vor dem Eingang. Vor der kleineren Halle lagen nur alte Reifen, in denen Wasser stand, das der Wind wellte. In den Pfützen schillerte Benzin in allen Regenbogenfarben.

Eine Eingangstür war auf dieser Seite nicht zu entdecken. In den teilweise zerbrochenen Fenstern der Halle spiegelten sich Wolken, die über den Himmel jagten. Bent machte ihr ein Zeichen, dass er um die Halle herumgehen wollte. Nina nahm die andere Richtung. Nachdem sie die Querseite der länglichen Halle erreicht hatte, musste sie über Betontrümmer steigen, aus denen Metallstreben ragten. Schließlich versperrte ein Maschendrahtzaun den Weg. In den hohen Brennnesseln davor lag ein Keramikklo, hinter dem etwas Braunes verschwand. Ratten.

Unschlüssig schaute sie sich um. Der Wind heulte um die Ecken der nackten Betonwand, die jemand mit wenig kunstvollen Graffitis verziert hatte. Nina ging zurück zum Dienstwagen, um eine Kneifzange zu holen, bahnte sich noch einmal den Weg durch die Brennnesseln zum Maschendrahtzaun. Sie schnitt sich einen Durchgang frei und stieg auf die andere Seite. Hinter dem Knöterich, der den Zaun überwucherte, entdeckte sie ein Fenster. Es stand halb offen und befand sich in erreichbarer Höhe. In der Nähe lag ein Plastikeimer, den sie umdrehte und als Einstiegshilfe benutzte. Sie stemmte sich hoch aufs Fensterbrett, stieß den Flügel behutsam weiter auf und schwang die Beine hinein.

Mit einem leisen Quietschen kamen ihre Gummisohlen auf dem Boden auf. Im Halbdunkel sah sie ein Emaille-Waschbecken mit Gitter darauf, daneben eine Reihe dunkelgrauer Spindschränke. Einer stand offen, in der Tür klebte ein verblichenes Poster, auf dem das Busenwunder-Bunny nur noch schwach zu erkennen war. Durch den oberen, verglasten Teil des Raumes schimmerte mattes Licht, vermutlich aus der Halle. Täuschte sie sich oder waren das Stimmen, die aus der Halle drangen? Umso besser. Während Bent mit Kevin Trockel redete, würde sie sich hier rasch umsehen und dann auf demselben Wege wieder rausschlüpfen.

Durch eine Metalltür gelangte sie in einen größeren, weiß gekachelten Raum, in dem Haken an Ketten von der Decke hingen. Ihre Schritte hallten trotz der Gummisohlen. An einer Seite des Raumes standen fleckige Stahltische. Die gleichen rostroten Flecken entdeckte sie in einer Rinne, die den Raum an drei Seiten umgab. Was für eine Art von Fabrik war das eigentlich gewesen? Sie wich einen Schritt zurück, stieß gegen eine leise klirrende Kette, stolperte über eine Kiste aus verzinktem Metall, die mit lautem Scheppern auf die Seite fiel, und konnte sich gerade noch an einem Tisch festhalten. Schwer atmend stützte sie sich für einen Moment darauf. Hatte Trockel das gehört? Nur ein Vorhang aus halbtransparenten Plastikstreifen trennte diesen Raum von der Halle.

Am anderen Ende des Raums entdeckte Nina eine weitere Tür. Sie war unverschlossen und führte in ein Eckzimmer. Das wenige Licht, das in den Raum fiel, kam von oben, durch die schmale Fensterleiste zur Halle hin. Sie holte ihre Taschenlampe heraus. Der Strahl glitt über heruntergelassene Rollläden vor zwei Außenfenstern, über einen offenen Rollschrank mit vier leeren Aktenordnern und einen breiten Schreibtisch. Offenbar ein Büro. Auf dem Schreibtisch befand sich nichts, abgesehen von einer Schreibtischunterlage aus grünem Plastik und einem Locher. Nina zog die Schubladen auf und leuchtete hinein. Ein paar leere Hängeordner schaukelten in der unteren Lade. Auch in den anderen Laden fanden sich nur ein paar Briefklammern und drei selbstklebende Briefumschläge, die sicher nicht mehr klebten. Die oberste Schublade war abgeschlossen. Nina seufzte. Sie konnte die Schublade schlecht aufbrechen, ohne dass Trockel es merken würde.

Sie schwenkte die Taschenlampe durch den Raum auf der Suche nach einer Tür. Plötzlich fiel das Licht auf ein Paar leerer Augenhöhlen über blutigen Wangen … Nina entfuhr ein erstickter Laut, bevor sie realisierte, dass es sich um ein Veranstaltungsposter von Marleen Seismo & Band handelte. Trockel hatte die Augen in Marleens Gesicht ausgestochen und zwei Streifen rote Farbe darunter gepinselt. Quer über das Poster zog sich ein Autogramm, das sie mit etwas Mühe als *Marleen Seismo* entzifferte. Sie ließ den Lichtstrahl weiter wandern. Daneben hing das gleiche Poster. Und wieder Marleens leere Augenhöhlen, aus denen Blut floss. Ein Stück weiter das gleiche Bild, Bild an Bild reihte sich an allen Wänden des alten Büros! Zahllose leere Augenhöhlen starrten ihr entgegen und die Wangen hatte er jeweils mit roter Farbe bemalt!

Marleen, ich bin tief enttäuscht von Dir.

Nina fröstelte. Der Wind pfiff und rüttelte an den Läden. Sie trat näher und schaute sich die Poster genauer an. Das Bild war jeweils gleich, Marleens Autogramme waren nicht aufgedruckt, sondern mit Filzstift und großzügigem Schwung darübergeschrieben. Unten kündigten Aufkleber Konzerte an in Köln, Hamburg, Berlin, Stuttgart, Amsterdam, Kopenhagen, Bern und und und ... *Dein größter Fan* war ihr überallhin nachgereist, hatte ihre Autogramme gesammelt, Poster an Poster an sämtliche Wände des Büros gepinnt: Ein Besessener!

Und genauso sorgfältig, wie er sie gesammelt und aufgehangen hatte, hatte er sie auch zerstört. *Dein größter Fan* und *Terminator.*

Kein Wunder, dass er in diesem Raum die Rollläden heruntergelassen hatte! Sie zog ihr Handy heraus und fotografierte die Wände mit den Bildern ab. Sie war fast sicher, dass sie hier noch mehr finden würde, wenn sie mehr Zeit hätte. Aber ohne Durchsuchungsanordnung konnte sie das vergessen. Es war ohnehin höchste Zeit, zu verschwinden! Im Blitzlicht hatte sie eine weitere

Tür entdeckt, die vom Büro aus in einen Nebenraum führte. Sollte sie noch schnell … sie zögerte, huschte dann zu der Tür, die sich problemlos öffnen ließ und in eine Art Pausenraum mit Resopal-beschichteten Tischen und einem hohen Kühlschrank führte, der in einer Ecke vor sich hinbrummte. Hier war es heller, da Licht durch ein Außenfenster an der Oberseite des Raumes fiel. Nina, los, verschwinde jetzt, sagte eine Stimme in ihr. Sie konnte es nicht lassen, hastete zu dem Kühlschrank und riss die Tür auf. Der Schrank war voller Dosenbier. Nina atmete laut aus. Was hatte sie denn erwartet? Leichenteile? Nun aber raus hier!

Nina warf die Kühlschranktür zu und schlich in das Büro zurück, als sie ein hallendes Geräusch hörte. Die Tür zu dem gekachelten Raum stand halb offen und Schritte näherten sich. Oh nein! Was sollte sie tun? Sie huschte vom Büro zurück in den Pausenraum. Es schien der letzte Raum zu sein, von dem aus es nicht mehr weiterging! Die Fenster lagen hier zu hoch, um sie zu erreichen! In einem Spiegel, der neben einer Garderobe hing, sah sie für einen Augenblick den Strahl einer Taschenlampe durch die offene Tür zum Büro. Sie verbarg sich rasch hinter dem Kühlschrank, presste sich flach gegen die Wand.

Oh Mist! Warum war sie dieses Risiko eingegangen? Kevin Trockel musste nicht wissen, dass sie hier eingedrungen war und sich umgesehen hatte. Ebenso wenig wie Bent. Das würde Ärger geben. Den sie sich nach ihrer eigenmächtigen Aktion in ihrem letzten Fall nicht leisten konnte. Und abgesehen davon: Bents Vertrauen in sie wäre erschüttert! Das Licht der Taschenlampe traf den Spiegel. Sie schloss kurz die Augen. Trockel war ein Psycho. Was würde er tun, wenn er sie hier erwischte?

Seine Schritte näherten sich. Sie spürte etwas in ihrem Rücken. Eine Klinke! Hinter ihr befand sich noch eine Tür, die von der Lage her in die Halle führen musste. Zum Glück war die Metalltür unverschlossen, quietschte nur wenig beim Öffnen. In der halbdunklen Halle roch es nach Öl und Benzin. Suchend schaute sie sich um. Die Halle musste doch irgendwo einen Ausgang haben! Aber außer alten Autos, die zum Teil ausgeschlachtet waren, konnte sie nichts erkennen. Sie bewegte sich mit dem Rücken an der Wand entlang in der Hoffnung, auf diese Weise auf den Ausgang zu stoßen.

Das Klappen einer Metalltür bedeutete, dass Trockel ihr folgte! Sie duckte sich hinter einen alten Ford Transit. Es war so still, dass sie nur ihr eigenes Keuchen hörte. Sie hatte das Gefühl, dass Trockel innehielt, um sich einen Überblick zu verschaffen. Vielleicht wartete er auch nur darauf, dass der Eindringling sich rührte und auf diese Weise verriet, wo er war.

Dann hörte sie das leise Scharren von Schritten. Auch sie machte ein paar Schritte, fast lautlos, huschte hinter einen Renault, von dem nur noch die Karosserie übriggeblieben war. Mit einem Mal sah sie Trockels rasierten Schädel, kurz bevor er hinter einer viereckigen Säule auf der anderen Seite der Halle verschwand. Gebückt lief sie zwei Autowracks weiter an der Wand entlang. Plötzlich hörte sie ein Brummen, dann ein leises Fluchen. Das Brummen erstarb. An einer der Querwände der länglichen Halle war offenbar kurz ein Fließband angegangen. Vermutlich war er versehentlich gegen den Schalter gekommen. Jedenfalls wusste sie jetzt, dass Trockel in der Nähe des Durchgangs zu dem gekachelten Raum mit den Haken an der Decke sein musste. Sie erinnerte sich, dass ein Vorhang aus Plastikstreifen die Halle von dem Raum trennte.

Auch die Halle war zum Teil gekachelt. Hier ist vielleicht mal Fleisch verarbeitet worden, dachte sie, bevor ihre Aufmerksamkeit von einer Unterbrechung des Kachelmusters abgelenkt wurde. Es handelte sich um ein Metalltor, mit einer kleineren Tür darin. Und sie war nur noch wenige Meter davon entfernt! Sie holte tief Luft und huschte zu der Tür, drückte die Klinge herunter, rüttelte daran, doch der Ausgang war verschlossen.

Sie schlich wieder zurück, denn wenn sie in dieser Richtung weiterging, würde sie Trockel in die Arme laufen, der sich den leisen Schritten nach zu urteilen von der anderen Seite her dem Ausgang näherte. Er hatte sie sicher an der Klinke rütteln hören. Sie wich weiter zurück und duckte sich bald wieder hinter dem Ford Transit. Trockel tauchte kurz bei der Tür auf und verschwand darauf hinter einem Reifenstapel. Vielleicht schaffte sie es bis zum Durchgang mit dem Plastikvorhang und von dort aus durch den gekachelten Raum und dann durchs Fenster im Spindraum nach draußen, aber dafür musste sie die Halle der Länge nach durchqueren.

Plötzlich entdeckte sie ihn zwei Autos weiter, hinter der Scheibe eines alten VW-Käfers mit aufgeklebten Rallyestreifen. Er schlich geduckt auf den Ford Transit zu. Nina ließ sich auf den Boden runter und robbte unter den Ford. Ihr Herz klopfte, während sie beobachtete, wie er näherkam. Er trug Arbeitschuhe und blaue Hochwasserhosen, vermutlich Blaumann. So nah über dem Boden war der Benzingeruch penetrant. Direkt vor ihr bewegte sich eine Spinne mit langen, dünnen Gliedmaßen über den Beton.

Trockel blieb plötzlich stehen, kniete sich hin, stützte seine Hände auf den Boden. Oh verdammt, gleich würde er sich hinlegen, und unter den Autos nachsehen! Ihre Augen weiteten sich, und sie hielt den Atem an. Ein hallendes Klopfen durchbrach die Stille. Trockel erstarrte. Jemand wummerte von außen gegen die Tür. Vermutlich Bent, der sich schon wunderte, wo sie blieb. Sie sah, dass Trockel aufstand. Die Gelegenheit!

Sie krabbelte rasch unter dem Auto hervor. Trockel ging zur Tür und dem Rasseln nach hantierte er mit einem Schlüsselbund. Nina huschte die lange Wand entlang, ignorierte die Tür zum Pausenraum, und lief weiter auf den Vorhang zu. Sie hörte Stimmen. Ein kurzer Schulterblick zeigte ihr, dass Trockel ihr den Rücken zukehrte und mit Bent beschäftigt war. Ohne sich noch einmal umzudrehen, rannte sie weiter bis zu dem Plastikvorhang, teilte ihn und stand einen Augenblick lang orientierungslos in dem gekachelten Raum. Ihr war, als ob die Ketten mit den Haken ein wenig schwangen, aber das konnte auch eine optische Täuschung sein. Sie betete, dass Trockel die Tür zum Spindraum nicht abgeschlossen hatte.

Im nächsten Moment stellte sie fest, dass ihr Gebet erhört worden war. Mit wenigen Schritten war sie wieder am Fenster, schwang sich hinaus und fiel in die Brennnesseln. Fluchend rappelte sie sich hoch und tastete nach ihrem Handy, spürte die Kanten durch ihre Hosentasche. Alles da und die Fotos im Kasten! Ihre Hände brannten. Ungelenk kroch sie durch die Lücke im Zaun. Mit Dodo würde sie sich jetzt über die gelungene Aktion freuen. Aber dem korrekten Bent sollte sie damit besser nicht kommen. Während sie zum Dienstwagen lief, überlegte sie, welche Story sie ihm auftischen würde. Unwegsames Gelände, ein Drahtzaun, an dem sie sich verletzt und aufgehalten hatte? *Bent, das hörte gar nicht mehr auf, zu bluten ...* Schließlich eine unverschlossene Tür auf der Rückseite des Gebäudes? Die sie für eine Eingangstür gehalten und geöffnet hatte? Und dahinter entdeckte sie dann die Poster an der Wand und machte kurzerhand ein paar Handyfotos. Könnte hinhauen. Nina holte den Erste-Hilfe-Kasten aus dem Kofferraum des Dienstwagens und verband rasch die »verletzte« Hand.

Freitag, der 17. Mai

Es war schon halb neun, als Nina über den Flur der Büroetage huschte und an der geschlossenen Tür zum Besprechungsraum lauschte. Der Morgen mit Kai hatte ihr mal wieder den letzten Nerv geraubt. Als er es endlich aus dem Bett schaffte, hielt er ihr entgegen, dass er dieses Mal mit Rosas Mama zurückgefahren sei, so wie Nina es von ihm gewollt hatte. Er schien zu glauben, dass er zum Ausgleich für diese Heldentat aufs Duschen und Zähneputzen verzichten könnte. Danach kam der Stress mit dem Fahrdienst, der schon vor der Tür wartete, während sie mit Kai vergeblich nach seiner Jacke suchte. Nina konnte nur hoffen, dass er die nicht auch verschlampt hatte. Und jetzt war sie so spät dran, dass die Besprechung schon im Gange war.

Oder hatte Bent sie schon beendet? Es war so verdächtig still hinter der Tür. Vorsichtig drückte sie die Klinke herunter. Und blickte auf Franks Rücken, um den sich ein verwaschenes Hemd mit Elefantenmuster spannte. Er fuhr sich mit beiden Händen über sein blondes Fusselhaar, während er etwas auf dem Computer-Monitor las.

»Frank?«, sagte sie halblaut.

Er wandte den Kopf. »Schlägst du auch schon auf? Du hast die Besprechung verpasst. War kurz heute, so ein Pech aber auch. Keine Möglichkeit mehr, sich unauffällig reinzuschleichen und die La-Niña-Unschuldsmiene aufzusetzen.«

»Was ist meine Ausrede?«

Frank lachte auf. »Weiß ich, was du heute Nacht so alles getrieben hast? Dir fällt schon was ein. Ich meine … wenn Bent dir die Geschichte abnimmt, wie du so ganz und gar zufällig diese Horrorbilder mit Marleens ausgestochenen Augen in der alten Fabrik erblickt und geistesgegenwärtig fotografiert hast …«, Frank grinste. »Dann nimmt er dir *alles* ab!«

»Kai kam mal wieder nicht aus dem Bett. Zuerst habe ich versucht, ihn mit dem Frühstück zu locken, dann …«

»Keine Details, mein Kopf raucht sowieso schon.«

»Hilf mir, Frank, bitte!«

»Und was ist der Lohn?«

»Eine Stil-Beratung.«

»Mach nur so weiter!«

»Bent kann jeden Moment reinkommen …«

»Na gut. Du bist heute Morgen bereits bei Sebastian Siekmann vorbeigefahren und hast ihn nicht angetroffen.«

»Geht doch.«

»Ich habe jetzt was gut bei dir, vergiss das nicht.«

»Ihr könnt Siekmann also nicht erreichen?«, fragte sie.

»Telefonisch weder zu Hause noch in der Kunst- und Musikschule. Die Sekretärin sagte, er sei nicht zum Unterrichten aufgetaucht. Ohne Krankmeldung sei das noch nie passiert und so weiter. Keine Ahnung, was da im Busch ist. Aber diese *Terminator*-Sache: Bent hat erzählt, ihr wärt, nachdem ihr die Hackfresse aus Hackenbroich in Aktion erleben durftet, noch mal zu seinem Herrn Papa gefahren ...«

»Der ihm für den Abend, an dem Marleen starb, ein Alibi gegeben hat, ja.«

»Hältst du das für glaubwürdig? Bent meinte, der alte Trott... nein Trockel müsste mindestens achtzig sein. Und Trockel junior sei das einzige Kind, Mama Trockel bereits verblichen und ...«

»Tja, der alte Mann war kaum zu bremsen, er hat uns alles Mögliche erzählt. Sein Sohn ist fast sein einziger Kontakt.« Nina knabberte an ihrer Lippe. »Der Senior sieht und hört schlecht, wirkt aber nicht senil.«

Trockel senior hatte ihnen versichert, dass es ihm aufgefallen wäre, wenn Kevin seinen Mercedes noch mal aus der Garage gefahren hätte nach dem gemeinsamen Abendbrot, das bis gegen 19 Uhr gedauert habe. Aber vielleicht hatte sich Kevin unbemerkt aus dem Haus geschlichen und war mit einem seiner anderen Autos gefahren. Wenn er schnell gefahren wäre, hätte er es bis zum Beginn der Pause nach Bielefeld schaffen können.

»Ich sage ja nicht, dass der alte Trockel senil ist, sondern dass er seinem Sohn ein Gefälligkeitsalibi verschafft haben könnte.«

»Möglich.« Nina nickte. »Diese zerstörten Plakate haben mich heute Nacht bis in den Schlaf verfolgt. Da stecken jede Menge Wut und Hass dahinter ... Warten wir ab, was die *Bunker*-Gäste zu dem Foto von Kevin Trockel sagen. Ist da schon etwas eingegangen?«

»Nicht wirklich. Aber Kux, Weber und Redekop haben auch noch nicht alle interviewt.«

Hinter der Stellwand mit Fritz Redekops buntem Wald aus Karteikärtchen ertönte das Quietschen der Verbindungstür. Im nächsten Moment trat Ottfried Weber hervor, gefolgt von Bent.

»Nina!«, sagten sie unisono.

Sie lächelte Bent an. »Ich … ich war heute Morgen bei Siekmann. Deswegen habe ich die Besprechung verpasst und … na ja, er war offenbar nicht da.« Sie zuckte mit den Achseln.

Bent runzelte die Stirn. »Und welchen Eindruck machte es?«

»Eindruck?«

»Ich meine, waren die Vorhänge zugezogen, steckte die Zeitung im Briefkasten? Wussten die Nachbarn irgendetwas?«

»Ich … oh, das …«

»Ottfried wollte sich gerade auf den Weg machen, aber wenn Siekmann ohnehin nicht zu Hause ist, können wir uns das sparen«, erklärte Bent geduldig.

»Vielleicht ist er ja nur kurz weg, zum Einkaufen oder …« Sie spürte, dass sie rot wurde. Die Tomate vom Dienst. Wenn das so weiterging, musste sie sich ein gut deckendes Make-up anschaffen.

Weber starrte sie an, holte ein Bonbon aus der Hosentasche, wickelte es aus und steckte es in den Mund, ohne sie aus den Augen zu lassen.

»Er ist nicht an seiner Arbeitsstelle aufgetaucht«, sagte Bent.

»Wenn das so ist … dann … Am besten, Ottfried und ich fahren noch einmal hin«, sagte Nina.

Bent hob die Brauen.

»Wo wohnt der denn?«, fragte Weber.

Nina räusperte sich. »Das erklär ich dir unterwegs.«

Weber schaute Bent fragend an.

Der richtete eine Karteikarte, die schief an ihrer Nadel an der Pinnwand hing. »Na schön. Wie du meinst, Nina. Aber haltet euch nicht zu lange mit ihm auf. Wenn Siekmann nicht zu Hause ist, dann helft ihr den Kollegen bei den Befragungen der *Bunker*-Gäste. Einige haben sich gerade erst auf den Aufruf hin gemeldet.«

Bevor sie mit Weber hinausging, steckte ihr Frank augenzwinkernd einen Zettel mit Siekmanns Adresse zu.

Es wurde eine kurze Fahrt, denn der Pianist wohnte in einem Häuschen in der Große-Kurfürsten-Straße, die nicht allzu weit vom Präsidium entfernt lag. Von einem Schulhof in der Nähe drang Kindergeschrei. Es war gerade Pause. Sie durchquerten einen kleinen Vorgarten. Unter einem ausladenden Zierahorn kämpfte eine Tulpe um ein bisschen Licht. Im Briefkasten an der Außenwand blockierten zwei Zeitungen und ein zerknickter DIN-A4-Umschlag die obere Klappe mit der Aufschrift *Siekmann*.

»Interessant.« Weber warf ihr einen Seitenblick zu.

Nina drückte auf die obere der drei Klingeln. Nichts passierte.

»Nicht da?« Weber schenkte ihr zum Trost ein Eukalyptus-Bonbon.

Wie auf Kommando schauten beide nach oben zu den beiden Dachgaubenfenstern, wo eine Papyruspflanze und dahinter nur Dunkelheit zu erkennen waren.

Weber drückte gleichzeitig auf die beiden anderen Klingeln, bis irgendwann ein Summer ertönte. Als die Haustür hinter ihnen zufiel, herrschte Stille. Weder Kindergeschrei vom Schulhof noch Autolärm waren mehr zu hören. Im dämmrigen Treppenhaus war es kühl. Da sie nicht wussten, wer ihnen geöffnet hatte, stiegen sie zögernd die Treppen hoch. Vor einem Buntglasfenster im Fünfziger-Jahre-Design nahm eine Zitronengeranie das bisschen Licht weg, das noch hereinfiel. Im ersten Obergeschoss wurde eine Tür geöffnet, und ein weißhaariger Mann mit Küchenschürze trat ihnen entgegen. Es roch nach Erbsensuppe.

»Kann ich Ihnen weiterhelfen?«, fragte er mit einer heiseren Altmännerstimme und sah sie über den Rand einer Brille an.

»Das hoffen wir sehr.« Weber zog eine Tüte Bonbons und ein Stofftaschentuch aus seiner Jackentasche, bevor er seinen Dienstausweis zutage förderte.

Der alte Mann runzelte die Stirn. »Polizei?«

»Wir müssen dringend mit Herrn Siekmann sprechen«, sagte Nina. »Er ist ein Zeuge. Leider öffnet er nicht. Wissen Sie möglicherweise …?«

»Hm.« Er blickte hoch, als erwartete er, Siekmann auf der Treppe zum Dachgeschoss stehen zu sehen. »Ich habe Sebastian schon seit Mittwochmorgen nicht mehr getroffen, da ist er mir an der Haustür begegnet. Wir haben ein paar Worte gewechselt, er war auf dem Weg in die Musikschule. Und gehört habe ich ihn seitdem auch nicht. Sonst höre ich ihn nämlich öfter Klavier spielen. Nicht, dass mich das stören würde, im Gegenteil, hier im Haus wohnt nur noch die alte Frau Helmich und von der …«

»Haben Sie irgendeine Erklärung dafür, dass er nicht öffnet? Etwa eine Reise, von der er gesprochen hat oder Ähnliches?«, unterbrach Nina.

»Nicht, dass ich wüsste. Er sagt mir Bescheid, wenn er länger weg ist, weil ich dann seine Blumen gieße und die Post aus dem Kasten hole. Und ob sein Auto da ist ...« Er zuckte mit den Achseln. »Wissen Sie, man findet so selten einen Parkplatz direkt vor dem Haus.«

»Und unten wohnt also eine Frau Helmich?«, fragte Weber.

»Die ist seit Wochen im Krankenhaus. Sie hatte einen Oberschenkelhalsbruch und ...«

»Ist Ihnen in letzter Zeit etwas aufgefallen bei Herrn Siekmann, zum Beispiel ungewöhnlicher Besuch oder ...«

»Sie meinen Damenbesuch, nicht?« Er lächelte. »Den hatte er immer mal wieder. Aber er kann ja tun und lassen, was er will. Ach, herrje, meine Suppe, Moment.« Der Mann verschwand, ließ die Wohnungstür jedoch offen stehen.

Tatsächlich roch es jetzt angebrannt. Aus der Wohnung drangen leise Flüche und das Geklapper von Töpfen.

»Hast du schon den *La-Paloma*-Klingelton runtergeladen?«, erkundigte sich Weber. »Oder brauchst du Hilfe, dann sag es ruhig, ich kann ihn dir ganz leicht ...«

»Längst passiert.«

»Na, Nina, soll ich die Scheckkarte nehmen und es mal oben damit probieren? Das sind doch alte Türen.« Weber grinste und zog seinen Hosenbund, über dem sich sein stattlicher Bauch wölbte, ein Stückchen höher.

»Von mir aus schon. Aber Bent wird ...«

Ein Räuspern unterbrach Nina. Der alte Herr stand mit beschlagenen Brillengläsern wieder im Türrahmen. »Ich habe überlegt. Ob das ungewöhnlich ist … Na, jedenfalls hat am Mittwochnachmittag jemand bei mir geschellt. Ich habe aufgemacht und auch gehört, dass die Haustür aufging. Aber dann kam niemand hoch. Ich bin runtergegangen und habe eine Dose mit Torte unten auf der Treppe stehen sehen. Da lag eine Klappkarte oben drauf. Ich dachte, das wäre für mich, sonst hätte ich sie nicht gelesen. Aber sie war für Sebastian. Die Torte hat wohl eine Mutter von einem Klavierschüler vorbeigebracht.«

»Haben Sie sie gesehen?«, fragte Nina.

»Nein. Die jungen Leute heutzutage haben es ja immer so eilig. Ich habe nur gedacht … da stand so etwas auf der Karte: *Danke für den tollen Unterricht,* und dann zwei Namen.«

»Haben Sie ihm die Torte gebracht?«

»Sebastian war noch nicht zurück. Mittwochs unterrichtet er auch nachmittags an der Musikschule. Ich wollte ihm die Torte erst in den Kühlschrank stellen, dann dachte ich, na, der kommt bald vom Unterricht, und habe sie ihm auf die Matte gestellt.«

»In den Kühlschrank … haben Sie denn einen Schlüssel für seine Wohnung?«, fragte Nina.

»Hab ich, ja, für alle Fälle. Sebastian hat sich schon mehr als einmal ausgeschlossen.« Er putzte seine Brille an seiner Küchenschürze. Sie hatte Druckstellen auf seiner Nase hinterlassen. »Der hat eine Menge anderes im Kopf, ist viel unterwegs und vergisst dann seine Schlüssel.«

Nina tauschte einen Blick mit Weber.

»Großartig«, sagte Weber. »Würden Sie uns die große Ehre zuteil werden lassen, uns in die Wohnung von Herrn Siekmann zu geleiten oder besser gesagt begleiten, Herr …

»Denkhaus.«

»Denkhaus.« Weber knisterte mit der Bonbontüte, ließ sie aber in seiner Tasche.

»Er ist ein wichtiger Zeuge und natürlich machen wir uns Sorgen«, behauptete Nina.

»Oh … ja, dann …« Denkhaus band sich die Küchenschürze ab. Hinter ihm stiegen sie die Treppe zum Dachgeschoss hoch. »Ach, schauen Sie.« Er deutete auf die Fußmatte. »Die Torte hat er mit reingenommen.« Er klingelte. In Siekmanns Flur, der undeutlich durch eine Glasscheibe zu erkennen war, rührte sich nichts. Denkhaus schloss auf und klopfte gleichzeitig gegen die Tür. »Sebastian?«

Sie betraten einen kleinen Flur. Es roch, als wäre lange nicht gelüftet worden. Auf einem Regal waren schwarze Lederschuhe aufgereiht, alle blank poliert und mit Schuhspannern versehen. Durch die halb offene Küchentür sah Nina einen antiken Küchenschrank. Denkhaus streckte den Kopf vor wie eine Schildkröte und öffnete langsam eine der Türen, die vom Flur abgingen. Ein breites Polsterbett mit zerwühlten Laken wurde sichtbar. Auf einem Nachttisch zwei Weingläser mit eingetrockneten Rotweinresten. Daneben ein Herrendiener mit einem dunklen Jackett.

»Sebastian? *Sebastian*!« Denkhaus drehte sich zu ihnen um. »Tja … ich weiß auch nicht.«

»Wohin geht es hier?«, fragte Weber.

»Ähm … ins Wohnzimmer.« Denkhaus wirkte unsicher, ob er die Beamten weiter durch die Wohnung führen sollte.

»Herr Siekmann ist ein Zeuge in einem Mordfall«, wiederholte Nina. »Wir sollten besser mal nachschauen …«

»Ja dann … nach Ihnen.« Denkhaus lächelte schwach.

Der Deckel des Klaviers, das neben der Balkontür stand, war hochgeklappt. Auf dem schwarzen Ledersofa lagen Notenbücher und knittrige, weiße Hemden, ein weiteres hing über dem Bügelbrett daneben. Das Bügeleisen stand aufrecht auf dem Rost. Alles wirkte, als hätte Siekmann sich hier gerade noch aufgehalten.

»Sonst ist er eigentlich immer sehr ordentlich«, sagte Denkhaus, als wollte er sich für den Zustand der Wohnung entschuldigen.

Was hatte Dodo gesagt? Siekmann hätte fertig gewirkt. Manchmal waren eben andere Dinge wichtiger als eine ordentliche Wohnung. Hatte Marleens Tod ihn aus der Bahn geworfen? Nina trat auf den kleinen Balkon und ließ ihren Blick über den Holztisch mit dem vollen Aschenbecher und der benutzten Kaffeetasse wandern. »Es macht jedenfalls nicht den Eindruck, als ob er für längere Zeit verreist wäre.« Hinter ihr ertönte ein erstickter Laut.

»Die haben noch so schön geblüht!« Denkhaus zeigte auf die Fleißigen Lieschen in den beiden Balkonkästen, die ihre vertrockneten Triebe hängen ließen. »Ich versteh das nicht. Sebastian ist doch sonst nicht so. ›Pflanzen sind auch Lebewesen‹, hat er immer gesagt und mir lange Zettel geschrieben, was ich wie zu gießen habe, wenn er wegfuhr.«

»Das geht schnell bei dieser Sorte. Wenn es warm ist, dann braucht es nur zwei Tage bis ...« Nina verstummte. Mit einem Mal hatte sie das Gefühl, dass hier etwas nicht stimmte.

»Sieh an, sieh an: Selbstportrait mit Sängerin«, ertönte Webers Stimme aus dem Wohnzimmer. Nina schob sich an Denkhaus vorbei ins Wohnzimmer, wo Ottfried Weber ihr ein Foto vor die Nase hielt. »Gefunden – wie passend – auf dem Piano.«

Es handelte sich um ein Selfie: Sebastian und Marleen lächelnd und eng umschlungen. Sie teilten offensichtlich mehr als nur die Musik ... Und das Foto war in diesem Zimmer auf dem Sofa aufgenommen worden. Sie drehte es um: Das Datum lag erst vierzehn Tage zurück. *Ich habe Dich mit diesem Kerl gesehen. NEIN, NICHT MIT DEINEM MANN* ... Hatte Kevin Trockel sie mit Sebastian zusammen gesehen? Marleen hatte ihn damals für Ronnie verlassen. War die alte Leidenschaft jetzt wieder aufgeflammt?

Weber tippte auf das Foto. »Wie heißt es doch so schön: Alte Liebe rostet nicht.«

»Lass uns in den anderen Zimmern nachsehen«, sagte Nina mit belegter Zunge. »Ich hab so ein ungutes Gefühl.«

»Von hier aus geht es ins Bad. Die Wohnung ist etwas ungewöhnlich geschnitten.« Denkhaus klang wie ein Makler.

Im Bad lag ein Morgenmantel auf dem Boden. Badewanne und Waschbecken waren ebenso trocken wie die Blumenerde der Palme auf dem Regal. Nina entdeckte ein eingeschaltetes Handy auf einer Wäschetruhe. Sie klickte auf das Whats-App-Symbol und fand eine Nachricht von Marleen.

Hallo mein Süßer, freu mich irrsinnig, Dich Samstag wiederzusehen! Bin nervös wie schon lange nicht mehr vor einem Auftritt. Komisch, oder? Ist doch nur Bielefeld. Es folgten mehrere Kuss-Smileys.

Nervös wie schon lange nicht mehr … hatte Marleen etwas geahnt? Das Display wurde dunkel. Nina legte das Handy behutsam zurück. Eine andere Tür führte zu einer fensterlosen Kammer, die Siekmann als begehbaren Kleiderschrank nutzte. Blieb noch die Küche. Als Nina die Tür zur Küche ganz aufdrücken wollte, blockierte etwas ihr Vorhaben. Ihr Mund wurde plötzlich trocken. Sie wandte sich zu Weber um.

Der hob fragend die Brauen.

Sie holte tief Luft. »Da ist was hinter der Tür.«

Das Ticken einer Uhr und das Surren einer Fliege klangen mit einem Mal sehr laut. Weber bedeutete Denkhaus mit einer Geste, im Flur zu bleiben. Nina schob sich durch den Spalt, erstarrte, stöhnte leise. Sebastian Siekmann lag reglos auf dem Boden der Küche, die aufgerissenen Augen in dem roten Gesicht starrten den Küchenschrank an! Nina ging in die Knie und legte zwei Finger an seine Halsschlagader, obwohl sie wusste, dass er tot war. Auf den hellen Bodenfliesen lagen Krümel und Blumenerde verstreut und die Scherben eines Blumentopfs mit Basilikum. Einer der beiden Küchenstühle war umgestürzt. Unter dem Tisch lag eine geöffnete Plastikdose, ein Rest Philadelphia-Torte daneben. Mit einer Hand hatte Siekmann sich das Hemd aufgerissen, die andere Hand war um ein Papier oder eine Karte gekrampft. Nina erkannte ein Sonnenblumenmotiv, der Rest war verborgen. Am liebsten hätte sie ihm die Karte sofort aus der Hand gewunden.

»Arzt?« Weber hatte den Kopf durch die Tür gesteckt.

Nina nickte. »Und die Spurensicherung. Ich ahne schon, was die Obduktion ergeben wird. Sieh dir sein rotes Gesicht an. Wenn mich nicht alles täuscht, dann ist er genauso elendig erstickt wie Marleen!«

* * *

Dominik war um drei Uhr nachts aufgewacht und erst gegen Morgen wieder eingeschlafen. Als er sich aus den Decken schälte, war es bereits halb elf. Er besorgte sich Brötchen und Kaffee beim Bäcker und frühstückte in Jacke und Schal auf der Terrasse der Pension. Seine einzige Gesellschaft waren ein paar Spatzen, die auf Brotkrümel hofften. Die Wolken türmten sich an diesem Morgen zu bizarren Ungetümen auf, eine Seeschlange verwandelte sich in einen Säbelzahntiger, aus dem ein chinesischer Drache wurde und schließlich etwas Amorphes, in dem er keine Form mehr erkennen konnte. *Auf der Reeperbahn …* Er zuckte zusammen. Der neue Klingelton war ungewohnt und ein Kompromiss, um Ottfried »Shanty« Weber milde zu stimmen. Aber er konnte *La Paloma* einfach nicht mehr hören. Er zog sein Handy aus der Hosentasche. »Domeyer.«

Es war Frank. »Na, toller Strandurlaub?«

»Jetzt, wo du es sagst, ich muss wohl noch mal an den Strand. Was soll ich nur machen? Die Fähre geht leider erst heute Nachmittag.«

»Dodo, ich rufe an, weil wir Siekmann tot in seiner Wohnung gefunden haben.«

Dominik verschluckte sich an dem Brötchen und hustete. »Siekmann? Ach du je, das ist ja …«

»Wir vermuten, dass er vergiftet wurde, und zwar mit einem mit Zyankali versetzten Stück Sahnetorte.« Frank berichtete kurz von den Umständen des Leichenfunds.

Dominik wartete ungeduldig, bis Frank zu Ende erklärt hatte. »Hör mal, Frank, der hat mir auf die Mobilbox gesprochen, ich sollte zurückrufen, was ich später auch tat, nur dass er dann nicht mehr erreichbar war.«

»Wann hat er angerufen?«

»Am frühen Mittwochabend ging der Anruf ein. Aber ich habe die Nachricht erst am Donnerstagmorgen gegen sieben abgehört. Ich war noch kurz im Büro, bevor ich losgefahren bin. Zu dem Zeitpunkt ging er nicht ans Telefon, und ich dachte, der schläft sicher noch!«

»Ich fass es nicht!«, stöhnte Frank.

Eine Möwe ließ sich auf der Terrassenumrandung nieder, und die Spatzen flüchteten. Sie beäugte gierig das angebissene Käsebrötchen, das Dominik auf dem Teller abgelegt hatte.

»Was wollte Siekmann mir mitteilen, Frank?«

»Wir haben der Dame von der *Neuen Westfälischen*, also dieser Rothaarigen, die auch an Marleens Tisch saß, inzwischen ein Foto von Siekmann vorgelegt. Sie hat bestätigt, dass er ungefähr fünf Minuten vor Ende der Pause dort war.«

»Er muss etwas Entscheidendes gesehen haben, denn sonst würde er noch leben. Warum hat er es uns nicht gleich gesagt?«

»Vielleicht ist er erst später darauf gekommen, was das, was er gesehen hat, bedeutet.« Wieder drang ein Stöhnen aus dem Handy. »Gefühlte tausend Protokolle, das ist wie die Stecknadel im Heuhaufen! Und du hättest die Nadel fast gefunden, Dodo!«

»Er könnte Mittwochnacht gestorben sein.«

»Ja, so schlau waren wir auch schon. Mittwochnachmittag hat er noch Unterricht gegeben. In seiner Hand befand sich eine Grußkarte. *Lieber Sebastian, Danke für den tollen Unterricht, Annette und Finn.* Das war draufgedruckt in der Schriftart Times New Roman. Wir haben in der Musikschule angerufen. Es gibt tatsächlich einen Klavierschüler namens Finn. Und Bingo!«

»Was Bingo?« Die Möwe tippelte langsam näher. Er legte seine Hand auf das Brötchen, um die Besitzverhältnisse klarzustellen.

»Das ist der Sohn von Annette Kreimer. Du erinnerst dich, diese Annette Kreimer saß beim Klassentreffen mit an Marleen Seismos Tisch. Die haben wir noch nicht erwischt, weil sie ein paar Tage Urlaub im Allgäu macht.«

»Würdest du eine hübsche Grußkarte mit deinem Namen dazulegen, wenn du jemanden mit einer Torte vergiften wolltest? Frank, ich schätze, es ging eher darum, ihn mit diesem Gruß dazu zu bringen, die Torte zu essen.«

»Okay, Dodo, aber die Verbindung zu dem Klassentreffen ist doch der Knaller! Alle säuseln uns die Ohren voll, wie toll es gewesen wäre. Irgendwer lügt doch! Ach ja und die Olsen! Da bin ich mal gespannt, was die dir erzählt hat.«

»Nichts, was uns weiterbrächte. Bis auf … sie hat Katia Moenkes Alibi bestätigt.« Er brach ein Stück von seinem Brötchen ab und warf es der Möwe hin, die es sich schnell schnappte und davonflog.

»Sieh an. So und jetzt halt dich fest! Sven Pickelgesicht hat Siekmanns Laptop unter die Lupe genommen.«

»Und?«

»Und rate mal ...«

»Frank!«

»Okay, er ... also Siekmann stand bis vor einiger Zeit in regem E-Mail-Verkehr mit einer LeonOls at web de. Ein Verkehr, der auf Verkehr hindeutet, wenn du verstehst.« Frank lachte. »Die haben sich offenbar alle zwei, drei Wochen in Siekmanns Wohnung in Bielefeld getroffen.«

»Aha? Die Olsen ist doch verheiratet ...«

»Tja, wer weiß, was sie ihrem Gatten so erzählt hat. Vermutlich, dass sie ihre Eltern besucht. Ein kleiner Abstecher zu Siekmann inbegriffen. Wie auch immer ... Olsen und Siekmann müssen ein Verhältnis gehabt haben. Und zwar seit etlichen Jahren. Aber ... und jetzt pass auf: In Siekmanns Wohnung hat Weber ein aktuelles Foto gefunden, das Siekmann und Marleen Seismo in inniger Umarmung zeigt.«

Dominik stieß einen leisen Pfiff aus. Ein Spatz landete auf dem Nachbartisch, flatterte wieder auf, als Domeyer aufstand.

* * *

Der Wind hatte aufgefrischt. Vor dem roten Backsteinhaus mit den weißen Sprossenfenstern, in dem die Kurverwaltung untergebracht war, knatterten die Deutschlandfahne und die gelb-blaue Baltrum-Flagge um die Wette. Leonie Olsens Gatte, ein beleibter Mann mit rotem Bart, hatte Dominik erklärt, dass seine Frau zur Touristeninformation gegangen sei. Dominik betrat den gläsernen Vorbau. Links befand sich ein Glasschaukasten mit einer Karte der Insel und einem Gezeitenkalender, rechter Hand ein Raum mit Bekanntmachungen der Gemeinde- und Kurverwaltung und einem Anschlagbrett für Veranstaltungen. Geradeaus ging es zur Touristeninformation, einem kleinen Raum, in dem eine mollige Dame hinter einem Tresen eine Reihe von Urlaubern bediente. An einem Tisch lümmelte sich ein Teenager mit schwarz und grün gefärbten Haaren und Marilyn-Manson-Sweatshirt. Sie knabberte an ihren Fingernägeln und machte ein Gesicht, als wäre sie am liebsten ganz woanders.

Leonie Olsen war nirgendwo zu entdecken.

»Verzeihung, ich ...«

Eine weißhaarige Dame, die einen Jungen mit Plastikeimerchen und Schaufel an der Hand hielt, drehte sich um.

»Ich wollte mich nicht vordrängeln, ich habe nur eine Frage: Frau Olsen soll vorhin hierhergekommen sein, wissen Sie zufällig, wo sie hingegangen ist?« Die Insulaner kannten sich sicherlich, vielleicht hatte Leonie Olsen etwas verlauten lassen.

Die Dame hinter dem Tresen blickte ihn streng über den Rand ihrer Brille an. Vermutlich war sie auch als Lehrerin der Inselschule tätig. »Die haben sie gerade verpasst. Frau Olsen wollte noch zum Strand, ihr Sohn macht da einen Surfkurs mit.«

Dominik bedankte sich und schlug den Weg durch die Dünen ein. Bald entdeckte er eine einsame Gestalt mit wehendem Mantel und blauer Mütze. Als er sie einholte, stellte er fest, dass es Leonie Olsen war. Er hob seine Stimme, um das Tosen der Brandung zu übertönen. »Frau Olsen, können wir uns irgendwo ungestört unterhalten?«

»Wir haben uns doch schon unterhalten.«

»Es dauert nicht lang.«

Leonie Olsen runzelte die Stirn. Sie wirkte wenig begeistert.

»Es ist wichtig, Frau Olsen!«

»Also gut, dann gehen wir ein Stück zurück, vor der Kurverwaltung stehen Bänke.«

Der Platz vor der Verwaltung war verwaist. In der Hauptsaison sah das sicher anders aus. Zumindest hatten sie hier keine Mithörer. Sie setzten sich auf eine der Bänke. Der kräftige Wind zerrte an Leonie Olsens Ponyfransen, die unter der Mütze hervorsahen. Sie zog ihren Schal enger um den Hals und blickte ihn fragend an.

»Ich muss Ihnen etwas mitteilen, Frau Olsen.« Er holte tief Luft. »Sebastian Siekmann ist heute Morgen leblos in seiner Wohnung aufgefunden worden, er … ist tot.«

Das Blut wich aus ihrem Gesicht. »Das ist nicht wahr!«

»Tut mir leid, dass ich Ihnen das … Ein Kollege rief vorhin deswegen aus Bielefeld an. Wir befürchten …«

»In seiner Wohnung gefunden … wieso … wieso tot? Was reden Sie denn da für einen Unsinn?!« Ihr Lispeln war stärker geworden.

»Frau Olsen …«

»Nein! Das höre ich mir nicht länger an!« Abrupt stand sie auf. Mit hölzernen Bewegungen stakste sie am Strandhotel *Wietjes* vorbei direkt auf die Dünenbefestigung zu, von der eine Treppe hinunter zum Strand führte.

Er folgte ihr. Kurz bevor sie die Treppe erreichte, fiel sie zu Boden. Sie zitterte am ganzen Körper und wehrte Dominik ab, als er ihr aufhelfen wollte.

»Frau Olsen, soll ich jemanden holen oder …?« Er wusste selbst nicht, was er tun sollte.

Sie schlug die Hände vors Gesicht und fing an, zu schluchzen. Ein junges Paar mit Kinderwagen blieb stehen und starrte zuerst die bitterlich weinende Leonie Olsen, danach ihn an, als wollten sie sagen, was haben Sie der armen Frau bloß angetan?

* * *

Nachdem Bent am Spätnachmittag die Abfahrt Senne genommen hatte, begleitete ihn der Rush-Hour-Lärm der A33 noch ein Stück auf der Landstraße. Diese Gegend kannte er noch nicht. Marleen Seismos Eltern hatte er das erste Mal im Präsidium getroffen, wo er ihnen die schreckliche Nachricht vom Tod ihrer Tochter überbringen musste. Nun würde er die Roths auf dem Hof von Marleens Großvater wiedersehen, auf den die Sängerin hatte ziehen wollen. Er schaute aus dem Fenster: Das Gelände war flach, Felder wechselten sich mit Wäldchen aus Kiefern und Birken ab, hier und da entdeckte er Fachwerkhäuser, die abseits der Straße versteckt im Grünen lagen. Er bog ab auf eine Nebenstraße, erschreckte einen Fasan, der mitten auf dem Weg stand, fuhr an einem Asphaltwerk vorbei und an Waldwegen mit Schildern: *Wildschutzgebiet. Hunde sind an der Leine zu führen.* Schließlich passierte er einen Tümpel, dann eine große efeuüberwucherte Buche, dahinter kam das Tor des Hofs in Sicht, wie Frau Roth es ihm bei ihrem Anruf geschildert hatte. Er parkte den Wagen am Waldrand. Obgleich die Gegend einsam zu sein schien, war das gleichmäßige Rauschen des Autobahnverkehrs hier wieder lauter zu hören. Ein Blick auf die Karte sagte ihm, dass die A2 nicht weit sein konnte.

Er stieg aus. Das gusseiserne Tor vor der Zufahrt stand offen. Während er auf das Anwesen zuging, hörte er eine Kette klirren, dann das Belfern eines Hundes. Auf dem Hof, der von mehreren Backsteingebäuden umgeben war, standen Möbel in keiner erkennbaren Ordnung. »Herrmann, aus! Aus, sage ich!« Marleens Mutter sprang von einem brokatstoffbezogenen Sofa in der Mitte des Hofes auf und eilte zu dem Zwinger, in dem der Rottweiler sich kläffend gegen das Gitter warf und Geifer verspritzte.

»Aus!«, brüllte sie und trat mit ihrem Stiefel gegen das Gitter.

Das Kläffen ging in ein Knurren über.

»Hallo, Herr Kommissar! Schön, dass Sie kommen konnten.« Die große, hagere Frau streckte ihm ihre kühle Hand entgegen, und er schüttelte sie.

»Hallo, Frau Roth.«

Sie seufzte. »Wir wissen nicht, was wir mit dem Tier machen sollen, der hörte nur auf meinen Vater.«

»Na, Kette *und* Zwinger werden wohl reichen, was?«

»Sicher ist sicher. Kommen Sie, wir gehen ins Haus.« Sie bahnten sich einen Weg durch die Möbel. »Wir lösen Vaters Haushalt auf, und heute kommt jemand, der alles abholen will.« Als sie die Haustür aufschloss, wehten ihnen Papiere entgegen. »Ach herrje.« Sie bemühte sich, alle zu erwischen, bevor der Wind sie davontrug.

Im Flur stiegen sie über Plastiktüten, alte Koffer, Kartons und Möbelteile. »Am besten … hier entlang«, murmelte Frau Roth und fuhr sich durch ihr langes, weißes Haar, das sie offen trug. Er folgte ihr in die Küche.

Sie räumte einen Karton von der rustikalen Holzbank. »Bitte, setzen Sie sich doch.«

Er stellte eine offene Samtschatulle von der Bank auf den blank gescheuerten Holztisch, bevor er sich setzte. In der Schatulle glänzte matt ein eichenlaubgeschmücktes Eisernes Kreuz mit dem Hakenkreuz in der Mitte am rotweißen Band. »Ist … ist das etwa ein Ritterkreuz?«

»Ja. Mein Vater war sehr stolz darauf. Wir haben die Schatulle in der Vitrine entdeckt. Entschuldigen Sie das Chaos. Ich dachte, das Ausräumen würde uns ablenken, aber …« Sie lehnte am Küchenschrank, spielte mit einer Haarsträhne und starrte durch ihn hindurch. Auf ihrer hellen Daunenweste, die sie trotz der Wärme trug, prangte ein großer Kaffeefleck.

»Frau Roth, was wollten Sie mir mitteilen?«

»Ich … ja … ich habe nachgedacht … seit Tagen tue ich nichts anderes als … ja …« Sie legte die Hände vor dem Mund zusammen. »Marleen war unsere … sie war unsere größte Freude … sie …« Ihr Kinn begann zu zittern. Sie schluckte und straffte sich, presste die Lippen aufeinander. »Ich will Ihre Zeit nicht verschwenden, ich will nur … Was mich bisher zurückgehalten hat … unsere Enkel brauchen ihn schließlich, sie lieben ihren Vater, aber was, wenn …« Sie presste sich die Faust vor den Mund.

»Es geht um Ihren Schwiegersohn?«

»Ja, um Ronnie. Er … ihre Ehe war am Ende.« Sie ließ sich auf einem Stuhl nieder. »Die beiden hatten oft Streit. Unsere Tochter ist wohl in letzter Zeit auch nicht mehr treu gewesen.« Sie knetete ihre Hände. »Sie …«

»Ja?«

»Ich habe mal ein Telefonat mitbekommen. Sie hat mit Sebastian gesprochen. Sie erzählte mir später, sie wollte ihn für die Band gewinnen, aber da war noch mehr, meines Erachtens.«

»Sie glauben, die beiden hatten ein Verhältnis miteinander?«

Frau Roth nickte.

Plötzlich ging die Tür auf und ein Mädchen im Vorschulalter stürmte herein. »Guck mal, was ich gefunden habe!« Sie streckte ihrer Großmutter ein Stickbild mit *Morgenstund hat Gold im Mund* entgegen. Als sie Bent bemerkte, lächelte sie verlegen und verbarg sich hinter Frau Roth. »Na, Jette, hilfst du deinem Opa, aufzuräumen?«, sagte Frau Roth.

Jette nickte und legte ihr das Bild in den Schoß.

»Das ist aber schön. Darf ich das haben?«, fragte Frau Roth.

Jette grinste Bent an und nickte wieder.

»Hör mal, Jette, der Opa braucht Hilfe. Gehst du noch mal rüber? Der freut sich, wenn du kommst!«

»Okayyy.« Der Tonfall der hellen Stimme war großmütig. Die Kleine warf ihm einen Blick zu und rannte wieder aus der Küche.

Frau Roths Lächeln erlosch. »Als ich hörte, dass unsere Tochter keines natürlichen Todes ...« Sie biss sich auf die Lippen. Ihre Augen wurden feucht. »Nun, ich konnte das nicht glauben. Wer sollte denn einen Grund haben, Marleen etwas anzutun? Wer?« Sie legte das Stickbild auf den Tisch und hob die Hände. »Außer Ronnie ... Er war sauer, wollte nicht mit nach Bielefeld. Ich habe mehr als einmal mitbekommen, wie sie sich angegiftet haben ...«

»War Ronnie eifersüchtig auf Sebastian?«

»Es ging um Alltägliches. Ronnie reagierte schnell gereizt. Aber ich glaube, dahinter verbarg sich etwas anderes. Und wenn ich daran denke, dass er nun mit unseren Enkelkindern allein ist ...«

»Die Sache mit Sebastian, wann haben Sie das mitbekommen?«

»Dieses Telefonat war vor ... vielleicht drei Wochen. Aber davor ...«

»Ja, Frau Roth?«

»Nun, vor einigen Monaten hatten mein Mann und ich mal wieder Jette und Matti übers Wochenende bei uns. Ronnie war nach Süddeutschland gefahren, um ein Keybord abzuholen, das er von jemandem gekauft hatte. Am Sonntagabend habe ich die Kinder dann zurückgebracht und da habe ich gesehen ... Marleen stand auf der Treppe vor ihrer Haustür und küsste einen Mann zum Abschied, aber es war nicht Küsschen rechts und Küsschen links, wenn Sie verstehen ...«

»Sie meinen, Sebastian und Mar...«

»Es war nicht Sebastian. Sebastian ging früher bei uns ein und aus, bevor Marleen sich dann in Ronnie verliebte. Nein, dieser Mann war schmaler als Sebastian und er fuhr danach mit dem Tour-Bulli weg.«

»Jemand aus der Band?«

»Das nehme ich an. Nur Bandmitglieder nutzen den Tour-Bulli.«

»Aber wer …«

»Das konnte ich leider nicht sehen. Der Mann stand mit dem Rücken zu mir, während er Marleen umarmte. Und er trug einen Hut, so in den Nacken geschoben. Dann hat mich Jette abgelenkt, und der Bulli fuhr weg, ohne dass ich den Fahrer erkennen konnte. Ronnie konnte es nicht sein, denn mit dem hatte ich kurz vorher noch telefoniert. Der stand im Rückreise-Stau auf der Autobahn.«

Von draußen kam ein Motorengeräusch. Das Gekläff des Rottweilers setzte wieder ein. Durch das Fenster war ein Auto zu sehen, das auf den Hof rollte, aber nicht weit kam wegen der Möbel. Das Motorgeräusch erstarb.

»Papa!« Jettes Stimme überschlug sich. Das Mädchen hüpfte über den Hof, wich behände den Möbelstücken aus.

Frau Roth nickte mit dem Kopf zum Fenster. »Ronnie.« Sie runzelte die Stirn. »Wenn er etwas mit Marleens Tod zu tun hat …«

»Dann finden wir das heraus, versprochen!«

Sie schaute ihm in die Augen, ein dünnes Lächeln erschien auf ihrem Gesicht. »Sie verstehen unser Problem, nicht wahr?«

»Durchaus.« Mehr zu sich selbst sagte er: »Marleen hatte also schon vor Monaten einen Liebhaber, der später durch Sebastian abgelöst wurde …«

»Das war mein Eindruck, ja.« Sie strich über das staubige Stickbild. »Morgen findet Marleens Beerdigung auf dem Senne-Friedhof statt. Werden Sie kommen?«

* * *

Draußen wurde es allmählich dunkel. Trotz der offenen Fenster hing kalter Rauch in der Luft des Besprechungsraums. Frank leerte seinen übervollen Aschenbecher in den Papierkorb, und Nina, die neben ihm vor dem PC saß, reckte sich. Sie waren eigentlich schon mit dem ersten Mord mehr als ausgelastet. Jetzt auch noch Siekmann! Vor ihrem inneren Auge tauchte ein Schaumbad auf, in dessen duftigen Fluten sie versinken würde, wenn sie erst zu Hause wäre. Ein Geräusch ließ sie herumfahren. Bent kam herein.

»Moin. Und – gibt's was Neues?«

»Wir …«, begann Nina.

»Ich …«, sagte Frank gleichzeitig.

»Ja?« Bent setzte sich auf einen der Tische.

Nina unterdrückte ein Gähnen. »Wir haben Annette Kreimer unter der Festnetznummer ihrer Tante erreicht. Sie ist immer noch im Allgäu und will Sonntagmittag wiederkommen. Ich habe sie gefragt, ob sie Siekmann in dieser Woche ein Stück Torte mit einem Kärtchen hat zukommen lassen, und sie fiel aus allen Wolken.«

»Also nicht?«

»Ganz recht. Und sie zählte eine ganze Reihe von Leuten auf, die bezeugen können, dass sie sich seit dem Samstagnachmittag letzter Woche ununterbrochen in

Kempten aufgehalten hat. Angefangen von diversen Anverwandten bis hin zu Pastor soundso. Ihre Tante hat das übrigens bereits telefonisch bestätigt. Es klang glaubhaft.«

Bent nickte. »Na schön … ich gehe davon aus, dass jemand ihren Namen benutzt hat. Wegen ihres Alibis werde ich die Kollegen aus Kempten bitten, nachzuhaken.«

»Ach ja, und sie hat mir erzählt, dass sie Siekmann tatsächlich Kuchen in die Kunst- und Musikschule mitzubringen pflegte, wenn sie ihren Sohn Finn dort zum Unterricht ablieferte.«

»Interessant, nicht?« Frank legte sich die Hände ins Kreuz und stöhnte leise. »Fragt sich nur, wer das gewusst haben könnte.«

Nina lächelte. »Auch das habe ich gefragt. Spontan fielen ihr nur ihr Mann und eine Nachbarin ein. Sie will aber noch mal darüber nachdenken.«

»Gut, wir werden sie dann Sonntag ausführlicher vernehmen.« Bent stützte sich auf die Rückenlehne eines Stuhls. »War's das?«

»Oh nein.« Frank klickte eine Datei an. »Ich habe die Verbindungsdaten von Siekmanns Telefon ausgewertet. Moment …« Er scrollte mit der Maus. »Und zwar hat Siekmann am Dienstag zwei Telefonate geführt, zuerst hat er um 16.47 Uhr Leonie Olsen angerufen und mit ihr 19 Minuten lang geplaudert.«

»Da sie eine langjährige Affäre hatten, ist das kaum verwunderlich«, sagte Bent.

»Okay, aber jetzt kommt's. Um 19.23 Uhr hat er Ronnie Seismo angerufen. Dieses Telefonat dauerte 24 Minuten.«

»Aha? Eine Verbindung zwischen den beiden?«, sagte Bent.

»Bemerkenswert, nicht? Übrigens hat keiner der von uns befragten *Bunker*-Besucher Kevin Trockel auf dem Foto wiedererkannt. Entweder der *terminator* ist verkleidet im *Bunker* aufgelaufen oder gar nicht.« Frank massierte sich den unteren Rücken.

»Fragt sich, ob Trockel ein Alibi für den Mittwochnachmittag hat, als die Torte zu Siekmanns Haus gebracht wurde«, sagte Nina.

»Wir werden sehen.« Bent nickte. »Es wäre aber auch möglich, dass Trockel nicht auf Siekmann eifersüchtig war, sondern auf einen anderen Mann. Marleens Mutter glaubt, dass ihre Tochter vor Siekmann eine Affäre mit einem Bandmitglied hatte.«

Frank wackelte mit dem Kopf. »Die gute Marleen ist ja ganz schön rumgekommen. Ich mache Schluss, wenn's recht ist. Wie heißt es doch: Sitzen ist das neue Rauchen.«

Nina grinste. »Dann kannst du ja mit dem Rauchen aufhören.«

»Lach nur, La Niña. In fünf Jahren wirst du auch vierzig sein und Rücken haben.« Frank fuhr den Rechner herunter.

»Schönen Feierabend.« Um Bents Mundwinkel zuckte es. »Und gute Besserung.«

»Man soll die Hoffnung nie aufgeben. Tschau.« Frank schnappte sich sein Jackett und schloss die Tür hinter sich.

Nina betrachtete ihr Spiegelbild und das des MK-Leiters in den Fensterscheiben. Sie stellte sich vor, dass Bent zu ihr kommen und seinen Arm um sie legen würde, und sie würde ihren Kopf an seine Schulter lehnen und … Plötzlich fingen beide Neonröhren auf einmal an zu flackern.

Bent stemmte die Fäuste in die Hüften und starrte an die Decke. »Was sagte Fritz? Es hört erst auf zu flackern, wenn der Fall gelöst ist.«

»Die Fälle«, sagte Nina.

»Zwei Morde – und ein Täter. Ich bezweifle, dass die Obduktion von Siekmann morgen eine Überraschung für uns bereithalten wird.«

»Ich auch. Dieses Geflacker kann einen wahnsinnig machen!«, sagte Nina.

Bent stand auf und schaltete das Licht aus. Der Raum wurde jetzt nur noch vom schwachen Schein der Straßenlaternen beleuchtet. Er nahm neben Nina Platz. Der Stuhl knarrte leise, als er sich zurücklehnte. Durch das schräggestellte Fenster drang das Rauschen von Autoreifen auf nassem Asphalt. Nina warf ihm einen Blick zu und lächelte.

»Ich kann mir kaum vorstellen, dass Kevin Trockel wusste, dass Annette Kreimer Siekmann regelmäßig mit Kuchen versorgte«, sagte Bent. »Alles deutet auf Ronnie Seismo hin.«

»Stimmt«, sagte Nina. »Er hat ein starkes Motiv.«

Unvermittelt hörte sie einen dumpfen Schlag, so als ob ein Vogel gegen eine der Fensterscheiben geflogen wäre. Hatte Bent das auch gehört? Aber er starrte auf einen Punkt auf dem Tisch. Vielleicht hatte sie sich das auch nur eingebildet. Das schwache Licht, das Geräusch seines Atems, alles erschien mit einem Mal unwirklich. Es war die Müdigkeit. Wenn sie nicht bald aufstand, würde sie hier einschlafen.

»Was ein starkes Motiv ist, kann man im Grunde nur für sich selbst beurteilen«, sagte Bent.

Nina lächelte. »Gibt es jemanden, den du am liebsten umgebracht hättest?«

Bent lachte auf. »Das geht wohl jedem mal so, oder?«

Sie wusste so wenig über ihn. Sie wartete darauf, dass er noch etwas dazu sagte, aber er schwieg. So wie sie hier im Halbdunkeln saßen, und durch die Scheiben den nächtlichen Himmel betrachteten, der von den Lichtern der Stadt erhellt wurde, dachte sie, er ist einsam, genau wie ich. Eine verwandte Seele.

Sie rückte ein Stück näher an ihn heran, roch sein Deo. Vielleicht musste sie den Anfang machen. Einen Vorstoß, unverbindlich genug, dass sie zur Not einen Rückzieher machen konnte. Aber wie …? In Gedanken ging sie mögliche Formulierungen durch.

Bent brach das Schweigen. »Hat Sebastian Siekmann kurz vor Ende der Pause etwas beobachtet, das Seismo belastet? Er ruft Seismo am Dienstag an, konfrontiert ihn damit, und einen Tag später ist er tot!«

Nina seufzte innerlich. Wieder eine Gelegenheit verpasst. Immerhin würde sie ihn morgen auf die Eurovision-Song-Contest-Party begleiten. Da war Bent sicher lockerer, sie würden etwas trinken … sie lächelte.

»Nina?«

»Äh ja, möglich … ähm … dafür spricht auch, dass Siekmann kurz vor seinem Tod versucht hat, Dodo zu erreichen.«

»Wann hätte Ronnie Seismo die Möglichkeit gehabt, Marleen vergifteten Sekt zu geben?«, machte Bent weiter. »Hat sie den Sekt schon aus dem Backstage-Raum in die Pause mitgenommen? Vielleicht liebte Marleen Sekt und Ronnie hat es wie ein Versöhnungsgeschenk aussehen lassen. Er kann ihn vor oder nach dem Soundcheck auf der Damentoilette präpariert haben.«

»Bisher wissen wir nur, dass Marleen zu Beginn der Pause im Backstage-Raum eine Flasche Bionade aus der Kiste genommen hat. Das waren übereinstimmend die Aussagen der Bandmitglieder.«

Bent kratzte sich das Kinn. »Und mit wem aus der Band hatte Marleen eine Affäre, bevor sie sich Siekmann zuwandte?«

»Und handelt es sich dabei um einen enttäuschten Liebhaber, der sich mächtig Hoffnungen gemacht hat, als sie ihn plötzlich für Sebastian Siekmann abserviert?«

»Rächt er sich an der Sängerin, die ihn verlassen hat, und an ihrem neuen Liebhaber?« Bent seufzte. »Ich fürchte, da wartet noch jede Menge Arbeit auf uns. Diese Band sollten wir noch einmal unter die Lupe nehmen. Ich gehe übrigens morgen zu Marleen Seismos Beerdigung.«

»Bent … dann sehen wir uns morgen Abend?«

»Morgen Abend?« Bent runzelte die Stirn, dann hellte sich sein Gesicht auf. »Ach ja, die Motto-Party! Das hatte ich schon erfolgreich verdrängt.« Er grinste.

»Geteiltes Leid ist halbes Leid?«

»Du sagst es.«

Samstag, der 18. Mai

Nachdem Dominik einen Kasten Bier und Tiefkühlpizza für den Männerabend mit Frank ins Auto geladen hatte, trugen ihn seine Füße wie von selbst vor die großen Schaufenster von *Bökenkamp,* dem Geschäft hinter der Schildescher Stiftskirche, in dem es praktisch alles gab. Hier war er oft gewesen, wenn er Geschenke brauchte und keine Lust hatte, sich in das Getümmel in der Innenstadt zu werfen. Er wanderte in den schmalen Gängen zwischen Gesellschaftsspielen, Dekoobjekten und Küchengeräten umher, nahm unschlüssig das eine oder andere Teil in die Hand, nur um es wieder hinzustellen und die Runde von vorne zu beginnen. Lissa hatte früher gerne mit der Familie Gesellschaftsspiele gespielt, aber das tat sie schon lange nicht mehr. Einen eigenen Haushalt hatte sie noch nicht, also kam der schicke Espresso-Kocher auch nicht infrage. Dominik hielt sich einen großen Flummi mit goldenen Einschlüssen vors Auge, der den Laden in ein blasses Blau tauchte. Solche Dinge hatte Lissa als Kind geliebt. Aber sie wurde siebzehn! Auch wenn sie inzwischen nicht mehr ausschließlich Schwarz trug, war ihr Geschmack doch sehr speziell. Seufzend legte er den Flummi wieder in die Kiste, und holte sein Handy aus der Tasche.

Es dauerte eine Weile, bis jemand abnahm.

»Moenke.«

»Hier Domeyer. Frau Moenke? Ich meine, Katia Moenke?«

»Nein. Katias Mutter. Meine Tochter ist nicht da. Wollen Sie sie noch mal verhören? Katia hat seit Langem nichts mehr mit dieser Marleen zu tun.«

»Es geht um etwas anderes. Bei Ihrer Tochter hingen sehr schöne Aufnahmen an der Wand. Von einem befreundeten Fotografen. Ihre Tochter hatte mir seine Telefonnummer aufgeschrieben, aber ich habe den Zettel verloren. Oder ... können Sie mir da weiterhelfen?«

»Ach der, dieser Künstler.« In ihrer Stimme schwang Verachtung. »Mit dem sie angeblich nur befreundet ist.«

»Ja ähm ... kennen Sie die Nummer seines Fotoateliers?«

»Nee, da müssen Sie schon Katia fragen.«

»Wann ist sie denn wieder da?«

»Sie ist übers Wochenende ans Meer gefahren. Sie wollte Sonntagnachmittag zurück sein. Aber warten Sie mal, der hat sein Fotoatelier an der Paulusstraße. Er heißt Auth wie Autsch, nur eben mit h statt sch. Den Vornamen weiß ich nicht. Den finden Sie sicher in den Gelben Seiten, wenn es so wichtig ist.«

Dominik bedankte sich, schaltete das Handy aus und atmete tief durch. Was für eine unangenehme Person. Wie auch immer, er würde es bei Auth versuchen. Sein Ältester, Nils, würde am Sonntag aus Österreich kommen und für zwei Wochen in Bielefeld bleiben. In einer Woche feierte Lissa dann ihren Geburtstag. Warum nicht Anfang der Woche einen Fototermin für die Familie vereinbaren? Und wenn alles klappte, konnte er Lissa am nächsten Samstag neben dem Briefumschlag mit Geld für den Führerschein noch ein persönliches Geschenk überreichen.

* * *

Bent stellte seinen Kragen auf. Der Tag hatte trüb begonnen, und noch am Mittag blieb die Sonne ein verschwommener Fleck im Dunst. Ein Windstoß ließ die Bäume rauschen. Das junge Grün der Buchen mischte sich unter den dunklen Ton der Kiefern und Fichten. Schon von Weitem sah er die grünspanbedeckte Kuppel. »Gehen Sie an der Alten Kapelle vorbei«, hatte Marleen Seismos Mutter gesagt, »und dann zum Areal mit dem Buchstaben K.« Buchstabe K? Dieser Waldfriedhof war überraschend groß. Und er spät dran! Die Obduktion von Sebastian Siekmanns Leiche in der Sektion des Städtischen Krankenhauses hatte den gesamten Vormittag in Anspruch genommen, auch wenn das Ergebnis nicht überraschend kam: Siekmann war an einer Blausäurevergiftung gestorben. Bent beschleunigte seine Schritte. Eine asphaltierte Straße, die aber nicht für Autofahrer gedacht war, führte in Richtung der Kapelle.

Er entdeckte eine Tafel mit dem Plan des Friedhofs und fluchte. Dieser Sennefriedhof war riesig! Er gönnte dem imposanten Kuppelbau der Alten Kapelle und dem langen Wasserbassin gegenüber nur einen kurzen Blick und hastete die Straße entlang, die als schnurgerade Schneise tiefer in das Gelände führte. Das Klingeln seines Diensthandys stoppte ihn. »Andersen.«

Am anderen Ende war der Kölner Kripo-Kollege, den er um Amtshilfe gebeten hatte. Trockel senior hatte Trockel junior erneut ein Alibi gegeben. An dem Mittwochnachmittag, an dem die Torte bei Siekmann vorbeigebracht worden war, hatte Kevin Trockel seinen Vater zur Beerdigung von dessen Bruder und später noch in ein Lokal gefahren. Die Kölner Kollegen hatten die Angaben bereits überprüft. Bent bedankte sich für die Auskunft und die Hilfe. Lauter Beerdigungen. Und das Wetter passte dazu – es begann gerade zu nieseln. Kevin Trockel war ihm wie eine tickende Zeitbombe erschienen. Doch jemand war Trockel zuvorgekommen ... Bent starrte sein Handy an, steckte es dann ein und eilte weiter.

Keine Menschenseele war auf den schachbrettartig angelegten Straßen und Wegen zu sehen. Neben Wegetafeln tauchten hin und wieder Metallsäulen als Richtungsweiser auf und Steine mit eingravierten Buchstaben, die an Grabsteine erinnerten. Inzwischen war er bei *E* angekommen und der Verkehrslärm des Autobahnzubringers war kaum noch zu hören. Er lehnte sich an einen der efeuumrankten Stämme, und sah sich um. »Das Familiengrab liegt in der Nähe des Betriebshofs,« hatte Frau Roth erklärt und geseufzt. »Da haben wir gerade erst Marleens Großvater beerdigt«. Eine Krähe hüpfte über ein mit Kiefernzapfen bedecktes Sträßchen davon. Ein mümmelndes Kaninchen hob nicht einmal den Kopf, als er vorüberlief.

Endlich tauchten die Wegsteine mit *K* auf, und das Gebäude, auf dessen Vorplatz eine Reihe von Lastern mit Arbeitsbühnen stand, musste der Betriebshof sein.

Nach einer Weile fand er die Trauergemeinde. Unter den hohen Bäumen wirkten die Menschen seltsam klein. Es waren viele Leute gekommen. Bent schätzte ihre Zahl auf achtzig. Er trat neben den Schlagzeuger von Marleen Seismo & Band. David James nickte ihm zu. Auf seinen wolligen, schwarzen Zöpfchen lagen feine Tropfen. Der große Rotblonde neben ihm starrte Richtung Pastor, der offenbar eine Grabrede hielt, von der man hier am Rand wenig verstehen konnte. Das war Willem Keuper, fiel Bent ein, der Saxophonist. Weiter vorne, in der Nähe der Familie, entdeckte er die Bassistin Henrike Elges mit verheulten Augen. Nun fehlte nur noch der Trompeter, aber im nächsten Moment fand er Guido Bartsch am Rand der Menge.

Marleens Eltern standen neben dem Pastor. Frau Roth hielt Jette an der Hand, mit der anderen Hand tupfte sie sich Tränen von den Wangen. Das Mädchen rollte mit ihrem Lackschuh einen Kiefernzapfen auf dem Boden hin und her. Schwer zu sagen, was Kinder in dem Alter verstanden. Ronnie Seismo trug trotz des trüben Wetters eine Sonnenbrille. Er umfasste den Griff eines Baggys, in dem ein Junge schlief. Sein Gesicht verriet keine Regung, was vielleicht an der Sonnenbrille lag. Verbarg er dahinter so verquollene Augen wie die Bassistin? Bent bezweifelte es. Ein Sympathieträger war der Mann nicht. Aber noch hatten sie zu wenig für eine Festnahme in der Hand.

Bent hatte morgens mit Bella Schnathorst telefoniert. Seismo war bisher nichts nachzuweisen. Die Laboranalyse des Tortenrests hatte ergeben, dass der Sahneteil in der Tat mit Kaliumcyanid versetzt war, das in Verbindung mit Magensäure zu Blausäure wurde. Auf der

Tupperdose mit der vergifteten Torte und der Klappkarte, die dabeigelegen hatte, befanden sich ausschließlich Sebastian Siekmanns Fingerabdrücke. Das sprach dafür, dass der Täter Handschuhe getragen oder Fingerabdrücke beseitigt hatte. Bent lächelte, als er an Bellas lange Ausführungen dachte, an deren Ende sie doch noch etwas aus dem Hut zog. In der Tortendose hatten die Kriminaltechniker eine Textilfaser gefunden, die nicht von der Kleidung des Opfers oder Stoffen aus Siekmanns Wohnung stammte. Eine winzig kleine Faser nur …

In Seismos Sonnenbrille spiegelten sich die Bäume, während er reglos die Beileidsbekundungen der Leute entgegennahm. Viele von ihnen waren in seinem und Marleens Alter.

Bent zog das Foto hervor, das Nina am Freitag von Frauke und Wolf-Dieter Hillenkötter-Langenfeld bekommen hatte. Es zeigte die Teilnehmer des aktuellen Klassentreffens vor der Gaststätte. Marleen stand lächelnd in der Mitte, eine Hand auf die Hüfte gestützt. Einzelne, blonde Strähnen ihres hochgesteckten Haars fielen ihr ins Gesicht, ihre modisch abgewetzte, kurze Jeansjacke klaffte auf und enthüllte eine Reihe bunter Ketten. Sie stach hervor, war auf eine lässige Weise fotogener als ihre früheren Mitschüler. Er ließ seinen Blick über die Trauergesellschaft schweifen. Zur Beerdigung war von Marleens alter Jahrgangsstufe nur das Ehepaar Hillenkötter-Langenfeld gekommen, das gerade ans Grab trat und Rosen hineinwarf.

Der Nieselregen verstärkte sich zum Schauer. Regenschirme wurden aufgespannt. Bent hatte keinen mitgenommen. Er flüchtete unter eine Eiche, aber das Blätterdach war noch nicht sehr dicht. In der Nähe entdeckte er einen großen, offenen Unterstand. Das Schindeldach sah seltsam aus. Beim Näherkommen erkannte er, was es war: In dem schwarzgrünen Moos, das die Schindeln bedeckte, hatten sich zahllose, vertrocknete Kiefernnadeln verfangen. Er stellte sich unter, doch der Regen ließ nicht nach. Ein Mann, der sich schützend seine Jacke über den Kopf hielt, rannte auf den Unterstand zu. Bent hob die Brauen. Es war Ronnie Seismo, und er trug noch immer seine Sonnenbrille.

Seismo nahm die Jacke herunter und schüttelte den Regen ab. »Hallo, Herr Kommissar.« Er verzog den Mund. »Ich hatte eigentlich gehofft, hier ein bisschen allein sein zu können.«

»So ein Pech. Ist die Beerdigung schon vorbei?«

»Den Händen nach, die ich geschüttelt habe, schon. Ich sehe die Nasen ja gleich im Café wieder. Sie erlauben.« Er steckte sich eine Zigarette an.

»Schicke Sonnenbrille.«

»Nicht wahr?« Seismo grinste. »Bindehautentzündung. Mein Sohn hat das aus der Kita mitgebracht, und ich habe mich angesteckt.«

»Ich weiß, es ist unpassend auf einer Beerdigung, aber ich würde Ihnen trotzdem gerne ein paar Fragen stellen.«

Seismo stieß Rauch aus. »Unpassend, Sie sagen es.«

»Wo waren Sie am letzten Mittwoch?« Bent sah sich in Seismos Sonnenbrille gespiegelt. Am liebsten hätte er ihm das Ding von der Nase gerissen.

Seismos Brauen zuckten kurz nach oben. »Das ist ja interessant. Was soll ich denn Schlimmes am Mittwoch getan haben?«

Bent schwieg.

»Schon gut. Ich habe die Kinder in die Kita gebracht und danach zu Hause an einem Stück geschrieben. Den ganzen Tag, wenn Sie es genau wissen wollen. Gegen halb sieben abends habe ich dann die Kinder von ihren Großeltern abgeholt, sie zu Bett gebracht und so weiter.«

»Sie waren allein zu Hause? Keine Zeugen für den Mittwoch?«

»Ich will niemanden um mich haben, wenn ich an Stücken schreibe. Ich brauche Ruhe, verstehen Sie?«

Vor dem Unterstand ragte ein zwei Meter hoher, abgesägter Baumstamm aus einem Rasenstück. Seine Rinde war fast vollständig abgeschält, die Äste am Ansatz abgesägt, wie amputiert.

»Sebastian Siekmann ist tot.«

»Siekmann ist ...« Seismo schnalzte mit der Zunge, betrachtete dann seine Zigarette, nahm einen Zug, warf die Kippe auf den Boden und trat sie aus. »Tja, wer hätte das gedacht.«

»Das berührt Sie nicht.«

»Doch, das wird allmählich unheimlich. Jedenfalls, wenn das ein Kriminaler erzählt.« Seismo zupfte einen Tabakfaden von seiner Lippe. »Andererseits: Was habe ich mit Siekmann zu tun?«

»Ja, was, Herr Seismo? Wie war Ihr Verhältnis zu Herrn Siekmann?«

»Ich hatte keins. Ich kenne den Mann nur vom Hörensagen.«

»Sie hatten also keinen Kontakt zu Herrn Siekmann?«

»Das sagte ich schon.«

»Warum lügen Sie?«

Seismo wandte den Kopf, und Bent sah sich wieder in der Sonnenbrille gespiegelt. »Siekmann hat mich ein einziges Mal angerufen. Am letzten Dienstag war das. Ich wusste nicht mal, dass er meine Nummer hat. Das nennen Sie Kontakt?« »Was wollte er von Ihnen?«

»Er hatte in der Zeitung über Marleens Zusammenbruch gelesen. Er wollte von mir Näheres über ihren Tod erfahren. Siekmann ist früher mal mit Marleen zusammen gewesen, vor meiner Zeit.«

»Und was haben Sie ihm erzählt?«

»Dass es aus heiterem Himmel kam. So wie bei manchen Leuten das Herz versagt und sie plötzlich tot umfallen. Aber wenn die Kripo im Spiel ist, muss sie vergiftet worden sein. Siekmann stimmte mir zu.«

»Wie war Siekmann am Telefon?«

»Hm ... ja ... hat rumgestottert, und ich dachte, der heult mir gleich ins Telefon. Schon komisch, das ist ewig her, dass die beiden zusammen waren.«

»Wussten Sie, dass Ihre Frau nach langer Zeit wieder Kontakt mit Siekmann aufgenommen hatte?«

»Siekmann ist Pianist, also ...« Er knabberte an seiner Lippe.

»Also was?«

»Ich habe ihr klipp und klar gesagt, dass ich sicher nicht nach Bieledorf zurückziehen werde. Wissen Sie, was sie geantwortet hat? Sie sähe sich dann nach Ersatz für mich als Keyborder um. Der Name Sebastian ist in dem Zusammenhang gefallen. Ganz großartig! *Der* an meiner Stelle in der Band, die *ich* aufgebaut habe!«

»Ihre Frau betrachtete Sebastian Siekmann offenbar nicht nur am Keybord als Ersatz ...«

Ronnie Seismo zog seine Zigarettenschachtel aus der Jackentasche, schürzte die Lippen und schaute das Päckchen an, als überlegte er, ob er noch eine rauchen sollte. »Bin ich schockiert? Nicht wirklich. Bei Marleen gab es nichts mehr, was mich noch überrascht hätte.«

»Auch nicht, dass Marleen schwanger war, als sie starb?«

Ronnie hob kurz die Brauen. »Sieh an. Das wusste ich nicht. Aber sollte mich *das* etwa überraschen? Das Kind muss von Siekmann sein. Ist ewig her, dass Marleen und ich …«

»Gibt es denn irgendetwas, das Sie überrascht? Oder berührt?«, entfuhr es Bent.

»Die Mutter meiner Kinder wurde ermordet. Und jetzt Siekmann. Wer ist als Nächstes dran? Glauben Sie vielleicht, das ist ein tolles Gefühl für mich?« Er zündete sich eine weitere Zigarette an.

»Kein gutes Gefühl, verstehe. Wir würden gerne Ihre Kölner Wohnung und den Probenraum Ihrer Band durchsuchen. Haben wir Ihre Genehmigung oder muss unsere Staatsanwältin beim Richter eine Durchsuchung beantragen?«

Der Schauer hatte aufgehört. Vom Dach des Unterstands tröpfelte es nur noch.

Ronnie kickte einen Kiefernzapfen weg. »Bitte. Von mir aus. Aber ich wäre Ihnen dankbar, wenn … binden Sie's nicht meinen Schwiegereltern auf die Nase. In den letzten Tagen fing meine Schwiegermutter von irgendwelchen Streitereien an, die ich mit Marleen hatte. Dass ich vor einiger Zeit beim Scheidungsanwalt war, ist bei denen anscheinend auch durchgesickert. Die drehen langsam ab. Wenn die jetzt noch spitzkriegen, dass bei mir eine Hausdurchsuchung läuft …«

»Ich werde bei den Kölner Beamten um Diskretion bitten. Fahren Sie heute noch zurück?«

»Mit Marleens Eltern.« Er blies Rauch in die Luft. »Die Roths wollen gegen fünf wieder in Köln sein.«

»Dann wundern Sie sich nicht, wenn Sie um fünf Besuch kriegen.«

»Um fünf schon. Aber …«

»Ach ja, und ich hätte gerne noch Namen und Nummer dieses Anwalts.«

»Sonst noch was?«, raunzte Seismo. Aber dann nahm er den Stift und den Block, den Bent ihm hinhielt, und kritzelte eine Nummer darauf.

»Danke für Ihr Entgegenkommen, Herr Seismo.« Bent verließ den Unterstand. »Wir sprechen uns sicher bald wieder.«

Er ging in die Richtung, aus der er gekommen war. Die Trauergesellschaft schien sich aufgelöst zu haben. So weit das Auge reichte, sah er nur verlassene Wege. Der Friedhof gehörte wieder den Krähen, den Karnickeln und den Toten. Die Sonne war inzwischen klarer über den Baumwipfeln zu erkennen, aber unter den Bäumen blieb es schattig. Es war paradox: Das laute Vogelgezwitscher verstärkte den Eindruck von Stille. Er atmete auf, als er sich wieder auf der geraden, asphaltierten Straße befand, die zur Alten Kapelle führte. Nachdem er sich Buchstabe für Buchstabe vorgearbeitet hatte, ließ er sich auf einer der großen Holzbänke vis-a-vis der Kapelle nieder. Die Bänke waren überdimensioniert wie alles auf diesem Friedhof. Er betrachtete das

Säulenportal, dann das Relief darüber, das einen nackten Mann zeigte, flankiert von zwei nackten Frauen.

»Tod, Trauer und Vergänglichkeit«, hörte er eine Frauenstimme hinter sich.

Er wandte sich um und blickte in Henrike Elges blasses Gesicht, auf dem die dunkelrot geschminkten Lippen aussahen wie aufgeklebt. Sie setzte sich neben ihn, lächelte schief. »Die Figuren auf dem Relief sind Allegorien. Das hat Marleens Mutter mir erklärt.«

»Fahren Sie nicht mit ins Café?«

»Doch, natürlich. Aber ich habe auf Sie gewartet.« Sie sah starr geradeaus. »Unser Trompeter hat Marleen die Flasche gereicht.«

»Guido Bartsch?«

»Ja. Am Anfang der Pause im Backstage-Raum.«

»Sie meinen, die Bionadeflasche aus der Kiste für die Musiker?«

»Genau die. Ich habe gelogen. Wir alle haben gelogen, weil …« Sie zog ein Papiertaschentuch aus ihrer Jackentasche, putzte sich die Nase. »'tschuldigung.«

»Ja? Weil?«

»Als die Kripo das untersuchte, ahnten wir schon, dass Marleens Tod etwas mit Gift zu tun haben muss. Wir haben uns abgesprochen. Und weil es niemand von uns sein konnte, haben wir uns geeinigt, der Polizei keinen Anlass zu geben, einen von uns unter Druck zu setzen. Wir haben unsere Aussagen abgesprochen.«

»Und deshalb hat die Band ausgesagt, Marleen hätte sich die Flasche selbst genommen?«

»So war das.«

»Gibt es da noch etwas, was Sie mir sagen möchten?«

Elges starrte auf das zerknüllte Papiertaschentuch in ihrer Hand und steckte es in die Hosentasche. »Nein. Nichts.«

»Warum erzählen Sie mir das jetzt?«

Sie sah ihn mit rot umrandeten Augen an. »Ich weiß nicht. Vielleicht ... die Beerdigung und ... ich möchte, dass Sie den Täter finden ... egal, wer es ist. Die Stimmung in der Band ist sowieso im Keller, seitdem das mit Marleen passiert ist.«

»Guido Bartsch hat sich nicht auffällig benommen?«

»Guido reagierte öfter genervt auf Marleen. Die Spannungen zwischen Ronnie und Marleen wirkten sich auch auf die Band aus, deshalb.«

Eine Frau mit Kopftuch und ein kleiner Junge tauchten auf. Der Junge rannte voran, die Frau rief ihm etwas zu. Sie war vor einer der Tafeln mit dem Friedhofsplan stehen geblieben.

»Was wissen Sie über Marleen und Sebastian Siekmann, Frau Elges?«

»Sebastian sollte der neue Pianist in der Band werden und ...«

»Und?«

»Marleen war frisch verliebt. Jeder zweite Satz handelte von Sebastian. Natürlich nur, wenn wir uns unter vier Augen unterhielten. Warum fragen Sie nach Sebastian? Denken Sie, er könnte Marleen ...?«

»Wie lange lief das schon zwischen den beiden?«

»Seit ein paar Wochen. Sie fuhr so oft wie möglich nach Bielefeld.«

»Und davor? Hatte sie mal eine Affäre mit jemandem, zum Beispiel einem Mitglied der Band?«

»Hm … schon möglich. Sie hat mir nicht immer alles erzählt.«

»Etwa mit Guido Bartsch?« Er versuchte, aus ihrer unbewegten Miene zu lesen.

Sie wandte ihm ihr Profil zu und starrte auf den Boden. »Als es mit Ronnie schwierig wurde, öffnete sich Marleen für andere Männer, das war deutlich, aber ob … nein, dazu kann ich nichts sagen.«

»Sie öffnete sich für andere Männer … Und wie fand das Ihr Cousin?«

»Kevin … ich weiß, Sie verdächtigen ihn. Mein Onkel hat mir das erzählt. Stimmt schon, er ist speziell. Aber das heißt noch lange nicht, dass er etwas mit Marleens Tod zu tun hat!«

»In welcher Hinsicht ist Kevin Trockel ihrer Meinung nach speziell? Machte er sich Hoffnungen, eines Tages bei Marleen landen zu können?«

»Das glaube ich nicht. Das war eine Schwärmerei. Na ja, er … er ist ein Einzelgänger, schüchtern und unbeholfen, und er hat sehr eigene Ansichten …«

»Nämlich?«

»So abfällig, wie er teilweise … Es klang neulich etwas rassistisch. Mehr kann ich dazu nicht sagen. Bis dann, Herr Kommissar.« Abrupt stand sie auf, als hätte sie schon zu viel verraten. Die vorsichtige Art, ihre Schritte zu setzen, ließ sie zerbrechlich wirken, während sich ihre schmale Gestalt zwischen den Bäumen des Friedhofs verlor.

* * *

Nina überprüfte den Sitz ihres Kleides vor dem Kleiderschrank-Spiegel. In diesem Fummel kam sie sich verkleidet vor, obwohl andere Frauen so etwas ständig trugen. Die schwarze Federboa, die sie um ihren Hals drapierte, ließ bereits Federn auf dem Teppich. Dabei war das Ding neu. Kai hatte morgens so lange gequengelt, bis Nina nachgegeben hatte und sie noch einmal in die Stadt gefahren waren, um ein buntes Hemd für ihn und zwei Federboas zu kaufen. Ihr Bruder schien es zu bereuen, dass er sein Glitzerhemd Bent versprochen hatte. Im Flur mühte Kai sich vor dem Garderobenspiegel damit ab, seine unvermeidliche, rote Schirmmütze über die Perücke zu zerren. Mit dem schwarzen Pagenkopf sah er ein bisschen aus wie Prinz Eisenherz, wäre da nicht das Hawaiihemd mit dem tiefroten Sonnenuntergang hinter Palmen gewesen.

»Passt nicht!«, murrte er.

»Dann lass die Kappe doch mal weg.«

»Nein!« Er schüttelte heftig den Kopf, woraufhin die Mütze zu Boden fiel.

Nina seufzte, hob das Ding auf, stellte das Band der Kappe weiter und setzte sie ihm auf. »Passt, wackelt und hat Luft.«

Kai lächelte seinem Spiegelbild zu, als die Türklingel schrillte. Nina warf einen letzten Blick in den Spiegel, entfernte einen Wimperntuschenfleck und öffnete Bent, der sich mit einer Hand an der Hauswand abstützte und mit der anderen ein Gähnen verbarg. Er wirkte, als käme er geradewegs aus dem Präsidium.

»Hallo, ihr beiden. Können wir oder …?«

Kai strich sich mit stolzem Grinsen eine Strähne seines Kunsthaars aus dem Gesicht.

Bent nickte anerkennend. »Du siehst super aus, Kai!«

Zu Ninas Aufmachung sagte er nichts. Wenn sie dieses Kleid trug, heimste sie eigentlich immer Komplimente von Männern ein.

»Möchtest du dich hier umziehen, Bent?«

»Ach ja, das Hemd.«

Als sie eine Viertelstunde später in Bents Volvo saßen, ließen die schrägen Strahlen der Abendsonne sein Glitzerhemd golden auflodern. Zusammen mit der roten Federboa, die Kai ihm in einem Anfall von Großzügigkeit überlassen hatte, sah es reichlich deplatziert an ihm aus. Bent fuhr sich mit einer müden Geste über das Gesicht und startete den Wagen.

Ihr Handy klingelte. Schon wieder Stefan! Sie drückte das Gespräch weg. »Und, Bent, gibt es etwas Neues zum Fall Siekmann?«

»Die Obduktion deutet auf Blausäurevergiftung hin. Der Mageninhalt wird noch untersucht. Aber klar ist bereits, dass die Torte vergiftet war.«

»Wie im Märchen«, ließ sich Kai vom Rücksitz vernehmen. »Die böse Königin will doch Schneewittchen mit einem Apfel vergiften.«

»Nur dass es im Märchen gut ausgeht«, murmelte Nina. »Zumindest für Schneewittchen.«

»Sie spuckt den Apfel aus«, sagte Kai. »Die Zwerge helfen ihr.«

»Tja, unser Schneewittchen Marleen ist vermutlich mit Sekt vergiftet worden«, sagte Nina. »Und weit und breit kein Zwerg in der Nähe.«

»Mit Sekt?«, sagte Kai. »Wirklich?«

Nina wandte sich um zu ihm. Kai hob fragend die Brauen.

»Kai, das darfst du niemandem sagen! Das weiß nur die Polizei.«

»Und der Täter«, sagte Bent. »Was wir hier reden, bleibt unser Geheimnis, ja, Kai? Das ist ganz wichtig!«

»Ich darf nichts erzählen«, sagte Kai und starrte aus dem Seitenfenster. »Geht klar, Kumpel.«

»Schön«, erwiderte Bent. »Elges wusste nichts über eine Affäre Marleens mit einem Bandmitglied. Was nichts heißen muss.«

»Stimmt, Marleens Mutter hatte ja diesen Verdacht.« Nina erinnerte sich, dass Bent das schon erwähnt hatte. »Siekmann scheint auch kein Kind von Traurigkeit gewesen zu sein.«

Bent wischte sich eine Feder von der Boa aus dem Gesicht und nickte. »Erst Leonie Olsen, dann Marleen. Affären mit verheirateten Frauen … damit macht man sich womöglich Feinde.«

»Hast du auf der Beerdigung mit Seismo gesprochen? War er nervös?«

»Eher kaltschnäuzig, zynisch. Ich werde nicht schlau aus ihm. Entweder er sagt die Wahrheit, oder er hat Nerven wie Drahtseile. Anders als Kevin Trockel hat er kein Alibi für die Zeit, in der die Torte abgegeben wurde. Wenn er es war, haben wir ihn bald.« Er berichtete ihr von der Auskunft der Kölner Kollegen, dem Faserfund und der Durchsuchung von Seismos Wohnung und den Probenräumen, die gerade stattfinde. »Ach ja, Nina, dann habe ich noch Seismos Anwalt angerufen. Der hat ihm keine großen Hoffnungen gemacht.«

»Marleen hätte die Kinder gegen seinen Willen mit nach Bielefeld nehmen können?«

»Ausschlaggebend sei immer das Kindeswohl. Die Kinder sind noch nicht schulpflichtig, und mit der Mutter und den Großeltern zögen wichtige Bezugspersonen mit. Der Anwalt hätte in dem Fall zwar für Seismo den Erlass einer einstweiligen Anordnung beantragt, dass Seismos Kinder für die Dauer des Verfahrens nicht in einer anderen Stadt angemeldet werden dürfen. Die Aussichten, das dauerhaft zu verhindern, seien aber für den Vater nicht allzu groß.«

»Mit anderen Worten: Seismo sah seine Felle wegschwimmen!«

Bent nickte. Schließlich erzählte er ihr, was Henrike Elges ihm über Guido Bartsch anvertraut hatte.

»Aber Bella hat sämtliche Flaschen untersuchen lassen und das LKA-Labor hat nichts gefunden«, sagte Nina.

»Sämtliche? Oder fehlte eine Flasche aus der Bionade-Kiste für die Musiker? Ich werde Bella noch mal fragen.«

Nina zog an dem ungewohnten Kleid. Aber so sehr sie auch zerrte, es endete weit über ihren Knien. »Ich habe übrigens noch mal über die Sache mit der Torte nachgedacht, Bent: Auch Seismo könnte gewusst haben, dass Annette Kreimer Sebastian öfter Kuchen brachte. Durch Marleen zum Beispiel. Und die hat es von Sebastian! Vielleicht haben sie sich darüber unterhalten, was aus den alten *Swinging-Manhattan*-Leuten so geworden ist.«

»Gut möglich.«

Nina unterdrückte ein Lächeln.

Plötzlich ging trotz des Sonnenscheins ein Schauer nieder. Sie standen auf der Kreuzstraße vor der Ampel. Kai drückte sich die Nase an der Scheibe platt. Genau gegenüber lag der *Bunker Ulmenwall*. Marleens Tod schien auch ihn noch zu beschäftigen.

»Wo wohnen deine Freunde Henning und Ralf denn?«, fragte Nina.

»Wir sind in zwei Minuten da.«

Von der Detmolder Straße bog er in die August-Bebel-Straße ab und parkte kurz darauf vor einem hübschen Altbauhaus mit aprikotfarbener Fassade und weißen Simsen. Als sie aus dem Volvo stiegen, nieselte es nur noch. Über den Dächern der Stadt entdeckte Nina einen Regenbogen, ein blasser Abklatsch der Buntheit der Abendgesellschaft, die durch das offene Fenster im Erdgeschoss des Altbaus zu sehen war. Stimmengewirr und Musik drangen heraus. Sie zeigte Kai den Regenbogen, doch die Leute mit ihren bunten Hemden und Jacketts interessierten ihn mehr. Hier und da war auch eine Perücke zu sehen in glänzendem Platinblond oder mit feuerwehrroten Locken, die Kai zu dem Aufschrei »Ronald McDonald!« veranlassten.

Bent verharrte einen Moment lang auf dem Bürgersteig, bevor er sich sichtbar einen Ruck gab, das Tor zu dem Seiteneingang aufmachte und an der Haustür klingelte. Niemand öffnete. »Am besten, wir gehen durch den Garten.«

Im Garten war ein Pavillon aufgebaut, unter dem zwei Männer in Siebziger-Jahre-Hemden aus türkisfarbenem Lurex und weißen Jacketts saßen und aus Strohhalmen orangefarbene Cocktails schlürften. Partnerlook. Vielleicht waren sie froh gewesen, dass sie diese Klamotten aufgetan hatten, und hatten gleich im Doppelpack zugeschlagen.

Nina lächelte. »Na, die waren zusammen shoppen.«

Einer der beiden blickte kurz von seinem Cocktail auf, erwiderte das Lächeln und zupfte seinen ausladenden Hemdkragen in Form. Über eine niedrige Treppe gelangten sie durch die offene Terrassentür in die Küche, wo sich etliche Leute ums Buffet scharten. Kai starrte fasziniert auf ein Jackett aus einer Art glänzendem Brokatstoff. Der Besitzer der Jacke trug dazu ein zartrosafarbenes Hemd und – Nina konnte es kaum glauben – ein rabenschwarzes Brusthaartoupet, das ihm aus dem offenen Kragen quoll. Darin schimmerte eine dicke Goldkette wie ein Schmuckstück im Nest einer Elster. Eine silberne Hose mit gewaltigem Schlag vervollständigte das Bild.

Der Mann stieß einen leisen Schrei aus, als er Bent erblickte, breitete die Arme aus und küsste ihn auf beiden Wangen. »Bent, wie schön! Und wie ich sehe …« Sein Blick wanderte über Nina zu Kai. »Hast du Nina und …«, er verdrehte kurz die Augen, schnippte dann mit den Fingern, »Kai mitgebracht.«

Bent grinste. »Und das ist Henning, die schlechtere Hälfte des Gastgeberpaars.«

»So ist es.« Henning gab Nina ein Küsschen rechts und links.

»Du hast eine schöne Jacke«, sagte Kai.

»Ja, ich habe mal wieder alles gegeben. Aber du siehst auch nicht schlecht aus, Kai!«

Kai grinste. »Ist das Pudding oder Kuchen?« Er deutete auf eine flache Schüssel mit Tiramisu.

»Gute Frage. Es ist etwas dazwischen. Mein Geheimrezept. Möchtest du probieren?«

Nina entspannte sich, während Henning ihnen zeigte, wo sie die Getränke fanden, ihnen seinen Freund Ralf vorstellte, der mit etlichen Gästen vorm Fernseher saß und den Eurovision Song Contest verfolgte. Die Stimmung war gut, die Leute schienen nett zu sein, niemand guckte komisch, während ihr Bruder in seiner direkten Art die Kostümierungen bewunderte. Nachdem Kai sich durch diverse Nachtischsorten gefuttert hatte, nahm er neben Ralf vor dem Flachbildschirm Platz. Nina hatte das letzte Mal als Zwölfjährige den Grand Prix Eurovision de la Chanson im Fernsehen gesehen. Es wurde viel gelacht und gelästert, denn das, was sich auf der Mattscheibe abspielte, war zum Teil unfreiwillig komisch.

Sie lachte mit, was nicht nur an den diversen süßen Cocktails lag, die sie, wie Ralf fand, unbedingt probieren müsse. Das Ganze begann, ihr Spaß zu machen, obwohl sie sich die Party anders vorgestellt hatte. Der überwiegende Teil der Gäste waren Männer, was wohl damit zusammenhing, dass die Gastgeber ein schwules Paar zu sein schienen. Und unter den Frauen, die hier waren, gab es offensichtlich auch einige Paare. Und Bent, war er etwa auch …? Nein, unmöglich, das passte so gar nicht. Er wohnte noch nicht lange in Bielefeld, und vermutlich waren eben die wenigen Bekannten, die er hier hatte, zufällig schwul.

Kai amüsierte sich jedenfalls. Er fieberte mit, wenn die Punkte vergeben wurden, und schloss Wetten mit

Ralf ab, welche Band wohl die meisten Punkte absahnen würde. Nina, die neben Kai auf dem Teppich saß, schliefen allmählich die Beine ein. Sie leerte ihr Cocktailglas, stand auf und suchte sich einen Weg zwischen den Contest-Lästerern. Sie hatte Bent schon eine Weile nicht mehr gesehen. Sie fand ihn weder in dem großen Wohnzimmer, dessen Fenster zur Straße gingen, noch in der Küche, wo sich am weitgehend abgeräumten Buffet niemand mehr aufhielt.

Es war dunkel draußen, am Pavillon funkelten bunte Lichterketten. Sie hörte Stimmen aus dem Garten, Gelächter. Als sie nach draußen trat, fröstelte sie in dem dünnen Kleid. Dummerweise hatte sie ihre Jacke in Bents Volvo liegen lassen. Kleine Gruppen saßen hier und dort an Gartentischen, spärlich beleuchtet von Windlichtern. Sie konnte nicht erkennen, ob Bent unter ihnen war. Der Rasen war feucht, und sie sank mit den Absätzen ihrer Pumps ein, während sie durch den Garten wanderte und Ausschau nach ihm hielt. Plötzlich hörte sie seinen Namen an einem Stehtisch im hinteren Teil des Gartens.

»… Bent mal zum Essen einladen, und Ralf und ich sagen kurzfristig ab.« Das war Hennings Stimme. Die Spitze einer Zigarette glühte in der Dunkelheit auf. Dann eine zweite. Am Stehtisch standen zwei Männer und rauchten.

»Mal unter uns, Bent hat das mit Andy noch lange nicht verwunden. Der Typ hat ihn so verletzt, der ist noch gar nicht offen für was Neues. Er wirkt so … distanziert. Jedenfalls mir gegenüber.«

Nina wich hinter einen Busch zurück.

»Ach, komm schon, Joe, du bist doch sonst nicht so schüchtern! Bent muss man manchmal mit der Nase auf das Offensichtliche stoßen.«

Joe lachte. »Okay, ja, aber ...«

»Und er passt in dein Beuteschema.«

Ein kühler Wind ließ die Blätter rascheln. Doch Nina wurde plötzlich heiß. Was war sie nur für eine Idiotin! Sie stolperte zurück, trat mit einem Absatz in ein Loch im Rasen, knickte mit einem leisen Schmerzensschrei um und landete auf dem feuchten Boden. Sie löste ihre Hand vorsichtig von dem dornigen Ast, nach dem sie im Fallen gegriffen hatte. Etwas Warmes lief ihren Unterarm herunter. Kalte Nässe kroch durch ihr Kleid. Hatten die anderen etwas von ihrem Sturz mitbekommen? Offenbar nicht, sie saß in der hintersten Ecke des Gartens, und die Gespräche gingen weiter. Mühsam rappelte sie sich hoch.

Sie spürte bereits, wie ihr Knöchel anschwoll, und humpelte mit zusammengebissenen Zähnen Richtung Terrassentür. Niemand nahm Notiz von ihr, was ihr sehr recht war. Am liebsten wäre sie gar nicht mehr reingegangen. Zumal sich die Küche zunehmend mit Partygästen füllte, darunter Ralf, der Kerzen auf einer großen Sahnetorte anzündete. Schließlich setzte sich die Schar aus der Küche in Richtung Garten in Bewegung, mit Ralf, der die Torte trug, an der Spitze der Prozession. Gleich hinter ihm ging ein strahlender Kai untergehakt mit Bent. Jemand stimmte Happy Birthday an. Wunderkerzen versprühten knisternd Lichtsterne, Ralf überreichte Henning die Torte. Die Kerzen beleuchteten Hennings breites Lächeln, bevor er sie eine nach der anderen ausblies.

Nina stahl sich aus dem Dunkel in die verwaiste Küche. Begleitet von Gelächter und Applaus, der aus dem Garten drang – Henning hatte wohl alle Kerzen geschafft – floh sie Richtung Badezimmer. Im hell erleuchteten Flur kam ihr mit einem Mal eine Gruppe von Frauen entgegen. Sie hörte Gesprächsfetzen: »Schon Mitternacht, jetzt aber schnell Mädels«, und starrte in die aufgerissenen Augen einer Marlene-Dietrich-Imitation, die sich die Hand in dem langen, schwarzen Handschuh vor den Mund schlug. Über dem Handschuh funkelte ein grüner Klunker an ihrem Finger, der aussah wie ein Ring aus dem Kaugummiautomaten.

»Oh scheiße!« Marlene Dietrich zog sich den Hut, der auf ihren blonden Locken saß, tiefer ins Gesicht.

Nina blickte an sich hinunter. Ihre Seidenstrumpfhose und der Saum ihres Kleides waren zerrissen und blutverschmiert, blutige Kratzer zierten ihren Arm. Im Flurspiegel sah sie, dass nicht nur eine Seite ihres Kleides, sondern auch das Hinterteil von braunem Schlamm durchfeuchtet war, als hätte sie es nicht mehr rechtzeitig zur Toilette geschafft.

»Wilden Sex gehabt?«, scherzte eine der Frauen mit schiefem Lächeln.

»Nicht wirklich.« Nina hatte plötzlich einen Kloß im Hals. »Ich bin bloß draußen in die Brombeeren gefallen.«

»Gefährliches Terrain, Hennings Garten.«

»Brauchst du Hilfe? Pflaster, Jod, heißes Wasser?« Marlene Dietrich zückte ein Lackhandtäschchen, als hätte sie alles dabei.

»Danke, aber …« Nina verdrehte die Augen. »Ich schätze, ich brauche jetzt nur noch ein Taxi nach Hause.«

Sonntag, der 19. Mai

Nina wachte mit Kopfschmerzen und einem faden Geschmack im Mund auf. Das kam von den Cocktails, die sie auf der Eurovision-Song-Contest-Party wie Limonade getrunken hatte. Die Sonne schien in ihr Schlafzimmer, die Vorhänge vor den Fenstern bauschten sich im Wind. Nina musste dreimal hintereinander niesen. In der Nacht war es kalt geworden, und sie hatte sich in ihrem dünnen Kleid zu allem Überfluss wohl erkältet. Auch Kai musste gefroren haben, er war ohne Jacke dort gewesen. Wo war seine Jacke eigentlich? Sie hatte sie seit Tagen nicht gesehen. Fröstelnd schlug sie die Decke zurück, schwang die Beine aus dem Bett und stand auf. Im nächsten Moment stöhnte sie laut und konnte sich gerade noch am Nachttisch abstützen. Inzwischen war ihr Knöchel dick angeschwollen und pochte. Na super!

Fluchend humpelte sie ins Bad. Aber auch nach einer Dusche, einer Schmerztablette und einem Becher Milchkaffee wurde ihre Laune nicht besser. An der Garderobe war Kais Jacke nicht zu finden. Er schlief noch. Er hatte unbedingt mit Bent auf der Party bleiben wollen. »So ein schönes Fest, Nina, bitte!« Sie hatte Bent überzeugen müssen, sie nicht nach Hause zu bringen, und war stattdessen mit dem Taxi gefahren.

Was für eine gruselige Nacht! Sie zwang sich, einen Toast mit Ei zu essen. Aus Kais Zimmer war kein Mucks zu hören, obwohl die Uhr bereits eins zeigte. Wie lange hatten die denn gefeiert? Sicher hatte sich dieser Joe noch an Bent herangemacht. Alle hatten mächtig Spaß gehabt auf der Party – alle außer ihr. Wie war es möglich, dass sie sich so hatte täuschen können? Okay, Bent entsprach nicht gerade dem Klischee eines Schwulen, aber trotzdem! Sie hatte nicht nur kein Glück mit Männern, sondern war offenbar auch völlig instinktlos, was das andere Geschlecht betraf! Dabei arbeitete sie doch den lieben, langen Tag hauptsächlich mit Männern zusammen. Gab es unter denen eigentlich noch irgendeinen, der sie überhaupt als Frau wahrnahm, statt als tüchtige Kollegin oder den berühmten Kumpel zum Pferdestehlen?

Und was, wenn … Nina, die gerade ihren Teller in die Spülmaschine räumen wollte, hielt inne – was, wenn Bent sie überhaupt nur zu dieser Party geschleppt hatte, um ihr durch die Blume mitzuteilen, dass er nicht interessiert war? Sie atmete einmal tief ein und aus. Und die Kollegen? Hatten die womöglich mitbekommen, dass sie sich in Bent verguckt hatte? Was, wenn alle Bescheid wussten, dass Bent ein Homo war, nur sie war einfach zu blöd gewesen, es zu erkennen?! Am besten, sie ließ sich nichts anmerken. Und schon gar nicht, wie enttäuscht sie war …

Nina verließ die Küche und ging noch einmal zu Kais Zimmer. Sie öffnete die Tür einen Spaltbreit. Die schwarze Pagenkopfperücke lag auf dem Teppich vor seinem Bett wie ein erbeuteter Skalp. Kai hatte sich die Decke über den Kopf gezogen. Seine nackten Füße hingen halb aus dem Bett. Sie ließ ihren Blick durch das Zimmer schweifen, die Jacke lag nirgendwo. Allmählich hatte sie es satt, dass er ständig Sachen verlor.

»Kai?«, sagte sie halblaut.

Die Füße verschwanden unter der Decke.

»Ich weiß, dass du wach bist, Kai. Komm, steh auf, es gibt Frühstück!«

Kai wälzte sich herum. »Frühstück?« Er gähnte.

»Ja, Frühstück. Sag mal, wo ist deine blaue Jacke geblieben?«

Kai beulte seine Wange mit der Zunge aus. Dann setzte er die wohlbekannte Unschuldsmiene auf. »Jacke? Weiß nicht.«

»Die ist jetzt also auch weg! Weißt du was? Du suchst nach ihr, bis du sie findest! Heute!«

»Kann nicht!«, schrie Kai und riss sich die Decke wieder über den Kopf.

»Oh doch, du kannst«, sagte Nina kalt. Kai wollte sich wie immer vor lästigen Aufgaben drücken. Dieses Mal würde sie ihn nicht davonkommen lassen. »Kai, denk nach, wo hast du die Jacke gelassen?«

* * *

Dominik parkte seinen Wagen am Straßenrand, faltete die Karte zusammen, die ausgebreitet auf dem Beifahrersitz lag, und stieg aus. Der Kotten lag an einem Wanderweg zwischen Vilsendorf und Brake. Gerade kam wieder die Sonne hervor. Warum also nicht ein Stück zu Fuß gehen? Das würde seinem Citroën die mit Schlaglöchern übersäte Zufahrtsstraße ersparen. Er trat auf die Grasbüschel am Rande des aufgeweichten Wegs. Wenn man ihn weiterging, würde man an eine Reihe von Fischteichen kommen, an denen öfter Angler saßen. Nachdem er ein paar Mal fast im Schlamm ausgeglitten wäre, verfluchte er seine Idee. Doch es dauerte nicht lang, bis ein alter Kotten auftauchte. An einer aufgespannten Leine neben dem Haus schaukelten bunte Wäschestücke im Wind. Er hörte Gelächter und entdeckte einen Pavillon im Garten, unter dem einige Leute in den Dreißigern saßen und frühstückten. Zwei Kinder schoben einen Plastiktrecker, auf dem ein kleineres Kind thronte, unter großem Hallo über die unebene Wiese. Die Räder quietschten. Es roch nach frisch gemähtem Gras, Kaffee und Cannabis-Rauch.

Bartsch saß zurückgelehnt auf einem Liegestuhl, nahm einen Zug von einem Joint, bevor er ihn an eine junge Frau weiterreichte. Dann entdeckte der Trompeter Dominik und winkte. »Hey, da ist ja mein Lieblingsbulle!« Er wirkte völlig entspannt.

Die Frau drückte den Joint schnell aus und ließ ihn in der Jackentasche verschwinden.

Dominik wünschte, Bent hätte jemand anderem die Aufgabe übertragen, Bartsch zu kontaktieren. Ihm war nicht ganz wohl, wenn er an ihre gemeinsam durchzechte Nacht dachte, zumal … der Mann hatte ihm etwas Wichtiges verschwiegen nach dem, was er heute

Morgen vom MK-Leiter erfahren hatte. Er fragte sich, ob er Bartsch besser duzen oder siezen sollte.

»Hallo Guido«, sagte er schließlich. »Ich nehme das mal als Kompliment.«

Der Trompeter grinste und deutete auf einen freien Gartenstuhl. »Möchtest du einen Milchkaffee?«

»Danke, nein. Ich ... können wir hier irgendwo unter vier Augen reden?«

»Klar, gehen wir doch ...« Er schaute sich um und stemmte sich von der Liege hoch. »In einen anderen Teil des Gartens.«

Der »andere Teil des Gartens« erwies sich als ein Stück Rasen hinter dem Haus, auf dem neben einer Regentonne und einem alten Fahrrad eine verwitterte Holzbank stand.

Guido Bartsch wischte einen Teil der Sitzfläche mit Papiertaschentüchern trocken, und sie setzten sich.

»Dominik ...« Er lächelte. »Was hast du auf dem Herzen?«

Dominik verschränkte die Arme. »Du hast uns ein paar Dinge verschwiegen.«

»Was willst du wissen?«

»Jemand hat Marleen zu Beginn der Pause die Flasche Bionade aus dem Kasten gereicht.«

Bartsch beugte sich vor, pflückte einen Löwenzahn ab und begann, die Blütenblätter abzureißen. »Wenn du es schon weißt, warum fragst du dann noch?«

Dominik schwieg. Manchmal war das die beste Art, die Leute zum Reden zu bringen.

»Ich dachte, ihr müsst das nicht wissen. Ich wollte keinen Ärger, keine ewig langen Vernehmungen. Außerdem … hast du mich überhaupt schon mal danach gefragt?« Er schürzte spöttisch die Lippen.

Dominik kratzte sich am Hals. Vermutlich nicht, in dieser weinseligen Nacht.

»Okay, also … ich hab ihr die Flasche gereicht«, machte Guido weiter. »Weil sie mich darum gebeten hat. Ich saß einfach näher dran. Aber ich habe da nichts reingetan oder so was. Ich … warum hätte ich so was tun sollen?«

Dominik sagte nichts, entfernte sorgfältig ein Stück abblätternden Lack von der Armlehne der Bank.

»Weil Marleen dabei war, die Band zu spalten?« Guido runzelte die Stirn und fuhr sich über seinen Kahlkopf.

»Und weil Marleen ein Verhältnis mit dir hatte, das sie zugunsten von Sebastian Siekmann beendet hat?« Dominik sah ihm in die Augen.

»Ach …« Guido lachte auf. Er wirkte amüsiert. »Das ist jetzt aber ein Schuss ins Blaue, was Dominik?« Er warf den zerrupften Löwenzahn fort, und wurde wieder ernst. »Nein, das war ich nicht. Marleen war eine schöne Frau, aber … auch wenn Ronnie und sie de facto auseinander waren – Marleen war tabu für mich. Mit Rücksicht auf Ronnie, und auch in Hinblick auf den Zusammenhalt in der Band.«

»Das hat wohl nicht jeder in der Band so gesehen.«

Guidos Brauen ruckten nach oben.

»Und wer aus der Band hatte ein Verhältnis mit ihr?«, fuhr Dominik fort.

Der Trompeter holte tief Luft. »Ist das wirklich so wichtig? Warum willst du das wissen?«

»Guido …«, sagte Dominik nur.

»Okay …« Er knabberte an seiner Lippe, schüttelte dann den Kopf. »Ich war stinksauer, als ich das mit den beiden zufällig mitkriegte. Einmal bin ich nämlich früher als vereinbart bei einer Probe aufgetaucht … aber Dominik …«

»*Wer,* Guido?« In der Nähe ertönte Kindergeschrei. Dominik schaute um die Ecke. Der Plastiktrecker hatte sich an einem Maulwurfshügel festgefahren. Während die anderen Kinder mit roten Gesichtern schoben, kippte der Trecker um, und das Kind, das darauf gesessen hatte, purzelte ins Gras. »Ich höre.«

»Na gut, also … das war David James. Wenn ich das richtig sehe, war es längst vorbei, als Marleen starb. Sieh mal, David ist mehr so der leichtlebige Typ, er …«

»Wo finde ich ihn? Ist er nach der Beerdigung auch in Bielefeld geblieben?«

»Nein, der ist in Antwerpen. Der spielt heute Abend in einem Club dort.«

»Antwerpen …« Dominik lächelte. »Da wollte ich immer schon mal hin. Unser Mordkommissionsleiter schickt mich in alle Welt. Doch nicht so ein Scheiß-Job, wie du denkst, Guido.«

»Ich sehe es ein.«

»Wusste Ronnie von den beiden?«

»Ich hoffe, nicht. Ich habe ihm nichts gesagt. Ich wollte nicht noch Öl ins Feuer gießen.«

Dominik nickte.

»Willst du nicht doch einen Kaffee, Dominik? Einen Espresso vielleicht? Oder …«

Dominiks Lächeln wurde breiter. »Wieso eigentlich nicht?«

* * *

Stefan Rademacher schloss die Eingangstür der Werbeagentur auf. Britta hatte beim Frühstück erzählt, sie habe ihr Handy im Büro liegen lassen. Er hatte angeboten, es zu holen, zumal er sowieso noch an dem Auftrag des neuen Kunden arbeiten wolle. Das Geräusch seiner Ledersohlen auf dem Granitboden durchbrach die Stille. Abgestandene Luft kam ihm entgegen, als er die Tür zum Büro aufschloss. Draußen hatte es sich nach den Schauern gestern abgekühlt, aber hier herrschte noch stickige Wärme. Und es roch schwach nach Brittas schwerem, süßem Parfüm. Er öffnete das Fenster.

Ihr Handy, das auf einem Papierstapel thronte, reflektierte das Sonnenlicht. Stefan steckte es ein und setzte sich an seinen Schreibtisch, strich über den rauen Polsterstoff der Armlehne. »Aber Schatz, das ist doch nicht nötig, am Sonntag ins Büro zu fahren. Du warst doch schon am Samstagabend weg!« Sie wohnten zusammen, sie arbeiteten zusammen. Er musste einfach mal raus. In letzter Zeit ging ihm das immer häufiger so. Aber das konnte er Britta nicht vermitteln. Stattdessen flüchtete er ins Büro, weil die Sache mit dem vergessenen Handy ihm einen plausiblen Grund verschaffte. Neben dem »dringenden Auftrag für den neuen Kunden« – der längst fertig war, aber das wusste Britta nicht. Wenn er irgendwo allein spazieren ginge, gemeinsame Bekannte das sähen und ihr das steckten, wäre ein Tränenausbruch das Mindeste, was zu erwarten war und: »Willst du mich denn nicht dabeihaben?«

Ob er noch mal einen Anlauf machen sollte, sie zu überzeugen, wenigstens in verschiedenen Büroräumen zu arbeiten? Er hatte schon versucht, ihr den Umzug in ein anderes Büro schmackhaft zu machen, dessen Fenster nicht auf die laute Detmolder Straße hinausgingen. »Dann zieh doch mit, Schatz … oder willst du mich loswerden?«

Er seufzte und fuhr den Rechner hoch. Die Sache mit Nina fiel ihm ein. Wieso hatte er sich bloß hinreißen lassen und Kai versprochen, mit ihr zu reden? Er wusste doch, wie schwierig es werden würde, ihr Kais Wunsch nahezubringen. Überhaupt mit ihr in Kontakt zu treten, war schon schwer genug. Sie ging nie an ihr Handy.

Ein Laster donnerte Richtung Autobahnauffahrt vorbei und die Fenster erbebten. Er öffnete sein Mailprogramm. Sonntags hier zu sein, hatte immerhin den Vorteil, dass er ungestört die unbeantworteten Mails abarbeiten konnte. Er kam gut voran und machte sich schließlich daran, die *gelöschten Objekte* im Archivordner seines Mailprogramms durchzugehen und endgültig zu löschen. Auch hier hatte sich so einiges angesammelt. Eine Zeitlang hatte er auch seine privaten Mails über seinen Arbeitsrechner laufen lassen, weil sein Laptop den Geist aufgegeben hatte, und er vor lauter Überstunden nicht einmal dazu gekommen war, einen neuen zu kaufen. Es war nicht gerade spannend, sich durch Werbemails zu klicken und jedes Mal die mit einem »Pling« auftauchende Frage zu beantworten, ob er sicher sei, dass er das Markierte löschen wolle.

Er hatte gerade beschlossen, dass er nichts verpassen würde, wenn er alle Mails markierte und mit einem

Klick ins Nirwana sandte, als er stutzte. Eine alte Mail von Nina im Archivordner für *gelöschte Objekte*? Wieso denn das? So zerstreut konnte er doch nicht gewesen sein! Die war vom Mai des vorigen Jahres, als Nina mit einer Reisegruppe durch Nepal gereist war. Eigenartig, er konnte sich nicht erinnern, sie überhaupt bekommen zu haben. Dabei hatte er sehnsüchtig auf eine Antwort von ihr gewartet, die wäre ihm doch nicht durch die Lappen gegangen! Kopfschüttelnd öffnete er die Mail.

Seit zwei Wochen antwortest du nicht auf meine Mails! Was ist los, Stefan? Ist das die Art, mir zu sagen, dass du kein Interesse daran hast, dass es mit uns weitergeht? Habe ich nicht wenigstens das Recht …

Stefans Augen wurden immer größer, während er Ninas Zeilen las. Als er fertig war, starrte er den Bildschirm an. Wie zum Teufel war das möglich? Der Text verschwamm vor seinen Augen. In das laute Rauschen des Verkehrs mischte sich der Lärm eines beschleunigenden Motorradfahrers. Er sprang auf und rammte das Fenster mit einem Knall wieder zu. Er ließ sich auf den Stuhl fallen, der protestierend quietschte, stützte die Ellbogen auf den Tisch und vergrub das Gesicht in den Händen.

Er hatte Nina Unrecht getan. Nina, die Frau, von der er mal geglaubt hatte, dass es dieses Mal »etwas Richtiges« sein könnte. Für sie dagegen schien es nur eine Bettgeschichte gewesen zu sein, vielleicht hatte sie sich längst in diesen drahtigen Nepaltour-Leiter verliebt, der vorn auf dem Reiseprospekt prangte. Er hatte mit sich gerungen, wollte ihr nicht auf den Keks gehen, sie nicht bedrängen, hörte auf, ihr Mails zu schicken, weil nie etwas zurückkam … bei ihm ankam, musste es wohl heißen.

Wenn er ehrlich war: Es hatte verdammt weh getan damals. Er hatte sich schnell in etwas Neues gestürzt, um Nina zu vergessen. Er atmete schwer, rieb sich das Gesicht. Nur … hatte denn jemand absichtlich Ninas Mails auf seinem Rechner gelöscht, bevor er sie lesen konnte? Das war die einzige Erklärung, denn das Mailprogramm funktionierte einwandfrei. Und dann hatte dieser jemand vergessen, diese eine Mail im Archivordner zu löschen. Aber warum? Und wer hatte Zugang zu seinem Rechner, wer … er hielt inne, nahm die Hände herunter. Dieser jemand konnte nur eine Person sein … Er stöhnte auf. Das war doch nicht zu fassen! Er musste Nina sprechen, sofort! Aber wie? Sie ging ja nicht ans Telefon, wenn er anrief!

Seitdem sie bei der Kripo war, arbeitete sie öfter auch am Sonntag. Er holte die Visitenkarte aus seinem Portemonnaie. Der dicke Kripobeamte war darauf mit Seemannsmütze abgebildet, im Hintergrund segelte ein Dreimaster dem Sonnenuntergang entgegen. Dieser Kommissar Weber hatte auf dem Kärtchen zusätzlich verschiedene Nummern notiert, darunter auch eine Handynummer. »Rufen Sie jederzeit an. Einfach durchprobieren, die Nummern. Sie wissen ja, jede Kleinigkeit könnte wichtig sein.«

Da gab es so eine Kleinigkeit, ja. Er hatte schon ein paar Mal daran gedacht, deswegen anzurufen, und war darüber hinweggekommen. Ob eine der Nummern Ninas Dienstnummer war? Oder er ließ sich einfach weiterleiten. Irgendwie musste sie doch zu erwischen sein!

* * *

Bent wollte gerade in das Brötchen beißen, als sein Handy neben der Kaffeetasse klingelte. Das musste Bella Schnathorst sein. Bent hatte bereits auf ihren AB im Präsidium gesprochen.

»Hallo Bent.«

»Oh, Dominik, du …«

»David James«, unterbrach Dominik ihn und teilte mit, was er von Guido Bartsch erfahren hatte. »Ich würde ja nach Antwerpen reisen, aber ich habe James auf seinem Handy erwischt: Der fährt heute Abend zurück nach Köln.«

»Gut, dann sehen wir morgen nach der Besprechung weiter. Ich schätze, einer von uns wird morgen nach Köln fahren müssen. James hat auch ein Motiv – und zwar für beide Morde. Marleen Seismo beendet die Äffäre mit James, um sich Siekmann zuzuwenden. Eifersucht, verletzter Stolz … nichts Ungewöhnliches. Den Trompeter sollten wir ebenfalls im Auge behalten. Er scheint der Seismo das mit dem Spalten der Band übel genommen zu haben. Bin jedenfalls sehr gespannt, was diese Durchsuchungen in Ronnies Wohnung und den Probenräumen ergeben.«

Bent beendete das Gespräch und nahm sein Brötchen vom Teller, als es wieder klingelte. Bestimmt Bella, endlich!

»Gut geschlafen?«

»Joe?« Er runzelte die Stirn. »Moin, ich …«

»Ist spät geworden gestern, aber ich dachte, ich rufe mal an, wie es dir geht und … ja, ich … heute gibt es ein Symphoniekonzert der Bielefelder Philharmoniker in der Oetkerhalle, Mozart und Ravel ...«

»Joe, ich muss noch ins Präsidium ...«

»Klar, wenn du ... wir hatten uns ja gestern über Ravel unterhalten, und du hast gesagt, du warst noch nie in der Oetkerhalle, und da dachte ich ... ich habe nämlich Karten. Ich lade dich ein. Das Präsidium liegt praktisch neben der Oetkerhalle und im Anschluss an das Konzert ...«

»Ist das dieses große, rechteckige Gebäude neben dem Bürgerpark? Mit diesen hohen Säulen vorm Eingang?«

»Ganz recht. Das Konzert findet im großen Saal statt.«

Bent biss von seinem Brötchen ab.

»Bent? Bist du noch dran?«

»Augenblick«, sagte Bent mit vollem Mund und spülte den Bissen mit Kaffee runter. Er wollte Joe keine Hoffnungen machen. Er hatte sich Joes Flirtversuchen auf der Party am Ende mit dem Hinweis auf Kai entzogen, der angeblich nach Hause wollte. Andererseits: Die Ergebnisse der Analysen der Faserproben lagen offenbar noch nicht vor. Annette Kreimer würde frühestens am Nachmittag zur Vernehmung ins Präsidium kommen. Und es konnte auch nicht schaden, mal für eine Weile abzuschalten. Er sagte zu.

Zwanzig Minuten später holte Joe ihn ab und fand einen Parkplatz vor der Fachhochschule für Design gegenüber der Oetkerhalle. Nachdem sie ihre Jacken an der Garderobe abgegeben hatten, ertönte bereits der Gong, und sie stiegen eine der geschwungenen Treppen hoch, um zu ihren Plätzen im Rang rechts zu gelangen. Nachdem sie sich gesetzt hatten, erzählte Joe von seiner für Juni geplanten Trekkingtour durch Patagonien. Bei der Party hatten sie festgestellt, dass sie beide Trekkingfans waren.

Der große Saal unter ihnen füllte sich. Als der zweite Gong ertönte, schob sich vor ihnen eine Frau mit leuchtend roten Haaren und auffallenden Federohrringen auf ihren Platz. Bent richtete sich auf, um die Frau besser sehen zu können. War das etwa Sabine Telgenbrink? Weber hatte die NW-Journalistin befragt, die in der Pause an Marleen Seismos Tisch gesessen hatte, aber die Beschreibung passte genau. Der Dirigent betrat die Bühne und verbeugte sich, Applaus brandete auf, verebbte wieder, er wandte sich dem Orchester zu, und die ersten Takte des Mozart-Konzerts für Klavier und Orchester setzten ein. Es dauerte eine Weile, bis sich Bent von der Journalistin lösen und sich auf die Musik konzentrieren konnte.

In der Pause gingen sie hinunter in einen kleinen Saal mit Kristalllüster, Stehtischen und Sitzgarnituren und reihten sich in die Schlange vor einer Getränketheke ein. Joe plauderte über seine letzte Tour durch Neufundland. Er konnte witzig und spannend erzählen, und unter anderen Umständen hätte Bent ihm gerne zugehört, doch jetzt hielt er Ausschau nach Frau Telgenbrink. Nachdem er ein Wasser erstanden hatte, entschuldigte er sich bei Joe und stieg weiter hinunter zum Foyer. Schließlich entdeckte er sie rauchend auf der breiten Treppe vor dem Haupteingang.

»Hallo, Frau Telgenbrink.«

Sie sah ihn fragend an.

»Das sind Sie doch, oder?«

»Die bin ich. Und Sie? Kennen wir uns?«

Er stellte sich vor. »Meine Kollegen haben Sie schon befragt und Ihnen ein Foto von Sebastian Siekmann vorgelegt.«

»Richtig.« Sie zog an ihrer Zigarette, stieß langsam den Rauch aus. »Das war der Mann, der im *Bunker* später an unseren Tisch kam.«

»Haben sie einen Augenblick Zeit, um noch mal zu schildern, was sich an diesem Tisch abgespielt hat?«

»Sicher. Obwohl es nicht ... es war nichts Besonderes. Okay, also ... ich bin in der Pause zu dem Tisch gegangen, an dem Marleen Seismo stand, neben ihr ein Mann mit Down-Syndrom und eine Frau mit Brille und langen, braunen Haaren ...«

»Die einzige Person an dem Tisch, die wir noch nicht identifizieren konnten. Was trank Frau Seismo?«

»Sie trank Sekt aus einem Sektglas.«

»Haben Sie gesehen, wer ihr das Glas reichte oder etwas eingoss?«

»Niemand. Der Sekt war bereits eingegossen.«

»Könnte sich auch so etwas wie Bionade in dem Glas befunden haben? Da gibt es ja verschiedene Sorten ...«

»Mag sein. Die Flüssigkeit hatte so einen hellen Goldgelb-Ton, und Kohlensäure stieg hoch.«

»Wissen Sie, worüber sich die Frau mit der Brille und Frau Seismo unterhalten haben?«

Frau Telgenbrink lachte. »Ich habe leider nicht so viel mitbekommen. Ich wollte Frau Seismo ein paar Fragen stellen und kam kaum dazwischen, weil dieser kleine Mann nach einem Autogramm fragte, danach, ob sie in Bielefeld wohnen würde, dann ging es weiter damit, dass sie ein tolles Kleid hätte und so fort. Frau Seismo und die andere Frau haben mehr belustigte Blicke getauscht, als sich unterhalten.«

»Wie wirkte das Verhältnis zwischen den beiden Frauen? So als ob sie sich kennen? Fiel der Name der Unbekannten?«

»Mag sein, aber den habe ich nicht mitbekommen. Jedenfalls wirkten sie vertraut. Sie haben zusammen mit dem Sekt angestoßen. Wir haben alle drei ein bisschen über den kleinen Kerl gegrinst. Dumm nur, dass ich meine Fragenliste abarbeiten wollte, und der Mann mit Down-Syndrom blieb bis zum Ende. Ach ja, die Frau mit der Brille ging dann, vorher legte sie Frau Seismo kurz die Hand auf den Arm und nannte sie ›Marleen‹.«

»Wie haben die sich verabschiedet?«

»Die Frau mit der Brille brach ziemlich plötzlich auf. Ich meine, sie sagte etwas wie: ›Du, ich muss los. Marleen, wir sehen uns.‹ Das ging ganz schnell. Frau Seismo rief ihr etwas hinterher wie: ›Ja, schön, dass wir uns noch getroffen haben‹, aber die andere hatte sich schon umgedreht und unseren Tisch verlassen.«

»Hatte Marleen zu dem Zeitpunkt ihren Sekt bereits getrunken?«

Auf der Stapenhorststraße hielt ein Autofahrer mit quietschenden Reifen vor einer roten Ampel. Eine junge Frau schob ihren Kinderwagen über die Straße Richtung Bürgerpark neben der Oetkerhalle.

»Ja, die Gläser waren leer, wenn ich mich recht erinnere. Die hatten sich kurz vorher noch zugeprostet.«

»Interessant. Und der überstürzte Aufbruch dieser Frau mit Brille … gab es dafür einen ersichtlichen Grund?«

Frau Telgenbrink pflückte einen ihrer Federohrringe, den sie verloren hatte, von ihrem Halstuch. »Hm, sie … ging weg, gerade bevor Herr Siekmann an unseren Tisch trat.«

»Hatten Sie den Eindruck, dass sie seinetwegen aufbrach?«

»Keine Ahnung.« Frau Telgenbrink nahm einen letzten Zug von ihrer Zigarette und drückte sie in einem Standaschenbecher aus.

»Wie verhielt sich Sebastian Siekmann dort?«

»Er umarmte Frau Seismo. Die beiden freuten sich offensichtlich, sich zu treffen.«

»Was haben sie miteinander gesprochen?«

»Ich habe nicht so viel verstanden, weil sie die Köpfe zusammensteckten. Außerdem war er nur wenige Minuten dort. Die Sängerin musste kurz darauf wieder auf die Bühne.«

»Haben Sie vielleicht Fetzen des Gesprächs mitbekommen?«

»Hm, ja, einmal verzog Frau Seismo das Gesicht, als sie erzählte …«

»Ja?«

»Ich glaube, es ging darum, dass ihr der Sekt, den sie zusammen mit der anderen Frau getrunken hat, nicht besonders schmeckte.«

Sein Handy klingelte. »Vielen Dank, Frau Telgenbrink.« Mit entschuldigendem Lächeln zog er das Handy aus seiner Jeanstasche. »Andersen.« Er nickte der Journalistin zu, bevor sie wieder in die Oetkerhalle ging.

»Hier Stefan Rademacher. Könnte ich Kommissarin Tschöke sprechen?«

»Haben Sie es schon unter ihrer Dienstnummer probiert?«

»Ja, aber da geht niemand ran.«

»Geht es um die Ermittlung zum Tod der Sängerin Ma…«

»Ja, aber …«

»Dann können Sie auch mit mir reden.«

»Und Nina Tschöke …«

»Ich leite die Ermittlung. Was gibt es denn?«

Ein Seufzen drang an Bents Ohr. »Ich hatte mit einem Herrn Weber gesprochen. Ich war nämlich im *Bunker Ulmenwall,* als …«

»Ich weiß, Herr Rademacher.«

»Es geht um ein Detail. Ob das von Bedeutung ist, weiß ich nicht …«

»Schießen Sie los.«

»Also gut, ich mache es kurz: Es gab ja einen Personenwechsel an dem Tisch, an dem sich Frau Seismo während der Pause aufhielt. Eine Frau verließ den Tisch und ein Mann nahm dann ihren Platz neben Marleen Seismo ein …«

»Die Frau, die ging, war das eine Frau mit Brille?« Bent presste das Handy an sein Ohr.

»Ja, richtig. So eine Zierliche mit langen Haaren. Die haben kurz miteinander geredet, bevor er sich zu der Sängerin gesellte.«

»Geredet? Sie haben … also die Frau mit der Brille und … Siekmann?«

»Siekmann?«

»Ein Mann mit sehr hellen Haaren …«

»Genau der.«

»Haben Sie mitbekommen, worum es ging?«

»Nein. Die standen vielleicht zwei oder drei Meter von mir entfernt, und es waren viele Leute im *Bunker*, es war laut.«

»Und was für einen Eindruck machte das Ganze auf Sie?«

»Schwer zu sagen ... sie blieben nur kurz voreinander stehen, wechselten ein paar Worte. Ich hatte den Eindruck, dass die Frau es eilig hatte, wegzukommen. Der Mann blickte ihr einen Moment lang nach und ging dann zum Tisch der Sängerin.«

»Eilig ... war ein Grund ersichtlich für ihre Eile?«

Ein Moment lang herrschte Stille. Die Fahrstuhltüren der Stadtbahnstation in der Nähe öffneten sich und entließen eine weißhaarige Dame mit Rollator.

»Also das Einzige, was mir dazu einfällt ... sie wollte vielleicht noch mal Sekt an der Theke besorgen, bevor die Pause zu Ende war.«

»Wie kommen Sie darauf, Herr Rademacher?«

»Sie hielt zwei leere Sektgläser in der Hand.«

»Aha?« Er spürte sein Herz pochen. »Ging sie Richtung Theke?«

»Sie verschwand in der Menge. Ich bin danach selbst zur Theke gegangen. Dort habe sie nicht mehr gesehen. Aber das muss nichts heißen, es war ziemlich voll.«

»Interessant ... wirklich ...«

»Würden Sie Nina von mir ausrichten, dass ich sie dringend sprechen muss? Es ist nichts Dienstliches, aber...«

»Das tue ich gern, Herr Rademacher, und ...«

»Bent, hier bist du also!«

Bent wandte sich um. Joe runzelte die Stirn. »Ich habe dich überall gesucht. Es hat schon gegongt!«

Bent bedankte sich bei Rademacher und ging mit Joe zu ihren Plätzen. Der zweite Teil des Konzertes begann, ohne dass er viel von der Musik mitbekam. Dass Sebastian Siekmann und die mysteriöse Unbekannte sich kannten, war bemerkenswert, denn damit hatte diese Frau genau wie Ronnie Seismo eine Verbindung zu beiden Mordopfern! Und die beiden Sektgläser, die sie davontrug ... Frank hatte recht, der Täter musste alles in den *Bunker* gebracht und wieder entfernt haben. Oder die Täterin. Die ehemaligen Mitschülerinnen der alten Musik-Clique, die beim Klassentreffen an Marleens Tisch gesessen hatten, besaßen alle ein Alibi. Aber vielleicht ging es gar nicht um diese Clique, sondern um eine andere ehemalige Mitschülerin ... Er musste Telgenbrink und Rademacher unbedingt das Klassentreffen-Foto zeigen! Während das Publikum klatschte, sah er sich nach der Journalistin um, doch die schien das Konzert bereits verlassen zu haben.

»Entschuldige bitte, aber ich muss los«, flüsterte Bent Joe ins Ohr. Er erntete einen irritierten Blick von Joe und böse Blicke der anderen Sitznachbarn, als er aufstand und sich durch die Reihe drängelte. Doch er hatte jetzt keine Zeit für lange Erklärungen.

Auf dem kurzen Weg zum Präsidium versuchte Bent vergeblich, Rademacher auf dessen Handy zurückzurufen. In seinem Büro besorgte er sich Telgenbrinks Handynummer, die in der *Kontaktdatendatei Zeugen* gespeichert war. Aber auch sie war nicht erreichbar. Dann überflog er das Fax, das in seinem Fach lag. Die toxikologische Untersuchung von Körperflüssigkeiten und Mageninhalt bestätigte, dass auch Sebastian Siekmann durch oral aufgenommenes Kaliumcyanid gestorben war. Auf seinem AB war eine Nachricht von Bella. In der Bionadekiste für die Musiker hätten sich zum Zeitpunkt der kriminaltechnischen Untersuchung sieben leere Flaschen befunden. Der Rest der Kiste sei mit vollen Flaschen bestückt gewesen, es fehlte also keine Flasche. Bella wies noch mal darauf hin, dass die Kollegen weder in den vollen noch in den leeren Flaschen Spuren von Zyankali entdeckt hätten. Und die Kölner KTU-Kollegen seien noch nicht fertig mit der Analyse der Faserfunde.

Bent setzte sich an seinen Schreibtisch und spielte mit einem Stift. Die Bionade war also in Ordnung gewesen und Guido Bartsch aus dem Spiel, was das betraf. Und David James? Er hatte die Pause bis auf wenige Minuten am Anfang rauchend außerhalb des *Bunker*s verbracht, mit Henrike Elges als Zeugin. Die Mitglieder der alten Musik-Clique schieden wegen der überprüften Alibis als Verdächtige aus. Das stärkste Motiv besaß Ronnie Seismo. Was wenn … der Stift, den er zwischen seinen Fingern wandern ließ, stockte … was, wenn Ronnie Seismo den Mord an seiner Frau gemeinsam mit der Unbekannten an Marleens Tisch im *Bunker* geplant hatte, es also zwei Täter gab?

Auch Siekmann musste die Dame gekannt haben, sonst hätten sie nicht miteinander geredet. Sie verlässt rasch den Tisch, als sie Siekmann sieht, vielleicht, damit er sie nicht entdeckt? Aber zu spät, sie wechseln noch ein paar Worte. War das Siekmanns Todesurteil?

Der Mord an Siekmann als Verdeckungstat? War es in dem Telefonat zwischen Siekmann und Ronnie Seismo darum gegangen, was die Unbekannte an Marleen Seismos Tisch zu suchen hatte? Hatte Siekmann Grund, diese Frau zu verdächtigen und deshalb später versucht, Dominik Domeyer zu erreichen? Und was konnte diese Frau mit Ronnie Seismo zu tun haben? Eine neue Liebe?

Sie – diese Frau kam ihm vor wie ein Phantom.

Am Himmel über dem Teutoburger Wald jagte der Wind die Wolken. Ein Sonnenstrahl fiel durch das Fenster, an dem noch die Tropfen des letzten Schauers herabrannen. Aber es gab Menschen, die das Phantom möglicherweise identifizieren konnten.

»Hallo, dies ist die Mobilbox von Sabine Telgenbrink. Wenn Sie eine Nachricht hinterlassen wollen …« In der Redaktion der *Neuen Westfälischen* konnte ihm niemand weiterhelfen, abgesehen von der Weitergabe von Kollegin Telgenbrinks Festnetznummer, die er ohne Erfolg wählte.

Auch Stefan Rademacher erreichte er nicht. Unter seiner Festnetznummer meldete sich eine helle Stimme. »Hier ist Britta.«

Im ersten Augenblick dachte er, am anderen Ende wäre ein Kind, und er wollte schon nach ihren Eltern fragen, aber dann kam: »Hallo, wer ist denn am Apparat?«

»Andersen, Kommissariat für Tötungsdelikte. Ist Herr Rademacher da?«

»Leider nicht.«

»Er soll sich bitte bei mir melden. Oder – wenn er mich nicht erwischt – bei jemand anderem aus dem Kommissariat. Ich glaube, er hat auch privat mit Kommissarin Tschöke zu tun, vielleicht erreicht er sie schneller. Würden Sie ihm das ausrichten?«

»Nina ... Tschöke?« Ihre Stimme klang jetzt schrill.

»Ja, er kann auch Frau Tschöke anrufen, wenn er mich nicht erreicht.«

Bent lehnte sich zurück und begann, einen Teil seiner Papierschreibtischunterlage zu schraffieren. »Hallo? Sind Sie noch dran?«

»Ja.«

»Es ist wichtig! Soll ich Ihnen die Nummer von Frau Tschöke durchgeben?«

»Nicht nötig. Die hat er sicher.« Ein gekünsteltes Lachen drang an sein Ohr.

An ihrer Reaktion war etwas merkwürdig, ohne dass er genau hätte sagen können, was es war. »Wissen Sie, wo er sonst zu erreichen sein könnte?«

»Tut mir leid, Herr Kommissar, er hat heute Morgen gar nicht gesagt, wo er hinwollte.«

Verdammt! Er schmetterte den Stift auf den Schreibtisch, wo er einmal aufprallte und dann auf den Filzteppich rollte.

* * *

Die Schatten der Blätter tanzten auf dem Boden. Kai saß auf einer Bank im Botanischen Garten und malte mit seiner Schuhspitze Kreise in den Dreck. Er schaute noch einmal auf seine Uhr, die Nina ihm zu Weihnachten geschenkt hatte. Eigentlich betrachtete er sie gerne, aber heute ... Der Zeiger war schon auf vier Uhr vorgerückt. Kai seufzte. Ein junges Paar mit Kinderwagen und einem kleinen Jungen an der Hand des Vaters schlenderte vorüber. Der Junge, dem Rotz aus der Nase lief, starrte ihn an. Kai streckte ihm die Zunge raus, woraufhin der Junge auch seine Zunge zeigte.

Vier Uhr! Als er sich auf die Bank gesetzt hatte, war es halb drei gewesen. Er hatte Nina erzählt, dass er die Jacke an der Bushaltestelle am Betheleck verloren hätte. Er mochte nicht zu Rosas Mutter gehen, obwohl die nicht weit weg wohnte. Er hatte Rosas Adresse auf der Liste des Übungsleiters gelesen. Aber Rosas Mama war komisch, die würde ihm wieder blöde Fragen stellen. Was im *Bunker* passiert wäre und so. Er hasste das, denn danach würde er wieder Albträume kriegen! Aber Nina war böse auf ihn, weil er dauernd Sachen verlor. Sie war manchmal ein bisschen böse auf ihn, aber dieses Mal war sie richtig böse! Er konnte es nicht leiden, wenn sie böse auf ihn war.

Er rieb sich die Nase. Auf der schönen Party hatten sie mit Sekt auf Hennings Geburtstag angestoßen, und er hatte daran denken müssen, was Nina auf der Fahrt dahin gesagt hatte. *Schneewittchen ist mit Sekt vergiftet worden.* Aber alle tranken von dem Sekt, auch Bent, also hatte er auch davon getrunken. Außerdem war Henning ein netter Mann und sein Sekt war bestimmt nicht vergiftet. Jedenfalls hatte er keine Bauchschmerzen bekommen. Mit der Spitze seines Turnschuhs schrieb er *Faber* in den Boden vor der Bank. Das war viel schwieriger, als nur einen Kreis zu malen.

Plötzlich fiel ein dicker Tropfen auf das *F* von *Faber.* Dann einer auf das *b.* Ein kalter Tropfen traf seinen

Nacken. Dämlicher Regen! Er blickte wieder auf seine Uhr. Viertel nach vier schon! Er musste zu Rosas Mutter gehen, sonst hörte Nina nicht auf zu schimpfen. Kai seufzte tief, stand auf und hob die Arme schützend über seinen Kopf. Dann lief er, so schnell er konnte. Es war nicht weit. Das Haus am Waldrand, in dem Rosa mit ihrer Mutter wohnte, war alt und dunkel. Als er ankam, war der Schauer vorüber, der runde Tropfen auf den Blättern der Büsche vor dem Haus hinterlassen hatte. Er drückte auf alle Klingeln, weil er nicht wusste, wie Rosas Mama hieß. Er bewegte die Zehen in den nassen Turnschuhen und erzeugte ein Quietschen damit.

Mit einem Mal ging langsam die Tür auf, und Rosa lächelte ihn an. Sie lachte auf und klatschte in die Hände, dann begann sie zu summen, fasste ihn bei der Hand und zog ihn hinein. Es war düster in dem Flur, aber schön warm – und es duftete nach Kuchen. *Der Kuckuck und der Esel* summend, zog sie ihn eine Treppe hoch. Oben stand ihre Mutter mit einer Küchenschürze.

»Kai!«, rief sie. »Bist du in den Schauer geraten?«

»Ja. Ich brauche meine Jacke.«

»Natürlich, deine Jacke. Die hast du bei mir im Auto vergessen. Ich habe gerade Muffins gebacken, möchtest du einen?«

Kai zögerte. Er hatte seit dem Frühstück nichts mehr gegessen.

»Aber dann will ich meine Jacke!«

»Sicher, Kai, die bekommst du.« Rosas Mama lächelte. »Ich habe noch bei euch geschellt, als ich merkte, dass du sie im Auto vergessen hast. Aber es hat niemand aufgemacht.«

Er folgte Rosa und ihrer Mutter in ein großes Zimmer, von dem eine kleine Küche abging. Dort stand ein Backofen mit geöffneter Klappe, darin waren Schokoladenmuffins auf einem Backblech zu sehen.

»Willst du nicht deine Schuhe ausziehen, Kai?«

Er nickte schuldbewusst, denn er hatte schmutzige Abdrücke auf dem Fußboden hinterlassen. Als er sie auszog, stellte er fest, dass auch die Socken nass waren.

»Soll ich die Socken und Schuhe auf der Heizung trocknen?«, fragte Rosas Mama freundlich. »Du kannst so lange Pantoffeln anziehen.«

Kurz darauf saß Kai mit Rosa und ihrer Mutter am Küchentisch und aß Muffins. Rosa war schon nach einem Muffin satt. Kai schielte zu dem Kuchenteller.

»Nimm dir ruhig, so viel du möchtest.«

»Die sind lecker!«

»Das freut mich, Kai!«

Eigentlich war Rosas Mama nett, wenn sie ihn nicht mit Fragen bedrängte. Die Menschen wollen immer alles wissen, wenn etwas Außergewöhnliches wie ein Mord passiert, hatte Nina ihm mal erklärt. Deshalb steht so viel Schlimmes in der Zeitung. Wenn alles so läuft wie immer, interessiert das niemanden. In seiner Werkstatt las Jens in den Kaffeepausen aus der Zeitung vor. Klar, Kai wollte immer hören, wie das Wetter wird, und er fand es toll, was über das Baby zu erfahren, das Kate und William erwarteten, aber ein großer Sturm oder Einbrecher in Bielefeld waren aufregender.

In Bents Auto auf dem Weg zur Party war ihm gestern etwas Komisches eingefallen. Das durfte er ihr bestimmt erzählen. Er durfte nur nichts erzählen darüber, was Nina und Bent besprochen hatten.

»Du willst doch wissen, was ich im *Bunker* gesehen habe …«

»Kai, nur, wenn du darüber reden willst. Ich habe schon gemerkt, dass du das nicht gerne tust.« Sie zwinkerte ihm zu.

»Ich habe im *Bunker* eine Frau mit so Sektgläsern auf dem Klo gesehen. Auf dem Klo, stell dir mal vor!« Er kicherte. »Und in den Gläsern war was drin.«

Sie schüttelte den Kopf. »Na, was haben denn Sektgläser auf dem Klo zu suchen?«

»Da wollte sich einer …« Er kicherte. »Da wollte sich einer eins hinter die Binde gießen.« Er brach in Gelächter aus. Rosas Mama lächelte.

Kai wurde wieder ernst, als ihm etwas einfiel. *Schneewittchen ist mit Sekt vergiftet worden.* Oje! Das hatte er ganz vergessen!

»Weißt du denn, wer die Frau war?« Sie schob ihm noch einen Muffin auf den Teller.

»Gesehen hab ich die auch nachher bei Marleen, aber ich kenne die nicht. Deshalb kann ich es dir auch nicht erzählen.« Kai war zufrieden mit sich.

»Hast du das mit den Sektgläsern schon der Polizei gesagt? Oder deiner Schwester?«

»Nö.«

»Du weißt aber, dass das wichtig sein könnte, oder? Wegen dem, was im *Bunker* passiert ist.«

Kai biss in den Muffin. Er nickte kauend.

»Hat dir die Polizei schon Fotos gezeigt?«

»Fotos?« Kai hörte auf zu kauen.

»Na, Fotos von Personen, die das gewesen sein könnten. Du weißt doch, wie die Person aussieht, die die Gläser dabeihatte.«

»Ja, aber ich habe kein Foto angeschaut.« Er nahm den nächsten Muffin in Angriff. »Das mit dem Klo ist mir erst gestern wieder eingefallen.«

»Sie werden dir bald Fotos zeigen. Und – wirst du ihnen sagen, wer von denen auf den Fotos das war?«

»Klar«, sagte er mit vollem Mund.

»Deine Schwester kann stolz auf dich sein.« Sie lächelte ihm zu.

Rosa rutschte von ihrem Stuhl und wanderte summend umher. Sie stimmte abwechselnd das Lied *Es geht eine helle Flöte* und *Komm lieber Mai und mache* an.

»Rosa wird unruhig. Ich habe ihr versprochen, dass sie *Shrek* sehen darf. Kennst du den?«

»Der Shrek ist ein Oger.« Kai liebte die *Shrek*-Filme. »Aber ich hab leider nur die zwei ersten gesehen.« Er krauste die Nase.

»Wir haben den dritten. Und deine Schuhe müssen noch trocken werden. Wie klingt das: Du schaust dir den dritten Teil zusammen mit Rosa an.«

»Supergut!« Kai legte sich die Hände auf den Bauch. Er war pappsatt.

Rosa zog an seinem Ärmel. Er folgte ihr in ein kleines Zimmer. Unter dem Fenster stand ein Bett mit pinkfarbener Überdecke, auf der ein großes, rosafarbenes Kissen mit weißem Spitzenbesatz lag. Auch die Tapete war rosa, ebenso wie das Sofa vor dem Fernseher und der Teppich und die rosa Vorhänge mit weißen Blumen.

»Rosa mag Rosa«, sagte Rosas Mutter, die in der Tür stand und ihn beobachtete. »Deshalb habe ich alles so für sie eingerichtet. Ich mache euch jetzt den Film an.«

»Das kann ich auch.« Nina hatte ihm gezeigt, wie man den DVD-Player bediente.

Rosas Mutter sagte nichts dazu und durchsuchte einen Stapel DVDs in einem Regal.

Kai setzte sich neben Rosa, die sich in eine Ecke des Sofas gekuschelt hatte. *Rosa mag Rosa.* Er mochte Rosa auch. Sie konnte viele Lieder summen. Aber sie sagte selten etwas. Anders als Bine. Die mochte er noch viel lieber. Das wäre toll, wenn er und Bine immer zusammen sein könnten! Stefan hatte versprochen, mit Nina darüber zu reden. Und was Stefan versprach, das tat er auch! Denn Stefan war sein Kumpel. Kai lächelte und lehnte sich auf dem Sofa zurück.

»So, hier ist sie ja.« Rosas Mutter schob die DVD in den Player. »Rosa trinkt immer Kakao, wenn sie einen Film anschaut. Möchtest du auch einen Kakao, Kai?«

»Klar.« Kai faltete die Hände hinter dem Kopf und streckte die Beine aus.

»Mit Zucker? Süßes magst du doch, oder?«

Kai nickte.

Sie lächelte. »Dann wird er dir sicher schmecken.«

»Bestimmt.« Rosas Mutter war viel netter, als er gedacht hatte.

* * *

Das harte Licht des Vernehmungsraumes schmeichelte der schmalen Frau nicht. Unter dem Make-up auf ihrem Gesicht zeichneten sich feine Falten ab.

Bent, der ihr gegenüber auf der anderen Seite des Tisches saß, goss ihr aus einer Flasche Mineralwasser in ein Glas ein. »Oder möchten Sie lieber einen Kaffee, Frau Kreimer? Sie haben eine lange Fahrt hinter sich.«

»Wasser ist bestens. Tja, ich hatte gehofft, ein paar Stunden eher hier zu sein. Tut mir leid, aber auf der A7 kurz vor Würzburg gab es einen Unfall mit einem Gefahrguttransporter, und die haben die Autobahn gesperrt. Bis wir endlich runter waren …« Annette Kreimer seufzte. »Mit Kindern im Stau stehen, ist auch so eine Sache … die habe ich vorhin noch schnell nach Hause zu meinem Mann gebracht.« Sie sprach mit leiser, heller Stimme. Sie wirkte nicht, als ob sie jemals laut werden würde.

»Ich werde Sie nicht lang belästigen. Sie haben meiner Kollegin ja schon am Telefon einige Fragen beantwortet.«

»Ja, und Ihre Kollegin erzählte mir, die arme Marleen sei keines natürlichen Todes gestorben. Wie schrecklich!« Zwischen ihren feinen Brauen erschienen zwei Falten.

Bent schob ihr die Klappkarte hin, die bei Siekmanns Leiche gefunden worden war. »Kommt Ihnen die hier bekannt vor?«

Die Falten vertieften sich, während sie die Klappkarte musterte. »Überhaupt nicht. Das ist die Karte, die ich Sebastian geschrieben haben soll? Seltsam. Und was hat das mit Marleens Tod zu tun?«

»Darauf kommen wir noch. Der Mord an Frau Seismo … fällt Ihnen dazu etwas ein? Ist Ihnen zum Beispiel auf dem Klassentreffen etwas aufgefallen, eine Unstimmigkeit oder …«

»Ich habe während der letzten Tage immer wieder darüber nachgedacht. Aber ehrlich gesagt: nein. Die Stimmung an unserem Tisch war gut und das lag vor allem an Marleen. Sie freute sich riesig, nach Bielefeld zurückzuziehen. Sie habe sogar Sebastian angerufen.«

»Hat Sebastian mit Ihnen darüber gesprochen?«

»Nein, unser Kontakt geht nicht so tief, wir sehen uns immer nur, wenn ich Finn bringe oder abhole. Aber …«

»Aber?«

Frau Kreimer ließ ihren Blick über den bis auf das Aufnahmegerät und ein Wasserglas leeren Tisch wandern. »Er hatte auffallend gute Laune in den letzten Wochen. Ich dachte noch, hoffentlich verletzt sie ihn nicht noch einmal. Er war ziemlich am Ende, als sie ihn damals für Ronnie sitzen ließ. Marleen war so … sie merkte nicht, wem sie mit ihrer Art auf die Zehen trat.«

»Kennen Sie eigentlich Ronnie Seismo?«, fragte Bent.

»Sicher. Von ganz früher, aus der Zeit, bevor er mit Marleen zusammen war. Ich habe ihn aber schon eine Ewigkeit nicht mehr gesehen. Zum Klassentreffen ist Marleen allein gekommen.«

»Bevor er …«, begann Bent.

»Ich habe ihn über Katia kennengelernt. Die beiden waren ein Paar, bevor Ronnie und Marleen zusammenkamen. Sie hat ursprünglich in Ronnies Band gesungen, also zusätzlich zu unserer Gruppe *Swinging Manhattan.*«

»Katia Moenke hat auch in Ronnies Band gesungen? Gleichzeitig mit Marleen oder …«

»Nicht gleichzeitig, sondern bevor Marleen in die Band kam. Das war noch zu Schulzeiten. Marleen hat Katia mal bei einem Auftritt vertreten, als sie eine Mandelentzündung hatte, und es hat zwischen Marleen und Ronnie gefunkt, wie man so schön sagt.«

Bent runzelte die Stirn. »Habe ich das richtig verstanden, Marleen hat Katias Platz eingenommen als Sängerin in der Band *und* als Frau an Ronnie Seismos Seite?«

»Ja, so war das.« Annette Kreimer senkte den Blick auf ihre schmalen Hände, die das Wasserglas umklammerten. »Schön war das damals nicht. Weder von Ronnie noch von Marleen. Aber in dem Alter …« Sie zuckte mit den Schultern. »Da spielt man wohl öfter das Bäumchen-wechsel-dich-Spiel, ohne sich groß einen Kopf zu machen.«

»Das muss Frau Moenke getroffen haben«, sagte Bent.

»Sicher, Katia war alles andere als glücklich. *Swinging Manhattan* löste sich danach auf. Wir ölten noch ein bisschen vor uns hin, aber ohne Klavier und Leitstimme wurde das schwierig.«

»Mit Marleen hat *Swinging Manhattan* also die Leitstimme verloren und …«

»Nicht mit Marleen. Wegen ihr haben Sebastian und Katia *Swinging Manhattan* verlassen. Katia sang die Leitstimme. Der Sopran hat bei mehrstimmigem Gesang fast immer die erste Stimme. Katia war richtig gut, sie nahm Gesangsunterricht und hat das Einsingen mit uns durchgeführt.« Sie krauste die Nase. »Ich sollte dann Katias Stimme übernehmen, aber ich klang in der Höhe gepresst, hatte nicht ihr Volumen. Und ohne Klavierbegleitung hörte man jeden falschen Ton … tja. Wolf-Dieter war sowieso mehr für Renaissancemusik, und Marleen investierte viel Zeit in die neue Band, also Ronnies Band. Das Ende von *Swinging Manhattan* war besiegelt.«

»Was machte Katia Moenke für einen Eindruck beim Klassentreffen?«, fragte Bent.

Annette Kreimer trank einen Schluck Wasser. »Einen ganz normalen, wenn Sie mich so fragen. Sie erzählte nicht viel an dem Abend, aber sie war schon immer eher von der zurückhaltenden Sorte.«

»Kennen Sie sie gut?«

»Wir haben uns nach dem Abitur aus den Augen verloren. Wenn ich Katia mal zufällig in der Fußgängerzone traf, war das Musikmachen oder unsere alte Band kein Thema mehr. Sie erzählte von ihrer Ausbildung als Einzelhandelskauffrau. Musik hat sie nicht mal mehr hobbymäßig betrieben.« Sie zog das Glas zu sich heran, ließ das Mineralwasser darin kreisen und trank einen Schluck.

Bent beugte sich vor. »Eine Frage noch, Frau Kreimer: Ist Ihnen inzwischen eingefallen, wer noch gewusst haben könnte, dass Sie Herrn Siekmann öfter Kuchen schenkten?«

»Ist es. Ich habe das an unserem Tisch bei dem Klassentreffen erzählt, als Marleen Sebastian erwähnte."

Bent nickte. »Und wer saß noch mal alles an Ihrem Tisch, während Sie das erzählten?«

Sie knabberte an ihrer Lippe. »Mein Mann, Frauke und Wolf-Dieter, Marleen, Leonie, Katia … sonst niemand, nein. Aber, sagen Sie mal, diese Klappkarte … Worum geht es hier eigentlich?«

Bent räusperte sich. »Auch Herr Siekmann ist tot, er … nun ja, wir ermitteln.«

»*Was*? Se… Oh Gott, nein!« Annette Kreimer wurde blass und stieß mit einer fahrigen Bewegung gegen ihr Wasserglas. »Verzeihung …« Ihre Hände zitterten, als sie ein Papiertaschentuch aus ihrer Tasche kramte, um das Wasser vom Tisch zu wischen. »Das heißt, die Person, die diese Karte geschrieben …«

»Das wissen wir noch nicht«, sagte Bent schnell.

Annette Kreimer schlug die Hände vor den Mund und starrte mit aufgerissenen Augen auf ihr Wasserglas. »Sind … sind wir … ich meine unsere alte Clique in Gefahr?«, hauchte sie nach einer Weile.

»Das … nein, darauf deutet nichts hin, Frau Kreimer.«

Er schaltete das Aufnahmegerät aus, brachte die zitternde Frau zu ihrem Wagen auf dem Parkplatz des Präsidiums und blickte ihr nach, während sie vom fast leeren Platz fuhr. Bent rieb sich das Kinn, wo schon wieder die ersten Stoppeln sprossen. Hatten sie sich zu sehr auf Ronnie Seismo eingeschossen? Ein Vogel piepte penetrant den immer gleichen Laut. Bent schaute sich um, konnte das Tier nirgendwo entdecken. Der Wind fegte rosa Blütenblätter von einer Ecke in die andere. Ein Pappbecher rollte hinterher. Das Phantom … war das etwa Katia Moenke? Er trat auf den Becher und warf ihn in einen Papierkorb. Doch Moenke besaß ein Alibi für den Mord an der Sängerin. Oder hatte Leonie Olsen ihrer Freundin ein Gefälligkeitsalibi verschafft?

* * *

Nina verbrachte den Nachmittag auf dem Sofa liegend, mit einer Eispackung auf ihrem geschwollenen und am Knöchel blaurot verfärbten Fuß. Sie blätterte in der neuen *Psychologie heute*. Doch heute hatte sie weder *Mut zur Veränderung*, noch wollte sie wissen, *Wie Düfte uns beeinflussen* – Artikel, die sie normalerweise verschlang. Zwischendurch rief Dominik an, der ihr zum Geburtstag gratulieren wollte, einen Tag zu früh. Es war ihm peinlich, und er lenkte das Gespräch schnell auf die Arbeit. Nina teilte ihm mit, was sie am Samstag von Bent erfahren hatte, und verabschiedete sich.

Nach dem Telefonat überlegte sie, ob sie sich krankmelden sollte mit der Verstauchung. Natürlich würde sie damit auch im Büro sitzen können. Und sie meldete sich fast nie krank, schleppte sich oft auch erkältet ins Präsidium. Aber wenn sie daran dachte, dass sie morgen wieder Bent im Besprechungsraum gegenüber sitzen musste … Bisher hatte sie das beflügelt. Damit war es nun vorbei. Vielleicht brauchte sie einfach Erholung.

Lustlos griff sie wieder nach der Zeitschrift, als das Telefon noch einmal klingelte. Auf dem Display erschien die Büroanschlussnummer von Bent. Nina zögerte einen Moment lang, bevor sie das Gespräch annahm.

»Hallo Nina. Ich … na, wie geht es deinem Fuß?«

»Ist auf Elefantengröße angeschwollen. Was gibt's denn, Bent? Etwas Dringendes?«

»Dieses Klassentreffenfoto, das wir vor Kurzem von den Hillenkötter-Langenfelds bekommen haben … ich würde es gerne Kai vorlegen. Womöglich erkennt er die Unbekannte darauf, die sich im *Bunker* an Marleens Tisch aufgehalten hat." Er berichtete ihr von der Befragung von Annette Kreimer.

„Oh!" Nina richtete sich auf. »Ich hatte ja schon vermutet, dass es um eine Täter*in* geht. Die Damentoilette ist eben doch ein Hinweis ...«

»Richtig, das haben wir wohl nicht ernst genug genommen. Leider erwische ich die anderen Zeugen momentan nicht, die sie identifizieren könnten, die Journalistin und diesen Stefan Rademacher ... ach ja, der möchte dich wegen etwas Privatem sprechen, soll ich dir ausrichten. Wenn Kai also ...«

»Kai ist unterwegs. Eigentlich müsste er schon zurück sein. Manchmal vergisst er die Zeit. Der kommt sicher gleich. Ich sage dir Bescheid, wenn er wieder da ist. Ich ... ich kann dir auch seine Handynummer geben, wenn ...«

»Das wäre schön!«

Sie gab ihm die Nummer durch, und Bent wünschte ihr gute Besserung.

Vom Sofa aus sah sie zu, wie es draußen dunkler wurde. Wo blieb Kai? Er war schon vor Stunden aufgebrochen, um am Betheleck nach der Jacke zu suchen. Ob er die anderen Haltestellen des Bethelbusses auch abklapperte? Vielleicht saß er mit einem Bekannten aus seiner Behindertenwerkstatt auf einer Bank an dem großen Teich in Bethel und fütterte in aller Seelenruhe die Enten. Wie oft hatte sie ihm schon gesagt, dass er sich melden sollte, wenn er länger wegblieb. Und natürlich vergaß er es andauernd!

Mit einem Seufzen langte Nina nach ihrem Handy auf dem Couchtisch. Eine Zeitlang ertönte das Freizeichen, dann schaltete sich Kais Mobilbox ein. Ächzend stemmte sie sich aus dem Sofa hoch und humpelte in ihre Küche. Nachdem sie morgens nicht viel hatte essen können, bekam sie allmählich Hunger. Kochen war ihr heute zu aufwendig: Brot, Käse und Weintrauben mussten reichen. Schließlich trat sie ans Fenster, um in die Dunkelheit zu spähen. Ein junger Mann mit einer Rastafari-Mütze auf dem Kopf radelte vorüber. Ansonsten waren Straße und Bürgersteig verwaist. Auch mit der Kraft ihrer Gedanken konnte sie die vertraute Gestalt ihres Bruders nicht herbeizwingen. Wieso ging er nicht ans Handy? Sie bandagierte ihren verletzten Fuß, zog sich eine Jacke und weiche Turnschuhe an, schnappte sich die Autoschlüssel und machte sich auf die Suche.

* * *

Shrek, der gerade durch das Burgtor stapfte, erstarrte zu einem Standbild, vor das sich nun Rosas Mutter schob. »Kai, dein Kakao wird kalt. Ich dachte, du magst Kakao!«

»Hm?« Kai warf einen Blick auf den Becher Kakao, den er auf dem Tisch vor dem Sofa abgestellt hatte. Das Sahnehäubchen hatte sich schon aufgelöst. Er war noch so satt von den Muffins gewesen, dass er den Kakao vergessen hatte. Und er wollte *Shrek* sehen! Er nahm den Becher und trank einen langen Schluck lauwarmen Kakao, damit Rosas Mutter endlich wieder ging.

»Schmeckt er noch?« Sie blieb einfach davor stehen, drückte dann eine Taste auf der Fernbedienung.

Rosa quietschte vor Freude, denn der Film lief weiter.

»Ja, schmeckt noch.« Kai leckte sich die Lippen und versuchte, an Rosas Mutter vorbei einen Blick auf den Bildschirm zu erhaschen.

»Ich will die Spülmaschine anmachen. Wenn du ihn jetzt austrinkst, kann ich den Becher noch reinstellen.« Sie wich kein Stückchen zur Seite.

»Ja, okay.« Er trank den Rest Kakao in einem Zug und hielt ihr den leeren Becher hin.

Sie nahm den Becher. »Dann noch viel Spaß euch beiden.«

Kai räkelte sich auf dem Sofa und gähnte laut, worüber Rosa lachte. Sie lachte immer, egal ob er rülpste oder gähnte. Eine Weile lang fesselten ihn *Shrek* und der Kater und der Esel, dann wurde ihm plötzlich übel. Er hatte wohl zu viel gegessen. Dieses Mal musste er aufstoßen, aber Rosa lachte gar nicht. Wie ein Kind schlief sie mit dem Daumen im Mund und mit dem Gesicht in das Fell ihres Teddys gekuschelt.

»Kai?« Rosas Mutter hatte den Kopf durch die Tür gesteckt.

»Hm?« Er richtete sich im Sofa auf.

»Es ist schon spät, ich bring dich lieber nach Hause.«

»Aber der Film …«

»Den leihe ich dir aus, du kannst die DVD mitnehmen.«

»Echt?«

Sie nickte lächelnd, holte die DVD aus dem Player, steckte sie in die Hülle und gab sie ihm.

»Toll, danke!« Als er aufstand, wurde ihm schwindelig.

Benommen tappte er hinter ihr her und stolperte über eine Falte im Teppich. Er ließ es zu, dass sie ihm die Jacke anzog, was er sonst selbst konnte, aber in seinem Kopf drehte sich alles. Er hielt sich am Geländer fest, während er hinter ihr die Treppe hinunterwankte. Unten verfehlte er eine Treppenstufe und Rosas Mutter stützte ihn ab, damit er nicht hinfiel.

»Kai, ein paar Schritte wirst du doch noch gehen können.«

»'tschuldigung. Mir ist schlecht.«

Sie nahm ihn bei der Hand und zog ihn nach draußen, wo es schon dunkel wurde. Die Kälte machte ihn etwas wacher.

»Du musst nur noch ins Auto. Kai, sei ein guter Junge, komm schon, steig ein!« Sie half ihm auf den Rücksitz. »Du darfst dich auch hinlegen, na komm.« Sie schob ihn weiter hinein, hob seine Beine auf das Polster. Er zog die Knie an, und hatte im nächsten Moment das Gefühl, als ob ein schweres Gewicht ihn ins Polster drückte. Eine Straßenlaterne ging neben dem Auto an. Rosas Mutter breitete eine Wolldecke über ihn.

Er hörte den Motor und das Geräusch der Gangschaltung, spürte, wie sie anfuhr, was seine Übelkeit nicht besser machte. An der Innenverkleidung des Autodachs entdeckte er einen Fleck. Kai schloss die Augen. Bald würde er zu Hause sein, und gleich ins Bett gehen. Nina würde nicht mehr böse sein auf ihn, weil er die Jacke wiederhatte. In einer Kurve fiel die *Shrek*-DVD aus seiner Hand in den Fußraum. Kai richtete sich auf, als er bemerkte, dass sie an der Einbiegung der Straße, in der er wohnte, vorbeifuhr. »Du musst da abbiegen.«

»Ich fahre woanders lang, Kai. Da ist eine Baustelle, da kann ich nicht rein.«

»Baustelle?« Er konnte sich nicht erinnern, eine gesehen zu haben. Aber er war zu müde, um darüber nachzudenken oder auf sein Handy zu reagieren, das in seiner Hosentasche summte. Er sank zurück auf das Polster, schloss wieder die Augen und dachte an gar nichts mehr. Nur noch einmal blinzelte er, als er im Halbschlaf ein Rütteln und Schaukeln registrierte, während der Wagen über eine unebene Piste holperte.

* * *

Das Kreischen der Kinder auf dem Spielplatz am Rande des Obersees mischte sich mit dem Geschnatter von Gänsen. Der Himmel färbte sich schon rot. Bent hatte sich erst spät auf den Weg gemacht, um eine Runde um den See zu gehen. Sonntagnachmittags fand hier eine Völkerwanderung statt, doch um diese Zeit wurde es leerer, ihm kamen nur noch wenige Jogger und Walker entgegen. Er brauchte frische Luft, um einen klaren Kopf zu bekommen. Bent unterdrückte ein Gähnen. Er dachte an Joe und die Eurovision-Song-Contest-Party, auf der es spät geworden war, weil er sich so lange mit Joe unterhalten hatte. Über alles Mögliche. Keine Frage, sie funkten auf einer Wellenlänge. Joe, der einiges aus seinem Alltag als Gymnasiallehrer erzählt hatte, war witzig, intelligent und sportlich – und er hatte eine Knollnase und wasserblaue Augen. Mit dem attraktiven Schauspieler Yul Brynner teilte er leider nur den Kahlkopf. Ohnehin war Joe vermutlich sauer auf ihn, weil er die Oetkerhalle vor Ende des Konzerts verlassen hatte. Er war Joe gegenüber nicht sehr aufmerksam gewesen, auch wenn es einen guten Grund dafür gab.

Bent überholte ein älteres Paar, wobei er aufpasste, nicht über ihr winziges Hündchen zu stolpern. Wieso bloß musste er sich immer in die falschen Männer verlieben? Oder verdarb allzu gutes Aussehen den Charakter? Plötzlich tauchte Andy – nein, es war natürlich Dominik Domeyer, zwischen den Spaziergängern auf, als hätte er ihn mit diesen Gedanken herbeibeschworen. Der Kollege joggte ihm entgegen und verlangsamte seine Schritte, als er ihn bemerkte.

Dominik nahm die Ohrhörer seines MP3-Players aus den Ohren. »Hallo, Bent«, sagte er atemlos und blieb stehen.

»Na, Joggen schon beendet?«

»Jep.« Dominik machte eine ausholende Bewegung mit der Hand. »Ich bin das Südfeld hochgelaufen, habe die Runde über Vilsendorf gedreht, reicht jetzt.« Er stemmte die Hände in die Seiten.

Bent, der keine Ahnung hatte, wo das »Südfeld« war, nickte in vager Anerkennung.

Dominik wischte sich ein paar schweißnasse, dunkle Locken aus der Stirn. »Nina hat mir heute Nachmittag kurz berichtet. Hat sich schon was ergeben bei der Hausdurchsuchung in Köln?«

Bent nahm ihn beiseite, sie gingen ein paar Schritte auf den nahegelegenen Parkplatz. »Das kam erst vor einer halben Stunde. Die Textilfaser, die in dieser Kuchendose gefunden wurde, passt weder zu Fasern in Ronnies Wohnung noch zu Fasern aus den Probenräumen.« Bent massierte sich den Nacken, den er sich in der Nacht verlegen hatte.

»Auch keine anderen Hinweise in Ronnies Wohnung?«

»Nichts, was darauf hindeutet, dass er einen Giftmord mit Kaliumcyanid begangen haben könnte. Ich fürchte, der Fall ist kompliziert.«

»Kevin Trockel ist auch aus dem Rennen?«

Bent schürzte die Lippen und nickte. »Das Alibi für den Mord an Siekmann, das ihm sein Vater gab, ist von den Trauergästen dieser Beerdigung, zu der er Trockel senior gefahren hat, bestätigt worden. Die Kölner Kollegen waren gründlich.«

»Tja, und David James befragen wir morgen noch. Aber wie man dieses Bild auch dreht und wendet, es fehlt immer ein Teil. Alle Spuren scheinen sich in Luft aufzulösen, obwohl wir in diesem Fall Unmengen von Zeugen hatten! Was bleibt uns denn noch?«

»Das Phantom.« Es knackte leise, als Bent seinen Nacken dehnte. »Ich meine die Unbekannte an Marleens Tisch. Sie hat mit Siekmann geredet, nachdem sie den Tisch verließ. Übrigens mit zwei leeren Sektgläsern, hat ein Zeuge ausgesagt!«

Dominik stieß einen Pfiff aus. »Eine Bekannte von Siekmann?« Er knotete die Ärmel der Funktionsjacke auf, die er um die Hüften gebunden trug, und zog sie an. »Und Siekmann ruft mich kurz vor seinem Tod an, weil er sie verdächtigt, etwas mit dem Mord an Marleen zu tun zu haben?!«

»Schön … ja … « Bent schürzte die Lippen. »Das ergibt Sinn. Ich habe schon darüber nachgedacht, dass Ronnie vielleicht eine Komplizin hatte.«

»Siekmann hatte seine Bekannte jedenfalls nicht von Anfang an in Verdacht. Er hat erst vier Tage nach Marleens Tod versucht, mich zu erreichen. Irgendetwas muss in der Zwischenzeit vorgefallen sein.« Dominik gähnte hinter vorgehaltener Hand. »Entschuldigung. Bei mir ist es gestern Abend spät geworden. Frank und ich haben uns in kollegialem Einvernehmen einer Kiste Bier angenommen.«

»Kollegiales Einvernehmen ist immer gut.« Bent lächelte. »Ich denke jetzt, wir sind dicht dran, Dodo.« Hatte er *Dodo* gesagt? Er räusperte sich. »Dominik.«

»Das Phantom.«

»Genau.« Bent machte einer jungen Frau Platz, die mit zwei Brettern mit Rollen unter den Füßen und Stöcken an ihm vorbeifuhr. Er hatte das in Flensburg schon einmal gesehen. Eine Art Skilanglauftraining auf dem Trockenen. »Sag mal, du hast doch diese Katia Moenke befragt. Passt eigentlich die Beschreibung des Phantoms – lange, braune Haare, zierlich und Brille – auf Moenke? Sie hat nämlich ein Motiv.« Er gab Dominik eine kurze Zusammenfassung der Befragung Kreimers.

»Hm … Frisur und Haarfarbe kann man ändern, eine Brille absetzen, aber zierlich … ich weiß nicht … eigentlich nicht: Moenke ist zwar nicht dick, aber groß und eher grobknochig. Außerdem liegt Moenkes Motiv in der Vergangenheit, wieso sollte sie der Sängerin gerade jetzt …« Dominik unterbrach sich. »Weil Marleen beabsichtigt, wieder nach Bielefeld zu ziehen?«

»Du sagst es.«

»Aber sie hat ein Alibi und ›zierlich‹ passt nun wirklich nicht auf Moenke.«

Schade eigentlich. Bent seufzte. »Ich wünschte, ich könnte endlich die Zeugen erreichen, die das Phantom gesehen haben. Dann können wir zumindest sagen, ob die Frau auf dem Foto des Klassentreffens zu finden ist. Ich habe den halben Sonntag damit verbracht, den beiden Zeugen hinterherzutelefonieren. Bisher vergeblich.«

»Eine Frage der Zeit, Bent. Mir wird allmählich kalt.«

»Dann sehen wir uns morgen.«

Dominik hob grüßend die Hand.

Bent blickte ihm nach, bis sich seine schlanke Gestalt in der Dunkelheit verlor. Sich in einen Hetero zu verlieben, wäre allerdings dümmer, als die Polizei erlaubt …

* * *

Als Kai zu sich kam, spürte er etwas Komisches im Mund, das bitter schmeckte. Er spuckte aus. Es war ein braunes Blatt und er lag auf dem Boden auf lauter verwelkten Blättern. Mit Mühe hob er den Kopf. Sie waren im Wald. Die dunkle Gestalt von Rosas Mutter war wie ein Scherenschnitt vor einem rötlichen Licht zu sehen. Sie schien am Rand eines Abgrunds zu stehen, aus dem das Licht drang. Es roch nach Rauch. Die Hölle, kam es Kai in den Sinn. Dann nahm er Stimmen und Gelächter wahr und der Gedanke löste sich auf. Der Wind ließ das welke Laub rascheln. Ein Paar Halbschuhe kamen in Sicht. Rosas Mutter hockte sich neben ihn. Er sah nur ihre Knie und ihre Hände, aber er wusste, dass sie es war.

»Du bist wach, Kai?«

Kai konnte sich kaum rühren.

»Da unten im Steinbruch wird gegrillt«, fuhr sie fort. »Damit habe ich nicht gerechnet. Aber das macht nichts, Kai, wir haben Zeit. Rosa braucht mich jetzt nicht, sie wird tief und fest bis morgen früh schlafen. Und morgen ist Montag, ein ganz normaler Arbeitstag. Die da unten werden also nicht bis in die Puppen grillen. Außerdem wirken die Tropfen, die ich dir in den Kakao getan habe, noch eine ganze Zeitlang.« Er spürte ihre kalte Hand über seine Wange streichen. »Und weißt du, was das Beste ist? Das Zeug ist in deinem Körper bald nicht mehr nachweisbar. Du armer Kerl hast dich eben verlaufen. Sagen wir, du hast gemerkt, es ist schon spät. Du wolltest eine Abkürzung nehmen und bist in den Wald gegangen. Du kennst dich hier nicht aus, und da ist es passiert. Ein falscher Schritt, und huiii – du trittst ins Leere und fällst in die Tiefe. Es wird schnell gehen bei der Höhe. Du wirst es kaum merken.«

Falscher Schritt … kaum merken … Tropfen … Was hatte sie gesagt? Er konnte sich wirklich kaum was merken. Sein Gesicht sank wieder ins Laub. Es war so staubig, dass er niesen musste. An seiner Hüfte spürte er ein Summen. Es dauerte einen Moment, bis er begriff, dass es sein Handy war. Es war in seiner Hosentasche, aber er lag auf dem Bauch und kam nicht dran. Er musste sich richtig anstrengen, um sich auf den Rücken zu wälzen und nach dem Handy zu greifen. Doch gerade, als er es in der Hand hielt, nahm Rosas Mutter es ihm weg.

»Upps, das machen wir jetzt erst mal aus, was Kai? Schlaf lieber ein bisschen.« Sie fing an zu summen wie Rosa. »Schlaf, Kindlein, schlaf …«

Kai starrte die Zweige der hohen Bäume an, die sich bewegten, als würden die Bäume atmen. Darüber sah er einen Stern. Schlaf, Kindlein, schlaf. Er schloss die Augen und spürte, wie sie an seinen Beinen zerrte, ihn ein Stückchen über den Boden zog. Sie schnaufte. Zog noch ein Stückchen. Schnaufte wieder.

»Du bist ein ganz schöner Brocken, mein Lieber. Aber wenn das Grillfest zu Ende ist, habe ich dich am Rand. Kann nicht mehr lange dauern.« Wieder zerrte sie an ihm.

Dabei wollte er nichts als schlafen.

* * *

»Kai?« Nina humpelte ein paar Schritte und leuchtete mit der Stablampe über den Weg. Die Augen eines Igels reflektierten das Licht, bevor das Tier in die Büsche floh. »Kai? Wo bist du, verdammt?«

Ihr Fuß schmerzte. Sie war in der Ortschaft Bethel herumgefahren und schließlich am Botanischen Garten ausgestiegen, wo sie eine Runde gemacht und nach ihm gerufen hatte wie nach einem verlorenen Kätzchen. Er konnte überall sein. Vielleicht war er sogar inzwischen zu Hause und machte sich über den Inhalt des Kühlschranks her. Sie würde ihm keine Vorwürfe machen, selbst wenn er ohne Jacke kam. Ach Kai! Sie ließ die Stablampe sinken. Unvermittelt sprang ein Rehpinscher auf sie zu.

»Hallo, Arnie.« Sie streichelte Arnie das nasse Fall. Ihr Nachbar Johannes hatte das schmächtige Tierchen mit Sinn für Humor »Arnold Schwarzenegger« genannt.

»'n Abend, Nina.« Johannes trat in den Lichtkegel der Straßenlaterne. Sein Gesicht war halb von einer Kapuze verschattet. »Ganz schönes Mistwetter, was?«

Erst jetzt wurde ihr bewusst, dass es wieder angefangen hatte zu regnen.

»Du, ich suche Kai. Hast du ihn zufällig in der Nachbarschaft gesehen?«

»Nein. Ist er wieder irgendwo hängen geblieben?«

»Ja, ich schätze auch.« Wie zur Bekräftigung nieste sie dreimal. Sie war im letzten Jahr mit Kai im *Movement-Theater* in der Nähe gewesen und sie hatten dort auch Johannes getroffen. Nach der Vorstellung wollte Kai unbedingt noch etwas trinken, und Nina verließ das Theater ohne ihn. Johannes begleitete ihn später nach Hause. Ähnlich wie bei der Eurovision-Song-Contest-Party.

»Mach dir keine Sorgen. Kai ist erwachsen. Der kommt schon klar. Gute Nacht, Nina.«

Kai sei erwachsen, so etwas in der Art hatte Stefan auch mal gesagt.

»Gute Nacht.« Als sie einen Schritt machte, musste sie die Zähne zusammenbeißen, so weh tat ihr Fuß. Sie hatte ihn zu sehr belastet. Während sie nach Hause humpelte, fielen ihr verschiedene Gelegenheiten ein, bei denen Kai ihr nicht Bescheid gesagt hatte, dass es später werden würde. Und zur Not hatte er ja noch die Nummer eines befreundeten Taxifahrers in seiner Geldbörse. Johannes hatte recht. Sie konnte sich auch nicht erklären, warum sie planlos mit einer Taschenlampe durch den Botanischen Garten gelaufen war. Als sie ihre Haustür aufschloss, fiel es ihr ein. Schuldgefühle! Sie war nicht gerade nett zu Kai gewesen. Sie hatte ihren Frust wegen der Bent-Sache an ihm ausgelassen.

Kai war nicht wiedergekommen. Sie ließ sich mit einem Tee und einer Wolldecke auf dem Sofa nieder und schaltete den Fernseher ein, wo gerade ein *Tatort* begann. Sonst schaute sie sich nie Krimis an, aber heute Abend war sie zu träge für etwas anderes. Nina gähnte und kuschelte sich tiefer unter die Decke. Die sonore Stimme des *Tatort*-Kommissars hatte die gleiche Wirkung auf sie wie die Hörbücher, die sie oft hörte, um besser einzuschlafen.

* * *

Kai fror, aber diese Empfindung war nur wie ein leises Klopfen an einer Tür am Rande seines Bewusstseins. Rosas Mutter hatte ihn über den Boden gezogen und leise dabei geschimpft, er wusste nicht mehr, worüber. Jetzt lag er auf einer Seite. Durch die Zweige eines Blaubeerstrauchs konnte er die jungen Leute sehen, die weit unter ihm um das Feuer saßen, Stöcke mit Brotteig über die Flammen hielten, klirrend ihre Bierflaschen gegeneinanderstießen, redeten und lachten. Einer spielte Gitarre. An dieser Stelle hatte Rosas Mama eine Lücke in den Holzzaun gerissen, als wollte sie ihm freie Sicht auf die Leute da unten verschaffen. Wie gerne säße er jetzt bei ihnen. Stockbrot kannte er. Woher noch mal? Es fiel ihm nicht mehr ein. Hungrig war er nicht. Es roch nach Rauch, und ihm war noch immer übel. Aber es gefiel ihm, wie sie zusammen lachten da unten. Ein junger Mann mit Bart legte den Arm um die Schultern eines

Mädchens. Kai lächelte und dachte an Bine. Das Feuer wirkte wie eine Insel aus Licht, denn ringsherum war es jetzt ganz dunkel.

»Hey, ihr!« Kai spürte, wie sich eine kühle Hand auf seinen Mund presste.

»Maul halten!«, zischte Rosas Mutter dicht an seinem Ohr.

Das Mädchen blickte hoch. Es kam ihm vor, als schaute sie ihn direkt an. Er rief noch einmal, doch es kam nur ein komisches Gurgeln heraus, weil die Hand nun fester drückte. Das Mädchen sagte jetzt etwas zu ihrem Freund und deutete mit dem Kopf in Kais Richtung. Der junge Mann blickte ebenfalls hoch und ließ seinen Blick wandern. Kai versuchte, die Hand von Rosas Mama von seinem Mund zu zerren, aber er hatte seltsam wenig Kraft in den Armen. Der junge Mann schüttelte jetzt den Kopf, sagte etwas zu seiner Freundin und lachte. Dann gab er ihr einen Kuss. Niemand sah mehr hoch. Langsam lockerte sich der Druck auf Kais Mund, aber Rosas Mutter nahm ihre Hand nicht weg.

Die Holzscheite knisterten und knackten und fielen zusammen, Funken stoben hoch. Der Junge, der Gitarre gespielt hatte, packte das Instrument in eine Tasche. Das Feuer brannte herunter. Die Dunkelheit nahm zu. Lasst das Feuer nicht ausgehen, dachte Kai kurz, bevor er wegdämmerte.

Als er wieder zu sich kam, zitterte er vor Kälte. Die Insel aus Licht war verschwunden. Nur ein paar Sterne funkelten am Nachthimmel. Aber die Sterne wussten nichts von ihm. Sie waren zu weit weg. Ansonsten war es finster. Der Wind ließ die Bäume rauschen. Jemand machte sich an seinem Rücken zu schaffen. Er spürte seine Arme und Beine kaum noch, aber das Drücken im Rücken ließ nicht nach. Warme, schwere Atemzüge in seinem Nacken.

Kai griff haltsuchend nach den Zweigen vor ihm, im nächsten Moment hielt er die abgebrochenen Stücke in den Händen. »Nina?«, nuschelte er. »Nina! Ich will nach Hause!«

»Halt die Klappe, deine Schwester kann dich nicht hören. Niemand kann dich jetzt hören. Oh Mann, Kai, du bist schwer wie ein nasser Sack.« Rosas Mutter schnaufte und schob.

Der Strauch knackte unter seinem Gewicht. Zweige pikten in seinen Bauch.

Schnaufte und schob.

Montag, der 20. Mai

Anstelle des *Tatorts* lief jetzt irgendeine Talksendung. Nina schälte sich aus ihrer Decke. Sie musste vorm Fernseher eingeschlafen sein. Als sie ihn ausschaltete, wurde es dunkel im Wohnzimmer. Die Leuchtziffern ihrer Digitaluhr zeigten 00:45 Uhr. Sie hatte viereinhalb Stunden hier gelegen und geschlafen wie ein Baby! Vermutlich der Schlafmangel von der Nacht davor.

»Kai?«, rief sie halblaut, während sie durch die dunkle Wohnung humpelte. Erst in seinem Zimmer machte sie das Licht an. Sein Bett war leer. Nichts deutete darauf hin, dass er nach Hause gekommen war. Auch im Bad entdeckte sie ihn nicht, nicht in der Küche, nicht in ihrem Arbeitszimmer. Sie holte ihr Handy und erwischte wieder nur Kais Mobilbox. Auf der Schwelle zur Terrasse erstarrte sie. Plötzlich hatte sie Probleme mit dem Atmen, ihr Hals war wie zugeschnürt. Sie schaltete die Außenlampe ein. In dem kleinen Garten war niemand. Was, wenn … Bent, sie würde Bent anrufen. Er würde ihr den späten Anruf verzeihen.

Er meldete sich nach dem zweiten Klingeln und klang nicht, als ob er schon geschlafen hätte. »Kai«, sagte sie ohne Umschweife. »Er ist nicht nach Hause gekommen. Bent, er war doch im *Bunker Ulmenwall* und ... ich weiß nicht, aber ... ich ... ich ...«

»Beruhig dich erst mal, Nina. Ist das schon mal vorgekommen, dass er nicht nach Hause kam und sich auch nicht meldete?«

»Na ja ... schon ... aber ich habe bei dieser Sache kein gutes Gefühl! Er ist schon seit heute Nachmittag fort! Und Bent, er ist ein Zeuge in dem Mordfall und ...«

»Okay, okay, wo wollte er hin heute Nachmittag?«

»Er wollte seine Jacke suchen. Er meinte, er hätte sie an einer Bushalte am Betheleck liegen lassen.«

»Ich habe es selbst mehrmals bei Kai versucht, er geht nicht an sein Handy, wir ...«

»Ja!«, schrie Nina auf. »Natürlich, Handy-Ortung! Ich habe nur auf seine Mobilbox gesprochen, aber ...«

»Wir versuchen es über stille SMS. Ich hab vorhin noch Licht im Büro des Chefs gesehen. Ich geh sofort rüber und bitte ihn um die Anordnung. Falls Kai tatsächlich in der Gewalt des Täters wäre ... ja, es ist wohl besser, niemand bekommt etwas von der SMS mit.«

»Dann treffen wir uns im Präsidium?«

»Ich bin schon dort oder, genauer gesagt, schon wieder. Bis du hier bist, haben wir vielleicht schon die Daten vom Provider. Was macht dein Fuß?«

»Vergiss jetzt den Fuß. Du hast aber keine Idee, ich meine, der Mord an Marleen und ...«

»Ich habe die Unbekannte an Marleens Tisch im *Bunker* in Verdacht und versuche vergeblich, die Zeugen zu erreichen. Inzwischen kommt es mir vor, als ob uns auf einen Schlag gleich drei Zeugen abhanden …« Er brach ab. Sie hörte seinen schweren Atem. »Aber, Nina, das muss nicht heißen …«

»Schon gut, Bent, ich weiß, was das heißen kann!«

»Wir dürfen jetzt nicht den Kopf verlieren! Ich glaube, wir erkennen gerade den Wald vor lauter Bäumen nicht. Was haben wir übersehen, Nina, was?«

Als Ninas Taxi fünfundzwanzig Minuten später vorm Präsidium hielt, half ihr der Taxifahrer auszusteigen. Sie trug über der Fußbandage nur einen Pantoffel. Er bot sogar an, sie ins Präsidium zu begleiten, obwohl sein Blick mit sichtlichem Unbehagen über die Backsteinfassade des Gebäudes wanderte. Sie lehnte ab und zwang sich, vorsichtig aufzutreten, auch wenn sie am liebsten gerannt wäre. Sie traf Bent in der Teeküche, wo er sich gerade Kaffee eingoss.

»Möchtest du?« Er hielt ihr die Thermoskanne hin.

Nina schüttelte den Kopf.

»Sein Handy ist am Hauptbahnhof Hannover geortet worden. Hat er Verwandte oder Freunde dort?«

»Hannover? Wieso denn … nein … er kennt kein Schwein in Hannover!« Sie riss die Augen auf. »Hat … habt …«

»Die Bahnpolizei sucht noch nach ihm. Fährt er gerne Zug, ich meine, ist er schon einmal einfach so in einen Zug gestiegen?«

»Einfach so … nein.«

»Das kann dauern. Der Hauptbahnhof Hannover ist groß.«

Nina stieß einen Schwall Luft aus. Dann setzte sie sich auf einen der Holzstühle der rustikalen Teeküche. »Ich glaube, ich nehme doch einen Kaffee.«

»Aber gerne.« Bent goss ihr einen Becher voll.

Nina trank vorsichtig einen Schluck von dem heißen Kaffee. »Wir könnten die Protokolle noch mal durchgehen. Etwas Besseres fällt mir gerade nicht ein.«

»Ich bin alles mehrmals durchgegangen. Es finden sich nicht mal widersprüchliche Aussagen, die auf eine Lüge hindeuten. Nina, das klärt sich auf! Wer weiß, vielleicht hat er eine Freundin in einer Nachbarstadt. Weißt du alles über ihn, nur weil er Trisomie 21 hat?«

Nina legte die Hände um den warmen Becher und sah ihn an. Sie wollte ihm so gerne glauben, aber es gelang ihr nicht.

Bents Handy, das neben der Kaffeemaschine lag, vibrierte. »KK11, Andersen.« Seine Augen wurden groß. »Klar, Frau Telgenbrink, kann ja mal vorkommen. Aber wir brauchen Sie hier dringend. Eine Streife holt Sie ab … schön … in einer Viertelstunde, in Ordnung?«

Nina holte tief Luft. Sie blickten sich an.

»Endlich! Ihr Akku war fast leer und deshalb hatte sie ihr Handy ausgeschaltet. Zuerst war sie bei einer Freundin, mit der sie später zu einer Feier ging, wo sie was getrunken hat und …«

»Egal. Sie kommt und das ist die Hauptsache!« Nina nahm noch einen Schluck. Der Kaffee war stark. Sie griff nach der Zuckerdose.

Bent schob ihr die Dose hin. »Das könnte der entscheidende Hinweis sein! Die Hillenkötter-Langenfelds haben alle abgebildeten Personen fein säuberlich für uns nummeriert und den Nummern Namen zugeordnet.«

»Ärgerlich, dass sie so spät mit dem Foto rübergekommen sind!«

»Die besitzen nun mal keine Digitalkamera. Nicht alle sind aufgeschlossen für die Segnungen der modernen Technik.« Bent lächelte ihr aufmunternd zu.

»Wir hätten ...« Nina schossen die Tränen in die Augen. Sie wischte sie sich hastig ab.

»Wir hätten noch vieles tun können und haben vieles getan. Wir mussten uns durch einen Berg von Zeugenaussagen kämpfen.«

»Blausäure! Was für ein grausamer Tod! Und Kai ist so arglos! Alle sagen, er sei erwachsen und so weiter, aber ...«

Bent legte seine Pranke auf ihre kalte Hand. »Nina ...

»Das dauert alles viel zu lange mit der Telgenbrink!« Tränen liefen über ihre Wangen. »Er ist mein einziger Bruder, und ich sollte auf ihn aufpassen – und was habe ich getan?«

»Nina, wir warten jetzt Telgenbrinks Aussage ab und was aus Hannover kommt.«

»Das Johannistal ist vom Teuto umgeben, im Wald kann ...«

»Falls nötig, starten wir eine Suchaktion! Mit allem, was möglich ist, das verspreche ich dir!« Er drückte ihre Hand. Dann reichte er ihr ein Papiertaschentuch.

Nina schnäuzte sich die Nase und schaute auf ihre Uhr. Es waren sieben Minuten seit dem Anruf der Journalistin vergangen.

»Du kannst jetzt nichts tun«, sagte Bent sanft. »Und Nina – es war nicht dein Fehler.«

Sie setzte an, um ihm zu widersprechen, ließ es dann. Es brachte nichts. Bent goss ihr einen weiteren Kaffee ein. Die Minuten schlichen dahin, während sie das bittere Zeug trank.

Bents Handy klingelte. »Schön … bin gleich unten.« Er lächelte Nina zu. »Ich hole die Dame am Eingang ab, nicht dass sie uns noch verloren geht.«

Es vergingen weitere drei Minuten, in denen Nina in Bents Büro ging und einen Spot auf das Klassentreffenfoto richtete. Verbarg sich hier eine Mörderin? Die Leute darauf wirkten alle so stinknormal – bis auf Marleen, die selbst auf dem Foto etwas Strahlendes an sich hatte.

Frau Telgenbrink betrat den Raum, hinter ihr Bent. Ihre grellrot geschminkten Lippen waren zu einem Lächeln verzogen. »Sorry, dass ich nicht …«

»Wir haben wenig Zeit! Das Foto …« Nina tippte auf das Foto.

Bent nickte der Journalistin zu. Sie beugte sich über den Schreibtisch. »Wollen Sie sich setzen?« Er schob ihr einen Stuhl hin und blickte ihr über die Schulter.

Sabine Telgenbrink holte ihre Halbbrille aus einem Etui und studierte die Gesichter. Eine Weile herrschte Stille. Nina setzte sich auf Bents Schreibtischstuhl, drehte mit leisem Quietschen hin und her. Bent räusperte sich. Nina holte tief Luft und atmete schwer wieder aus. Das Gesicht von Frau Telgenbrink war hinter einem Vorhang aus roten Haaren verborgen. Ihre Federohrringe schaukelten. War das ein Nicken?

»Frau Telgenbrink …«, begann Nina.

Die Frau sah hoch und lächelte.

»Haben Sie da …« Nina brach ab.

»Ja, vielleicht … also … die hier könnte es sein.«

Bent beugte sich tiefer.

»Das Gesicht auf dem Foto ist klein und … die Frau ist nicht so auffällig, aber ich würde sagen, ja … das ist sie.«

Bent gab ihr einen Bleistift. Sie blickte hoch zu ihm, und er nickte ihr zu. Dann tippte die Journalistin auf eine Stelle auf dem Foto. Nina hielt den Atem an.

Bent studierte eine Liste, dann blickte er mit gerunzelter Stirn auf. »Leonie Olsen.«

»Leonie Olsen!« Ninas Stimme klang wie ein Schluchzen. »Dann müssen wir sie nur noch finden, dann …«

»Frau Telgenbrink, Sie sind sozusagen entlassen. Vielen Dank!« Bent geleitete sie nach draußen und kam kurz darauf wieder ins Büro. Er stemmte die Fäuste in die Hüften. »Dann war also Olsen diejenige, die ein Gefälligkeitsalibi von Moenke bekommen hat!«

Nina nickte. »Olsen und Moenke waren angeblich zusammen spazieren und ab 22.30 Uhr in der Kneipe *Der Koch*. Marleen starb kurz nach 22 Uhr. Olsen hatte genug Zeit, diese Kneipe am Siggi aufzusuchen. Weber hatte das überprüft: Nach Aussage einer Kellnerin dieser Kneipe waren die beiden Frauen ab etwa 22.30 Uhr tatsächlich dort.«

»Schön …« Bent griff nach dem Telefon.

Nina wurde schwindelig, sie umklammerte die Lehnen des Drehstuhls, bekam nur Fetzen des Gesprächs mit, das Bent mit der Kripo an der Nordseeküste führte. Auf Baltrum selbst gab es nur eine kleine Polizeidienststelle. Leonie Olsen hatte nicht lange mit Marleen in dieser *Swinging-Manhattan*-Gruppe gesungen, war früh nach Baltrum gegangen. Welchen Anlass hatte es dafür gegeben? Während Bent telefonierte, humpelte Nina in den angrenzenden Besprechungsraum und fuhr den PC hoch.

Plötzlich fiel ihr der alte Schlager ein. *Man müsste Klavier spielen können …* Wer Klavier spielt, hat Glück bei den Frauen, murmelte Nina, klickte sich durch die Dateien und fand das Protokoll von Franks und ihrem ersten Besuch bei den Hillenkötter-Langenfelds. Nach einer Weile entdeckte sie die Stelle wieder:

»In der Anfangszeit von Swinging Manhattan war Leonie mit Sebastian zusammen, später Marleen. Man müsste Klavier spielen können …«

Leonie Olsen hatte Sebastian Siekmann also zweimal an Marleen verloren, zuerst, als sie in die Band einstieg und dann Jahre später, kurz bevor Marleen plante, nach Bielefeld zurückzuziehen. Die Olsen war verheiratet, hatte Kinder und eine Existenz auf Baltrum. Konnte eine Langzeitaffäre mit Siekmann so wichtig sein? Oder war sie damals aus Liebeskummer aus Bielefeld weggezogen? War Siekmann womöglich Olsens große Liebe? Aber dann würde sie ihn doch nicht umgebracht haben! Dominik hatte mit ihr gesprochen. Nina wählte seine Nummer. Es dauerte eine Weile, bis jemand ranging. Im Hintergrund hörte sie ein Poltern, dann ein Fluchen.

Dominiks »Ja?« klang verschlafen und wenig begeistert.

»Du hast Leonie Olsen befragt …«

»Ach, du bist es, Nina …«

»Wie hat die Olsen auf dich gewirkt, als es um den Mord an Marleen Seismo ging?«

Die Antwort war lautes Gähnen. »Verzeihung.« Er lachte kurz. »Das habe ich der Polizei doch alles schon erzählt.«

»Dodo, ich hab jetzt keine Zeit für Witze!«

»Ist was ...«

»Kai ist verschwunden.«

»*Was*?« Jetzt klang er wacher.

»Die Olsen«, erinnerte Nina. »Ihre Reaktion auf die Nachricht von Marleens Tod.«

»Nicht sonderlich emotional, aber normal ... denke ich. Sie wusste bereits vom Tod der Sängerin, als ich sie auf Baltrum befragte. Sie sagte, sie hätte seit vielen Jahren nichts mehr mit Marleen zu tun gehabt.«

»Und als sie von Siekmanns Tod erfuhr?«

»Am nächsten Vormittag war das ... sie ist zusammengeklappt. Mitten auf dem Weg zwischen den Dünen.«

»Sie war überrascht?«

»Überrascht? Sie war am Ende!«

»Dann hat sie Siekmann deiner Meinung nach nicht getötet?«

»Richtig. So gut schauspielert nicht mal De Niro. Natürlich müssen wir ihr Alibi für den Mord an ihm überprüfen, aber ... soll ich kommen, Nina? Wegen Kai?«

»Du kannst nichts tun. Schlaf weiter, Dodo.«

»Du bist lustig. Was ist denn mit der Olsen?«

»Die Olsen ist jene mysteriöse Dame, die mit Marleen am Tisch saß. Die Journalistin hat sie anhand des Klassentreffenfotos identifiziert.«

»Die Frage ist: Gehen wir von *einem* Täter aus? Zwei Morde, die mit Kaliumcyanid verübt werden, das …«

»Ganz recht, Dodo, du siehst das Problem.«

Bent stand neben dem Flipchart. Sie hatte ihn nicht kommen hören. »Ich mache jetzt Schluss. Bis morgen.« Sie drückte das Gespräch weg.

»Die Kollegen von der Bahnpolizei haben angerufen. Sie haben Kais Handy gefunden.«

Nina machte eine fahrige Bewegung mit der Hand und die Maus fiel auf den Boden. Bents Blick war ernst.

»Ja und? Bent!«

»Nur das Handy. Nichts weiter. Im letzten Zug aus Bielefeld, der dort nicht mehr weiterfuhr, weil zu dieser Zeit keine Züge mehr fahren.«

»Du meinst, er ist dort ausgestiegen?«

»Das Handy wurde eingeschaltet in einem Abfallbehälter im Zug entdeckt.«

Nina schlug sich die Hände vor den Mund. »Kai ist stolz auf sein Handy, er würde es nie wegwerfen! Bent, das ist die Bestätigung, dass es hier um ein Verbrechen geht!«

Sie wünschte sich, er würde ihr einen guten Grund gegen diese Annahme liefern, aber er nickte. »Ich schätze, das war der alte Trick. Lass ein eingeschaltetes Handy um die Welt reisen, um die Polizei in die Irre zu führen. Nur dass es in diesem Fall nicht weit gekommen ist.«

Eine der beiden Neonröhren begann wieder zu flackern. Nina barg den Kopf in den Händen und fuhr sich über ihr kurzes Haar. Bent schaltete die Röhre aus, als sein Handy klingelte. Er setzte sich auf einen der Tische, sagte fast nichts außer Ja und Nein, beendete das Gespräch und hielt wie zum Beweis das Handy hoch. »Frau Olsen ist auf der Insel. Das Polizeiboot ist schon auf dem Weg nach Baltrum. Unter anderem Vernehmungsspezialisten der Kripo, Nina.«

»Wie soll Leonie Olsen etwas mit Kais Verschwinden zu tun haben, wenn sie auf Baltrum ist? Andererseits ist er ja schon seit dem frühen Nachmittag fort.«

Bent strich sich mit leisem Kratzen über die Bartstoppeln. Schatten lagen unter seinen Augen. »Wenn wir nicht bald einen Anhaltspunkt von Olsen bekommen, starten wir die Suchaktion.« Er ging in sein Büro und kam kurz darauf mit einer Karte wieder, die er auf dem Tisch ausbreitete. Sein Finger fuhr über die Karte. »Er war in der Ortschaft Bethel unterwegs, richtig?«

»Ja.« Nina kämpfte mit den Tränen.

Bent glättete die Karte. »Außerdem gibt es in der Nähe eurer Wohnung ein größeres Waldstück zwischen der Osnabrücker Straße im Süden und dem Johannistal und der Dorn…«

Er wurde vom Schrillen seines Handys unterbrochen.

»Andersen.« Bent blickte sie stirnrunzelnd an, während er sich mit einer Hand auf den Tisch stützte und mit der anderen das Handy ans Ohr gepresst hielt. Er beendete das Gespräch und richtete sich auf. »Olsen hat die Aussage verweigert und einen Anwalt verlangt. Ich fürchte, das wird eine lange Nacht, Nina.«

Die Längste meines Lebens, dachte Nina.

* * *

Verständnislos sah Dominik das piepende Teil an. Es dauerte eine Weile, bis er begriff, dass dieses Ding sein Wecker war. Er war noch in der Nacht ins Präsidium gefahren. Wider Erwarten schien Bent erleichtert gewesen zu sein, ihn zu sehen. Nina war ein Nervenbündel, und Dominik kümmerte sich um sie, während Bent die Suchaktion koordinierte, bei denen neben den Kolleginnen und Kollegen von Einsatzhundertschaften auch Mantrailer-Hunde eingesetzt wurden. Da die Bäume schon belaubt waren, verzichtete Bent auf Hubschrauber. Nina hatte darauf bestanden, die vielen Protokolle der Zeugenbefragungen wieder und wieder durchzugehen. Schließlich drehten sie sich mit ihren Vermutungen im Kreis.

Doch sie schien ihre Angst besser beherrschen zu können, wenn sie beschäftigt war. Denn von Kai gab es keine Spur …

Zwischendurch kamen Anrufe der Kripokollegen aus dem Norden. Aus Leonie Olsen brachten sie nur heraus, dass sie keinen Kai Tschöke kennen würde und keine Ahnung hätte, wo er sich befinden könnte. Zu den Morden an Marleen Seismo und Sebastian Siekmann schwieg sie beharrlich, was sich nach einem Gespräch mit ihrem Anwalt nicht änderte. Bent schickte Nina und Dominik gegen 5.30 Uhr nach Hause. Sie sollten eine Pause machen und sich vor der Besprechung um halb zehn nicht im Präsidium blicken lassen. Dominik hatte zweieinhalb Stunden geschlafen, aber er bezweifelte, dass es Nina gelungen war, ein Auge zuzumachen.

Auf dem Weg zur Küche ging er an dem Zimmer seines Ältesten vorbei und öffnete die Tür einen Spaltbreit.

Dominik lächelte. Ein blonder Haarschopf lugte unter der Decke hervor. Nils schlief noch. Die lange Reise aus Österreich machte sich bemerkbar. Und sie hatten am Abend noch eine ganze Weile zusammengesessen. Auch Lissa und Robin waren dabei gewesen. Fast wie früher. Auf der Treppe hatten Nils und er sich über ein passendes Geburtstagsgeschenk für Lissa unterhalten. Nils fand die Idee, ein Familienfoto für sie zu machen, gut. Dominik warf einen Blick auf seine Uhr. Wenn er sich mit dem Frühstück beeilte, würde er es vor der Besprechung vielleicht noch zu dem Fotografen schaffen.

Eine gute halbe Stunde später umrundete er die Pauluskirche zweimal, bevor er eine Parklücke entdeckte. Der Laden lag etwas versteckt in einem Hinterhof. Ein altmodisches Messingschild wies den Weg ins *Fotostudio Auth*. Als er eintrat, bimmelte eine Türglocke. Im Vorraum, der mit einer Sitzgruppe und einem Verkaufstresen ausgestattet war, hielt sich niemand auf. Dominik schaute sich um. Aufnahmen von Hochzeitspaaren, Bilder von Babys auf Schaffellen und Ähnliches hingen an den Wänden. Das Übliche.

Er war etwas enttäuscht, bis er an einer Wand Landschaftsbilder und Portraitaufnahmen entdeckte, die weniger glatt wirkten, etwa die Aufnahme einer Gruppe von dunkel gekleideten Menschen vor einer Schneelandschaft, deren Helle von einem Fluss durchschnitten wurde. Das Bild wirkte wie eine Zufallsaufnahme, aber die scharfen Hell-Dunkel-Kontraste fügten sich auf dem Bild zu einer perfekten Komposition zusammen. Daneben hing eine historische Aufnahme, auf der eine Gesellschaft von Damen in langen Kleidern und Herren in Frack und Zylinder zu sehen war. Sie wirkten weniger steif, als man es von solchen Aufnahmen kannte, und einige lächelten sogar in die Kamera. Höchst ungewöhnlich für die Zeit. Es machte eher den Eindruck, als hätten sich diese Leute zum Kostümfest verabredet. Ob wohl schon Auths Urgroßvater ein begabter Fotograf gewesen war?

»Ah, Sie mögen alte Verfahren?«

Dominik wandte sich um.

Der Fotograf sah ihn über den Rand seiner Brille an und verzog die Lippen zu einem Lächeln, das die tiefen Furchen in seinen Wangen noch verstärkte.

»Alte Verfahren …«, wiederholte Dominik. »Sie meinen historische Aufnahmen.«

»Was glauben Sie, wie alt ist die Aufnahme?«

»Achtzehnhundertirgendwas?«

Auth grinste. »Die Aufnahme zeigt die Theatergruppe, in der mein Bruder spielt. Die wollten ein Erinnerungsfoto haben, das nach historischer Aufnahme aussieht. Und wenn man es perfekt machen will, muss man ein altes Verfahren anwenden.«

»Ich verstehe. Hübsches Foto.«

»Ziemlich aufwendig. Das sind nämlich Unikate.« Sein Grinsen wurde breiter.

Dominik warf einen Blick auf seine Uhr. »Ja, eigentlich wollte ich …«

»Also habe ich zwei gemacht«, fuhr der Fotograf unbeirrt fort. »Eine Aufnahme zum Ausstellen. Falls jemand ein auf alt gemachtes Foto haben will. Kennen Sie die Technik?«

»Nein, aber das Ergebnis kann sich sehen lassen.«

»Nicht wahr? Kommen Sie, wir setzen uns in mein Studio, dann erzählen Sie mir in aller Ruhe, was Sie möchten.«

Sie begaben sich in einen Raum mit einer weißen Leinwand und schwarzen Schirmen. Ein Scheinwerfer war auf ein schwarzes Ledersofa, einen Tisch und zwei Sessel gerichtet.

»Bitte.«

Dominik sank ins Sofa. Er spürte die Müdigkeit hinter seinen Augenlidern. Der Fotograf setzte sich in einen Sessel.

»Herr Auth …«

»Haben Sie schon einmal etwas vom nassen Kollodiumverfahren gehört?«

»Nicht wirklich.« Dominik rieb sich die Augen. »Ich …«

»Man nutzt Glasplatten, die als Ambrotypie oder als Negativ-Verfahren ein fotografisches Bild erzeugen.«

»Ambro…«

»Ambrotypie. Das ist ein fotografisches Direkt-Positiv-Verfahren. Zuerst muss man die Platte herstellen …«

Dominik gähnte unterdrückt. In Auths Wortschwall fing er einzelne Worte wie Kollodiumwolle, Bromsalze und Silberlösung auf. Mit einem Mal blickte ihn Herr Auth erwartungsvoll an und Dominik begriff, dass er eine Frage gestellt hatte.

»Wie?«

»Möchten Sie sich mal so eine Kamera für das Kollodium-Verfahren ansehen?«

Wenn er aufstand und ein paar Schritte ging, würde er vielleicht wacher werden. »Ja, gern.«

Hinter einer der Leinwände befand sich ein Vitrinenschrank mit einer Kamerasammlung. Auth deutete auf einen Riesenkasten.

»Ziemlich groß.«

»Schätzen Sie mal, aus welcher Zeit die stammt.«

Dominik blies die Backen auf und zuckte mit den Achseln.

»1879!« Auth nickte lächelnd. »Tja, das hätten Sie nicht gedacht, was?«

»Hätte ich nicht«, bestätigte Dominik, der gar nichts gedacht hatte.

»Wo war ich stehen geblieben?«

»Äh ...«

»Ach ja, die Fixierlösung. Das noch enthaltene Silberiodid und Silberbromid wird dann häufig mit Thiosulphaten herausgelöst.«

»Tatsächlich?« Er hätte im Stehen einschlafen können. Die Müdigkeit machte ihn etwas willenlos. Blinzelnd schaute er auf seine Uhr. »Herr Auth, das klingt sehr interessant, ab... «

»Nicht wahr? Man braucht ja eine Lösung, die Komplexe mit den Silbersalzen bildet und wasserlöslich ist. Aber ehrlich gesagt ...« Er verzog die Mundwinkel nach unten. »Thiosulfate bringen keine befriedigenden Resultate.«

»Ja ... verstehe.« Dominik nickte mit Kennermiene. »Herr Auth, jetzt muss ich aber wirk... «

»Ich bin nach einigen Versuchen wieder zu einem älteren Verfahren übergegangen, das einen deutlich größeren Tonwertumfang und stärkere Kontraste hervorbringt. Wenn man mit Kaliumcyanid fixiert, erzeugt man einen Bildeindruck, der viel reifer und tiefer ist!« Auth lächelte. »Und so ...«

Schlagartig war Dominik hellwach. »Sagten Sie Kaliumcyanid?«

»Ja. Man muss nur ...«

»Wo lagern Sie das Zeug? Ist das zugänglich?«

Auth hob die Brauen.

Dominik hielt ihm seinen Polizeiausweis vor die Nase.

»Na... natürlich liegt das hier nicht offen rum. Ich weiß ja, das ist giftig. Ich habe das hinten im Labor selbstverständlich unter Verschluss.« Auth fuhr die Knopfleiste seiner Weste hoch und runter, als wollte er überprüfen, ob die Knöpfe geschlossen waren.

»Wer hat Zugang zu Ihrem Labor?«

»Ähm ... ich habe eine Putzfrau, die hier einmal die Woche saubermacht. Aber die geht doch nicht ...«

»Und sonst? Freunde, Bekannte?«

»Ja ... ein Freund von mir hat hier schon mal entwickeln dürfen. Er ist inzwischen verstorben. Aber an Krebs, nicht an Kaliumcyanid.« Auths Lachen wirkte gekünstelt. »Ach ja, und eine gute Freundin hat einen Schlüssel zum Labor, sie ist Amateurfotografin. Sie kennt sich aus mit den Substanzen, die ich verwende. Ich habe ihr viel beigebracht.«

»Auch über Kaliumcyanid?«

»Aber ja. Keine Angst, da passiert schon nichts. Man muss eben vorsichtig sein, wenn man damit hantiert. Man braucht einen Mund- und Nasenschutz, damit man das nicht einatmet. Ist alles da. Können Sie gerne überprüfen.«

»Und der Name Ihrer Freundin mit dem Schlüssel …?«
»Das ist die Katia … Katia Moenke. Aber, wie gesagt, sie hat Ahnung von der Materie.«

Während Dominik die Treppe zu seiner Büroetage hoch sprintete, fiel ihm ein, dass er ganz vergessen hatte, mit Auth einen Fototermin zu vereinbaren. Er riss die Tür zum Besprechungsraum auf. Die Kollegen starrten ihn an. Bent hielt mit dem Stift in der Hand am Flipchart inne.

»Katia«, presste Dominik atemlos hervor, »Moenke.«

Frank schaute hinter seinem Monitor hervor. »Sprich dich ruhig aus, Dodo. Kai ist noch nicht gefunden worden.«

»Sie hat …« Er japste. »Zugang … zu Zyankali.«

»Das falsche Alibi!« Nina straffte sich. In ihr abgespanntes Gesicht kam Farbe. »Katia Moenke hat Leonie Olsen ein falsches …«

Der Rest ging unter. Alle, bis auf Bent, redeten auf einmal.

Bent ließ die Hand mit dem Stift sinken und rief: »Stopp!« Er blickte sich in der Runde um, bis es still war. »Lasst ihn erst mal ausreden.«

Während Dominik von dem Fotogeschäft erzählte, starrte Bent mit zusammengezogenen Brauen aus dem Fenster, wo es nur Blütenblätter zu sehen gab, mit denen der Wind spielte.

»Zwei mögliche Täterinnen.« Bent blätterte das Flipchartpapier um und schrieb die Namen Leonie Olsen und Katia Moenke auf das leere Papier. »Und zwei Morde.« Er fügte die Namen der Opfer hinzu.

Frank wandte sich an Dominik: »Leonie Olsen hat für den Mord an Marleen Seismo offensichtlich ein falsches Alibi, und für den Mord an Siekmann hat sie … das weißt du noch nicht, aber die Kollegen aus dem Norden haben überprüft, wo sich Olsen aufgehalten hat, als diese Tortendose bei Siekmanns Nachbarn abgegeben wurde. Olsen hat so eine Gymnastiktrulla bei einem Nordic-Walking-Angebot für Touristen vertreten und zwar nicht auf Baltrum, sondern da oben an der Küste, wie hieß noch mal das Kaff?«

»Schön«, sagte Bent. »Bei Siekmann hat Olsen ein Alibi, bei Marleen Seismo wurde sie gesehen.« Er zog quietschend mit dem Filzer eine Linie von Olsen zu Marleen Seismo. »Katia Moenke wurde im *Bunker* nicht gesehen, für den Mord an Siekmann wissen wir es noch nicht.« Die Schlangenlinie, die er von Moenke zu Siekmann zog, überkreuzte die andere Linie. »Und …« Er hob den Stift. »Wir haben die gleiche Mordmethode. Was sagt uns das?« Bent holte tief Luft und öffnete den Mund.

»Dass sie zusammengearbeitet haben«, kam Frank ihm zuvor.

Ottfried Weber nickte beifällig.

»Aber Leonie Olsen war kreuzunglücklich über den Tod von Siekmann«, warf Dominik ein. »In jedem Fall muss man sich mit Zyankali auskennen, habe ich erfahren, sonst vergiftet man sich selbst gleich mit.«

»Bevor wir hier noch lange weiterdiskutieren … Bent, bitte, wir müssen Katia Moenke so schnell wie möglich vernehmen! Wenn es noch irgendeine Chance gibt, dass Kai …« Nina biss sich auf die Lippen.

Bent warf seinen Filzstift auf den Tisch neben dem Flipchart. »Schön … ich denke, wir haben genug für eine Festnahme. Auf Spezialeinheiten können wir in diesem Fall wohl verzichten, oder?«

Dominik nickte.

»Gut, dann Dominik und …« Bents Blick fiel auf Fritz Redekop, der sofort aufstand.

Fritz setzte ein paarmal an, laut über die Zusammenhänge zu spekulieren, doch Dominik, der mit Blaulicht und Martinshorn rote Ampeln überfuhr, brauchte seine volle Aufmerksamkeit für den Verkehr. Als sie schließlich vor dem dunkelgrünen Haus am Berg standen, kam es Dominik wie eine Ewigkeit vor, bis jemand auf ihr Klingeln reagierte. Es war die alte Frau Moenke, die in Kittelschürze und mit einem Küchenmesser in der Hand die Tür öffnete und ihnen misstrauisch entgegensah. Ein penetranter Zwiebelgeruch ging von ihr aus. Ihre Augen weiteten sich, als sie den Dienstwagen mit dem kreiselnden Blaulicht entdeckte.

»Was sollen denn die Nachbarn … Herr Kommissar, ich finde das nicht schön, dass Sie …«

»Ihre Tochter, ist sie zu Hause?«

Hinter der alten Frau tauchte eine schüchtern lächelnde, koboldhafte Gestalt mit einem Teddybär auf, die sich gleich wieder hinter Frau Moenkes ausladender Hüfte versteckte. Das Alter des blonden Mädchens war schlecht einzuschätzen. Irgendetwas stimmte nicht mit ihr.

»Geh wieder in die Küche, Rosa!« Frau Moenke schob das Mädchen weg. »Meine Tochter ist im Büro im Souterrain. Sie macht die Buchhaltung für unseren Laden von hier aus.«

Sie folgten Frau Moenke durch einen düsteren Keller, der muffig nach Kartoffeln roch, bis sie an eine Metalltür kamen. Frau Moenke öffnete die Tür, ohne anzuklopfen. Katia Moenke saß mit gebeugtem Rücken an einem PC. Eine Stehlampe erhellte den Raum mit den schmalen Fenstern. Die junge Frau fuhr herum.

»Hier sind Herren von der Polizei, Katia«, sagte die Alte schneidend. »Der Polizeiwagen steht direkt vor unserer Tür! Was für eine Schande!«

* * *

»Du solltest die Biege machen, Nina. Nach Hause und schön die Füße hoch.« Frank hielt die Protokolle fest, die der Wind vom Tisch zu fegen drohte. Sie hatten die Fenster nach der Besprechung geöffnet.

»Frank hat recht.« Bent trug ein überfülltes Tablett aus der Cafeteria zum Tisch am Fenster, an dem sie saß.

Sie schüttelte den Kopf. »Ich kann sowieso nicht schlafen! Außerdem braucht ihr mich hier.«

Bent tauschte einen Blick mit Frank. »Aber dann musst du etwas essen. Hier sind Käse, Salami und Ei im Ange...«

»Nein, danke.«

»Aber Nina ...«, sagte Bent. »Du solltest wirklich ...«

»Ist das so schwer zu verstehen?« Ihr Hals war wie zugeschnürt.

Bent holte tief Luft.

»Ich kriege das schon hin mit der Vernehmung«, fuhr sie fort. »Ich esse danach, ich hab einfach keinen Hunger, solange ich nicht weiß, was mit Kai ist!«

»Nina«, begann Bent vorsichtig. »Ich werde Katia Moenke nicht mit dir, sondern zusammen mit Dominik vernehmen.«

„*Was*?“ Ihr wurde heiß. »Und was soll das? Wieso …«

Bent schaute sie nicht an. »Weil es um deinen Bruder geht. Und ich werde das nicht diskutieren.« Er stellte das Tablett ab, nahm sich ein Brötchen und biss hinein.

Was für ein sturer … hyperkorrekter … Korinthenkacker. Dodo hatte ihn in ihrer Gegenwart einmal so genannt – und es stimmte. Wie hatte sie jemals Gefühle für ihn entwickeln können? »Wenn du meine Kompetenz anzweifelst …«

»Das ist Quatsch, Nina, und das weißt du auch!« Bent pflückte ein Salatblatt von seinem Hemd.

Selbstgerecht, fügte sie in Gedanken zu ihrer Liste hinzu. Am liebsten hätte sie ihm das Tablett an den Kopf geworfen. Mit seiner überkorrekten Art würde er nichts aus der Frau herauskriegen.

»Es eilt«, sagte sie mühsam beherrscht. »Das ist dir aber klar, oder Bent?«

Bent setzte sich auf einen der Tische und warf ihr einen Blick aus schmalen Augen zu.

Frank bedeutete ihr mit einer Geste, den Ball flachzuhalten.

»Entschuldige, Bent«, presste Nina hervor. »Ich … ich könnte aber doch hinter der Einwegscheibe …?« Sie griff wahllos nach einem der Brötchen.

Katia Moenke wurde von einem Kollegen in Uniform in den Vernehmungsraum geführt, eine blasse Person in jeder Hinsicht. Sie setzte sich an den Tisch und ließ ihren Blick durch den fensterlosen Raum wandern, dessen einziger Wandschmuck eine Radierung war, die die Sparrenburg zeigte.

Frank, der neben Nina hinter der Einwegscheibe saß, schlürfte lautstark seinen Kaffee. Als hätte die Frau im Vernehmungsraum ihn gehört, fixierte sie eine Weile den Einwegspiegel, senkte dann den Blick auf das Wasserglas und die Mineralwasserflasche auf dem Tisch. Nina war sicher, dass sie zumindest ahnte, dass sie durch den Spiegel beobachtet wurde.

»Sorry, aber der Kaffee ist schweineheiß.« Frank tauschte einen Blick mit ihr. »Soll ich dir auch einen holen, La Niña?«

»Lass mal. Ich habe die ganze Nacht lang Kaffee in mich hineingeschüttet. Wann kommen die denn endlich?«

»Die lassen die Dame schmoren.«

Im nächsten Moment ging die Tür auf, und Dominik und Bent traten ein. Bent lächelte zuvorkommend und gab Katia Moenke die Hand. Nina legte ihre Brille zur Seite und fuhr sich über das müde Gesicht. Die Menschen im Vernehmungsraum wurden zu verschwommenen Farbflecken. Ein anderes Bild, etwas aus der Vergangenheit, tauchte auf: Sie stolperte durch ein wogendes Meer von Margeriten und Gräsern, das ihr bis zur Hüfte reichte, ließ den Lenkdrachen, den sie hielt, nicht aus den Augen. Es war Kais Drachen, aber obwohl ihr großer Bruder viel kräftiger war als sie, schaffte nur sie es, ihn eine Zeitlang in der Luft zu halten. Kai dagegen pflückte Blumen wie ein Mädchen, zu Hause würden sie erzählen, Nina hätte die Blumen gepflückt.

Eine falsche Bewegung und der Drachen sauste zu Boden, direkt vor die Füße von drei feixenden Jungs. Einer von ihnen, er ging in Ninas Klasse, trat auf den Drachen und lachte. Sie versuchte, den Drachen an der Schnur wegzuzerren, aber der Junge hielt ihn mit dem Fuß fest.

»So ein toller Drachen!«, höhnte ein anderer Junge.

»Ich hol meinen Bruder! Kai, komm her!«, schrie sie.

Kai richtete sich auf, beschirmte die Augen mit der Hand, sah zu ihnen rüber. Noch bevor er sich Bewegung setzte, war der Drache frei, und Nina rief den Flüchtenden Schmähungen nach.

»Alles paletti, Nina?«

Ihr Lächeln verschwand. »Ich bin nur übermüdet.«

Frank tätschelte ihre Hand. »Bent und Dodo machen das schon!«

»Hat die überhaupt schon was gesagt, nachdem ihr ihre Rechte vorgetragen wurden?«

»Nicht viel, nur dass ihr niemand namens Kai Tschöke je untergekommen wäre. Einen Anwalt will sie auch nicht, weil sie angeblich ein blütenreines Gewissen hat. Ohne Anwalt ist immer besser, denke ich.«

»Kommt darauf an.« Nina setzte ihre Brille auf. »Wirkte das glaubwürdig, dass sie Kai nicht kennt?«

Frank zuckte mit den Achseln.

Katia Moenke saß zurückgelehnt auf dem Stuhl, ihre Hände lagen gefaltet in ihrem Schoß. Sie strich langsam mit dem Daumen über den anderen Daumen. Die Kollegen, die ihr gegenübersaßen, konnten nicht sehen, was sich unter dem Tisch abspielte.

»Bei dem Mord an Sebastian Siekmann hat man gewisse Spuren entdeckt, Frau Moenke.« Bent lächelte. »Nein, keine Fingerabdrücke. Die lassen sich vermeiden.«

»Anderes nicht. Ob man will oder nicht, man hinterlässt immer etwas, an einem Gegenstand, den man berührt hat, an einem Ort …«, warf Dominik ein.

»Die Analysemethoden sind raffiniert heutzutage. Man muss die Faserspur nur noch abgleichen«, sagte Bent.

Moenkes Daumen stockte kurz. Dann rieb sie weiter.

»Unsere Staatsanwältin Frau Ränsch hat eine Durchsuchungsanordnung beim Richter beantragt. Ihre Eltern wollten das nicht, also müssen wir diesen Weg gehen«, sagte Dominik.

»Aber die werden wir sehr bald bekommen. Denn es handelt sich um eine dringliche Angelegenheit. Eben weil Kai Tschöke verschwunden ist.« Bent beugte sich vor und legte die Unterarme auf dem Tisch ab. Auf seinem Hemd waren unter den Achseln Schweißflecke zu sehen. »Seine Schwester ist übrigens Polizistin. Sie können sich vorstellen, dass wir nicht eher ruhen, bis wir ihn finden.«

»Es wird Sie vielleicht interessieren, dass die Kripokollegen aus dem Norden Leonie Olsen seit mehreren Stunden auf Baltrum vernehmen«, sagte Dominik.

Moenkes Daumen stockte.

»Frau Olsen ist sehr bestürzt über den Tod von Sebastian Siekmann«, fuhr er fort. »Sie scheint viel für ihn empfunden zu haben.«

Moenkes einzige Regung war das Zusammenpressen der gefalteten Hände. Dann begann wieder das Spiel mit den Daumen. Langsam. Beherrscht.

»Ich frage Sie noch mal, Kai Tschöke, wo ist er?« Auf Bents Stirn waren feine Schweißperlen zu sehen.

»Nie gehört, den Namen.«

Nina schüttelte den Kopf, atmete einmal tief ein und aus und tauschte einen Blick mit Frank.

»Denken Sie gut drüber nach, es ist nur zu Ihrem Vorteil, wenn Sie uns *jetzt* sagen, was Sie wissen!« Bent wischte sich über die Stirn.

»Kai ist geistig behindert. Sie haben doch auch eine Tochter, die behindert ist, oder nicht?« Dominik kratzte sich am unrasierten, dunkel schattierten Kinn. »Rosa heißt sie, nicht wahr?«

Nina sprang so schnell von ihrem Stuhl auf, dass er polternd umfiel.

Katia Moenkes Blick glitt zu dem Einwegspiegel, als hätte sie das Poltern gehört. »Glauben Sie, ich kenne deshalb alle Behinderten in der Stadt?«

Nina dämpfte ihre Stimme: »Sie ist es! Das ist sie! Das ist Rosas Mutter!«

Frank blickte verwirrt und hatte sich erst halb von seinem Stuhl erhoben, als Nina bereits aus der Tür war. Sie klopfte an die Tür des Vernehmungsraums.

Bent trat heraus. Sein herbes Deo überdeckte den Schweißgeruch nicht ganz.

Nina fasste ihn am Arm. »Bent, ihre Tochter Rosa geht mit Kai zu zwei Sportkursen. Kai hat mir erzählt, sie hätte ihn im Auto mitgenommen, als sie Rosa vom Sport abholte.«

»Schön … dann … sehr gut!« Bent legte ihr kurz die Hand auf die Schulter und ging wieder hinein.

Nina huschte zurück auf ihren Platz hinter der Einwegscheibe.

»Ich dachte schon, du machst Unsinn, La Niña. Was hast du ihnen erzählt?« Frank deutete mit dem Kopf Richtung Vernehmungsraum.

Bent hatte sich zu Dominik hinuntergebeugt und flüsterte ihm etwas ins Ohr.

Nina legte den Finger über die Lippen.

Dominik räusperte sich. »Warum haben Sie gelogen, Frau Moenke?«

Katia Moenke blinzelte nur einmal, bevor sie sich wieder in der Gewalt hatte. Sie massierte ihren Daumen jetzt schneller.

»Sie haben Kai Tschöke schon einmal mitgenommen, als Sie Ihre Tochter vom Sport abholten, stimmt's?«

Moenke setzte sich etwas aufrechter hin.

»Dafür gibt es Zeugen. Sie müssen einen Grund haben zu lügen.«

»Ich habe schon mal jemanden namens Kai mitgenommen.« Sie biss sich auf die Lippe. »Woher sollte ich denn wissen, dass er Tschöke mit Nachnamen heißt?«

»Wo ist er? Tun Sie sich selbst den Gefallen und sagen Sie es uns!«, sagte Dominik.

Wo ist er, wo ist Kai? Nina! Ihre Mutter hatte sie an den Schultern gepackt und gerüttelt, damals, an jenem drückend heißen Sommertag, als Kai schon einmal verschwunden war. Sie hatte mit ihm und ihren beiden Cousinen im Haus Verstecken gespielt. Der Himmel zog sich allmählich zu, es wurde immer dunkler. Als das Gewitter niederging, hatten sie hastig ihre Puppenwagen von der Terrasse gezerrt und die offenen Fenster geschlossen. Kai hatte Angst vor Gewittern. Sie fanden ihn erst zwei Stunden später im großen Kleiderschrank, in dem es nach dem Parfüm ihrer Mutter duftete. Er lag eingerollt zwischen eleganten Abendkleidern und Wintermänteln und schlief.

Und vor zwei Jahren war ihre Mutter gestorben. Sie erinnerte sich noch genau an jenen Morgen im Oktober, an das tiefe Rot der Buche vor dem Krankenhaus, an das Sonnenlicht, das das eingefallene Gesicht ihrer Mutter nicht erreichte. Ihre Nase sah seltsam spitz aus. Im Grunde hatte sie es schon in dem Augenblick gewusst, als sie das Zimmer betrat. Ihre Mutter lag im Sterben. *Pass gut auf Kai auf, Nina. Du musst mir das versprechen. Er ist so arglos, Nina, versprich mir …*

»Was macht Bent denn da?«, sagte Frank.

Während Dominik der Frau Fragen stellte, beschäftigte sich Bent unter dem Tisch mit seinem Handy.

»Schickt seiner Herzallerliebsten schöne Grüße, oder was?« Ein leises Harfentongeriesel ließ Frank zusammenzucken. Er holte sein Handy aus der Jackentasche. »Eine SMS. Ich soll ihn sofort anrufen.« Er schaute Nina fragend an.

»Mach schon.«

Frank hob die Brauen und drückte Bents Nummer.

Als sein Handy klingelte, stand Bent auf. »Entschuldigung, das muss ich annehmen … Ja, Andersen?«

»Ich sollte anrufen?«

»Ja, aha? Das ist interessant …« Bent trat auf den Flur, ließ die Tür dabei weit offen, sodass Nina selbst hinter dem Einwegspiegel alles mitbekam.

»Bent, die Sms kam doch von dir ...«

»Ja, verstehe. Das ist äußerst ... Leonie Olsen hat wirklich ... sie hat *gestanden*?« Obwohl Bent auf dem Flur stand, konnte Nina jedes Wort hören.

Frank krauste die Nase. »Ähm ... Bent ... sorry, aber die Kollegen Torfköppe haben noch nicht geliefert.«

»Schön ... ein umfassendes Geständnis ... und gibt es ... Ja? ... einige neue Details, die über das hinausgehen? Ich höre.«

»Okay ... ja ... ich hoffe, das funktioniert, was ihr da vorhabt«, sagte Frank.

»Ich bedanke mich. Und wenn es was Neues gibt, melden Sie sich.« Bent kam mit breitem Lächeln wieder in den Vernehmungsraum. Er beugte sich vor und stützte sich mit den Händen auf dem Tisch ab. »Die Kollegen aus dem Norden haben mir gerade eine Reihe sehr interessanter Einzelheiten aus ihrer Vernehmung von Leonie Olsen mitgeteilt.«

Katia Moenke atmete schneller. Wieder warf sie einen Blick zur Einwegscheibe, massierte ihre Daumen jetzt abwechselnd. »Ich möchte mit einem Anwalt telefonieren, und könnte ich bitte ein Glas Wasser bekommen?«

»Ich möchte dies, ich möchte das ...«, entfuhr es Nina.

»Bitte bedienen Sie sich«, sagte Dominik. »Der Anwalt wird Ihnen raten, eine Aussage zu machen. Wir sind keine Juristen, aber erfahrungsgemäß wirkt sich ein frühes Geständnis strafmildernd aus. Und wenn dadurch ein Menschenleben gerettet werden könnte ... wo ist Kai Tschöke, Frau Moenke?«

Sie goss sich Wasser ein. »Ich möchte zuerst mit einem Anwalt reden.«

»Natürlich.« Bent setzte sich. »Telefonieren Sie mit Ihrem Anwalt.«

Nina sprang auf. »Das darf doch nicht wahr sein! Wie viel Zeit haben wir denn noch? Und derweil …«

»Nina, komm auf den Teppich. Wir können die Frau nicht zwingen, uns die Wahrheit zu sagen.«

»Die trinkt in aller Seelenruhe ihr Wasser, während Kai … Schluss jetzt!« Nina stürmte hinaus und riss die Tür zum Vernehmungsraum auf.

Katia Moenke konnte gerade noch aufblicken, bevor sie ihr das Glas aus der Hand schlug, das klirrend an der Wand zersprang, und die Frau am Blusenkragen hochriss. »Wenn du meinem Bruder auch nur ein einziges Haar gekrümmt hast, dann mach ich dich fertig …« Nina wurde umklammert und nach hinten gerissen. Die Frau fiel zurück, hätte ihren Stuhl fast verfehlt und griff sich an den Hals. Ihre Bluse war zerrissen.

»Ich mach dich fertig!«, schrie Nina, die von Bent mit Nachdruck aus dem Vernehmungszimmer geschoben wurde.

Dort stand Frank mit betretener Miene, als wollte er eine Unzurechnungsfähige in Empfang nehmen.

Bent schloss die Tür hinter sich. »Nina …« Er atmete schwer. »Das können wir jetzt nicht brauchen!« Ein Schweißtropfen rollte ihm die Stirn herunter, Bent blinzelte und wischte sich durchs Auge.

»Die sagt nichts, schau sie dir doch an. Sie gibt erst was zu, wenn wir es ihr nachweisen. Und dann kann es für Kai bereits zu spät sein!« Tränen rollten über ihre Wangen.

»Halt dich jetzt raus! Frank bringt dich nach Hause. Wir tun, was wir können, Nina, aber du musst uns unsere Arbeit machen lassen!«

»Bent …«, flehte sie. »Erinnerst du dich an den Fall Gäfgen?«

Zwischen Bents Brauen bildete sich eine Falte. »Du willst mir doch nicht im Ernst vorschlagen, dass ich Katia Moenke Folter androhen soll, damit sie uns verrät, wo wir Kai finden!«

»Bei Magnus Gäfken hat es funktioniert!«

»Und der entführte Bankierssohn war längst tot«, gab Bent grimmig zurück.

»Aber Kai könnte noch leben!« Sie zog die Nase hoch.

Bent tauschte einen Blick mit Frank. Nina wandte sich an Frank. »Oder? Oder denkt ihr, er ist …?«

Bent fuhr sich unter den Kragen. »Wir denken gar nichts. Du musst jetzt gehen. Frank bringt dich nach Hause. Geh jetzt, Nina!« Er schlug die Tür zum Vernehmungsraum hinter sich zu.

Sie spürte Franks Arm um ihre Schultern. Mit sanfter Gewalt drängte er sie in Richtung Ausgang.

»Bent würde nie etwas tun, was gegen irgendeinen Paragraphen verstößt, nicht wahr, Frank?«

»Wohl nicht, aber … die kriegen das schon hin. Und die Suchmannschaften sind immer noch unterwegs. Bei Tageslicht ist die Sache einfacher.«

»Wir müssen noch mal hoch. Meine Jacke ist noch im Büro.«

Frank kniff ein Auge zusammen. »Ist das jetzt ein Trick, Nina?«

»Trick? Ich wünschte, ich wüsste einen.«

»Ich mache uns einen schönen Milchkaffee. Was richtig Feines mit unserer italienischen Kaffeemaschine.« Er nahm sie an die Hand wie ein Kind und zog sie die Treppe hoch zu ihrer Büroetage. Sie gingen in sein Büro. Während Frank sich an der Kaffeemaschine zu schaffen machte, ließ Nina sich auf Dominiks Drehstuhl nieder. Erst jetzt merkte sie, wie erschöpft sie war. Trotz der vielen Schmerzmittel pochte ihr Knöchel wieder. Sie schloss die Augen und hatte das Gefühl, nach unten zu sacken. Die Milchdüse fauchte und gurgelte. Als sie ein Auge öffnete, sah sie Milch an der Tapete über der Kaffeemaschine herunter rinnen.

»Hier kommt der Kaffee, La Niña.« Er stellte einen Becher und eine Keksdose auf Dominiks Schreibtisch.

Während sie den starken Kaffee trank, grübelte sie darüber nach, was sie tun sollte. Bent würde nicht zulassen, dass sie noch einmal in die Nähe des Vernehmungsraumes kam. Und Katia Moenke kalkulierte kühl und beherrscht. Nina seufzte.

»Es muss doch …« Sie brach ab. Nein, es gab keine Möglichkeit für sie, irgendetwas zu tun.

Frank, der sich an seinen Schreibtisch gesetzt hatte, blickte von seinem Kaffeebecher auf, schwieg aber. Ihm fiel wohl nicht einmal mehr eine aufmunternde Floskel ein. *Born in the U.S.A.* durchbrach die Stille.

Frank griff nach seinem Handy. »Hallo Walter. Ja? … ja gut. Aha? Sie ist hier. Moment.«

»Was will denn Kux?«, fragte Nina müde.

»Ein Stefan Rademacher hat eben Leonie Olsen auf einem Foto als die Frau identifiziert, die im *Bunker Ulmenwall* mit Marleen Seismo Sekt getrunken hat …«

»Damit kommt er ja früh rüber.«

»Der hatte wohl einen Megastreit mit seiner Alten. Die hat ihm angeblich unter anderem nicht ausgerichtet, dass Bent um Rückruf gebeten hat. Er hat sich hundertmal entschuldigt, dass er nicht früher auf Bents Anfrage reagiert hat. Er will übrigens dich sprechen.« Er hob die Brauen. »*Privat.*«

»Ich ihn aber nicht.«

Frank hob das Handy an sein Ohr. »Du, Walter, sag ihm, das ist jetzt ganz schlecht, Nina kann gerade nicht, okay?« Er schaltete sein Handy aus. »Soll ich dich jetzt nach Hause fahren?«

»Du sollst gar nichts, Frank. Lass mich einfach in Ruhe, ja?«

Jetzt hieß es nur noch warten. Leise drang der Lärm des Verkehrs auf der Stapenhorststraße zu ihnen. Die Leute gingen ihren Geschäften nach an einem ganz normalen Arbeitstag. Das Leben ging weiter, als ob nichts geschehen wäre. Die ersten 48 Stunden waren statistisch gesehen die entscheidenden, um einen Vermissten zu finden. Es blieb noch etwas Zeit, statistisch gesehen. An die andere Möglichkeit durfte sie nicht denken.

Die Stille wurde jäh von einem Getrampel von Schritten auf dem Flur und Ottfried Webers lautem Fluchen unterbrochen. Nina sprang auf und öffnete die Tür. Weber zerrte an seinem Kopfhörerkabel, das sich an der Klinke seiner Bürotür verfangen hatte. Schließlich holte er einen MP3-Player aus seiner Jackentasche, zog das Kabel ab und ließ es an der Klinke hängen. Mit schweren Schritten stürmte er der Glastür entgegen.

»Der hat's aber eilig!«, sagte Frank hinter ihr.

»Ottfried«, rief Nina. »Was liegt an?«

Weber kam schnaufend zum Stehen. »Frohe Kunde gewissermaßen. Zwei Bergsteiger, nein, Kletterer ist wohl das richtige Wort, haben einen Mann mit Down-Syndrom im Wald entdeckt ... ich muss leider jetzt ...«

»Ist Kai am Leben?«

»Genaugenommen ist nicht klar, ob es sich um Kai handelt, obschon das nicht unwahrscheinlich ist. Aber ob die fragliche Person lebt, gehört nicht zu den Informationen, die uns übermittelt wurden. Der Notarzt ist bereits auf dem Weg in ein Gelände, ich möchte sagen, unwirtlich wäre das richtige Wort. Und jetzt muss ich los. Walter wartet unten mit dem Wagen auf mich.«

»Kann ich mitfahren?«, fragte Nina.

Frank runzelte die Stirn. »Mit Ottfried ... bist du sicher, Nina?«

Weber reckte den Kopf. »Wie bitte? Hast du was gesagt, Frank?«

»Nur dass deine Eukalyptus-Bonbons echt lecker sind.«

»Frank fährt mich. Wir folgen euch«, sagte Nina schnell. Ottfried Webers Fahrweise war berüchtigt.

Nina und Frank waren gerade in den Dienstwagen gestiegen, als jemand an ihre Scheibe klopfte. Es war Stefan, der ihr bedeutete, die Scheibe herunterzulassen. »Na super«, murmelte Nina. Dann schüttelte sie den

Kopf, hob den Arm und tippte auf ihre Uhr, damit Stefan kapierte, dass sie es eilig hatten. Er rief weiter ihren Namen, gestikulierte, klopfte wieder. Frank sah sie fragend an.

»Frank, gib Gas, verdammt! Weber ist schon vom Parkplatz!«

Frank hatte offensichtlich Mühe, dem Wagen von Kux und Weber zu folgen. Das von Weber eilig hingeworfene »Steinbruch im Teuto!« war als Ortsangabe nicht sehr hilfreich.

Zum nebenbei Quatschen reichte es aber noch. »Der sieht doch nett aus, dieser Stefan, nicht so ein Schönling … mehr handfest, bodenständig. Das muss er auch sein, La Niña, sonst geht er bei dir unter. Und er hat Stress mit seiner Alten. Also ran! Den würde ich direkt in meine Doppelkopfrunde aufne…«

»Da sind sie!«, rief Nina, als sie den Wagen im Stau kurz vorm Adenauerplatz einholten.

Im nächsten Moment ertönte das Martinshorn. Weber versuchte, die Autoschlangen auf der Arthur-Ladebeck-Straße links zu überholen, doch ein Rückstau auf einer Abbiegespur blockierte die Linke der Geradeausspuren. Nach und nach machten die Autofahrer Platz. Frank fuhr dicht hinter dem anderen Dienstwagen durch die Lücke. Die nächste Kreuzung überquerte plötzlich ein BMW-Fahrer, und Weber bremste scharf. Frank stieg in die Eisen, und Nina und er wurden nach vorne geschleudert, vom Gurt gehalten und prallten zurück mit dem Hinterkopf gegen die Kopfstützen.

»Um ein Haar …«

»Los Frank, hinterher, schnell!«

Mit über 70 km/h ging es weiter durch Tempo-30-Zonen. Im Wald bogen sie auf einen ungepflasterten Wander-Parkplatz ab. Frank parkte den Wagen, und sie stiegen aus. Kux und Weber warteten bereits auf sie. Drei Wege führten in den Wald hinein. Auf einem der matschigen Waldwege bemerkte Nina Reifenspuren.

Auch Weber hatte sie entdeckt. »Eng, der Weg.« Weber stemmte die Fäuste in die Hüften.

Walter Kux trat neben ihn. »Der Krankenwagen ist wohl hier lang gefahren.«

»Worauf warten wir?«, rief Nina.

»Ottfried überlegt, ob der Dienstwagen den Waldweg schafft«, sagte Walter Kux.

Nina stöhnte. »Klar, schafft der den Waldweg und versperrt dann den Rückweg für den Krankenwagen.« Sie lief vorneweg, stolperte über eine Wurzel und wäre beinahe ausgerutscht.

»Bella wird nicht glücklich sein, dass wir hier alle lang trampeln«, sagte Frank hinter ihr.

»Na, dann bleib doch am Parkplatz«, rief Nina. Gerade jetzt war es ihr ziemlich egal, ob sie Ärger mit der Leiterin der KTU kriegen würde. Sie drehte sich nicht um, um zu sehen, ob die anderen nachkamen, aber sie hörte ihr Schnaufen hinter sich. Zweige knackten unter ihren Schuhen. Die hohen Fichten und Buchen ließen wenig Licht durch. Der Weg, der durch ein düsteres Tal führte, war von gefällten Baumstämmen gesäumt. An einem ausgewaschenen Hang mit einer großen Eiche, deren Wurzeln der Regen teilweise freigelegt hatte, ging es bergauf.

Nina machte halt an einem Stamm, aus dem Baumpilze wuchsen. »Ich weiß gar nicht«, begann sie.

»Da hinten.« Frank deutete auf eine Lichtung.

Das Orange des Krankenwagens schimmerte durch das Gewirr der Äste. Vor der Lichtung lagen Fichtenstämme mit verdorrten Zweigen hingeworfen wie Riesen-Mikadostäbe. Vielleicht waren sie hastig weggeräumt worden, damit der Wagen durchkam. Halb von einem dunklen Felsquader verdeckt, parkte ein Notarztwagen inmitten von Dornenranken. Bemooste Findlinge lagen am Fuß einer Felswand, die allmählich anstieg, weiter oben senkrecht vor ihnen aufragte. Nina schätzte ihre Höhe auf dreißig Meter. Auf einem Felsvorsprung am Übergang zum steileren Teil mühten sich Sanitäter mit einer Trage ab. Als sie Kai darauf erkannte, bekam sie Herzklopfen. Seine Augen waren geschlossen, seine Stirn blutverschmiert. Aber wenn er auf dem Felsvorsprung gelegen hatte, dann bestand vielleicht Hoffnung …

Nina entdeckte den Notarzt an einem Felsen, der mit graugrünen Flechten gesprenkelt war. Er suchte sich seinen Weg nach unten. Sie kletterte ihm entgegen, nahm ihm die Tasche ab, damit er besser runterklettern konnte.

»Der Mann auf der Trage ist mein vermisster Bruder, wie …«

»Ihr Bruder? Tja …« Er blickte hoch, beschirmte seine Augen vor dem Sonnenlicht. »Er wird nach Gilead eingeliefert, Verdacht auf Schädel-Hirn-Trauma und Armfraktur.«

»Schädel …«

»Mit etwas Glück hat er keine Hirnblutung. Er ist bei Bewusstsein. Das ist immer ein gutes Zeichen.« Er tätschelte ihr die Schulter, nahm seine Tasche und stieg weiter ab.

Nina beobachtete die Sanitäter. Am liebsten wäre sie ihnen zu Hilfe geeilt, doch es gab zu wenig Platz, um mit anzufassen. Ihr Blick schweifte über die rötlichbraune Felswand, über zwei abgebrochene Birkenstämmchen über dem Felsvorsprung, auf dem Kai geborgen worden war. Hatten die jungen Birken seinen Fall abgebremst? Weiter oben, auf dem Kamm, gewahrte sie einen lückenhaften Holzzaun, hinter dem etwas Weißes aufblitzte. Die Kriminaltechniker in ihren weißen Overalls waren angekommen.

Kurz darauf trat Frank zu ihr. »Bella sagt, da oben hat jemand Holzlatten aus dem Zaun gehebelt. Und das erst vor Kurzem. Kai ist vermutlich gestoßen worden.«

Sie nickte und wandte sich um. Am Fuße des Hangs neben einem hohen Farn sprachen Kux und Weber mit zwei jungen Männern mit Kletterhelmen am Gürtel.

»Da kommt er!«, rief Frank plötzlich.

Tatsächlich hatten die Sanitäter nun den weniger steilen Teil erreicht und wuchteten die Trage mit Kai über einen Felsquader. Er blinzelte. Sein Gesicht war zerkratzt. Auf seinem Pullover klebte Erbrochenes.

»Kai!«, schrie Nina.

Kai drehte den Kopf. Auf seinem blassen Gesicht erschien ein Lächeln, als er sie ansah. Seine Lippen formten ein Wort. Aber sie konnte nichts hören außer ihrem eigenen Herzschlag und dem Keuchen der Sanitäter. Sie machte ihnen Platz. »Mein lieber Kai!« Sie griff kurz nach seiner Hand, die eiskalt war. Kai erwiderte schwach den Druck. Sie begleitete ihn ein Stück, blieb an einer engen Stelle zurück und beobachtete, wie sich die Männer mit Kai über die Felsen nach unten bewegten, im Zeitlupentempo, so kam es ihr vor.

»Er wird es schaffen, Nina«, hörte sie Frank nach einer Weile wie aus weiter Ferne sagen. In seinen wirren, blonden Haaren hatte sich ein kleiner Käfer verfangen. »Komm jetzt, die …«

Der Rest ging in der schrillen Sirene des Krankenwagens unter.

* * *

Bent riss die Faxausdrucke aus dem Gerät. Er wischte sich über die Stirn, während er die Papiere in seiner zitternden Hand überflog. Dominik lehnte sich an den Kopierer. Es war eng in dem kleinen Raum, der nach Bents Schweiß roch. So aufgelöst hatte er den Mordkommissionsleiter noch nie erlebt. Aber es ging um Kai, und Dominik hatte sich während der Vernehmung zurückhalten müssen, um sich die Frau nicht so zur Brust zu nehmen, wie Nina das getan hatte.

Bent schlug auf das Papier. »Na bitte! Olsen hat Katia Moenke mit beiden Morden belastet, einmal als Mittäterin und einmal als alleinige Täterin. Der Ermittlungsrichter dürfte zufrieden sein.« Bent reichte ihm die Ausdrucke. »Ziemlich detailliert. Die Kollegen aus dem Norden haben etwas gut bei mir.«

»Moenkes Anwalt hat Akteneinsicht beantragt. Das hier wird ihn interessieren.« Dominik sah die Kopien des Vernehmungsprotokolls durch, entdeckte Leonie Olsens fahrige Unterschrift auf der letzten Seite.

Bent nahm die Lesebrille ab und steckte sich einen Zipfel seines durchgeschwitzten Hemds in die Hose. »Schön ... ich mach mich mal frisch und ...« Bent brach ab und sah ihm in die Augen. »Dominik«. Er atmete schwer. »Du denkst, ich hätte Moenke nicht hart genug angefasst. Du denkst, Kai wäre mir egal, stimmt's?«

»Ist das so wichtig, was ich denke?«

»Ja«, erwiderte Bent schlicht.

Dominik verbarg seine Überraschung. »Ich weiß, dass Kai dir nicht egal ist. Und Nina auch nicht.« Er senkte den Blick.

»Aber?«

»Aber ... was hättest du unternommen, wenn Kai nicht von den Kletterern gefunden worden wäre? Wenn uns die Zeit davongelaufen wäre, ihn noch lebend finden zu können?«

Bent starrte ihn an. »Mein Bestes getan, um Kais Aufenthaltsort aus Moenke herauszukitzeln. Im gesetzlich erlaubten Rahmen natürlich.«

Mit einem Mal wurde das Faxgerät wieder lebendig und spuckte eine einzelne Seite aus.

Bent setzte sich seine Brille wieder auf. »Die KTU. Bella hat ... ah, der Faserfund aus der Plastikdose mit der Torte stimmt mit den Fasern einer Fleeceweste von Katia Moenke überein!« Er schaute Dominik über den Rand der Brille an.

»Dann haben wir ja genug«, sagte Dominik müde.

Katia Moenke saß so da, wie sie sie verlassen hatten. Nur, dass sie über der zerrissenen Bluse jetzt einen Pullover trug, der von Fritz Redekop stammte und einige

Nummern zu groß war. Sie starrte auf ihre gefalteten Hände auf dem Tisch und blickte erst auf, als sie sich bereits gesetzt hatten. Bent schloss einen vergessenen Knopf an seinem frischen Hemd und nickte Dominik zu.

»Sie wussten, dass Leonie einknicken würde, nicht wahr?«, fragte Dominik.

Die Frau atmete tiefer, ihr Brustkorb hob und senkte sich, während sie weiter auf ihre Hände starrte.

»Ich habe sie kennengelernt, sie ist nicht so stark wie Sie, nicht so konsequent … raffiniert …«, machte er weiter.

Ihr Blick irrte kurz zu ihm.

»Ist schon raffiniert, ihrer Komplizin ein falsches Alibi zu verschaffen. Damit haben Sie uns eine Weile in die Irre geführt«, fügte er hinzu.

Bent nickte. »Wir sind lange im Dunklen herumgetappt, haben Ronnie Seismo verdächtigt.«

»Ronnie.« Sie lachte abfällig.

»Sie haben die Einverständniserklärung unterzeichnet, dass wir die Vernehmung aufnehmen dürfen?«, fragte Bent.

»Ja.« Ihre Stimme klang rostig.

Dominik schaltete das Aufnahmegerät ein, nannte Datum, Uhrzeit und die Namen der Anwesenden. »Frau Moenke … Sie möchten Ihren Anwalt nicht dabeihaben?«

Sie schüttelte den Kopf. »Nein, es spielt keine Rolle mehr, ob … er hat mir mitgeteilt, was Ihnen vorliegt. Alles.«

»Es muss schwer für Sie gewesen sein, als Sie damals Ronnie an Marleen verloren haben«, sagte Dominik.

»Genauso schwer wie für Leonie, die Sebastian sogar zweimal an Marleen verlor.«

»Schwer … Was wissen Sie denn von schwer?« Katia Moenke verzog die Lippen. »Ronnie ist ein Arschloch! Es war gut, dass ich ihn losgeworden bin.«

»Warum waren Sie dann mit ihm zusammen?«, fragte Dominik.

Sie zuckte mit den Achseln. »Ich war jung. Seine Coolness hat mir imponiert. Bis ich dann gesehen habe, was wirklich dahintersteckt: Rücksichtslosigkeit und Kälte!«

»Aber nicht er, sondern Marleen musste sterben«, sagte Bent.

»Sie passte gut zu ihm, viel besser als ich. Zwei Leute, die immer nur um sich selbst kreisen. Daran ist es wohl auch gescheitert.«

»Ihre Ehe?«, fragte Dominik.

»Sicher. Kinder machen Arbeit, stören. Man kann sie ja nicht immer zu Opa und Oma abschieben.« Sie schnaubte. »Wirklich zu dumm, wenn man vollauf damit beschäftigt ist, mit Hilfe der Musik sein Ego aufzublasen!«

»Sie scheinen ja gut Bescheid zu wissen über die beiden.« Bent tauschte einen Blick mit Dominik.

»Sie glauben mir nicht. Aber meine Tochter ist schließlich auch Ronnies Tochter.«

»Rosa? Er …«, begann Dominik.

»Er wollte das Kind nicht. ›Lass es wegmachen‹, hat er gesagt. Und dass er keine Lust hätte, sich die Zukunft zu versauen, zumal wir ja nicht mehr zusammen seien. Und so weiter.«

»Aber Sie haben sich gegen eine Abtreibung entschieden …«, sagte Dominik.

»Es war schlicht zu spät. Ich hab es verdrängt, wollte es nicht wahrhaben. Lange Zeit wusste es niemand außer mir. Ich habe mir weite Pullover übergezogen. Keiner hat's gemerkt, vor allem meine Eltern nicht, die durften es nicht wissen. Deshalb habe ich mir sogar eine eigene kleine Bude gemietet. Und dort …« Sie schluckte. »Na ja … dort habe ich Rosa ohne Hilfe zur Welt gebracht. Sie lebte, aber wie sich später herausstellte, ist sie geistig behindert. Nicht das Down-Syndom, sondern eine seltene Erbkrankheit. Ich wusste nicht, was … Ich bin dann doch wieder zu meinen Eltern gezogen. Tests, Therapien, es ist nicht einfach mit einem behinderten Kind.«

»Haben Sie keinen Unterhalt von Ronnie bekommen?«, fragte Bent.

»Ich wollte nichts mehr mit ihm zu tun haben. Nicht mehr an die Sache erinnert werden. Wie er mich aus der Band hinauskomplimentiert hat. Da hat selbst Mister Cool rumgestottert. ›Katia, du musst doch einsehen …‹ Na klar, ich habe alles eingesehen. Eingesehen, was für ein Armleuchter er ist!« Sie griff nach dem Glas, das vor ihr auf dem Tisch stand. Dominik goss ihr Wasser ein, und sie nahm einen Schluck. »Leonie dagegen … die hat es nie kapiert. Die hat ihren Sebastian verklärt, dabei war sie nur gut genug für eine Affäre.« Sie machte eine wegwerfende Handbewegung. »Die hätte sogar ihren Mann für ihn verlassen, und das, obwohl es Sebastian ganz recht war, dass sie auf Baltrum schön weit weg lebte, und er hier. Ich habe nie verstanden, wie sie sich nach Jahren noch mal auf ihn einlassen konnte, nachdem er sie schon einmal wegen Marleen hat sitzen lassen. Na ja …«

»Musste Sebastian deshalb sterben?«, fragte Bent.

»Nein. Ich lasse mich von meinen Gefühlen nicht …«

»Wirklich nicht? Aber Ihre Gefühle Ronnie gegenüber …«, sagte Dominik.

»Ronnie ist putzmunter, oder nicht?« Sie lächelte verkniffen und trank einen Schluck Wasser.

»Fragt sich, welche Gefühle Sie Marleen gegenüber hatten«, sagte Dominik.

Katia Moenkes Blick wurde hart.

»Sie hat Ihnen nicht nur Ronnie ausgespannt, mit dem Sie vermutlich eine Zeitlang glücklich waren. Nein – sie hat Ihnen den Platz in der Band streitig gemacht«, fuhr er fort. »In einer Band, die zukunftsträchtig war. An Ronnies Seite hätten Sie etwas werden können.«

»Annette Kreimer findet, Sie seien damals eine richtig gute Sängerin gewesen«, bemerkte Bent.

In ihren Augen blitzte etwas auf. »Da ist sie nicht die Einzige. Aber das zählt nicht, wenn …« Ihre Nasenflügel blähten sich. »Haben Sie eine Ahnung, wie das ist, wenn man plötzlich mit einem behinderten Kind dasitzt und wieder den eigenen Eltern ausgeliefert ist, die einen ständig spüren lassen, wie tief man in ihrer Schuld steht?«

Bent setzte an, um etwas zu sagen, aber Katia Moenke fuhr fort: »Wenn man kein Geld hat, wissen Sie, mit welcher Münze man dann bezahlt? Man bezahlt mit seinen Träumen!«

Eine Fliege summte im Raum umher, ließ sich auf der Verkleidung der Deckenleuchte nieder.

Plötzlich musste Dominik an die Portraitaufnahmen in Katias Flur denken. Die Aufnahmen einer jüngeren Katia, die realer gewirkt hatten als die wirkliche, gegenwärtige Katia. Womöglich lag es nicht nur am Fotografen, dass dieser Eindruck entstanden war.

Sie trank ihr Glas in wenigen Zügen leer. »Sie glauben doch wohl nicht, ich hätte davon geträumt, die Buchhaltung für die Bäckerei meiner Eltern zu machen!« Sie klang verächtlich.

Dominik verschränkte die Arme. Was war so schlimm daran, Buchhaltung zu machen? Ihm fiel Guido Bartschs Bemerkung ein. *Wenn ich damals nicht die Musik gehabt hätte …*

Es gab anscheinend Leute, die nicht ohne konnten. So wie er ein Ermittler war? Es werde ihm keine Ruhe lassen, denn er sei Ermittler, hatte sein alter Chef mal gesagt. Konnte man sich aussuchen, wer man war? Wohl nicht. Er glaubte nicht daran … an Freiheit. Aber was hieß das? Der Gedanke war erschreckend. Denn wenn Freiheit nichts als Illusion war …

Bents klare, tiefe Stimme unterbrach seine Gedanken. »Das war *Ihre* Entscheidung, Frau Moenke.«

Sie schlug mit der Hand auf den Tisch. »Was hätte ich denn tun sollen?«, schrie sie. »Mich aus dem Staub machen wie Ronnie?« Ihr Gesicht hatte sich gerötet. »Mir ist nun mal nicht alles nachgeworfen worden wie Marleen. Ihre Eltern haben ihr das Studium in Hilversum finanziert, für ein Stipendium war sie nämlich zu schlecht! Stolz wie Oskar waren die auf Marleen, nachdem sie im zweiten Anlauf endlich die Aufnahmeprüfung geschafft hatte.«

»Haben Sie es je versucht?«, fragte Dominik.

»Das hatte ich vor. Meine Gesangslehrerin in Detmold meinte, ich würde das spielend schaffen. Meine Eltern waren natürlich dagegen. Sie würden keinen müden Cent herausrücken für solche ›Rosinen im Kopf‹. Das Geld für die Gesangsstunden habe ich mühsam durch Ferienjobs in der Fabrik zusammengekratzt. Ich hätte es trotzdem in Hilversum versucht, wenn nicht ... Sie wissen schon, Rosa. Glauben Sie, meine Eltern oder irgendwer sonst ist stolz auf mich, dass ich Tag für Tag etwas tue, das mich zu Tode langweilt?«

»Ihr Lebenstraum ...«, sagte Dominik. »Sie haben ihn aufgegeben ...«

»Ich wollte immer Sängerin werden. Nichts anderes. Und was bin ich jetzt?«

Die Fliege summte wieder, ein erstaunlich lautes Geräusch. Jetzt bist du eine Mörderin, dachte Dominik und begegnete Bents Blick. Er schien dasselbe zu denken.

»Und der Dank dafür, dass ich funktioniere, anstatt zu leben, ist Mutters Genörgel, weil sie für mich auf Rosa aufpassen muss, während ich für ihre gottverdammte Bäckerei rackere!«

Dominik nickte. »Und auf einmal haben Sie nicht mehr funktioniert. Nach so langer Zeit, in der Sie die eigenen Träume begraben haben.«

Sie atmete einmal tief ein und aus. »Ja. Es war zu viel, einfach zu viel ...«

»Dann erzählen Sie doch mal, was sich abgespielt hat«, sagte Bent.

»Leonie rief mich an.« Sie schob die zu langen Ärmel des Pullovers hoch. »Meine alte Freundin Leonie. Mit der ich *Swinging Manhattan* gegründet hatte. Mit ihr und ihrem Freund Sebastian. Wenn wir damals nicht noch eine Altstimme gesucht hätten …« Sie verzog den Mund zu einem schiefen Lächeln. »Wie auch immer, Marleen stieß zu uns, und Sebastian machte Stielaugen. Leonie hat das nicht ertragen. Sie bemühte sich um einen Job in dem Café auf Baltrum, wo sie sonst nur als Ferienaushilfe gearbeitet hatte, schmiss die Schule und heiratete einen der Insulaner.« Sie trank aus ihrem Glas. »Radikal, fand ich. Als ich ein Jahr später erlebte, wie ich bei Ronnie durch Marleen verdrängt wurde, habe ich sie verstanden. Ein einziges Mal war ich erkältet und bat Marleen, bei einem Auftritt für mich einzuspringen. Ein einziges Mal!« Sie stieß ein verächtliches Lachen aus. »Marleen hat nicht gerade viel Zeit verschwendet. Sie tat immer so unschuldig, unser zuckersüßes Sonnenscheinchen. Warum ich nicht weiter in Ronnies Band singen würde, wir könnten doch auch zu zweit singen. Warum Sebastian denn nicht mehr bei *Swinging Manhattan* Klavier spielen wollte? Begriff Sie wirklich nicht, dass sie einen verdammten Scherbenhaufen hinterlassen hatte?!«

Einen Moment herrschte Stille. Nur das Aufnahmegerät rauschte leise.

»Leonie rief Sie an …«, begann Bent.

»Ja, das war …« Ihr Blick wanderte kurz an die Decke. »Das war Donnerstagnachmittag, am Tag vor dem Klassentreffen. Sie heulte ins Telefon. Es hat eine Weile gedauert, bis ich sie verstanden habe, aber dass es um Sebastian ging, war mir klar. Leonie ist ihrer großen Liebe Sebastian Jahre, nachdem sie nach Baltrum gezogen war, in Bielefeld wiederbegegnet, als sie ihre Eltern besuchte. Die beiden haben ein Langzeitverhältnis begonnen. Am Anfang fand sie es noch aufregend. Später hat sie immer mehr darunter gelitten, dass sie ihn nur alle paar Wochen mal sehen konnte. Er fand es gut so. Immer schön auf Abstand halten. Bloß keine Ansprüche oder Pläne.« Sie leerte ihr Glas und Dominik goss ihr Wasser nach. »Jedenfalls … in den Wochen vor dem Klassentreffen rief sie mich öfter an, um sich auszuheulen. Sebastian hätte mehrere Verabredungen kurzfristig abgesagt. Er würde ihr ausweichen, irgendetwas wäre im Busch. Tja, sie hatte recht. An jenem Donnerstag trafen Leonie und Sebastian sich dann endlich mal wieder, und er steckte ihr, dass er sich neu in Marleen verliebt habe. Sie ist wohl laut geworden, hat sogar eine Lampe zertrümmert, die sie ihm geschenkt hatte. Der Mohr hat seine Schuldigkeit getan …«

»In dem Fall also Leonie …«, warf Dominik ein.

»Ja, Leonie. Aber dann kam der Knaller: Sebastian war schon dabei, seine rosige Zukunft mit Marleen zu planen. Er erzählte Leonie, dass Marleen mit ihrer Band wieder nach Bielefeld ziehen wollte! Und zwar ohne Ronnie. Sebastian sollte also an Ronnies Stelle treten, am Klavier und … im Bett. Tja, wie praktisch für Marleen!« Ihre Nasenflügel blähten sich. »Verstehen Sie, was das heißt? Sie will einfach zurückkommen nach all den Jahren …« Katia Moenke presste die Lider zusammen, atmete schneller und schüttelte den Kopf. »Nach all den Jahren, in denen ich mich mühsam arrangiert hatte, kommt diese Diva zurück, und zwar dauerhaft, um uns ihren Erfolg unter die Nase zu reiben, uns daran zu erinnern, was sie uns genommen hat und in Leonies Fall immer noch nehmen kann!«

»Und das wollten Leonie und Sie verhindern?«, sagte Bent.

Sie schob den Ausschnitt von Redekops Pullover, der ihr über die Schulter gerutscht war, zurück und richtete sich auf. »Leonie dachte, wenn Marleen nicht mehr wäre, würde Sebastian zu ihr zurückkehren. So wie früher. Und ich …« Sie stieß einen Schwall Luft aus. »Allein die Vorstellung, Marleen hier jederzeit begegnen zu können, in den Lokalblättern über sie zu lesen … Bekannte von der tollen Sängerin schwärmen zu hören … einfach unerträglich! Ich fand, dass es jetzt reicht!« Ihre Miene wurde streng. Ihr Gesicht ähnelte mit einem Mal dem ihrer Mutter.

»Sie haben Marleen gerichtet«, sagte Dominik leise.

»Ja.« Sie wirkte nicht so, als ob es ihr leid täte. »Beim Klassentreffen hatte Marleen ihren großen Auftritt. Leonie und ich haben uns natürlich nichts anmerken lassen.«

Bents Hemd raschelte, als er sich kurz reckte. »Schildern Sie uns bitte die Abläufe. Wie Sie vorgegangen sind.«

»Das wissen Sie schon von Leonie.«

»Wir möchten es von Ihnen wissen«, gab Bent zurück.

»Für's Protokoll«, fügte Dominik hinzu und goss ihr Wasser aus der Flasche nach.

Sie holte tief Luft. »Herr Auth …«

»Der Fotograf …«, warf Dominik ein.

»Er hat nichts mit der Sache zu tun. Ich habe das Kaliumcyanidsalz aus seinem Fotolabor mitgehen lassen. Wir haben es in alkoholfreien Sekt gemischt, dann noch ordentlich Zucker dazugeschüttet. Ich war mir nicht sicher, wie viel man braucht, habe Leonie noch ein Tütchen von dem Salz mitgegeben. Leonie hat sich beim Klassentreffen mit Marleen für den Samstagabend verabredet. Wieso nicht in der Pause mit einem Sektchen anstoßen auf die alten Zeiten, man sieht sich ja so selten. Marleen …« Sie schnaubte. »Marleen schöpfte keinen Verdacht, es kam ihr gar nicht in den Sinn, dass Leonie nicht gut auf sie zu sprechen sein könnte. Ihre übliche Ignoranz eben.«

Bent nickte. »Also ging Leonie in den *Bunker Ulmenwall*, während sie angeblich mit Ihnen auf dieser Wiese …«

»Ochsenwiese«, sekundierte Dominik. »Manche sagen auch Ochsenheide.«

»Jedenfalls während Ihres angeblichen Spaziergangs?«

»Ja. Sie brachte eine Piccoloflasche mit präpariertem Sekt und eine mit normalem Sekt für sich selbst dorthin. Und zwei Sektgläser.«

»Aber dann liefen ein paar Dinge schief«, sagte Dominik.

»Leonie hat sich zum Einfüllen des Sekts in der Kabine der Damentoilette eingeschlossen. Sie hat noch etwas von dem Salz in das Glas für Marleen geschüttet. Das Konzert lief noch, es ging kaum jemand zur Toilette und sie würde ja hören, wann die Luft rein war, um wieder aus dem Klo zu kommen.«

»Aber sie hat es nicht gehört?«

»Kai kam ihr in dem Moment entgegen, als sie die Toilette verlassen wollte. Sie hielt die beiden gefüllten Gläser in der Hand. Er hatte sich in der Tür geirrt. Ich ahnte sofort, wer das ist, als sie Down-Syndrom sagte und die rote Schirmmütze beschrieb. Die trägt er immer. Und auf dem Autogramm von Marleen sollte ›Für Kai‹ draufstehen. Da war mir klar, um wen es ging.«

»Kai Tschöke hätte Sie als Rosas Mutter erkannt, aber nicht Leonie Olsen«, sagte Dominik.

»Richtig. Deshalb sollte Leonie die Sache im *Bunker* durchziehen. Die Gefahr, dass mich da irgendwer erkennt, wäre zu groß gewesen. Leonie ist nur sporadisch in Bielefeld.«

»Und dann lief noch etwas schief ... Sebastian Siekmann«, sagte Bent.

»Sebastian hatte Leonie gegenüber erwähnt, dass er am Konzertabend eine Lesung im Kunsthallencafé begleiten würde. Also hat sie nicht damit gerechnet, dass er kurz vor Ende der Pause plötzlich im *Bunker* auftaucht. Sie muss ziemlich kopflos reagiert haben, ist quasi geflüchtet, als sie sah, wie er auf ihren und Marleens Tisch zusteuerte. Er hatte sie trotzdem schon bemerkt. Sie hat ihm gegenüber irgendein wirres Zeug gestammelt, sie müsste schnell los oder etwas in der Art.«

»Und das kam Siekmann verdächtig vor?«, fragte Dominik.

»Ich glaube, zu dem Zeitpunkt hat er sich nur gewundert. Aber Leonie wurde immer panischer. Sie hat sich danach sogar die langen Haare abschneiden lassen und sich Kontaktlinsen besorgt anstelle der Brille. Was natürlich Unsinn war, aber Leonie war von der Angst vor der Entdeckung getrieben. Und als am Dienstag dann noch der Anruf von Sebastian kam, war alles aus.«

»Und warum hat er sie angerufen?«, fragte Dominik.

»Er hat Leonie gefragt, ob sie etwas über Marleens Tod wüsste … Die Polizei sei bei ihm gewesen. Nach dem Gespräch rief Leonie mich an. Sebastian habe Verdacht geschöpft. Marleen hatte ihm im *Bunker* offenbar von Leonies Einladung zum Sekt erzählt. Sie habe nur Leonie zuliebe etwas von dem Sekt getrunken. Ultrasüß sei der Sekt gewesen, mit einem bitteren Beigeschmack.«

»Leonie konnte seinen Verdacht nicht zerstreuen?«, fragte Bent.

»Im Gegenteil. Sie war überrumpelt von seinem Anruf, ist ins Stottern geraten. Ich habe versucht, sie zu beruhigen, weil sie dabei war, mit ihrer Nervosität alles kaputtzumachen. Also musste ich mich um die Sache kümmern.«

»Sie hatten Angst, dass er zur Polizei gehen könnte?«, fragte Bent.

»Tja … Sebastian war außer sich wegen Marleens Tod. Und er hat Leonie am Ende des Telefonats etwas in Richtung Kripo angedeutet. Das wollte ich verhindern.«

»Wie sind Sie vorgegangen?«, fragte Dominik.

»Das wissen Sie bereits.« Katia Moenke presste die Lippen zusammen.

»Nur für das Protokoll.« Es handelte sich um mehr als nur eine Formalie, denn die Offenbarung von Täterwissen war ein entscheidendes Indiz, aber das behielt Dominik für sich.

Moenke seufzte. »Ich wusste erst nicht, wie ich an Sebastian rankommen sollte. Dann fiel mir eine Bemerkung ein, die Annette auf dem Klassentreffen gemacht hat: Sie schenkt Sebastian, der ihrem Finn das Klavierspielen beibringt, regelmäßig Kuchen. Dann erzählte sie, dass sie mit ihrer Familie für eine Woche ins Allgäu fahren würde. Das hat mich auf die Idee mit der Torte und der Karte gebracht.«

»Nämlich?«

»Ich habe den Rest von dem Kaliumsalz für die Sahneschicht verwendet. Was passiert mit dem Salz, wenn man das erhitzt?« Sie zuckte mit den Achseln. »Keine Ahnung, also mischte ich das Salz in die Sahne. Ich klingelte bei Sebastians Nachbarn, stellte die Dose mit dem Tortenstück auf die Treppe, und bin Sekunden später wieder raus.«

Bent runzelte die Stirn. »Und Sie hatten keine Angst, dass der Nachbar die Torte essen könnte?«

»Deshalb habe ich die Karte beigelegt. Es sollte aussehen wie ein Geschenk von Annette für Sebastian. Ein Geschenk, das in ihrer Abwesenheit überbracht wird, denn sonst wäre die Sache vielleicht zu schnell aufgeflogen.«

Bent räusperte sich. »Sie wollten also sichergehen …«

»Ich sah keinen anderen Weg, ihn … als Zeugen auszuschalten.« Ihre Stimme wurde immer leiser.

Dominik fuhr sich über die Bartstoppeln. Würde er auf Lissas Geburtstagsfeier noch Kuchen runterkriegen? »Gratuliere, Ihr Plan ging auf. Siekmann hat kurz vor seinem Tod noch versucht, mich zu erreichen«, hörte er sich sagen.

Katia Moenke senkte den Blick.

Bent schaute ihn von der Seite an, dann räusperte er sich. »Und dann war noch Kai Tschöke im Weg?«

Sie holte tief Luft. »Ja. Leonie hat versucht, an alles zu denken, und die Gläser und die Piccoloflaschen wieder mitgenommen. Aber wer gießt sich schon Sekt auf der Toilette ein? Kai ist nicht so behindert, dass er nicht begreifen würde, dass das ungewöhnlich ist.«

»Noch einmal, Kai kannte Leonie Olsen nicht«, sagte Dominik.

»Das nicht. Aber Leonie hat eine Verbindung zu Marleen, und ich bin davon ausgegangen, dass die Polizei ihm irgendwann Fotos vorlegt, um herauszufinden, wer mit ihr im *Bunker* die Pause verbracht hat. Dazu kam, dass er mal mit Polizeimütze zum Sport kam. Es war das einzige Mal, dass ich ihn ohne seine rote Schirmkappe gesehen habe. Er hat dem Übungsleiter und mir ganz stolz erzählt, dass seine Schwester bei der Kripo arbeitet.« Sie fuhr sich über den Hals, als ob ihr gerade Ninas Übergriff einfiele. »Ich bin dann zu dem Schluss gekommen, dass er zum Problem für uns werden kann.« Sie trank Wasser und hustete.

»Also sollte auch er sterben?«, fragte Dominik.

»Das wissen Sie sicher schon von Leonie. Ich habe ihr gesagt, was ich vorhabe mit dem Downie, weil ich dachte, dass sie dann versteht ...« Sie atmete schwer.

»Was versteht?« Bent beugte sich vor.

»Dass sie einen Fehler macht, wenn sie der Polizei ...«

»Die Wahrheit sagt?«

»Sie war kurz davor ... Ich habe ihr gesagt, dass er nichts mehr sagen kann, wenn ...« Sie holte tief Luft.

»Ja?«

»Wenn er einen Unfall hat.«

»Wusste sie auch, wo und wann es passieren sollte?«, fragte Bent.

»Sie kennt nicht mal seinen Namen. Je weniger sie wusste, desto besser ... Zumal ich ... die Gelegenheit ergab sich erst mal nicht.« Sie starrte auf ihr Wasserglas. Die Kohlensäure perlte träge nach oben.

»Und dann?« Dominik nickte ihr aufmunternd zu.

Moenke atmete schwer. »Dann spielte der Zufall mir in die Karten. Kai stand vor der Tür, weil er seine Jacke in meinem Auto vergessen hatte. Ich habe ihm etwas in den Kakao getan und ihn zu einem Steinbruch im Teutoburger Wald gebracht. Dort ...« Moenke knabberte an ihrer Lippe. Im Laufe der Vernehmung schien sie immer kleiner geworden zu sein, sie versank fast in dem zu großen Pullover. »Ja also ... ich habe ein Loch in den Zaun gebrochen und ihn oben am Kamm über den Rand gestoßen. Er war betäubt, er ... er würde nicht viel merken.«

»Betäubt ... womit?«

»K.o.- Tropfen.«

»Weil die nach einer Weile im Körper des Opfers nicht mehr nachweisbar sind?«, fragte Dominik.

»Es sollte wie ein Unfall aussehen«, sagte sie kaum hörbar.

»Bitte lauter für die Aufnahme«, sagte Dominik.

Sie wiederholte die Aussage.

»Und Kais Handy ...«, sagte Bent.

»Habe ich auf die Reise geschickt. Damit er nicht so schnell gefunden wird.« Sie rieb ihr Gesicht.

Unter Bents Achseln hatten sich schon wieder Schweißflecken gebildet. »Wir sind jetzt am Ende.«

»Fast«, sagte Dominik. »Wusste Leonie Olsen, dass Sie Sebastian Siekmann als Zeugen beseitigen wollten?«

Sie nahm die Hände herunter. »Den Mann ihrer Träume? Um Himmels willen, nein! Selbst auf die Gefahr hin, dass er sie belastet …« Sie verzog den Mund. »Die Frau konnte nicht mehr klar denken. Ich bin am letzten Samstag nach Baltrum gefahren, um … ja … als sie das mit Sebastian erfahren hat …« Moenke schüttelte den Kopf. »Ich hab versucht, ihr klarzumachen, dass wir im selben Boot sitzen, aber sie war völlig hysterisch.«

Eine Fliege zog brummend ihre Kreise, setzte sich auf den Rand des Glases von Moenke und rieb die Vorderbeinchen gegeneinander.

»Sie haben bei Kai Tschöke kein Kaliumcyanid verwendet. Gibt es einen Grund dafür?«, fragte Bent.

»Ich war nicht ganz sicher, ob ich es tun würde«, murmelte sie. »Ich meine … Kai auszuschalten.« Ihre Stimme war immer leiser geworden.

»Warum nicht?«, fragte Bent weiter.

»Das hing davon ab, was er der Polizei bereits gesagt hatte. Was er überhaupt von der Sache begriff.«

»Oder sind Sie pragmatisch vorgegangen?« Dominiks Augen wurden schmal. »Kais schwere Leiche unauffällig aus dem Haus zu schaffen, in dem auch Ihre Eltern leben, wäre nicht einfach geworden. Und Sie wissen, dass die Kripo die Vergiftungsfälle miteinander in Verbindung bringt. Ein dritter Giftmord hätte eine weitere Spur in diese Richtung gelegt. Richtig?«

»Ich möchte nichts mehr dazu sagen.« Die Fliege surrte weiter und setzte sich auf ihre Hand.

»Marleen war übrigens schwanger, als sie ermordet wurde«, bemerkte Dominik. »Haben Sie das gewusst?«

Katia Moenke saß reglos da, erstarrt, fixierte das Wasserglas. Die Fliege kroch über ihren Handrücken.

»Alles oder nichts.« Bent schüttelte den Kopf. »Sie hätten das Singen nicht völlig aufgeben müssen, aber als Sie nicht alles haben konnten, haben Sie sich für das Nichts entschieden!«

»Das Nichts.« Ihre Stimme klang leblos. Ihre Schultern sackten nach vorne.

»Aber so ist das Leben nicht«, fügte Bent hinzu. »Nicht einmal jetzt, Frau Moenke.«

Dominik machte Anstalten, das Aufnahmegerät auszuschalten, als ein Ruck durch die Frau ging.

»Möchten Sie noch etwas sagen?« Sein Finger schwebte über der Taste.

»Ich … meine Mutter … ich möchte nicht, dass sie mich im Gefängnis besucht. Können Sie das verhindern?«

* * *

Ninas Gummisohlen quietschten im Rhythmus ihrer Schritte, während sie den Flur in der Röntgenabteilung auf und ab marschierte. Der Flur glänzte wie poliert im künstlichen Licht der Deckenlampen. »Sie können jetzt nichts tun, warum fahren Sie nicht nach Hause und ruhen sich ein bisschen aus? Wir melden uns, wenn wir Näheres wissen.« Die Ärztin hatte ihr ein erschöpftes Lächeln geschenkt und war dem Pfleger gefolgt, der Kai auf einer Liege in den Raum für das

CT rollte. Ausruhen, aber wie? Es war, als ob irgendeine Mechanik in ihrem Innern sie zwang, weiterzugehen bis zum Ende des langen Flurs, wo sie den Ringen unter ihren Augen im Garderobenspiegel begegnete, und wieder zurück. Sie zog eins von Webers Bonbons aus ihrer Jackentasche. Eukalyptus. Na egal, es würde wenigstens den bitteren Geschmack in ihrem Mund vertreiben, den unzählige Tassen Kaffee in ihre Zunge geätzt hatten.

La Paloma dudelte ihr Handy. Hatten Dodo und Bent etwas erreicht? Sie setzte sich auf einen der Stühle neben der Garderobe und nahm das Gespräch an.

»Hallo Nina! Endlich erwische ich dich mal! Herzlichen Glückwunsch zum Geburtstag!«

»Geburts... ach ja. Ich ... ähm ... Stefan ... ja danke. Du ... ich habe eine lange Nacht hinter mir und ...«

»Reingefeiert?«

»Nicht wirklich. Ich bin Polizistin, schon vergessen? Du und deine Designerfreunde mit euren Nine-to-five-Jobs könnt das vermutlich nicht verst...«

»Hey, hey, hey, Nina, ich rufe nicht an, um mich mit dir zu streiten ...«

»Wieso dann?«

Eine alte Dame im Morgenmantel schlurfte, gestützt auf ihren Rollator und von einer Krankenschwester begleitet, über den Flur.

»Du ... ich muss mit dir reden. Bist du immer noch im Dienst? Oder ... ich dachte, ich könnte dich vielleicht auf einen Cappuccino einladen.«

Noch mehr Kaffee konnte sie nicht brauchen. Und Stefans Gesellschaft noch weniger. Die alte Dame ließ sich mit leisem Ächzen neben ihr nieder. Sie hielt die Griffe des Rollators fest umklammert. Ihr Handrücken war blaurot verfärbt. Von einer Flügelkanüle?

»Nina, bist du noch dran?« Seine Stimme klang dunkel und warm.

»Ich kann jetzt nicht mit dir reden. Ich hab hier ...« Sie biss sich auf die Lippen, spürte, dass ihre Augen feucht wurden.

»Es geht um Kai«, sagte Stefan.

»Um Kai?« Sie wischte sich eine Träne aus dem Auge. Woher wusste Stefan, was mit Kai passiert war?

»Na ja, nicht nur um Kai, sondern auch um uns. Wie das damals gelaufen ist und ...«

»Und tschüss.« Nina drückte das Gespräch weg. Kai war nur ein Vorwand! Stefan wusste gar nichts.

»Was machst du denn für ein Gesicht, Nina?«

Die alte Dame blickte von ihrer *Frau im Spiegel* auf. Dominik setzte sich neben sie. Sie hatte ihn gar nicht kommen hören.

»Unwichtig, Dodo. Habt ihr was erreicht bei der Moenke?«

»Kann man sagen: Ein Geständnis!« Dominik lächelte. »Willst du die lange oder die kurze Version?«

»Am besten gar keine. Ich kann gerade nichts mehr aufnehmen.«

Neben ihr raschelte Papier. Vor jedem Umblättern der Zeitschrift, die auf dem Rollator lag, befeuchtete die alte Frau ihren Zeigefinger an der Zunge.

»Mich interessiert nur eins, Dodo: Dass Kai wieder gesund wird!«, fuhr Nina fort. *La Paloma* ... Sie seufzte und drückte den Anruf weg.

Dominik schürzte die Lippen. »Dein hartnäckiger Verehrer?«

»Nein … Stefan ist nur mein Ex. Nicht wichtig.« Nina rieb sich die müden Augen.

»Frau Gerhard?« Ein Pfleger half der alten Dame auf, die Zeitschrift fiel zu Boden. Dominik legte sie in den Korb ihres Rollators. Die Frau nickte ihm lächelnd zu, bevor sie von dem jungen Mann zu einer der Türen geführt wurde.

Ein Stück den Gang hinunter öffnete sich eine andere Tür. Kein Zweifel, es war die Ärztin, die davoneilte, ohne in ihre Richtung zu schauen. Nina sprang auf und rannte hinterher.

»Hallo! Mein Bruder Kai …«

Die Ärztin drehte sich um. »Sie sind ja immer noch hier.« Ein Lächeln ließ ihre harten Züge weicher erscheinen. »Gute Nachrichten, Frau Tschöke. Ihr Bruder hat eine schwere Gehirnerschütterung, aber zum Glück keine Blutung. Wir möchten ihn noch zwei, drei Tage zur Beobachtung dabehalten. Außerdem müssen wir seinen Unterarm-Bruch versorgen. Jetzt braucht er erst mal Ruhe. Keine Bange, das wird wieder.« Sie fasste Nina kurz am Arm und verschwand mit wehendem, weißen Kittel um die Ecke.

»Das hört sich doch gut an!«, sagte Dominik.

Nina drehte sich um. Er stand direkt hinter ihr, und sie fiel ihm in die Arme. Sie rang wieder mit den Tränen, spürte, wie er ihr auf den Rücken klopfte wie einem Kind. Etwas verlegen löste sie sich. »Entschuldige, ich bin nur so … ich merke gerade erst, wie angespannt ich war.«

»Kein Problem, Nina.« Er lächelte. »Dann kannst du ja jetzt ganz entspannt feiern.«

»Ach … ach so. Stimmt, das wäre … Warum nicht am Samstag? Dann dürfte Kai schon wieder zu Hause sein. Hättest du Zeit?«

»Nur am Nachmittag. Meine Tochter feiert abends ihren Geburtstag. Wir gehen essen mit der ganzen Familie. Sogar Betty ist dabei. *Meine* Ex.« Er wich zwei Pflegern aus, die den Flur entlangeilten, blickte ihnen nach und schüttelte den Kopf.

»Was ist?«, fragte Nina.

»Ach, ich musste gerade daran denken, dass ich fast einen Termin bei diesem Fotografen vereinbart hätte, aus dessem Labor Moenke das Kaliumcyanid hatte. Aber jetzt habe ich es mir anders überlegt. Lissa war noch nie im Varieté. Ich schenke ihr und ihrem Freund einfach einen Abend im *GOP* in Bad Oeynhausen. Was meinst du, wäre das was?«

»Gute Entscheidung, Dodo.« Sie stöhnte leise. »Wer will schon an das erinnert werden, was wir gerade hinter uns haben?!«

Samstag, der 25.Mai

Herr Beckmann mähte wieder! Obwohl Nina ihn gebeten hatte, das heute mal zu lassen, weil sie Gäste erwartete – zum Gartenfest für Kai, mit dem sie gleichzeitig ihren Geburtstag nachfeierte. Nichts Großes, aber dieses Getöse nervte! Ein Wunder, dass Kai dabei schlafen konnte. Er lag auf der Gartenliege, sein Mund stand offen, in der Hand hielt er sein leeres Kirschsaftglas. Auf seinem mit Filzstiftzeichnungen verschönerten Gipsverband glänzte ein roter Saftfleck. Sie nahm ihm das Glas behutsam ab, ohne dass er erwachte. Nina atmete auf, als das Gebrumm endlich erstarb, ließ ihren Blick über den Gartentisch wandern und stellte fest, dass sie noch die Käse-Sahnetorte aus dem Kühlschrank holen musste.

Als sie mit der Torte aus der Terrassentür trat, zuckte sie zusammen. »Meine Güte, Stefan, du schleichst hier herum, ich hätte fast die Torte fallen lassen!«

»Bitte um Verzeihung, du darfst mich gleich rausschmeißen, aber ich finde, ich bin es Kai schuldig, mit dir zu reden, auch wenn du partout nicht willst!« Er lächelte schief und kratzte sich den Bart. Er hatte zugelegt, stellte sie mit leiser Genugtuung fest. Obwohl er immer noch gut aussah. Der kurze Vollbart stand ihm, musste sie zugeben.

»Möchtest du … soll ich dir die Torte abnehmen und auf den Tisch …« Er trat einen Schritt zurück.

»Nicht nötig. Sag, was du zu sagen hast, und dann geh bitte! Ich bekomme Gäste und habe mehr als genug zu tun.«

Er schaute zu ihrem Bruder und hob die Brauen. »Hat Kai sich den Arm gebrochen?«

»Also, worum geht's hier, Stefan?«

»Nun ja …« Stefan beugte sich vor, stützte sich auf die Rückenlehne eines Gartenstuhls. »Kai hat sich nicht getraut, es dir selbst zu sagen. Er hat mich gebeten, es dir zu sagen.«

»Was denn, zum Teufel?!« Die Torte wurde langsam schwer.

»Er möchte ausziehen und mit seiner Freundin Bine zusammenwohnen. Er stellt sich betreutes Wohnen vor.«

»*Was*? Bine? Etwa die Neue in seiner Behindertenwerkstatt?« Kai hatte mal eine Bine erwähnt.

»Genau die. Es hörte sich an, als hätte sie auch das Down-Syndrom.«

»Aber …« Sie ging an Stefan vorbei und stellte die Torte auf den Tisch. »Kai?« Er schien tief und fest zu schlafen. Nur ein Auge öffnete sich kurz, dann kniff er es wieder zu. »Stimmt das, Kai?«

Er kniff beide Augen fest zu.

»Ich weiß, dass du nicht schläfst. Stimmt das, was Stefan gesagt hat?«

»Er ist ein erwachsener Mann, Nina«, sagte Stefan leise.

»Halt du dich da raus! Kai?«

Kai nickte kaum merklich.
»Schau mich mal an.«
Kai öffnete die Augen, sein Blick glitt hilfesuchend zu Stefan, der die Brauen hob und ihm zulächelte.
»Stimmt«, sagte Kai. »Bine ist meine Freundin. Wir wollen zusammen wohnen in einem schönen Haus. Bitte, Nina!«
»Hast du ihm das eingeredet?« Ihr wurde schwindelig. Sie setzte sich auf einen Gartenhocker. Hörte Vogelgezwitscher, spürte Kais vom Saft klebrige Hand nach der ihren tasten. »Nicht traurig sein, Nina.«
Hinter der Hecke heulte der Motor des Rasenmähers auf. Sie sprang auf, rannte zum Birnbaum in der Mitte ihres Gartens und brach einen dicken Ast ab.
»Aber Nina, der schöne Baum, warum …?« Während sie durch das Tor in der Hecke stapfte, rief ihr Kai noch etwas hinterher, das sie nicht verstand.
Beckmann schützte seine Ohren mit Schallschutz-Kopfhörern, er fuhrwerkte wie ein Besessener mit seinem Rasenmäher herum und schaute erst in dem Moment auf, als sie ihm den Ast vor den Mäher warf. Ein hässliches Knacken ertönte, als sich der Ast in den Messern verkeilte. Rauch stieg auf. Beckmann schaltete rasch den Mäher aus. In der plötzlichen Stille war Vogelgezwitscher zu hören. Beckmann lief rot an.
»Geht doch«, zischte Nina.
Hinter ihr erklang ein Seufzen. Es kam von Stefan, der ihr gefolgt war.
Über der anderen Seite der Hecke tauchte ein Bündel bunter Luftballons mit *Happy-Birthday*-Aufdruck auf. »Zum Geburtstag viel Glück …« Webers Schmettern

war deutlich herauszuhören, die anderen sangen dünner und ohne Tremolo.

»Nina, geh du doch schon mal zu deinen Geburtstagsgästen, ich … ähm … mach das hier schon.« Stefan setzte sein verbindlichstes Lächeln auf und ging auf Beckmann zu. »Wir ersetzen Ihnen den Schaden natürlich …«, hörte Nina ihn noch sagen, bevor sie zurück in ihren Garten marschierte. Bitte, sollte er doch blechen, der Herr Stardesigner! Sie würde keinen müden Cent herausrücken!

Die Schar ihrer Kollegen baute sich im Garten auf, selbst Fritz Redekop und Walter Kux waren gekommen.

»Kanon!«, befahl Ottfried Weber mit breitem Grinsen, teilte die Gruppe per Luft-Handkantenschlag und gab den Einsatz.

»Willst du wirklich mit deiner neuen Freundin zusammenziehen?«, flüsterte Nina Kai ins Ohr, während sie zum dritten Mal *Viel Glück und viel Segen* lauschte.

Kai nickte strahlend. »Verstehe«, murmelte Nina und barg ihr Kinn in ihrem Schlauchschal. Es war schon seltsam. In letzter Zeit hatte sie sich öfter gewünscht, sie wäre diese Verantwortung los … Und nun wollte Kai gehen, einfach so. Und das nach allem, was sie für ihn aufgegeben hatte! Den Traum von einer eigenen Familie …

»Es flackert nicht mehr, Nina!«, rief Fritz Redekop nach dem Ständchen.

»Was denn?« Sie war verwirrt.

»Na, die Lampen im Besprechungsraum! Der Fall ist gelöst, du verstehst!«

»Ah ja, sicher, jetzt …«

Dominik grinste. »Im Herzen Hausmeister, gell Frank?«

»Eher Multitalent.« Frank lächelte. »Na ja, weißt du, La Niña, wenn man bis zum Sankt Nimmerleinstag warten muss, bis endlich der Hausmeister aufschlägt, dann nimmt man die Sache eben selbst in die Hand. Ist doch kein Akt.«

»Nur keine falsche Bescheidenheit, Frank«, begann Dominik, bevor Frank ihm in die Rippen boxte.

Dann zückte Frank eine Digitalkamera. Kai und sie mussten näher zusammenrücken, Kai legte ihr den Arm um die Taille, sie legte ihren Arm um seine Schultern und zwang sich zu einem Lächeln.

Weber verteilte weitere Liederblätter. *Froh zu sein, bedarf es wenig …* er war in seinem Element. Ebenso wie Kai, der begann, den Chor zu dirigieren. Stefan trat neben sie. »Dein Nachbar hat die Entschuldigung angenommen«, flüsterte er. »Ich habe ihm gesagt …«

»Na fein. Wolltest du nicht gehen?«

»Okay …« Er furchte die Stirn. »Nur eins noch: Ich hab damals keine einzige Mail von dir aus Nepal erhalten, weil Britta sie alle gelöscht hat. Deswegen habe ich dann auch nichts mehr geschickt.«

»Gelöscht? Wie kann das …?«

»Sie hatte als neue Bürokollegin Zugang zu meinem Arbeitsrechner, über den eine Weile lang auch mein privater Mailverkehr lief. Mein Laptop war damals kaputt und …«

»Ich kapiere das nicht …«

»Nina, ich dachte, du hast mich vergessen. Es kam ja nie eine Antwort auf meine Mails!«

»Und wer froh ist, ist ein Königig!« Mit einem Ritardando klang der Kanon aus. Kai versuchte zu klatschen, was mit seinem Gipsarm nicht so einfach war. Nina fiel höflich ein in den Applaus.

Sie warf Stefan einen Blick zu. »Wieso sollte Britta so etwas tun?«, flüsterte sie. »Und warum kommst du jetzt erst damit um die Ecke?«

Stefan brachte seinen Mund an ihr Ohr. »Weil ich den Rechner am Sonntag aufgeräumt habe und dabei zufällig auf deine letzte Mail im Papierkorb des E-Mail-Programms gestoßen bin. Und dass Britta ...« Er brach ab und wandte den Kopf.

Nina starrte ihn an. Hatte Britta sie auseinanderbringen wollen? Konnte das alles wirklich nur ein Missverständnis gewesen sein? Stefan machte ihr ein Zeichen. Erst jetzt bemerkte sie, dass Ottfried Weber mit ausgebreiteten Armen vor ihr stand und offenbar schon eine Weile darauf wartete, dass sie ihm ihre Aufmerksamkeit schenkte. Einen Augenblick lang befürchtete sie, Weber wollte sie an sich drücken, aber es war nur der Auftakt zu einer feierlichen Rede.

»Meine liebe Nina, mein lieber Kai, wir haben natürlich keine Mühen und Kosten gescheut, um in Anbetracht der so dramatischen wie entsetzlichen Ereignisse, die nun zum Glück hinter euch liegen, und die ihr hoffentlich auch mental in größtmöglicher Kürze hinter euch lassen könnt ...« Weber schaute ratlos.

Kux soufflierte: »Um, Ottfried, um ...«

»Um, ja, um euch und insbesondere auch Kai etwas Erbauliches, um nicht zu sagen, Aufmunterndes und wahrhaft Erhebendes zukommen zu lassen ... Dodo ...«

Dominik wedelte mit einem großen Umschlag.

»Wir wollten dir ja zuerst einen neuen Wecker schenken, Nina, aber dann …« Frank brach ab, als Dominik ihm einen bösen Blick zuwarf.

Lächelnd überreichte Dominik ihr den Umschlag. »Zwei Karten für Helene Fischer am 20. Juni in der Stadthalle Bielefeld!«

Kai kreischte auf wie ein sechzehnjähriges Groupie. »Ja, ja! Helene Fischer, Nina …«

»Äh Kai, am 20. bin ich bei der Hochzeit meiner Freundin Hanna eingeladen.« Sie verstummte, als sie Kais entsetztes Gesicht sah. Plötzlich kam ihr ein Gedanke. »Bent, du …«

»Ja?« Bent, der sich beim Singen auffallend im Hintergrund gehalten hatte, kam nach vorne.

»Du gehst doch gerne auf Eurovision-Song-Contest-Partys, wäre Helene Fischer da nicht genau das Richtige für dich?«, bemerkte Nina.

Frank riss die Augen auf. »Im Ernst, Bent? Diese Grand-Prix-D'Eurovisionsschei…?« Er biss sich auf die Lippen.

Dominik grinste. »Es ist allgemein bekannt, dass Bent Schlager über alles liebt.«

»Au ja, Bent, das wär toll! Wir beide zu Helene Fischer!«, rief Kai.

»Ich weiß nicht … ähm … also am 20. Juni … sagt ihr?« Bents Blick irrte über die Hecke, als suchte er einen Ausweg. »Also …«

Nina konnte sich ein boshaftes Lächeln nicht verkneifen.

Kai strahlte. »Super, Bent, du bist der Beste!«

Danksagung

Auch bei diesem Krimi standen mir Testleser zur Seite. Mein Dank gilt Michael Colberg-Engemann, Heiko Höflich, Diana Holtmann und Christoph Weber-Schlauss, die mir mit Eindrücken und Anmerkungen zu ersten Fassungen weitergeholfen haben. Für die Beantwortung meiner Fragen zur Polizeiarbeit bedanke ich mich herzlich bei Kriminalhauptkommissarin Sonja Rehmert (Öffentlichkeitsarbeit der Bielefelder Polizei). Mit Hilfe der Rechtsanwältin Bianca Richter konnte ich einige Fragen zum Thema Familienrecht klären. Vielen Dank dafür.

Besonders gefreut hat mich, dass ich den fiktiven Tatort dieses Romans in den *Bunker Ulmenwall* legen durfte – an einen Veranstaltungsort, der seit langem die kulturelle Landschaft Bielefelds bereichert und nicht nur Bielefeldern ein Begriff ist. Dafür bedanke ich mich beim Vorstand des Bunker Ulmenwall e. V.

Bedanken möchte ich mich auch bei meinem Lektor Volker Maria Neumann für die gewohnt gute und konstruktive Zusammenarbeit.

Mein Mann Willy Koch hat die Entstehung dieses Krimis als erster Testleser und mit viel Geduld und Ermutigung begleitet. Dafür bin ich ihm sehr dankbar.